D0874384

NORA ROBERTS est le plus grand auteur de littérature féminine contemporaine. Ses romans ont reçu de nombreuses récompenses et sont régulièrement classés parmi les meilleures ventes du *New York Times*. Des personnages forts, des intrigues originales, une plume vive et légère...

Nora Roberts explore à merveille le champ des passions humaines et ravit le cœur de plus de quatre cents millions de lectrices à travers le monde. Du thriller psychologique à la romance, en passant par le roman fantastique, ses livres renouvellent chaque fois des histoires où, toujours, se mêlent suspense et émotions.

DU MÊME AUTEUR

Au crépuscule des amants

Catalogage avant publication de Bibliothèque et Archives nationales du Québec et Bibliothèque et Archives Canada

Roberts, Nora

  [Blood magick. Français]

  Au crépuscule des amants

  (Les héritiers de Sorcha ; 3)

  Traduction de : Blood magick.

  ISBN 978-2-89077-586-2

  I. Del Cotto, Sylvie. II. Titre. III. Titre : Blood magick. Français.

  IV. Collection : Roberts, Nora. Héritiers de Sorcha ; 3.

  PS3568.O24865B5714 2015   813'.54   C2015-941493-8

COUVERTURE

Photo : Chris Hill/Getty Images

Conception graphique : Antoine Fortin

INTÉRIEUR

Composition : Nord Compo

Titre original : Blood Magick

Éditeur original : The Berkley Publishing Group,
une filiale de The Penguin Group (USA) LLC, New York

ISBN 978-2-89077-586-2

Dépôt légal : 4ᵉ trimestre 2015

Imprimé au Canada

www.flammarion.qc.ca

NORA ROBERTS

Les héritiers de Sorcha – 3

Au crépuscule des amants

Traduit de l'anglais (États-Unis) par Sylvie Del Cotto

Flammarion

Québec

Pour Kat,
l'une des lumières les plus étincelantes de ma vie.

Combien semblent éloignées les étoiles,
Et loin notre premier baiser
Et, ah, combien vieux est mon cœur !

William BUTLER YEATS (Éphémère.)

Il y aura du sang, disent-ils,
le sang veut du sang.

William SHAKESPEARE

1

Été 1276

Par une belle journée de fin d'été, Brannaugh cueillait des bouquets d'herbes aromatiques, de fleurs et de feuilles, tout ce dont elle avait besoin pour composer ses baumes, ses potions et ses tisanes. Les voisins, les voyageurs, tous venaient la trouver avec leurs espoirs et leurs maux à soigner. Ils venaient à elle, la Ténébreuse, comme autrefois ils allaient trouver sa mère lorsqu'ils avaient le corps, le cœur ou l'esprit blessés, et payaient en pièces, en services ou en marchandises.

Ainsi, elle, son frère et sa sœur avaient construit leur vie à Clare, si loin de leur terre natale de Mayo. Loin de la chaumière dans le bois où ils avaient vécu, où leur mère s'était éteinte.

Brannaugh avait bâti son existence, plus satisfaite, plus joyeuse qu'elle ne l'avait cru possible depuis ce jour terrible où leur mère les avait laissés avec pour seul héritage la lie de ses pouvoirs, avant de les envoyer en lieu sûr tandis qu'elle se sacrifiait.

Rongée par le chagrin, se disait Brannaugh avec le recul, guidée par le sens du devoir et la crainte, elle avait fait ce qu'on lui demandait en emmenant son jeune frère et sa petite sœur loin de chez eux.

Ils avaient laissé derrière eux l'amour, leur enfance et toute leur innocence.

De longues années s'étaient écoulées. Ils avaient passé les toutes premières auprès de leur cousine et de son époux – comme leur mère l'avait exigé –, en sécurité, soignés, bienvenus. Mais le moment était venu de quitter le nid, d'embrasser ce qu'ils étaient et seraient toujours.

Les trois enfants de la Ténébreuse.

Quel devoir, quel objectif guidait leurs pas avant toute chose ? Annihiler Cabhan, le sorcier maléfique, l'assassin de leur père, Daithi le Brave, et de leur mère, Sorcha. Cabhan qui était parvenu à survivre à la malédiction que Sorcha lui avait jetée alors qu'elle était mourante.

Mais par cette journée ensoleillée de fin d'été, tout cela semblait bien lointain – les frayeurs du dernier hiver, le sang et la mort du dernier printemps.

Ici, sur la terre du foyer qu'elle avait aménagé, l'air était imprégné de l'odeur du romarin qu'elle transportait dans son panier et des roses plantées par son mari à la naissance de leur premier enfant. Des nuages cotonneux aussi blancs que des moutons planaient dans l'étendue bleue du ciel, au-dessus des bois, des petits champs qu'ils avaient défrichés, verts comme des émeraudes.

Son fils, qui allait sur ses trois ans, était assis dans une flaque de soleil et jouait sur le petit tambour fabriqué par son père. Il chantait, riait aux éclats et tapait avec tant de joie et d'innocence que l'amour de Brannaugh pour son enfant embuait ses yeux de larmes.

Sa fille, âgée d'à peine un an, dormait en serrant sa poupée de chiffon préférée contre elle, gardée par Kathel, leur fidèle chien de meute.

Pendant ce temps, un autre fils remuait et donnait des coups de pied dans son ventre.

De là où elle se trouvait, elle pouvait voir la clairière et la maisonnette qu'elle, Eamon et Teagan avaient bâtie voilà bientôt huit ans. Des enfants, se dit-elle. Ils n'étaient alors que des enfants privés de leur enfance.

Sa fratrie vivait toujours là, tout près. Eamon le Loyal, fort et authentique. Teagan, gentille et juste. Si heureuse désormais, se disait Brannaugh, et Teagan tant éprise de l'homme qu'elle avait épousé au printemps.

Tout était si paisible, malgré les tambourinements et les cris de Brin. La chaumière, les arbres, les collines verdoyantes ponctuées de pointillés formés par les moutons, les jardins, le grand ciel bleu.

Mais cela aurait nécessairement une fin. Et cette fin n'était plus si lointaine.

Le moment approchait – elle le pressentait aussi sûrement qu'elle sentait les coups de pied du bébé dans son ventre. Les jours heureux céderaient à l'obscurité. La paix prendrait fin dans le sang et le conflit.

Elle porta la main à l'amulette ornée du symbole d'un chien autour de son cou. La protection que sa mère avait convoquée par la magie du sang. Très prochainement, elle le savait, elle aurait de nouveau besoin de cette protection.

Elle se tint le bas du dos, qui lui causait quelque douleur, et vit son homme arriver à cheval. Eoghan, si beau, son homme à elle. Les yeux aussi verts que les collines, ses cheveux du même noir que les ailes d'un corbeau qui retombaient en boucles sur ses épaules. De grande stature, il chevauchait avec aisance, le buste droit, sur sa vigoureuse jument à la robe brun clair, et sa voix résonnait – comme souvent – tandis qu'il chantait.

Par tous les dieux, il lui donnait le sourire, faisait tressaillir son cœur comme un oiseau en plein essor. Elle qui jadis était pétrie de la certitude que l'amour n'était pas pour elle, que sa seule famille était ceux de son sang, que sa vie se résumerait à sa mission… Elle était tombée éperdument amoureuse d'Eoghan de Clare.

Brin bondit sur ses petits pieds, et s'élança en courant aussi vite que ses jambes le lui permettaient, tout en criant :

— Pa ! Pa ! Pa !

Eoghan se pencha pour hisser le garçonnet en selle. Leurs rires, celui de l'homme et de l'enfant mêlés, parvinrent aux oreilles de Brannaugh. Les larmes lui montèrent aux yeux une nouvelle fois. En cet instant, elle aurait offert toutes ses forces, jusqu'à la dernière, pour leur épargner la suite de leur destinée. Lorsque le bébé auquel elle avait donné le nom de sa mère se mit à pleurnicher, Kathel remua ses vieux os et aboya doucement.

— Je l'entends.

Brannaugh posa son panier pour aller voir sa fille qui venait de se réveiller. La câlinant, elle était en train de l'embrasser quand la monture d'Eoghan s'arrêta à sa hauteur.

— Regarde un peu ce que j'ai trouvé sur la route. Un petit bohémien abandonné.

— Bien, je suppose que nous devrions le garder. Peut-être qu'une fois débarbouillé il sera joli. Ainsi nous pourrons le vendre au marché.

— On nous en offrirait assurément un bon prix, plaisanta Eoghan en déposant un baiser sur la tête de son fils secoué par un fou rire. Allez, descends, mon bonhomme.

Brin tourna la tête, et l'implora de ses grands yeux noirs.

— Avance, Pa ! S'il te plaît, avance !

— Rien qu'un petit tour. Ensuite, je veux prendre mon dîner.

Il fit un clin d'œil à Brannaugh avant de s'élancer au galop, provoquant les cris de plaisir de l'enfant.

Brannaugh reprit son panier et cala la petite Sorcha sur sa hanche.

— Viens, mon vieil ami, dit-elle à Kathel, c'est l'heure de ton tonique.

Elle marcha vers la jolie maison qu'Eoghan avait bâtie avec ténacité de ses mains habiles. À l'intérieur, elle raviva les braises, posa sa fille et entreprit de préparer le repas.

Caressant Kathel, elle l'arrosa du tonique qu'elle avait concocté pour le maintenir en bonne santé et pour qu'il garde l'œil vif. Il était son guide, son cœur ; elle pouvait encore prolonger sa vie de quelques années. Elle saurait quand le moment viendrait de le laisser partir.

Mais pas tout de suite, non. Pas maintenant.

Elle disposa sur la table des galettes au miel et de la confiture, et le repas était prêt au moment où Eoghan et Brin entrèrent main dans la main.

— Allez, ça suffit maintenant.

Eoghan frotta la tête de Brin, se pencha pour embrasser Brannaugh, s'attardant un peu pour prolonger cet instant, comme à son habitude.

— Tu rentres bien tôt, commença-t-elle à dire avant que ses yeux de mère ne surprennent son fils qui tendait la main vers un gâteau. Va d'abord te laver les mains, mon garçon, ensuite tu viendras t'asseoir à table comme un gentilhomme pour dîner.

— Elles ne sont pas sales, Ma, protesta-t-il en les tendant sous ses yeux.

Sourcils arqués, Brannaugh considéra ses petits doigts potelés.

— À la toilette. Tous les deux.

— On ne discute pas avec les femmes, conseilla Eoghan à Brin. Tu apprendras cette leçon. J'ai terminé la remise de la veuve O'Brian. Je le jure devant Dieu, son fils est un sacré bon à rien et il est encore parti en vadrouille je ne sais où. J'ai travaillé plus vite sans lui.

Il parla de son travail tout en aidant son fils à s'essuyer les mains, évoqua les tâches à venir tout en soulevant sa fille pour la faire tournoyer dans les airs et la faire rire aux éclats.

— Tu apportes la joie dans cette maison, murmura-t-elle. Tu en es la lumière.

Il la regarda avec douceur et reposa le bébé.

— Tu en es le cœur. Viens t'asseoir, soulage tes pieds un moment. Prends ton dîner.

Il attendit. Elle savait qu'il était le plus patient des hommes. Ou le plus entêté, l'un allant rarement sans l'autre, tout du moins pour les hommes de la trempe de son Eoghan.

Une fois les tâches ménagères achevées, le souper terminé, les enfants couchés pour la nuit, il lui prit la main.

— Voudrais-tu venir en promenade avec moi, mon adorable Brannaugh ? C'est une belle nuit.

Combien de fois avait-il prononcé ces mots à l'époque où il la courtisait – et où elle s'appliquait à le chasser comme un vilain moucheron ?

Elle s'empara simplement de son châle – son préféré, cousu par Teagan pour elle – et l'enroula autour de ses épaules. Elle jeta un œil à Kathel, couché au coin du feu.

— Surveille les petits en mon absence, lui dit-elle en suivant Eoghan dans la nuit fraîche et humide.

— Il va pleuvoir, dit-elle. Avant le lever du jour.

— Dans ce cas, nous avons de la chance d'avoir la nuit devant nous. (Il posa la main sur le ventre de sa femme.) Tout va pour le mieux ?

— Tout à fait. C'est un petit homme très occupé, toujours en mouvement. Assez semblable à son père.

— Nous ne manquons de rien, Brannaugh. Nous pourrions embaucher quelqu'un pour t'aider un peu.

Elle le regarda de travers.

— As-tu des raisons de te plaindre de l'état de la maison, de l'éducation des enfants, de la nourriture qui t'attend sur la table lorsque tu rentres ?

— Aucune, pas la moindre. Mais j'ai vu ma mère se tuer à l'ouvrage. (Tout en parlant, il massait le bas du dos de sa femme, comme s'il savait que ce point la faisait souvent souffrir.) Ce n'est pas ce que je souhaite pour toi, *a ghrá*.

— Je me porte bien, je te le jure.

— Pourquoi es-tu triste ?

— Je ne le suis pas. (Un mensonge, prit-elle conscience, alors qu'elle ne lui mentait jamais.) Bon, un peu. Porter la vie affaiblit une femme par moments, comme tu le sais certainement. N'ai-je pas versé des torrents de larmes lorsque j'attendais Brin et que tu as apporté le berceau que tu avais confectionné ? J'ai sangloté comme si c'était la fin du monde.

— De joie. Là, tu n'es pas joyeuse.

— Il y a de la joie en moi. Aujourd'hui encore, j'ai contemplé nos enfants, pendant que le bébé à naître bougeait en moi, en songeant à toi et à notre vie. Il y a tant de joie, Eoghan. Combien de fois me suis-je refusée à toi alors que tu voulais me posséder ?

— Une fois, c'est déjà une fois de trop.

Elle rit, malgré les larmes qui lui serraient la gorge.

— Mais tu as proposé encore et encore, inlassablement. Tu m'as courtisée en chantant et en me contant des histoires, en m'offrant des fleurs sauvages. Et je continuais à répéter que je ne prendrais aucun homme pour époux.

— Aucun homme sauf moi.

— Aucun homme sauf toi.

Elle inspira l'air de la nuit, les arômes du jardin, de la forêt, des collines. Elle respira ce qui était devenu sa terre, forte de savoir qu'elle allait devoir la quitter pour retrouver la maison de son enfance, et accomplir sa destinée.

— Tu savais ce que j'étais, ce que je suis. Et pourtant tu me voulais. Pas mon pouvoir, mais moi.

Cette idée comptait plus que tout pour elle, et cela avait ouvert son cœur alors qu'elle était déterminée à le garder verrouillé.

— Et quand je n'ai plus été en mesure de contenir mon amour pour toi, je t'ai tout dit, sans rien omettre, et j'ai continué à te refuser. Mais tu m'as encore demandé ma main. Te souviens-tu de ce que tu m'as dit ?

— Oui, et je vais le redire. (Il se tourna vers elle, lui prit les mains comme ce jour-là, survenu des années plus tôt.) Tu es mienne, et je suis tien. Tout ce que tu es, je le prendrai. Tout ce que je suis, je te le donnerai. Je resterai à tes côtés, Brannaugh, Ténébreuse de Mayo, dans le feu et les déluges, dans la joie et le chagrin, dans le combat et dans la paix. Regarde dans mon cœur, puisque tu en as le pouvoir. Regarde en moi, et trouves-y l'amour.

— C'est ce que j'ai fait. Ce que je fais toujours, Eoghan. (Elle se blottit contre lui et se lova dans ses bras.) Il y a tant de joie.

Mais elle sanglotait.

Il la caressa, l'apaisa, puis l'écarta de lui pour observer son visage à la faible lueur du clair de lune.

— Nous devons partir. Retourner à Mayo.

— Prochainement. Bientôt. Je suis désolée…

— Non. (Leurs lèvres se frôlèrent, figeant ses paroles.) Je refuse d'entendre cela. N'as-tu pas compris ce que j'ai dit ?

— Comment aurais-je pu le savoir ? Même lorsque tu prononçais ces mots, quand je les sentais dompter mon cœur, comment aurais-je pu deviner que j'éprouverais cela ? Mon vœu le plus cher serait de rester, de simplement rester. Vivre ici avec toi, et oublier tout le reste. Mais je ne peux pas. Je ne peux pas nous donner cela. Eoghan, nos enfants…

— Rien ne les atteindra. (Il posa la main sur son ventre.) Rien ni personne. Je le jure.

— Tu dois le jurer car, le jour venu, je devrai les quitter pour affronter Cabhan avec mon frère et ma sœur.

— Et avec moi. (Il la prit par les épaules et une lueur déterminée s'alluma dans ses yeux.) Quoi que tu affrontes, je l'affronterai aussi.

— Tu dois m'en faire la promesse. (Lentement, elle fit descendre les mains de son époux sur son ventre, là où leur fils donnait des coups de pied.) Nos enfants, Eoghan, tu dois jurer de les protéger envers et contre tout. Toi et l'homme de Teagan devez les protéger contre Cabhan. Je ne pourrai jamais mener à bien ma mission si leur père et leur oncle ne veillent pas sur eux et ne les défendent pas. Au nom de notre amour, Eoghan, promets-moi.

— Je donnerai ma vie pour toi. (Quand il appuya son front contre le sien, elle sentit la lutte qui se jouait en lui – entre l'homme, le mari, le père.) Je t'en fais le serment, je donnerais ma vie pour nos enfants. Je jure de les protéger.

— C'est un don de t'avoir rencontré. (Elle porta les mains de son époux à ses lèvres.) Je suis bénie de t'avoir. Tu ne me demanderas pas de rester ?

— Tout ce que tu es, lui rappela-t-il. Tu as prêté serment, et ce serment est aussi le mien. Je suis avec toi, *mo chroi.*

Dans un soupir, elle reposa la tête sur son épaule.

— Tu es ma lumière. La lumière qui fait briller nos enfants.

Elle aurait recours à toutes ses ressources pour préserver cette lumière, tout ce qui en découlait, et au final, enfin, elle vaincrait le mal.

Elle patienta et, vivant au jour le jour, elle profita de chaque instant. Quand ses enfants se reposaient, quand celui qu'elle portait la forçait à s'accorder un peu de répit, elle s'asseyait près du feu avec le livre des sortilèges de sa mère. Elle étudiait, ajoutait ses propres enchantements, ses mots et ses pensées. Ceci, elle le savait, elle le transmettrait en même temps que l'amulette. À ses enfants et à celui qui allait naître, qui poursuivraient la mission de la Ténébreuse si jamais elle et sa fratrie venaient à échouer.

Leur mère avait juré qu'ils – ou leurs descendants – anéantiraient Cabhan. Elle avait vu de ses propres yeux l'un de leurs descendants venu d'un autre temps, et lui avait parlé. Et elle avait rêvé d'une autre, une femme du même nom qu'elle, qui portait l'amulette qu'elle avait autour du cou, et qui était, tout comme elle, l'une des Trois.

Les trois enfants de Sorcha auraient des enfants, qui auraient des enfants à leur tour. Ainsi l'héritage se perpétuerait, leur objectif ne serait pas abandonné tant qu'il ne serait pas atteint. Elle ne s'en détournerait pas car elle en était incapable.

Elle ne nierait pas les flammes qui faisaient bouillonner son sang en cette fin d'été.

Mais elle avait des enfants dont elle devait s'occuper, un foyer à entretenir, des animaux à nourrir et à soigner, un jardin à cultiver, une petite chèvre à traire. Des voisins et des voyageurs à guérir et à assister.

Et des pouvoirs occultes, au service de la lumière, la magie bienfaisante à préserver.

Tandis que les petits faisaient la sieste – et Brin s'était débattu tel un héros pour garder les yeux ouverts – elle sortit prendre l'air.

Elle vit sa sœur, sa tresse blonde lui battant les reins, qui remontait le sentier, un panier au bras.

— Tu as dû m'entendre souhaiter ta visite, car je recherche quelqu'un de plus de deux ans avec qui bavarder.

— J'ai du pain noir pour toi, j'en ai fait trop cuire pour nous. Et moi aussi, j'avais très envie de te voir.

— Nous allons en manger sans tarder, j'ai faim à chaque heure de la journée.

Riant, Brannaugh tendit les bras pour accueillir sa sœur.

Teagan, si jolie avec sa chevelure aussi lumineuse que les rayons du soleil et ses yeux de la couleur des jacinthes des bois que leur mère chérissait.

Brannaugh la serra tout contre elle, puis s'écarta d'un bond.

— Tu portes la vie !

— Tu ne pouvais pas me laisser te l'annoncer moi-même ? (Radieuse, souriant largement, Teagan enlaça chaleureusement sa sœur.) Je n'en ai eu confirmation que ce matin. Dès que je me suis réveillée, j'ai su que j'attendais un enfant. Je ne l'ai pas encore dit à Gealbhan, car je souhaitais que tu sois la première à l'apprendre. Et j'attendais aussi d'être sûre, totalement sûre. Maintenant, c'est chose faite. Tu as entendu comme je pérore. Je ne peux pas m'en empêcher.

— Teagan… (Les yeux emplis de larmes, Brannaugh embrassa sa sœur sur les joues tout en se souvenant de la petite fille en sanglots, ce triste matin, de longues années plus tôt.) Sois bénie, *deirfiúr bheag*. Entre donc. Je vais te préparer une tisane, une boisson bonne pour toi et pour la vie que tu portes.

— J'ai envie de l'annoncer à Gealbhan près du petit ruisseau où il m'a embrassée la première fois, dit-elle en entrant à la suite de Brannaugh tout en ôtant son châle. Et ensuite je dirai à Eamon qu'il va être oncle une nouvelle fois. Je veux de la musique et des voix joyeuses. Toi et Eoghan, voudriez-vous venir avec les enfants, ce soir ?

— Nous viendrons, bien entendu, nous viendrons. Nous jouerons de la musique et bavarderons gaiement.

— Maman me manque. Oh, c'est idiot, je sais, mais j'ai envie de lui annoncer la nouvelle. J'aimerais le dire à notre père. La vie grandit en moi, celle d'un être qui descend d'eux. As-tu éprouvé le même besoin ?

— Oui, chaque fois. Quand Brin est né, puis ma petite Sorcha, je l'ai vue un court moment, rien qu'un bref instant. Je l'ai sentie, et notre père également. J'ai senti leur présence au moment où mes bébés ont poussé leurs premiers cris. Il y avait de la joie dans cet instant, Teagan, et du chagrin. Et puis…

— Dis-moi.

Ses yeux gris emplis de cette félicité, de ce chagrin, Brannaugh replia les mains sur l'enfant qu'elle portait.

— L'amour résiste à toutes les épreuves, l'amour est entier. Cette vie que tu portes, pas dans ton ventre, mais entre tes bras… L'amour qui t'inonde… Tu crois savoir, et c'est vrai, mais tu découvres alors que ce que tu connaissais est terne et faible comparé à ce qui te submerge ensuite.

24

Désormais, je sais ce qu'elle éprouvait pour nous. Ce qu'elle et notre père ressentaient pour nous. Tu le comprendras à ton tour.

— Tu penses que ça peut être plus fort que ça ? s'enquit Teagan en posant la main sur son ventre. C'est déjà tellement intense.

— Oui, ça peut être plus grand que ça. Et ça le sera.

Brannaugh considéra les arbres par la fenêtre, et les jardins en renaissance. Son regard se perdit dans le vague.

— Ce ne sera pas le fils que tu portes, même s'il sera fort et maîtrisera rapidement le pouvoir. Ce ne sera pas non plus le fils qui viendra ensuite. La fille, ton troisième enfant, ce sera elle. Ce sera l'élue des trois. Juste comme toi, le cœur pur, vive d'esprit. Tu lui donneras le nom de Ciara. Un jour elle portera le signe que notre mère a fabriqué pour toi.

Prise de vertiges, Brannaugh prit un siège. Teagan se précipita vers elle.

— Je vais bien. Ces images me sont venues d'un coup, je n'y étais pas préparée. Je suis un peu plus lente qu'à l'accoutumée ces temps-ci.

Elle tapota la main de Teagan.

— Je n'ai jamais regardé. Je n'y ai pas pensé.

— Pourquoi y penserais-tu ? Tu as simplement le droit d'être heureuse. Je n'aurais pas dû gâcher ça pour tout l'or du monde.

— Tu n'as rien fait de tel. Comment pourrais-tu me causer du tort en m'apprenant que je vais avoir un premier fils, un second, puis une fille ? Allez, reste assise. Je vais finir de préparer le dîner. Lorsque la porte s'ouvrit, elles se tournèrent vers l'entrée.

— Il sent le pain frais à des lieux, notre Eamon, dit Teagan alors que leur frère entrait, sa tignasse brune décoiffée, comme toujours, autour de son visage d'une beauté saisissante.

Avec un grand sourire, il renifla l'air comme un chien de chasse.

— J'ai du flair, assurément, mais je n'ai pas besoin d'un bon fumet pour venir ici. Il y a suffisamment de lumière qui tourbillonne autour de ta chaumière pour éclipser la lune. Si tu cherches à conjurer un enchantement aussi vif, tu aurais bien fait de me le dire.

— Nous ne sommes pas en train de conjurer. Nous discutons seulement. Nous préparons une petite *céili*, ce soir à la chaumière. Et tu pourras tenir compagnie à Brannaugh après mon départ. Comme ça, j'aurai le temps d'apprendre à Gealbhan qu'il va devenir père.

— Puisqu'il y a du pain frais, je peux… Père, dis-tu ? (Les yeux bleu clair d'Eamon brillèrent de joie.) En voilà une heureuse nouvelle !

Il souleva Teagan de terre, la fit tournoyer et recommença comme elle éclatait de rire. Il la reposa sur la chaise, l'embrassa puis sourit à pleines dents à Brannaugh.

— Je ferais volontiers de même avec toi, mais tu es grosse comme une montagne et je crains de me briser le dos.

— N'espère même pas tartiner ce pain avec ma confiture.

— Une belle montagne. Une qui m'a déjà donné un beau neveu et une charmante nièce.

— Bon, tu vas peut-être avoir droit à une lichette.

— Gealbhan va déborder de joie. (Avec cette douceur qui le caractérisait si bien, il caressa sa joue.) Tu te sens bien, dis-moi, Teagan ?

— Je me sens merveilleusement bien. Je suis d'humeur à cuisiner un festin, ce qui n'est pas pour te déplaire, je pense.

— Ah oui, tout à fait.

— Et tu dois trouver une femme qui te convienne, ajouta Teagan, car tu serais un très bon père.

— Je suis très bien avec vous deux et vos enfants. Vous faites de moi un oncle heureux.

— Elle a une chevelure de feu, des yeux qui évoquent la mer en pleine tempête et elle scintille de puissance. (Brannaugh s'enfonça dans sa chaise, massant l'arrondi de son ventre.) Cela m'arrive par vagues en ce moment. Certaines proviennent de lui, je pense ; il est impatient. (Elle sourit.) C'est bon de voir la femme qui t'épousera, Eamon. Pas pour de simples galipettes, mais pour le grand saut.

— Je ne suis pas à la recherche d'une femme. Ou pas d'une en particulier.

Teagan recouvrit sa main de la sienne.

— Tu penses depuis toujours que tu n'es pas destiné à une femme, à une épouse, puisque tes deux sœurs te protègent. Tu te trompes, depuis tout ce temps. Nous sommes trois, Eamon, et sommes toutes les deux aussi capables que toi. Quand on aime, on n'a plus son mot à dire.

— Ne contrarie pas une femme enceinte, et encore moins si c'est une magicienne, dit gaiement Brannaugh. Je n'ai jamais cherché l'amour mais lui m'a trouvée. Teagan l'a attendu, et il l'a trouvée. Tu peux le fuir, *mo deartháir*. Mais il finira par te trouver.

— Quand nous rentrerons chez nous. (Ses yeux s'embuèrent de larmes.) Ah, mince, je me mets à pleurer chaque fois que je respire, on dirait. Tu dois t'attendre à cela, Teagan. Les émotions nous submergent par surprise.

— Tu l'as senti, toi aussi. (Eamon posa la main sur celle de Brannaugh afin de réunir le trio.) Nous allons rentrer, prochainement.

— À la prochaine lune. Nous devrons partir à la prochaine pleine lune.

— J'espérais que tu attendrais, murmura Teagan. J'aurais aimé patienter jusqu'à l'arrivée de ton enfant, même si je sais dans ma tête et dans mon cœur que nous ne pouvons reculer le départ.

— Mon fils verra le jour à Mayo. Cet enfant naîtra à la maison. Et pourtant… ici aussi, c'est chez nous. Sauf pour toi, dit-elle à Eamon. Tu as attendu, patiemment, tu es resté ici mais ton cœur, ton esprit, ton être sont restés là-bas.

— On nous a dit que nous finirions par rentrer. Alors j'ai patienté. Nos trois descendants. Ils attendent aussi. (Eamon caressa du doigt la pierre bleue qu'il portait autour du cou.) Nous allons les revoir.

— Je rêve d'eux, dit Brannaugh. De celle qui partage mon nom, et des autres également. Ils ont combattu et ont échoué.

— Ils repartiront à l'assaut, ajouta Teagan.

— Ils lui ont infligé des blessures. (Un éclat féroce scintilla dans les yeux d'Eamon.) Il a saigné, comme lorsque la femme qui se nomme Meara, celle qui est venue avec Connor, l'un des trois, l'a frappé avec son épée.

— Il a été blessé, concéda Brannaugh. Et il a guéri. Il a repris des forces. Il tire son pouvoir de l'obscurité. Je n'arrive pas à voir où ni comment. Je le sens seulement. Je n'arrive pas à voir si nous modifierons le cours des choses, si nous pouvons et parviendrons à l'anéantir. Mais je les vois, et je sais que si nous ne le détruisons pas, ils continueront à lutter.

— Alors rentrons chez nous et trouvons un moyen de le mettre à mal. De cette façon, nos descendants n'auront pas à combattre seuls.

28

Brannaugh pensa à ses enfants, endormis à l'étage. En sécurité, toujours innocents. Et aux enfants des enfants de ses enfants, dans des temps futurs, à Mayo. En danger, se dit-elle, et privés de leur pureté.

— Nous trouverons un moyen. Nous rentrerons. Mais ce soir, rien que ce soir, nous allons festoyer. Nous allons jouer de la musique. Et tous les trois nous remercierons ceux qui sont nés avant nous pour la lumière qu'ils nous ont transmise. Pour les vies, dit-elle, posant une main légère sur le ventre de sa sœur, une autre sur le sien.

— Et demain, dit Eamon en se levant, nous ferons commencer la déchéance de celui qui a pris la vie de notre père, et de notre mère.

— Veux-tu bien rester un instant avec Brannaugh ? demanda Teagan à Eamon. J'aimerais aller parler à Gealbhan maintenant.

— Pour aujourd'hui, ne lui donne que de la joie, dit Brannaugh en se levant en même temps qu'elle. Le reste peut attendre jusqu'à demain. Le temps passe vite, profite du bonheur aujourd'hui.

— Oui, la joie, dit-elle en embrassant sa sœur puis son frère. Il faut qu'Eoghan apporte sa harpe.

— N'aie crainte. Nous emplirons les bois de musique et nous la ferons résonner par-delà les collines.

Une fois Teagan partie, Brannaugh se rassit, et Eamon plaça sa tisane entre ses mains.

— Bois. Tu es toute pâle.

— Juste un peu fatiguée. Eoghan sait. J'ai parlé avec lui, et il est prêt à partir – à abandonner tout ce que nous avons construit ici. Je n'aurais jamais imaginé que ça puisse être aussi difficile de rentrer. Je n'aurais jamais cru que ce serait une déchirure dans un sens comme dans l'autre.

— Les frères de Gealbhan s'occuperont de la terre ici, pour toi et pour Teagan.

— Oui, cette idée me réconforte. Pas pour toi, puisque cette terre n'a jamais été à toi. (À cette évocation, elle fut saisie d'un mélange de tristesse et de joie.) Tu resteras à Mayo, quoi qu'il advienne. Je ne vois pas ce que nous allons faire, Eoghan, les enfants et moi. Mais Teagan reviendra ici, je le vois clairement. C'est chez elle, désormais.

— C'est juste, admit-il. Elle restera une Ténébreuse de Mayo, mais son cœur et son foyer sont à Clare.

— Comment allons-nous faire, Eamon, si nous ne vivons plus ensemble ? Nous avons toujours vécu en étant proches les uns des autres.

Il plongea ses yeux, du même bleu clair que ceux de leur père, dans ceux de Brannaugh.

— La distance n'est rien. Nous sommes toujours ensemble.

— Je suis trop sensible, je deviens sotte, et ça me déplaît fortement. J'espère que cette humeur va passer rapidement, sinon je devrai m'envoûter moi-même.

— Je dois t'avouer que, quand tu portais la petite Sorcha, dans les dernières semaines, il t'arrivait d'avoir des sautes d'humeur et des paroles cinglantes. Je crois que j'aime autant que tu pleurniches.

— Pas moi, je peux te l'assurer. (Elle but sa tisane qui, elle le savait, l'apaiserait.) Pour le voyage, je renforcerai un peu le tonique que je donne à Kathel et à Alastar. Roibeard n'en a pas besoin. Il est fort.

— Il est parti chasser, dit Eamon en parlant de son épervier. Il s'éloigne un peu plus chaque fois. Désormais, il vole vers le nord, tous les jours, le nord. Il sait aussi bien que nous que nous prendrons bientôt la route.

— Nous préviendrons nos hôtes de notre arrivée. Nous serons bien accueillis, au château d'Ashfrod. Les enfants de Sorcha et Daithi. Les Trois Ténébreux seront les bienvenus.

— Je m'en occuperai, dit Eamon en se calant dans sa chaise, sa tasse à la main, un sourire aux lèvres. Une chevelure de feu, dis-tu ?

Brannaugh rit, comme il l'espérait.

— Oh, et le jour où tu la rencontreras, tu resteras sans voix tant sa beauté t'aveuglera, je peux te le promettre.

— Pas moi, ma chère sœur, sûrement pas moi.

2

Pour les enfants, c'était une aventure. L'idée d'un long voyage, de découvrir un lieu inconnu, avec un château en ligne de mire, enchantait particulièrement Brin qui avait hâte de se mettre en route.

Tout en emballant le nécessaire, Brannaugh repensa à ce lointain matin où elle s'était empressée d'obéir à l'injonction de sa mère et d'empaqueter ce qu'elle lui avait dit d'emmener. L'urgence, l'acte définitif. Et ce dernier regard échangé avec elle, le sien brûlant de ses dernières forces, devant la chaumière dans les bois.

À présent, elle préparait son paquetage de retour, un devoir, un destin qu'elle acceptait depuis toujours. Elle n'avait espéré rien d'autre – jusqu'à la naissance de son premier enfant, jusqu'à ce qu'elle déborde d'amour pour le garçonnet qui courait dans tous les sens, pétillant d'excitation.

Mais il lui restait une tâche à accomplir à Clare.

Elle rassembla ce dont elle avait besoin – un bol, une bougie, un livre, des herbes aromatiques et des pierres. En jetant un œil à son petit garçon, elle éprouva de la fierté mêlée à des remords.

— Le moment est venu pour lui, pour cela, dit-elle à Eoghan.

Compréhensif, Eoghan déposa un baiser sur son front.

— Je vais emmener Sorcha à l'étage. C'est l'heure de la mettre au lit.

Avec un hochement de tête, elle se tourna vers Brin et l'appela.

— Je ne suis pas fatigué. Pourquoi on ne part pas tout de suite ? On pourrait dormir à la belle étoile !

— Nous partirons dès demain, mais avant cela, il y a des choses que nous devons faire, toi et moi.

Elle s'assit et lui tendit les bras.

— D'abord, viens t'asseoir avec moi. Mon fils, murmura-t-elle en le prenant sur ses genoux. Mon cœur. Tu sais ce que je suis.

— Maman, dit-il en se blottissant contre elle.

— C'est exact, mais tu sais, je ne suis pas que cela, comme je ne te l'ai jamais caché. Une Ténébreuse, gardienne des pouvoirs magiques, fille de Sorcha et de Daithi. C'est mon sang. Et c'est également le tien. Tu vois la bougie ?

— C'est toi qui as fabriqué la bougie. Maman fabrique les bougies et prépare les gâteaux, et papa monte les chevaux.

Elle rit, et préféra le laisser vivre dans cette illusion un peu plus longtemps.

— Ah oui ? Eh bien, c'est vrai que je fabrique des bougies. Tu vois la mèche, Brin ? La mèche est froide et sans lumière. Regarde la bougie, Brin, regarde la mèche. Regarde la lumière et la flamme, la minuscule flamme et la chaleur, produite par la lumière. Tu as la lumière en toi, la flamme en toi. Regarde bien la mèche, Brin.

Elle fredonna la phrase pour lui, plusieurs fois, et sentit son énergie se concentrer, ses pensées s'unir aux siennes.

— Le pouvoir naît de la lumière. La lumière naît du pouvoir. En toi, de toi, à travers toi. Ton sang, mon sang, notre sang, ta lumière, ma lumière, notre lumière. Sens ce qui vit en toi, ce qui attend en toi. Vois la mèche, elle attend ta lumière. Ton pouvoir. Apporte-la-lui. Laisse-la s'élever, lentement, lentement, doucement et clairement. Va à sa rencontre, car elle t'appartient. Rejoins-la, touche-la, laisse-la grandir. Apporte la lumière.

La mèche fit des étincelles, s'éteignit, se raviva puis resta allumée pour de bon.

Brannaugh embrassa le dessus de la tête de son fils. Voilà, se dit-elle, la première leçon est acquise. Son petit garçon ne sera plus jamais un enfant comme les autres.

La joie et le chagrin à jamais enchevêtrés.

— Bravo, c'est très bien.

Il leva les yeux vers elle et lui sourit.

— Je peux recommencer ?

— Oui, répondit-elle en l'embrassant encore. Mais tu dois d'abord m'écouter, et attentivement, car il y a d'autres choses à apprendre et à connaître. Et la première chose à savoir, à retenir, à promettre, c'est de ne jamais faire le mal avec ce que tu es, ce que tu détiens. Ton don, Brin ? Ce n'est pas pour faire le mal. Jure-le, à moi comme à toi-même, à tous ceux dont nous venons, comme à ceux qui viendront après nous.

Elle leva son athamé et s'entailla la paume.

— Par le sang, nous prêtons serment. De mère à fils, de fils à mère, de magicien à magicienne. L'air solennel, il lui tendit sa main, battit des paupières sous l'effet de la brève douleur lorsqu'elle lui incisa la peau.

— Jamais je ne ferai le mal, déclara-t-il lorsque, lui prenant la main, elle mêla leur sang.

— Jamais je ne ferai le mal, répéta-t-elle avant de le presser contre son sein et de guérir la petite plaie d'un baiser. Maintenant, tu peux allumer une autre bougie si tu le souhaites. Et ensuite, ensemble, nous réaliserons des talismans, pour nous protéger. Pour toi, pour ta sœur et pour ton père.

— Et toi, maman ?

Elle montra son pendentif.

— J'ai ce qu'il me faut.

Dans les brumes matinales, Brannaugh monta dans le chariot, sa petite fille blottie contre elle à ses côtés. Elle regarda son fils, en selle devant son père, les joues roses de plaisir. Elle regarda sa sœur, qui chevauchait Alastar ; son frère, l'épée de leur grand-père à son flanc, grand et droit sur le cheval qu'il appelait Mithra. Et Gealbhan, serein, qui attendait sur la jolie jument qu'Alastar avait mise bas trois étés plus tôt.

Elle donna le signal au vieux cheval d'attelage de Gealbhan et, alors que Brin poussait un cri de joie, ouvrit la marche. Elle se retourna une dernière fois, une seule, vers la maison qu'elle avait appris à aimer, en se demandant si elle la reverrait un jour.

Puis elle garda le regard fixé droit devant.

Un guérisseur était partout le bienvenu – tout comme un harpiste. Bien que le bébé qui prenait du poids dans son ventre fût souvent agité, elle et sa famille trouvèrent un toit et l'hospitalité, tout au long du chemin, en pleine nature.

Eoghan jouait de la musique, elle, Teagan ou Eamon offrait des baumes et des potions aux malades et aux blessés. Gealbhan proposait sa force physique et ses mains calleuses.

Par une belle nuit, ils dormirent sous la voûte étoilée, comme Brin en avait rêvé, et la présence du chien, de l'épervier et du cheval qui veillaient sur les siens réconfortait Brannaugh.

Ils firent route sans encombre, mais elle savait que l'annonce de leur arrivée s'était répandue. Les Ténébreux, tous les trois, traversaient Clare et poursuivaient leur périple vers Galway.

— Cabhan doit avoir eu vent de notre venue lui aussi, dit Eamon alors qu'ils faisaient halte pour laisser les chevaux se reposer et les enfants se dégourdir les jambes.

Elle était assise entre lui et Teagan pendant que Gealbhan et Eoghan abreuvaient leurs montures, et qu'Eamon installait des lignes au bord de l'eau.

— Nous sommes plus forts que par le passé, lui rappela Teagan. Nous étions enfants lorsque nous sommes partis vers le sud. Maintenant que nous remontons vers le nord, nous avons bien grandi.

— Il s'inquiète, dit Brannaugh en caressant son ventre. Parce que toi et moi portons plus qu'auparavant.

— Je ne doute pas de votre pouvoir ni de votre volonté.

— Et pourtant tu te fais du souci.

— Je me demande si nous avons eu raison de partir maintenant, admit Eamon, même si je sais que l'heure a sonné. Je le sens aussi nettement que vous deux, et pourtant ce serait plus facile si vous aviez le temps d'accoucher paisiblement avant que nous n'affrontions notre destin.

— Ce qui doit arriver arrivera, mais à dire vrai, je suis contente que nous nous arrêtions pour passer un jour ou deux avec nos cousins. Et par tous les dieux, je me réjouis de passer une journée hors de ce fichu chariot.

— Je rêve des galettes de miel d'Ailish, personne ne les cuisine mieux qu'elle.

— Il rêve avec son ventre, dit Teagan.

— Les hommes ont besoin de manger. Ah ! s'exclama-t-il en tirant sur la ligne et sur le poisson qui gesticulait au bout du hameçon. Nous allons nous nourrir.

— Il en faut plus d'un, dit Brannaugh, leur rappelant à tous les mêmes paroles que leur mère avait prononcées par une belle journée joyeuse au bord de la rivière de Mayo.

Ils quittèrent la nature sauvage et accidentée de Clare, fouettés par des vents déchaînés et de soudaines pluies battantes. Ils traversèrent les collines verdoyantes de Galway, des prés de moutons bêlant, passèrent devant des maisons dont les cheminées crachaient de la fumée. Roibeard les précédait dans le ciel, passant sous et entre les lourds nuages qui donnaient au ciel une allure de mer grise.

Les enfants dormaient dans le chariot, pelotonnés entre les ballots, et Kathel, assis à côté de Brannaugh, était constamment aux aguets.

— Il y a plus de maisons que dans mes souvenirs, dit Teagan qui venait à sa hauteur sur le dos de l'infatigable Alastar.

— De nombreuses années se sont écoulées.

— La terre est bonne par ici – j'entends quasiment Gealbhan s'en faire la remarque.

— Serais-tu prêt à t'installer ici ? Est-ce que ce pays t'attire ?

— Tout à fait, mais notre chaumière dans les bois de Clare me plaît également. Cependant, plus nous nous rapprochons de notre pays, plus je m'en languis. Nous avons été contraints d'ignorer notre peine pendant si longtemps, tous les trois, mais dorénavant… Le sens-tu aussi, Brannaugh ? L'appel de notre terre ?

— Oh oui.

— As-tu peur ?

— Oui, de ce qui va advenir, mais surtout d'échouer.

— Nous n'échouerons pas.

Devant le regard perçant de Brannaugh, Teagan secoua la tête.

— Non, je n'ai pas eu de vision, ce n'est qu'une certitude. Qui se renforce à mesure que nous approchons de chez nous. Nous n'échouerons pas, puisque la lumière l'emportera toujours sur l'obscurité, même si cela doit prendre mille ans.

— Tu parles comme elle, murmura Brannaugh. Comme notre mère.

— Comme elle vit en chacun de nous, nous ne faillirons pas. Oh, regarde, Brannaugh ! Cet arbre, là, avec les branches tortueuses. Eamon a raconté à notre cousine Mabh que cet arbre prenait vie à chaque pleine lune, pour lui faire peur. Nous sommes presque arrivés à la ferme d'Ailish. Nous sommes tout près.

— Vas-y, pars devant nous.

Son visage s'éclairant comme si elle retombait en enfance, Teagan rejeta la tête en arrière et rit.

— Fort bien, j'y vais.

Elle rejoignit son mari, laissa éclater un rire rafraîchissant, puis s'élança au galop. À côté de Brannaugh, Kathel gémit en tremblotant.

— Allez, pars avec elle, dit Brannaugh en le caressant.

Il bondit hors du chariot et courut en toute hâte derrière le cheval tandis que l'épervier volait au-dessus d'eux.

C'était un retour aux sources puisqu'ils avaient vécu dans cette ferme pendant cinq ans. Brannaugh la trouva dans le même état impeccable qu'auparavant. Des annexes avaient été ajoutées, ainsi qu'un nouveau paddock dans lequel dansaient de jeunes chevaux.

Elle aperçut un jeune garçon blond, les bras passés autour de Kathel. Quand il lui sourit, elle sut que c'était Lughaidh, le dernier-né de la fratrie.

Ailish se précipita vers le chariot. Elle avait pris du poids, et des cheveux blancs parsemaient sa chevelure claire. Mais ses yeux étaient aussi vifs et jeunes qu'autrefois.

— Brannaugh ! Regardez notre Brannaugh ! Seamus, viens aider ta cousine à descendre du chariot.

— Je vais y arriver, dit Brannaugh en mettant prudemment pied à terre pour enlacer sa cousine. Ça me fait chaud au cœur de te revoir.

— Mon cœur aussi bondit de joie. Comme tu es belle, comme avant. Tu ressembles tant à ta mère. Et voilà notre Eamon, devenu un bien charmant jeune homme. Mes cousins, tous les trois, vous êtes revenus comme vous l'aviez promis. J'ai envoyé les jumeaux chercher Bardan dans les champs. Seamus, va vite dire à Mabh que ses cousins sont là.

Les larmes aux yeux, elle prit de nouveau Brannaugh dans ses bras.

— Mabh et son homme ont leur maison à présent, de l'autre côté du chemin. Elle est sur le point de donner le jour à son premier enfant. Je vais devenir grand-mère ! Mais je jacasse, je jacasse… C'est Eoghan, c'est bien cela ? Et le Gealbhan de Teagan. Bienvenue, bienvenue à vous tous. Mais où sont vos enfants ?

— Ils dorment dans le chariot.

Ailish ne put s'empêcher de les réveiller et de leur donner quelques-unes de ses galettes de miel dont Eamon avait gardé un souvenir gourmand. Puis Conall, qui n'était qu'un nourrisson la dernière fois que Brannaugh l'avait vu, emmena ses enfants voir la nouvelle portée de chiots.

— On peut les laisser, ils seront très bien ensemble, tu peux me croire, dit Ailish en préparant un généreux dîner. C'est un bon garçon, notre Conall. Tu as accompagné sa venue au monde. Laissons les hommes soigner les chevaux pendant que vous vous reposez un peu, toutes les deux.

— Quelle joie, dit Brannaugh en sirotant sa tisane qui la réchauffait et l'apaisait autant que le feu de cheminée. Je suis enfin assise sur un siège immobile.

— Mange. Il y a quelqu'un dans ton ventre qui a besoin de nourriture, lui aussi.

— Je passe mes journées et la moitié de mes nuits à avoir envie de manger. Teagan a moins souvent faim, pour l'instant. Mais ça viendra.

— Oh, tu attends un enfant ? (Ailish cessa de s'affairer, le visage radieux, et posa les mains sur son cœur.) Ma petite Teagan qui va devenir maman. Les années passent trop vite. Tu étais si petite. Allez-vous rester un moment ? Resterez-vous ici jusqu'au grand jour ? demanda-t-elle à Brannaugh. La route est encore longue jusqu'à Mayo, et tu vas bientôt avoir ton bébé. Je vois qu'il ne va pas tarder.

— Il reste un jour ou deux de voyage seulement, par bonheur. Le bébé naîtra à Mayo. C'est ainsi. Il doit en être ainsi.

— Vraiment ? (Ailish saisit la main de Brannaugh puis celle de Teagan.) Est-ce nécessaire ? Vous avez construit votre vie à Clare. Vous êtes des femmes, des mères. Devez-vous retourner vers le diable qui se tient tapi dans l'ombre ?

— Nous sommes des femmes, des mères, mais pas uniquement. Nous ne pouvons ignorer aucune de nos facettes. Mais ne te tracasse pas, cousine. N'y pense pas. C'est aujourd'hui qui compte, et présentement, nous partageons un dîner, des galettes en famille.

— Nous reviendrons, déclara Teagan.

Comme les deux femmes la regardaient, elle posa la main sur sa poitrine.

— Je le sens clairement. Nous reviendrons. Croyez-moi. Crois en nous. Je pense que la foi nous renforce.

— Puisque c'est ainsi, tu as toute ma confiance.

Ils festoyèrent en famille et jouèrent de la musique. Ils trouvèrent la paix le temps d'une soirée et d'une journée. Néanmoins, Brannaugh se sentait agitée. Pendant que son homme dormait dans le lit prêté par Ailish, elle était assise au coin du feu.

Ailish surgit, en chemise de nuit, enveloppée dans un châle épais.

— Tu as besoin de cette infusion que tu me préparais lorsque la grossesse touchait à sa fin, et que le bébé pesait tant que je ne trouvais pas le sommeil.

— Je la cherche dans les flammes et la fumée, murmura Brannaugh. Je ne peux pas m'empêcher de fouiller le feu tant elle me manque. C'est de plus en plus fort à mesure que nous approchons de Mayo. Mon père me manque ; c'est une souffrance. Mais pour ma mère, mon chagrin ne tarira jamais.

— Je le sais, dit Ailish en s'asseyant à côté d'elle. Vient-elle te voir ?

— Dans mes rêves, par moments, mais c'est très fugace. Je me languis d'entendre sa voix, qu'elle me dise que je fais ce qu'il faut. Que je fais ce qu'elle attend de moi.

— Ma chérie, tu fais ce qu'il faut. C'est certain. Te souviens-tu du jour où tu nous as quittés ?

— Très bien. C'était difficile de partir.

— Les départs sont toujours douloureux, mais c'était la bonne décision, j'ai fini par le comprendre. Avant de partir, tu m'as parlé de Lughaidh, le bébé que j'attendais alors. Tu as dit qu'il devait être le dernier, ou ni moi ni le prochain bébé ne survivrions à la naissance suivante. Et tu m'as donné une potion à boire, à chaque lune jusqu'à ce que la fiole soit vide. Cela pour que je n'aie pas d'autre enfant. Cela m'a attristée.

— Je le sais. (Et elle comprenait d'autant mieux son chagrin maintenant qu'elle avait sa propre progéniture.) Tu es la meilleure des mères, et tu as été comme une mère pour moi.

— Si j'avais succombé, je n'aurais pas vu mes enfants grandir, pas vu ma fille aînée devenir une jeune femme et une mère à son tour. Ni Lughaidh, si intelligent et si gentil, qui a la voix d'un ange, comme tu l'avais dit.

Hochant la tête, Ailish observa le feu à son tour, comme si elle revoyait ce jour dans la fumée et les flammes.

— Tu nous as accordé ta protection, à moi comme aux miens, tu m'as donné les années dont j'aurais probablement été privée. Tu es exactement ce que Sorcha aurait souhaité. Même si l'idée de ton départ me chagrine, tu affronteras Cabhan, je sais que c'est ton devoir. Elle est fière de toi, n'en doute jamais. N'en doute jamais, Brannaugh.

— Tu me réconfortes, Ailish.

— Je vais garder la foi, comme Teagan l'a demandé. Tous les soirs, j'allumerai une bougie. Je l'allumerai avec mes petits pouvoirs magiques afin qu'elle brille pour toi, pour Teagan et pour Eamon.

— Je sais que tu crains ton pouvoir.

— C'est aussi dans mon sang. Tu es de mon sang comme tu étais du sien. Je le ferai, tous les soirs au coucher du soleil, et je placerai ma foi dans la petite lumière. Sache qu'elle flamboiera pour toi et les tiens. Ne l'oublie pas, et ne prends pas de risques.

— Nous reviendrons. J'y crois. Nous reviendrons, et tu prendras dans tes bras l'enfant qui grandit dans mon ventre.

Ils poursuivirent leur voyage, avec un chiot tacheté en plus, offert cérémonieusement aux enfants. En partant, ils avaient fait la promesse de rester plus longtemps lors de leur prochaine visite.

Il faisait de plus en plus froid, et le vent était vif.

À plusieurs reprises, elle entendit la voix de Cabhan, sournoise et séductrice, portée par la bise.

J'attends.

Alors elle voyait Teagan porter son regard vers les collines, ou Eamon caresser son pendentif du bout des doigts – et elle savait qu'eux aussi l'avaient entendu.

Quand l'épervier dévia de sa trajectoire, Alastar peinant à le suivre, Kathel bondit hors du chariot et partit au trot vers un embranchement.

— Ce n'est pas le bon chemin, dit Eoghan en arrêtant son cheval à côté de la charrette. Nous devrions atteindre Ashford avant demain, mais ce n'est pas par là.

— Non, ce n'est pas le chemin d'Ashford, mais c'est celui que nous devons prendre. Fais confiance aux guides, Eoghan. Il y a quelque chose que nous devons faire avant. Je le sens.

Eamon arriva à sa hauteur de l'autre côté.

— Nous approchons de la maison, dit-il. Presque assez pour en sentir le parfum. Mais on nous convoque.

— Oui, on nous convoque. Et nous allons répondre à l'appel. (Elle tendit le bras pour toucher le bras de son époux.) Nous le devons.

— Bien, allons-y.

Elle ne connaissait pas le chemin, et pourtant il était familier. Avec son esprit lié à celui du chien, elle savait la route, les virages, les collines. Et elle sentait son appel, sa malveillance, affamé et avide qu'il était de lui ravir son don et plus encore.

Sous le pâle soleil qui descendait vers les collines à l'ouest, ils poursuivirent leur périple. Les longues heures passées dans le chariot rendaient douloureux le dos de Brannaugh, et sa soif devenait pressante. Néanmoins, ils continuèrent.

Devant eux, elle vit son ombre dans l'obscurité – son élévation, au milieu des champs. Un lieu de culte, sentit-elle.

Un lieu de pouvoir, également.

Elle arrêta la carriole, respira l'air environnant.

— Il ne peut pas approcher. C'est trop fort pour qu'il passe au travers.

— Je sens quelque chose, murmura Eamon.

— Une lumière, dit Teagan. Forte et vive. Ancienne.

— Avant nous. (Brannaugh descendit du chariot en acceptant avec reconnaissance l'aide de son mari.) Avant notre mère. Avant les temps qui nous sont familiers.

— Une église, dit Gealbhan en soulevant Teagan de selle. Mais il n'y a personne.

Exténuée, Teagan s'appuya contre lui.

— Ils sont ici. Ceux qui nous ont précédés, ceux qui ont sanctifié cette terre. Ils ne le laisseront pas passer. C'est un lieu saint.

— Ce soir, cet endroit est à nous, déclara Brannaugh en esquissant un pas, les bras levés. Dieux de la lumière, déesses de la clarté, nous en appelons à vous dans la nuit. Par le pouvoir que vous nous avez transmis, par la mission qui guide nos pas, nous implorons votre bénédiction. Accordez-nous une nuit entre vos murs avant d'affronter le destin. Nous requérons ce répit, ce bref repos. Nous sommes les Trois de Sorcha, les Ténébreux venus à vous. Que votre volonté soit faite, ainsi soit-il.

La lumière jaillit, aussi vive que le soleil, transperçant les fenêtres, et les portes s'ouvrirent sous la force d'un vent pareil à un souffle. De la chaleur s'en échappa.

— Nous sommes les bienvenus.

Avec un sourire, elle prit sa fille dans ses bras, et la fatigue du voyage se dissipa.

Brannaugh installa une couche de fortune pour les enfants sur des palettes qu'elle arrangea sur le sol de l'église. Elle se réjouit qu'ils fussent l'un et l'autre trop fatigués pour pleurnicher ou protester, d'autant que son regain d'énergie passager s'estompait déjà.

— Les entends-tu ? murmura Eamon.

— Même moi, je les entends, dit Eoghan en scrutant l'église, les murs de pierre, les bancs de bois. Ils chantent.

— Oui. (Gealbhan prit le chiot dans ses bras pour le rassurer.) Doucement, petit. Les anges et les dieux chantent ici, c'est un lieu saint.

— C'est plus qu'un simple refuge pour la nuit. (Se tenant le dos d'une main, Brannaugh se releva.) Cet endroit nous gratifie de sa bénédiction, de sa lumière. Nous avons été appelés par ceux qui sont passés avant nous, dans ce lieu, précisément ce soir.

Avec respect, Teagan effleura l'autel.

— Bâtie par un roi dans un acte de bonté. Une promesse tenue. Construite ici, près d'un chemin de pèlerinage. Cette abbaye s'appelle Ballintubber.

Elle leva les mains en souriant.

— C'est tout ce que je vois. Oui, c'est un lieu sacré, et nous y trouverons la bénédiction de ceux qui nous ont convoqués, dit-elle à son mari.

— Comme le roi, dit Brannaugh, nous avons une promesse à tenir. Eoghan, mon amour, irais-tu me chercher le livre de ma mère ?

— Bien sûr, mais assieds-toi. Ne bouge pas, Brannaugh, tu es blême.

— Je suis épuisée, en vérité, mais je t'assure que nous devons le faire puisque nous irons mieux ensuite. Teagan…

— Je sais ce qu'il nous faut. Je vais…

— Reste là, insista son frère. Je vais aller chercher ce qu'il nous faut, pendant que vous vous reposez toutes les deux. Gealbhan, je jure par tous les dieux, affale-toi sur elles si elles essaient de se lever.

Gealbhan n'eut qu'à poser la main sur la nuque de sa femme et à prendre la main de Brannaugh pour qu'elles se conforment à cette demande.

— Que devons-nous faire ? s'enquit Teagan.

— Une offrande. Une requête. Un rassemblement. Il ne peut pas venir ici. Cabhan ne peut ni entrer ni voir entre ces murs. Ici, il n'a aucun pouvoir. Et ici, nous pouvons réunir les nôtres.

— De quoi avez-vous besoin ?

— Tu es le meilleur entre tous. (Elle l'embrassa sur la joue.) Si tu veux bien aider Eamon, je te promets que Brannaugh et moi ne bougerons pas avant d'avoir repris des forces.

Dès qu'il fut parti, elle se tourna vers sa sœur.

— Tu souffres.

— Ce ne sont pas les douleurs de l'accouchement. Tu vas découvrir que le bébé aime donner un avant-goût de sa naissance. Ça va passer. Mais j'apprécie ce répit. Ce que nous allons faire ici va nécessiter de l'énergie.

Elles prirent une heure pour se reposer et se préparer.

— Nous devons conjurer le cercle, dit-elle à Eoghan, et faire l'offrande. N'aie aucune crainte pour moi.

— J'ai toujours peur pour toi.

— C'est ton amour, ta foi, et ceux de Gealbhan dont nous avons besoin.

— Sache que tu les as.

Ils formèrent le cercle, le chaudron flottant au-dessus du feu qu'ils avaient allumé. L'eau s'écoula des mains de Teagan dans le récipient. Brannaugh ajouta des herbes aromatiques, et Eamon de la poussière minérale.

— Ceci vient du foyer que nous avons bâti.

— Et ceci, déclara Teagan en ouvrant une bourse pour verser ses biens précieux, vient du foyer vers lequel nous allons. De petites choses, une fleur séchée, un caillou, un peu d'écorce. Plus précieux que l'or et l'argent, ceci est notre offrande. Ici, une mèche de cheveux de mon premier-né.

— Une plume de mon guide, annonça Eamon en la jetant dans le liquide en ébullition.

— Cette amulette réalisée par ma mère.

— Teagan… murmura Brannaugh.

— C'est ce qu'elle souhaiterait, se justifia Teagan en la déposant dans le chaudron.

— À vous, nous offrons ce qui nous est cher, en ajoutant la larme d'une magicienne. Et nous scellons par le sang ce mélange pour attester de notre sincérité.

Avec un couteau sacré, ils offrirent chacun leur hémoglobine. Le contenu du chaudron se mit à bouillonner et à fumer.

— Père, mère, sang de notre sang, chair de notre chair, recevez la foi éternelle de vos orphelins. Accordez-nous dans ce lieu saint, en cette heure sainte, la force et la droiture de votre pouvoir. Grâce à votre présent, nous n'échouerons pas et nous l'emporterons sur Cabhan. Emplissez-nous maintenant, nous, les trois magiciens. Que notre volonté soit faite, qu'il en soit ainsi.

Le vent s'était levé entre les murs. Les flammes des bougies avaient gagné en vivacité. Mais lorsque les Trois parlèrent de concert, le vent tourbillonna, et des éclairs de lumière zébrèrent l'espace.

Les murmures s'affirmèrent.

Brannaugh serra la main de son frère et de sa sœur, et ensemble ils s'agenouillèrent.

La lumière, les voix, le vent la transpercèrent. La force aussi.

Puis le silence retomba.

Brannaugh se releva et se retourna en même temps que Teagan et Eamon.

— Tu étais illuminée, dit Eoghan d'une voix émerveillée. Comme une bougie.

— Nous sommes les Trois, déclara Teagan d'une voix forte qui résonna dans le silence bourdonnant. Mais ils sont nombreux. Ils ont été nombreux avant nous, et ils seront nombreux à venir.

— Leur lumière est nôtre ; la nôtre est leur. (Eamon leva les bras, levant haut ceux de ses sœurs.) Nous sommes les Trois, et nous ne sommes qu'un.

Emplie de lumière, sa fatigue envolée, imprégnée d'énergie, Brannaugh souriait.

— Nous sommes les Trois. Nous projetons notre lumière pour vaincre le mal, nous l'extirpons de ses ténèbres. Et nous vaincrons.

— Par notre sang, clamèrent-ils en chœur, nous vaincrons.

Au matin, à la lumière du petit jour, ils reprirent leur route. Ils empruntèrent un chemin qui serpentait entre les collines vertes, l'eau bleue scintillant sous un soleil accueillant. Ils cheminèrent en direction des bâtisses en pierre grise d'Ashford, où ils trouvèrent les portails ouverts à leur intention, le pont abaissé, et l'astre du jour se réverbérant sur l'eau, sur leur terre d'origine.

Les enfants de Sorcha étaient de retour chez eux.

3

Hiver 2013

Quand Branna O'Dwyer se réveilla, une pluie grise et incessante détrempait les environs. Elle n'avait qu'une seule envie : s'emmitoufler dans les couvertures et se rendormir. Depuis toujours, elle trouvait ses nuits trop courtes. Mais que ça lui plaise ou non, le jour était là, et à mesure qu'elle sortait du sommeil, le café l'appelait avec une insistance grandissante.

Agacée, comme souvent le matin, elle se leva, enfila d'épaisses chaussettes et passa un sweat-shirt par-dessus son haut de pyjama.

Par habitude autant que par goût de l'ordre, elle ranima le feu de sa cheminée pour que les flammes égaient la chambre et, tandis que son chien, Kathel, s'étirait sur le tapis devant l'âtre, elle fit son lit et arrangea tous ses jolis oreillers à sa convenance.

Dans son bain, elle démêla sa longue chevelure noire puis la rassembla en chignon. Du travail en quantité l'attendait – après le café. Elle se regarda dans le miroir, sourcils froncés, et envisagea une mise en beauté pour effacer les traces de sa nuit agitée. Puis finalement, elle n'en vit pas l'intérêt.

Elle préféra retourner dans sa chambre, et caressa vigoureusement Kathel jusqu'à ce qu'il remue la queue.

— Toi aussi, tu as mal dormi, hein ? Je t'ai entendu grogner cette nuit. Tu as entendu les voix, mon chien ?

Ils descendirent ensemble, en silence, bien que sa maison fût occupée, comme trop souvent ces derniers temps. Meara partageait le lit de son frère, et sa cousine Iona celui de Boyle.

Ses amis, sa famille. Elle les aimait et avait besoin d'eux. Toutefois, elle n'aurait pas refusé quelques moments de solitude.

— Ils restent pour moi, dit-elle à Kathel en entendant leurs pas dans l'escalier de sa maison. Comme si je n'étais pas capable de m'occuper de moi-même. N'ai-je pas suffisamment entouré et protégé les miens et leurs proches pour tenir éloignés une dizaine de Cabhan ?

Il fallait que ça cesse, absolument, décida-t-elle en se dirigeant vers sa machine à café. Comment un homme de la stature de Boyle McGrath pouvait être à son aise dans le petit lit de sa cousine Iona ? Elle devait les inciter à partir. De toute façon, il n'y avait eu aucun signe de Cabhan, pas même une ombre depuis Samhain.

— Nous avons failli l'avoir. Ça m'énerve, nous l'avons presque achevé.

Le sortilège et la potion étaient si puissants, pensat-elle en préparant le café. N'avaient-ils pas longuement et durement travaillé à l'un et à l'autre ? Et le pouvoir, par tous les dieux, le pouvoir s'était élevé et répandu comme une inondation ce soir-là, près de l'ancienne chaumière de Sorcha. Ils l'avaient blessé, ils avaient fait couler son sang.

51

Il s'était enfui en hurlant – mi-loup, mi-homme. Et pourtant...

Mission inachevée. Il était passé au travers et finirait par se rétablir, par reprendre des forces. Inachevée, et par moments elle se demandait si Cabhan serait un jour anéanti.

Dès qu'elle ouvrit la porte, Kathel sortit précipitamment. Qu'il pleuve ou non, son chien avait besoin de sa balade matinale. Depuis le seuil, dans le froid de ce jour gelé de décembre, elle regarda en direction des bois.

Il patientait, elle le savait, au-delà des arbres. Dans cette époque ou dans une autre, elle l'ignorait. Cependant, il reviendrait, et ils devaient se tenir prêts.

Mais pas ce matin.

Elle referma la porte, ranima le feu de la cuisine et l'alimenta pour atténuer l'odeur de la tourbe. Elle se servit une tasse de café, savoura la première gorgée, tout comme ce bref moment de calme et de solitude. Et, comme par magie, la boisson lui clarifia les esprits et chassa sa mauvaise humeur.

« Nous vaincrons. »

Les voix, elle s'en souvenait à présent. Toutes ces voix qui s'élevaient, qui résonnaient. Lumière, force et détermination. Dans son sommeil, elle avait tout senti. Et cette voix unique, très claire, très ferme.

« Nous vaincrons. »

— Nous prierons, tu vois juste.

Elle se retourna.

La femme se tenait là, une main protectrice sur son ventre arrondi, un châle épais noué sur sa longue robe bleu foncé.

C'est presque comme dans un miroir, se dit Branna, presque comme regarder mon reflet. Les cheveux, les yeux, la forme du visage.

— Tu es Brannaugh de Sorcha. Je te connais de mes rêves.

— Oui, et toi, Branna du clan O'Dwyer. Je te connais de mes rêves. Tu es de mon sang.

— C'est exact. Je suis l'une des Trois.

Branna porta la main à l'amulette ornée du symbole du chien qu'elle ne quittait jamais – exactement comme son double.

— Ton frère est venu à nous, avec sa femme, une nuit à Clare.

— Connor, et Meara. Elle est comme ma sœur. (Branna posa la main sur son cœur.) Là. Tu comprends.

— Elle a protégé mon propre frère dans le combat, et elle a reçu la blessure à sa place. Pour moi aussi, c'est une sœur. (L'air émerveillée, la Brannaugh de Sorcha survola la cuisine du regard.) Quel est cet endroit ?

— C'est chez moi. Et chez toi, car tu es la bienvenue ici. Veux-tu t'asseoir ? Je vais te préparer du thé. Le café n'est pas bon pour le bébé.

— Ça sent délicieusement bon. Mais reste assise, avec moi, cousine. Reste là un moment. C'est un endroit merveilleux.

Branna considéra sa cuisine – bien rangée, joliment décorée, telle qu'elle l'avait conçue. Et, elle le supposait, complètement stupéfiante pour une femme du XIIIᵉ siècle.

— Le progrès, dit-elle en prenant place à table avec Brannaugh. Ça allège le quotidien de quelques heures de travail. Comment te portes-tu ?

— Je vais très bien. Mon fils va bientôt naître. Mon troisième enfant.

Elle prit la main de Branna.

Chaleur et lumière, un puissant mélange de pouvoirs, intense et authentique.

— Tu vas l'appeler Ruarc, et ce sera un champion.

Sa cousine sourit.

— Oui, c'est vrai.

— Le jour de Samhain, nous – nous trois, ainsi que les trois qui nous accompagnent – avons combattu Cabhan. Nous l'avons blessé, il a brûlé et saigné, mais nous ne l'avons pas achevé. Je t'ai vue à ce moment-là. Ton frère avec une épée, ta sœur avec une baguette magique, toi avec un arc. Tu n'avais pas d'enfants.

— Dans mon époque, Samhain n'aura lieu que dans deux semaines. Qui est venu à toi ?

— Toi, à la chaumière de Sorcha où nous l'avons attiré, et à ton époque, car nous sommes retournés dans le passé pour le piéger. Nous étions sur le point de réussir, mais ça n'a pas suffi. Je peux te montrer mon livre, le livre de Sorcha, dans lequel j'ai trouvé l'envoûtement et le poison que nous avons conjurés. Tu vou…

Brannaugh leva la main, appuyant l'autre sur le côté de son ventre.

— Mon fils arrive. Il me tire en arrière. Mais écoute-moi. Il existe un endroit, un lieu sacré. Une abbaye. Elle est bâtie dans un champ, à un jour de voyage vers le sud.

— Ballintubber. Iona doit y épouser son Boyle au printemps. C'est un lieu saint, très fort.

— Il ne peut pas y entrer, ni voir à l'intérieur. C'est sacré, et ceux qui l'ont construite la gardent. Ils nous ont donné, à nous, les trois enfants de Sorcha, leur lumière, leur espérance et leur force. La prochaine fois que vous affronterez Cabhan, nous serons avec vous. Nous trouverons un moyen. Nous vaincrons. Si ce n'est pas vous, ce sera les trois suivants. Aie foi, Branna des O'Dwyer. Trouve un moyen.

— Je ne peux rien faire d'autre.

— L'amour, dit-elle en pressant la main de Branna.
L'amour, ai-je appris, est un bon guide. Fais confiance à tes
guides. Mais il est impatient, mon enfant va arriver
aujourd'hui. Que cela te mette en joie, car mon fils est une
lumière de plus pour vaincre l'obscurité. Aie foi, répéta-t-elle
avant de disparaître.

Branna se leva et, pensive, alluma une bougie pour célébrer
la nouvelle lumière, la nouvelle vie.

Avec un soupir, elle accepta le terme de son moment de
tranquillité.

Elle commença à préparer le petit déjeuner. Elle avait
une histoire à raconter, et personne ne l'écouterait l'estomac vide. Avoir la foi, pensa-t-elle. Dans l'immédiat, elle
était convaincue que cuisiner pour un régiment était son
lot quotidien.

Elle se fit le serment qu'une fois Cabhan envoyé en enfer
elle prendrait des vacances, dans un endroit chaud, enso-
leillé – où elle ne toucherait ni casserole, ni poêle à frire, ni
marmite pendant des jours et des jours.

Elle était en train de fouetter la pâte à pancakes – selon
une nouvelle recette qu'elle désirait essayer depuis un certain
temps – lorsque Meara arriva.

Son amie était déjà habillée, dans une tenue adaptée
aux écuries : un pantalon épais, un pull chaud, des bottes
robustes. Elle avait tressé ses cheveux châtain foncé, et
de ses yeux noirs de Gitane, elle observa prudemment
Branna.

— J'avais promis de me charger du petit déjeuner
ce matin.

— Je me suis réveillée de bonne heure, j'ai mal dormi. Et
j'ai déjà eu de la compagnie.

— Il y a quelqu'un à la maison ?

— Il y avait quelqu'un. Tu veux bien faire descendre tous les autres, pour m'éviter de raconter plusieurs fois mon histoire. (Elle hésita un instant.) Ce serait mieux que Connor ou Boyle téléphonent à Fin pour qu'il se joigne à nous.

— C'est Cabhan. Il est revenu ?

— Il va venir, malheureusement, mais ce n'est pas lui.

— Je vais chercher les autres. Tout le monde est réveillé, ça ne sera pas long.

Hochant la tête, Branna déposa les tranches de bacon dans une poêle chaude.

Connor, son frère, arriva en premier, et renifla l'odeur de la même manière que Kathel.

— Rends-toi utile, lui ordonna-t-elle, mets la table.

— Tout de suite. Meara a dit qu'il s'était passé quelque chose, mais que ce n'était pas Cabhan.

— Tu crois que je serais en train de préparer ces pancakes si j'avais affronté Cabhan ?

— Non, en effet. (Il sortit les assiettes du placard.) Il est tapi dans l'ombre. Il a repris des forces, mais il n'est pas entièrement rétabli. Je le sens à peine, mais d'après Fin, il n'est pas totalement remis.

Et Finbar Burke était bien placé pour le savoir, puisqu'il était du même sang que Cabhan, comme en attestait la marque du sortilège de Sorcha qu'il portait à l'épaule.

— Il est en route, ajouta Connor.

Comme elle se contentait de hocher la tête, il alla ouvrir la porte à Kathel qui rentrait de promenade.

— Regarde ça, tu es tout trempé.

— Sèche-le, demanda Branna qui ne put que soupirer en voyant Connor simplement passer les mains sur le pelage mouillé du chien. Il y a des serviettes dans la buanderie pour ça.

Connor sourit largement, ce qui égaya brièvement son visage harmonieux et alluma une étincelle fugace dans ses yeux d'un vert intense.

— Il est déjà sec, et ça te fait une serviette de moins à laver.

Iona et Boyle entrèrent main dans la main. Un beau couple d'inséparables, se dit Branna. Si on lui avait dit un an plus tôt que cet homme autrefois bagarreur, taciturne et souvent brusque tomberait un jour amoureux à ce point, elle aurait ri à s'en tenir les côtes. Pourtant, il était épris de sa cousine américaine à l'esprit brillant, ce grand bonhomme aux épaules carrées, à la chevelure ébouriffée, et aux yeux fauve légèrement rêveurs.

— Meara ne va pas tarder, annonça Iona. Sa sœur lui a téléphoné.

— Tout va bien ? s'enquit Iona. Sa mère ?

— Impec. Juste des détails à propos de Noël.

Sans attendre qu'on le lui demande, elle sortit les couverts pour terminer ce que Connor avait commencé, et Boyle alluma la bouilloire.

Tandis que les éclats de voix résonnaient dans sa cuisine animée, Branna pouvait l'admettre, maintenant qu'elle avait bu son café : elle avait une famille chaleureuse. Puis l'excitation monta d'un cran lorsque Meara entra en trombe et saisit Connor par le bras pour le faire danser.

— Je dois emballer le restant des affaires de ma mère. (Elle tapa du pied, tournoya, tapa encore du pied puis attrapa Connor pour l'embrasser fermement.) Elle s'installe pour de bon chez ma sœur Maureen. Que Dieu soit loué, et merci au petit bébé Jésus qui dort dans sa mangeoire !

Malgré le rire de Connor, elle se figea, les mains sur les joues.

— Oh non, je suis une horrible fille, une horrible personne tout simplement. Je danse parce que ma mère est partie vivre chez ma sœur à Galway et que je n'ai plus à régler ses problèmes quotidiens.

— Tu n'es ni l'une ni l'autre, la rassura Connor. Es-tu heureuse que ta mère soit heureuse ?

— Évidemment, mais…

— Tu as toutes les raisons de l'être. Elle a trouvé un endroit où elle se sent bien, et elle peut gâter ses petits-enfants. Et qu'est-ce qui t'empêche de faire quelques pas de danse à l'idée qu'elle ne va plus t'appeler deux fois par jour parce qu'elle n'arrive pas à allumer la lumière ?

— Ou parce qu'elle laisse brûler son gigot d'agneau, leur rappela Boyle.

— Et puis zut, c'est la vérité ! s'exclama Meara en esquissant quelques pas supplémentaires. Je suis heureuse pour elle, sincèrement. Et je suis folle de joie pour moi-même.

Lorsque Fin entra, Meara s'élança vers lui – ce qui donna à Branna un moment pour se ressaisir, comme il était nécessaire chaque fois qu'il franchissait sa porte.

— Tu as perdu ta locataire, Finbar. Ma mère s'installe définitivement chez ma sœur. (Elle l'embrassa fermement lui aussi, le faisant rire.) C'est grâce à toi – et ne me dis pas que tu n'as pas besoin d'argent – qui as accepté un tout petit loyer pendant des années, et qui as retenu sa petite maison au cas où elle préférait revenir à Cong.

— C'était une excellente locataire. Avec elle, la maison était aussi impeccable qu'une église.

— C'est vrai que la maison est très bien comme ça, avec nos dernières rénovations.

Tandis qu'Iona terminait de préparer la table, Connor se servit son premier café.

— J'imagine que Fin va trouver un nouvel occupant, quand le moment viendra.

— Je vais me pencher sur la question.

Même si la réponse ne s'adressait pas à Branna, c'est elle qu'il regarda, et si intensément qu'il la perça à jour. Sans un mot, il s'attribua la tasse de Connor.

Tout en s'occupant, elle se maudit de ne pas s'être un peu arrangée avant de descendre. Le beau visage de Fin, aux contours nets, n'était pas altéré par le manque de sommeil, pas plus que ses yeux vert clair.

Il était parfait – en tant qu'homme aussi bien qu'en tant que sorcier – avec ses cheveux noirs mouillés par la pluie, sa silhouette élancée qui se révéla pleinement quand il ôta sa veste et la suspendit au portemanteau.

Elle l'aimait depuis toujours, et elle avait compris et accepté que ce serait éternel. Mais la seule fois où ils s'étaient donnés l'un à l'autre – alors qu'ils étaient trop jeunes et innocents –, la marque était apparue sur le corps de Fin.

La signature de Cabhan.

Une Ténébreuse de Mayo ne pouvait en aucun cas convoler avec un descendant de Cabhan. Par contre, comme elle le pouvait et le pourrait encore, elle avait travaillé avec lui puisqu'il avait souvent prouvé qu'il désirait la fin de Cabhan autant qu'elle. Mais il ne se passerait rien de plus entre eux.

Est-ce que savoir que cela le peinait autant qu'elle l'aidait à mieux le vivre ? Peut-être un peu, admit-elle. Un petit peu.

Elle souleva le plat chargé de pancakes cuits du réchaud, et ajouta les derniers tout juste frits.

— Asseyons-nous et mangeons. C'est la recette de ta grand-mère, Iona. Voyons si elle serait fière de moi.

Au moment où elle déplaça le plat, Fin le lui ôta des mains. Et pendant un bref instant, il soutint son regard.

— Tu as une histoire à nous raconter pour les accompagner, à ce qu'on m'a dit.

— Exact. (Elle prit le plateau de bacon et de saucisses et le posa sur la table. Enfin, elle s'installa.) Il y a à peine une heure j'étais assise là et j'ai eu une conversation avec la Brannaugh de Sorcha.

— Elle est venue ici ? s'étonna Connor qui s'immobilisa au moment où il se servait une généreuse pile de pancakes. Dans notre cuisine ?

— Tout à fait. J'ai eu une nuit agitée, chargée de rêves et de voix. J'ai entendu la sienne. Je ne sais pas où elle était, parce que c'était vague et décousu, comme tous les rêves. (Elle prit un seul pancake.) J'étais là, je buvais ma première tasse de café, et en me retournant... je l'ai vue. Elle me ressemble, à moins que ce soit le contraire. J'ai sursauté, j'ai été surprise parce qu'elle était toute proche de moi, malgré son gros ventre de femme enceinte. Son fils va naître aujourd'hui – enfin, dans son époque, il restait deux semaines avant Samhain.

— Décalage temporel, murmura Iona.

— C'est ça. Ils sont passés à l'abbaye de Ballintubber en venant ici. C'est là que mon rêve m'a emmenée.

— Ballintubber, fit Iona en se tournant vers Boyle. Je les ai sentis là-bas, tu te souviens ? Quand tu m'as emmenée la visiter, je les ai sentis, j'étais sûre qu'ils étaient venus là. C'est un endroit tellement fort !

— Très, confirma Branna. Mais j'y suis allée plusieurs fois, tout comme Connor, et je n'ai jamais senti leur présence.

— Tu n'y es pas allée depuis qu'Iona est ici, souligna Fin. Pas depuis que les Trois sont réunis à Mayo.

— C'est vrai. (Et bien vu, dut-elle admettre.) Mais je vais y aller, et vous aussi. Pour ton mariage, Iona, ou peut-être même avant. Elle a dit que les autres, d'avant nous, gardent les lieux et en bloquent l'accès à Cabhan. Il ne peut pas y entrer, ni voir ce qui se passe à l'intérieur. C'est un véritable sanctuaire, si jamais nous en avons besoin d'un. Ceux qui nous ont précédés ont offert la lumière et la force aux Trois. Et l'espoir , je crois que c'est ce dont elle avait le plus besoin.

— Toi aussi, dit Iona, et nous tous. Un peu d'espoir ne nous ferait pas de mal.

— Je préfère agir qu'espérer, mais elle a trouvé là ce dont elle avait besoin, je l'ai bien vu. Elle a dit – dans le rêve, pas ici – que nous vaincrons. Que nous devons y croire et qu'ils seront à nos côtés la prochaine fois que nous affronterons Cabhan. Que nous devons trouver le bon moyen. Et ne pas oublier que si nous ne sommes pas destinés à l'anéantir, trois autres suivront. Mais nous l'emporterons.

— Même si ça doit prendre mille ans, ajouta Connor. Eh bien, j'accepte volontiers l'espoir et je suis prêt à passer à l'action. Mais ça m'ennuierait de devoir attendre mille ans pour voir la chute de Cabhan.

— Alors nous allons trouver le moyen, dans cette vie-là. J'ai mangé des pancakes une fois quand je suis allé dans le Montana, dans l'ouest de l'Amérique, commenta Fin. Ça s'appelle autrement là-bas…

— Des *flapjacks*, je parie, suggéra Iona.

— C'est ça. Ils étaient délicieux, mais ceux-là sont encore meilleurs.

— Tu t'es baladé partout, dit Branna.

— Oui, mais je ne repartirai pas tant que ce ne sera pas terminé. Alors, comme Connor, je trouve que mille ans, c'est trop long. Nous allons trouver le moyen.

Comment ? En claquant des doigts ? pensa Branna en contrôlant son agacement.

— Elle a dit qu'ils seraient avec nous la prochaine fois que nous lutterons. Mais ils étaient là le jour de Samhain, et ça ne l'a pas empêché de nous échapper.

— Ils étaient à peine présents, se remémora Connor. Plutôt leurs ombres. Comme une partie de notre envoûtement par le rêve, peut-être. Comment faire pour qu'ils soient pleinement là ? Est-ce réalisable ? Si nous trouvons la réponse à ça, aucune chance qu'il nous esquive. Les trois premiers plus nous trois. Et vous trois avec nous.

— Le problème, c'est le temps, intervint Fin en se calant dans sa chaise, son café à la main. Le décalage. Nous y étions à Samhain, mais d'après ce que tu dis, Branna, ils n'étaient pas là. Alors ils n'étaient que des ombres, incapables d'intervenir. Nous devons faire coïncider les jours. Le même, dans nos deux époques. Intéressant, cette énigme à résoudre.

— Mais quelle époque et quel jour ? questionna Branna. J'en ai déterminé deux, et l'un comme l'autre, ils auraient dû fonctionner. Le solstice, puis Samhain. Le temps aurait dû se trouver du côté de la lumière. Les envoûtements que nous avons répétés, le poison que nous avons créé, tout a été conçu pour concorder avec ce moment et ce lieu précis.

— Et les deux fois, nous l'avons blessé, lui rappela Boyle. Les deux fois, il a perdu du sang et s'est enfui. La dernière fois ? Ça aurait dû être fatidique.

— Son pouvoir est aussi maléfique que le nôtre est bénéfique, fit remarquer Iona. Et c'est la source de cette force qui le soigne. C'est plus lent cette fois. Il lui faut plus de temps.

— Si seulement on trouvait sa tanière, intervint Connor, l'air sombre. Si on pouvait l'attaquer pendant qu'il est plus vulnérable.

— Je n'arrive pas à le trouver. Même à nous deux, nous n'avons pas réussi, lui rappela Fin. Il a suffisamment d'énergie, ou ce qui le nourrit en a assez pour le cacher. Jusqu'à ce qu'il se faufile de nouveau au-dehors, et que je le sente – moi ou l'un de nous –, nous patienterons.

— J'aurais espéré avant Yule, mais c'est trop proche. (Branna secoua la tête.) J'aurais voulu le défier d'ici à Yule, même si c'était plus par envie d'en finir que par certitude que c'est une date propice. Je n'ai pas trouvé de jour dans les étoiles. Ou pas pour l'instant.

— Je dirais que dans les grandes lignes, nous savons sur quels points travailler, résuma Boyle en haussant une épaule. Déterminer le jour, l'année. Trouver le moyen d'inclure les trois premiers, si c'est vraiment possible.

— Je le crois, oui.

Fin regarda Branna.

— Nous allons étudier le sujet, y réfléchir.

— J'ai du temps libre ce matin.

— Je dois livrer du stock à la boutique. J'ai du mal à tenir le rythme à l'approche des fêtes de fin d'année.

— Je peux t'aider demain, c'est mon jour de repos, proposa Iona.

— Avec plaisir.

— J'ai un peu de shopping à faire aussi, ajouta Iona. Mon premier Noël en Irlande. Et Nan va venir. J'ai hâte de la voir, de lui montrer la maison. Enfin, le peu qu'il y a à voir. (Elle se pencha vers Boyle). Nous construisons une maison dans les bois.

— Elle a encore changé d'avis sur le carrelage de la grande salle de bains, expliqua Boyle à l'assemblée.

— C'est dur de décider. C'est la première fois que je fais construire. Aide-moi, dit-elle à Branna.

— Je t'ai déjà dit que ça me ferait très plaisir. Donne-moi ta journée de demain, et nous passerons une heure ou deux en fin de journée à étudier les échantillons de carrelage et de peinture autour d'un verre de vin.

— Dès que Connor et moi essayons d'imaginer la maison qui nous plairait, dans le champ derrière chez toi, je sens ma cervelle qui se décompose. (Meara trempa un morceau de pancake dans du sirop d'érable.) J'ai du mal à me concentrer sur la construction d'une maison, à définir la couleur de la peinture des murs.

— Eh bien, viens prendre un verre avec nous et nous jouerons aussi avec les couleurs pour toi. En parlant de maison… ajouta Branna en voyant là l'occasion d'évoquer ses premières pensées matinales. Vous avez aussi un logement, Boyle et Meara. Pourquoi vous entasser tous chez moi tous les soirs ?

— Nous sommes mieux tous ensemble, insista Connor.

— Et l'idée que si vous dormiez chez Meara vous n'auriez que des flocons d'avoine au petit déjeuner n'y serait pas pour quelque chose ?

Il sourit de toutes ses dents.

— Pas impossible.

— Mes flocons d'avoine sont délicieux, fit Meara en lui donnant un coup de coude.

— C'est vrai, chérie, mais tu as goûté ces pancakes ?

— Je dois admettre que même mes meilleurs flocons d'avoine ne leur arrivent pas à la cheville. Tu as besoin d'être un peu seule chez toi, dit Meara à Branna.

— J'aimerais bien, de temps en temps.

— Alors nous allons faire des efforts.

— On a du pain sur la planche, dit Boyle en se levant. Je crois qu'on devrait commencer par faire le ménage dans la cuisine de Branna, avant d'aller gagner notre croûte.

— À quelle heure penses-tu rentrer du magasin ? demanda Fin à Branna.

Elle avait espéré que la suite de la conversation aurait chassé cette idée de sa tête, mais elle aurait dû se douter qu'il reviendrait à la charge. De plus, travailler avec lui était inéluctable, et l'éviter n'apporterait rien de bon.

— Je serai de retour vers quatorze heures.

— Alors je serai là à quatorze heures.

Il se leva et déposa son assiette dans l'évier.

Gagner sa vie était un impératif qui, en vérité, plaisait à Branna. Dès que sa maison fut déserte et calme, elle monta s'habiller, et calma son feu de cheminée.

En bas, dans son atelier, elle passa l'heure suivante à emballer les savons originaux qu'elle avait créés la veille. Elle noua des rubans et des fleurs séchées sur les bouteilles de lotions.

Elle rangea ses bougies parfumées à la canneberge dans des coffrets-cadeaux qu'elle avait achetés en vue de l'afflux des fêtes de fin d'année.

Après avoir vérifié la liste de sa responsable, elle ajouta des baumes, de l'huile de bain, un assortiment de crèmes, nota les fournitures manquantes, puis emmena ses cartons dans sa voiture. Elle préférait laisser le chien à la maison, mais Kathel, qui en avait décidé autrement, sauta dans le véhicule.

— Tu as envie de faire un tour ? Bon, d'accord.

Après un dernier contrôle, elle se mit au volant et emprunta le raccourci menant au village de Cong. En décembre, la pluie et le froid décourageaient les touristes de visiter la région. Elle trouva les rues escarpées vides, les ruines de l'abbaye désertes. Comme un lieu hors du temps, se fit-elle la réflexion avec un sourire.

Elle l'aimait, qu'il fût vide sous la pluie ou plein de monde et d'agitation sous le soleil. Même s'il lui arrivait de temps à autre de faire affaire directement dans l'atelier – en particulier avec les clients qui espéraient trouver une amulette ou un enchantement –, elle avait choisi une boutique au cœur du village, facilement accessible aux touristes comme aux autochtones. Et puisqu'elle avait le sens pratique, elle avait opté pour l'emplacement où ses produits se vendraient le mieux.

Elle se gara devant un bâtiment chaulé et le local d'angle qui ouvrait sur une jolie petite rue et qui abritait la boutique La Ténébreuse.

Kathel descendit à sa suite, et attendit patiemment qu'elle décharge son premier carton malgré la pluie. Elle ouvrit la porte du coude, faisant tinter le joyeux carillon, et se plongea dans les senteurs délicates, l'éclairage tamisé, tout un univers qu'elle avait créé elle-même, pour elle-même. Toutes les bouteilles, les bols, les rayonnages de boîtes, les bougies aux flammes dansantes, participaient à l'atmosphère délicatement parfumée. Des couleurs douces, calmantes et relaxantes, des plus vives pour stimuler, quelques cristaux pour la force.

Et bien sûr, comme c'était Noël, un petit sapin, des branches et des baies, quelques décorations qu'elle avait achetées à Dublin, des baguettes magiques incrustées de pierreries et des pierres montées en pendentifs achetées sur catalogue parce que c'était ce que les clients venaient chercher dans un commerce nommé d'après une magicienne.

Son petit corps frêle perché sur un marchepied, Eileen nettoyait une étagère haute. Quand elle se retourna, ses lunettes vertes glissèrent sur son nez.

— Ça alors, mais c'est la grande dame en personne. Ça me fait plaisir de te voir, Branna. J'espère que tu as apporté des bougies à la canneberge, j'ai vendu la toute dernière il y a à peine un quart d'heure.

— J'en ai deux douzaines, comme tu m'as demandé. J'ai pensé que c'était trop, mais puisque nous sommes à court, tu as vu juste, comme toujours.

— C'est pour ça que je gère ta boutique, dit Eileen en descendant du marchepied. Elle avait rassemblé ses cheveux blond foncé en chignon et était élégante, comme à son habitude. Sa tenue du jour consistait en des bottes hautes qui montaient sous sa robe vert sapin. Elle mesurait à peine un mètre cinquante, et avait mis au monde et élevé cinq fils bien bâtis.

— Il en reste dans la voiture, j'imagine ? Je vais les chercher.

— Mais non, reste là, ce n'est pas la peine qu'on soit trempées toutes les deux.

Elle posa son premier carton sur le comptoir, qui était d'une propreté étincelante.

— Tu n'as qu'à déballer les produits et tenir compagnie à Kathel, puisqu'il a tenu à m'accompagner.

— Il sait que j'ai toujours des friandises pour les bons chiens irrésistibles.

À ces paroles, il remua la queue et s'assit poliment, lui souriant quasiment.

Branna repartit sous la pluie, suivie par le rire d'Eileen.

Elle dut faire trois voyages, et finit trempée jusqu'aux os.

Elle se sécha d'un geste rapide, de la tête aux pieds, de la manière dont Connor avait séché le chien le matin même. Un geste qu'elle n'osait faire que devant peu de personnes en dehors de son cercle.

Sans réagir, Eileen continua à vider les cartons. Branna l'avait choisie pour tenir son commerce et gérer les employés à temps partiel pour plusieurs raisons pratiques. Parmi les motifs essentiels, elle sentait un pouvoir en elle, et Eileen acceptait la personnalité de Branna.

— J'ai eu quatre touristes très cordiaux, venus des Midlands pour visiter le musée du Quiet Man et déjeuner au pub. Ils ont dépensé trois cent soixante euros à eux quatre avant de reprendre la route.

Autre raison pratique, et pas des moindres : Eileen avait le don pour présenter le bon produit au bon client.

— C'est une excellente nouvelle pour une matinée pluvieuse.

— Tu veux peut-être un thé, Branna ?

— Non, je te remercie.

Branna préféra retrousser ses manches et l'aider à remplir la réserve.

— Et toi, comment ça va ?

Comme elle l'espérait, Eileen lui changea les idées en lui rapportant les derniers potins du village, des nouvelles de ses fils, de son mari, de ses belles-filles — elle en avait deux et se préparait à l'arrivée d'une troisième au mois de juin —, de ses petits-enfants, et de tout ce qui lui passait par la tête.

Quelques clients entrèrent pendant cette heure de travail, et aucun ne repartit les mains vides. C'était aussi bon pour le moral que pour la comptabilité.

Branna se réjouissait de l'aménagement du magasin. Riche en couleurs, en lumière et en parfums, le tout bien ordonné comme l'exigeait son esprit soigneux – et artistique à la mesure de son sens esthétique.

Elle remercia encore une fois la vie pour Eileen et ses autres employés qui s'occupaient des clients, ce qui lui permettait de créer librement dans son atelier.

— Tu m'es précieuse, Eileen.

— Comme c'est adorable, répondit-elle en rougissant de plaisir.

— C'est sincère. (Elle embrassa Eileen sur la joue.) Nous avons une chance folle, toi et moi, de faire ce que nous aimons au quotidien, surtout que nous sommes bigrement douées. Si je devais tenir la boutique et tout ça, comme je l'ai fait les premiers mois d'ouverture, je deviendrais dingue. C'est pour cela que tu m'es indispensable.

— Eh bien, toi aussi, tu sais, parce qu'avoir un employeur qui me laisse faire les choses à ma façon, c'est un cadeau.

— Bon, je vais te laisser, comme ça nous pourrons chacune continuer à faire si bien ce que nous aimons !

Branna repartit revigorée. Quand elle passait à la boutique, en général, sa bonne humeur montait d'un cran mais, aujourd'hui, elle en avait gagné plusieurs. Elle roula sur les routes mouillées par la pluie, aussi familières que ses fourneaux, puis resta un moment assise devant chez elle.

Une bonne matinée malgré la grisaille, se dit-elle. Elle avait parlé avec sa cousine, l'une des trois premiers, à la table de sa propre cuisine. Elle avait l'intention de réfléchir, longuement et intensément, sur l'espoir et la foi nécessaires.

Elle avait rempli les réserves de son magasin, passé une bonne heure avec une amie, vu des gens choisir des objets qu'elle avait confectionnés de ses propres mains. Mes produits sont partis chez eux, se dit-elle avec un sourire. Ou chez d'autres qui les recevront en cadeaux ou en souvenirs. Des objets bénéfiques et utiles, et jolis en plus car l'aspect esthétique avait autant de valeur à ses yeux que l'aspect pratique.

Comme pour se le prouver, elle agita la main pour faire apparaître un sapin devant sa fenêtre, et allumer les lumières qui décoraient les vitres de son atelier.

— Et pourquoi je n'ajouterais pas quelque chose de joli et de lumineux à cette journée grise ? demanda-t-elle à Kathel. Allez, mon bon chien, nous avons du boulot.

Elle se rendit directement dans son atelier, rechargea le feu pendant que Kathel s'installait confortablement au pied de la cheminée.

Si elle avait dit à Fin qu'elle serait de retour à quatorze heures, en réalité, elle avait prévu de rentrer avant midi. Il était un peu plus tard que prévu, mais il lui restait presque deux heures de tranquillité avant son arrivée.

Elle passa un tablier blanc, et commença par préparer des biscuits au gingembre, juste pour se faire plaisir. Pendant qu'ils refroidissaient et que leur parfum embaumait la maison, elle rassembla le matériel nécessaire à la fabrication des bougies qu'Eileen avait inscrites sur sa nouvelle commande. Cette activité l'apaisait. Elle ne pouvait pas nier qu'elle ajoutait une touche de magie, mais c'était pour le bien des gens. Au final, c'était de l'attention, de l'art et de la science.

Sur le réchaud, elle fit fondre son acide et sa cire, versa les huiles parfumées et les colorants faits maison. La pomme et la cannelle se mélangèrent au gingembre. Avec un gros morceau, elle fixa les mèches dans les petits pots en verre aux bords cannelés, et les cala à la verticale à l'aide d'un fin bâton de bambou. Le remplissage exigeait de la patience, et elle devait régulièrement percer la cire rouge vif avec un bâtonnet pour prévenir la formation de poches d'air. Elle versa, perça jusqu'à ce que ses petits pots soient pleins, puis les laissa refroidir.

Une seconde série, d'un blanc pur et parfumée à la vanille, et une troisième – car c'était un bon chiffre – vert comme la forêt et aux odeurs de pin. C'était de saison, et, puisque cela répondait à une demande ponctuelle, elle s'en tint à une demi-douzaine.

La prochaine fois qu'elle en fabriquerait, elle ajouterait une note printanière.

Satisfaite, elle vérifia l'heure et constata qu'il était presque quatorze heures trente. Fin était en retard, mais ça l'arrangeait puisqu'elle avait ainsi eu le temps de terminer son travail.

Par contre, elle n'allait pas l'attendre pour s'atteler à la tâche suivante.

Elle enleva son tablier, l'accrocha, se prépara du thé et prit deux biscuits dans son bocal. Elle s'assit avec le livre de Sorcha, le sien, son carnet de notes et son ordinateur portable. Dans le calme de la solitude, elle examina ce qu'ils avaient accompli jusque-là en cherchant ce qu'elle pouvait améliorer.

Fin arriva avec trois bons quarts d'heure de retard et trempé. Elle lui accorda à peine un regard, et lança d'une voix ferme :

— Évite de dégouliner sur mon sol.

Il marmonna quelques mots qu'elle ignora et se sécha rapidement.

— Inutile de t'énerver parce que je ne suis pas à l'heure. Un des chevaux est malade, il a eu besoin de soins.

Elle avait tendance à oublier qu'il travaillait, lui aussi.

— C'est grave ?

— Assez, mais ça va aller. C'est Maggie, prise d'une soudaine toux d'écurie. Les médicaments l'auraient peut-être calmée, mais… bon, je n'ai pas voulu prendre de risque.

— Tu as bien fait.

Elle le retrouvait tel qu'elle le connaissait. Son faible pour les animaux, pour tout et tous ceux qui avaient besoin d'attention. À mieux le regarder, elle voyait que les soins avaient été difficiles et éprouvants.

— Assieds-toi. Un thé te fera du bien.

— Ce n'est pas de refus. Je veux bien quelques-uns de ces biscuits que je sens. Au gingembre ?

— Assieds-toi, répéta-t-elle en mettant l'eau à bouillir.

Mais il était trop agité pour s'installer à table.

— Tu as bien travaillé, je vois. Des nouvelles bougies toutes fraîches.

— J'ai une boutique à approvisionner. Je ne peux pas consacrer toutes mes journées à ce maudit Cabhan.

— Tu peux les passer à t'offusquer de tout ce que je dis alors que je ne pense pas à mal. Et il se trouve que j'aimerais te prendre des bougies pour chez moi.

— Celles que je viens de fabriquer sont destinées à des coffrets-cadeaux.

— Alors je vais t'en prendre deux, j'ai des présents à offrir, et aussi… (Il se rapprocha des étagères.) J'aime bien celles qui sont dans des pots réfléchissants. Ils doivent scintiller à la lumière. (Il en prit une pour la sentir.) Canneberge. L'odeur de Yule, c'est parfait, non ? J'en prendrai une douzaine.

— Je ne dispose pas d'une douzaine de ce modèle. Seulement les trois qui sont devant toi.

— Tu pourrais en fabriquer d'autres.

Tout en préparant le thé, elle le regarda de travers.

— Je pourrais. Mais tu vas devoir patienter jusqu'à demain.

— Pas de problème. Et ces bougies fines aussi, les grandes blanches, et les petites rouges.

— Tu es venu pour travailler ou pour faire tes courses ?

— C'est formidable de pouvoir faire les deux au même endroit, en même temps.

Il déposa le tout sur son plan de travail.

Puis il s'assit, prit sa tasse de thé et regarda Branna droit dans les yeux. Son cœur bondit dans sa poitrine, mais elle l'ignora.

— De l'autre côté de la rivière, comme nous le savions déjà. Il se retranche dans le noir, tapi. Une grotte, je crois, mais où et quand, je ne sais pas, pas avec certitude.

— Tu l'as cherché. Zut alors, Fin…

— À travers la fumée, dit-il avec détachement. Pas la peine d'aller patauger dans la boue par un temps pareil. J'ai observé la fumée, et c'était comme la fumée : brumeux et flou. Mais je peux te dire qu'il n'est plus aussi faible qu'avant, même pas comme il y a quelques jours. Il y a quelque chose en lui, Branna. Quelque chose… d'autre.

— Quoi ?

— Quelque chose avec lequel il arrive à négocier pour être ce qu'il est, je pense, pour avoir ce qu'il possède. C'est encore plus sombre, plus profond, et… je ne sais pas, murmura-t-il en se frottant l'épaule, à l'endroit où la marque était imprimée sur sa peau. Je crois que cette chose s'amuse avec lui, qu'elle l'utilise autant qu'il s'en sert. C'est ce que j'ai vu malgré sa faiblesse. Plus fort que jamais. Ce n'est qu'une sensation, cette chose. Mais je sais, sans aucun doute, qu'il se rétablit, et qu'il ne va pas tarder à revenir.

— Nous serons prêts. Nous sommes passés à côté de quoi, Fin ? C'est la vraie question. Il ne reste plus qu'à trouver la réponse.

Il mordit dans un biscuit et sourit pour la première fois depuis son arrivée.

— Il va m'en falloir plus de deux pour tenir le coup si on doit reprendre tous ces maudits bouquins.

— Il y en a d'autres dans le bocal si tu veux. Bon, dit-elle en tapotant le livre. D'abord, la potion.

4

Ça lui faisait mal de la regarder – si proche mais si lointaine qu'elle semblait être sur une autre planète. Ça le revi-
gorait bien mieux que les biscuits au gingembre de voir son
visage, d'entendre sa voix, de sentir son parfum, juste le sien
parmi les autres odeurs de l'atelier.

Il avait tenté de remédier à son amour pour elle de toutes
les manières possibles. Il dut se rappeler qu'elle s'était détour-
née de lui, qu'elle l'avait rejeté. Avec d'autres femmes, il avait
essayé de remplir le vide immense qu'elle avait laissé en lui et
que leurs corps, leurs voix et leurs beautés comblaient à la
perfection.

Il était parti de chez lui, souvent pendant plusieurs mois
d'affilée, juste pour s'astreindre à vivre sans elle. Il avait
voyagé, s'était baladé dans des villes proches et des terres
lointaines, étrangères et familières.

Il avait bâti sa fortune, solide et rassurante, en travaillant,
à grand renfort de patience, de volonté et de savoir. Il s'était
construit une belle maison, et avait veillé à ce que ses parents
ne manquent de rien, même s'ils étaient partis s'installer à
New York pour se rapprocher de la sœur de sa mère. Ou,
se disait-il souvent, pour vivre à l'écart des commérages, de

la magie et des envoûtements. Ça, il ne pouvait pas le leur reprocher.

On ne pouvait pas dire qu'il avait gâché sa vie ou ses talents – magiques ou autres. Mais rien de ce qu'il avait accompli n'avait érodé cet amour, même partiellement.

Il avait envisagé une potion, un sortilège, mais il savait que la magie en amour – que ce soit pour l'attirer ou le chasser – avait des conséquences qui dépassaient le seul intéressé.

Il n'allait pas utiliser son talent pour apaiser son cœur. Il ne le pouvait pas.

Était-ce pire ou mieux, se demandait-il souvent, de savoir qu'elle l'aimait en retour, qu'elle souffrait aussi ? Certains jours, ça le réconfortait. D'autres jours, ça fichait sa vie en l'air.

Mais dans l'immédiat, ils n'avaient pas le choix. Ils étaient contraints de se fréquenter, de travailler et de s'associer pour accomplir un objectif commun : détruire Cabhan une bonne fois pour toutes.

Alors il œuvrait avec elle, supportait leurs désaccords et appréciait leurs ententes, dans son adorable atelier, devant une succession de tasses de thé – agrémenté d'une goutte de whisky en fin de journée –, décortiquant des livres, rédigeant de nouveaux sortilèges insatisfaisants, pour ensuite reprendre leurs batailles précédentes pas à pas.

Ni l'un ni l'autre ne concevait rien de nouveau, ni ne trouvait de nouvelle réponse.

Elle était la magicienne la plus rusée qui fût – et sa déontologie était trop souvent la plus stricte qu'il connaissait. Elle était belle, par-dessus le marché. Pas seulement du fait de son visage et de sa silhouette, de sa splendide chevelure et de ses yeux gris chaleureux. Ce qu'elle était, son pouvoir et sa présence, la différenciait des autres, et son dévouement infaillible envers son art, son don – sa famille – renforçait sa beauté.

Il était condamné à l'aimer.

Il travailla donc avec elle puis paya ses bougies – plein tarif, remarqua-t-il avec amusement, car il était de notoriété publique que pour une magicienne, Branna O'Dwyer avait le sens pratique – et rentra chez lui en roulant sous une pluie battante.

Il commença par aller voir Maggie, et se réjouit de l'évolution de son état de santé. Il donna à sa jument une demi-pomme, ainsi que du temps et de l'attention. Il rendit visite aux autres chevaux, et leur accorda de longues minutes, à eux aussi. Ce qu'il avait bâti ici l'emplissait de fierté, tout comme les écuries de location qu'il avait construites avec Boyle. Il était fier, également, de son école de fauconnerie voisine, que Connor dirigeait d'une main de maître.

Sans Cabhan, il aurait pu s'envoler dès le lendemain pour l'Inde ou l'Afrique, l'Amérique ou Istanbul, rassuré à l'idée que Boyle et Connor prendraient soin de ce qu'ils avaient bâti ensemble.

C'est exactement ce qu'il ferait lorsque Cabhan ne serait plus qu'un vieux souvenir. Poser le doigt au hasard sur la carte du monde, et partir. S'en aller de là, découvrir autre chose. N'importe où pourvu que ce soit ailleurs, pendant un moment, puisqu'ici il avait trop d'attaches.

Il offrit une friandise à Bugs, le petit chien de l'écurie, puis, sans réfléchir, le prit dans ses bras et l'emmena chez lui. Fin se dit qu'ils apprécieraient tous deux d'avoir de la compagnie.

Il aimait autant la solitude que Branna – ou presque. Mais les nuits étaient atrocement longues en décembre, et le froid et l'obscurité si implacables. Il ne pouvait plus faire un saut chez Boyle, au-dessus du garage, comme ça lui arrivait souvent autrefois. En outre, il était probable que Boyle et Iona dorment chez Branna, malgré ses protestations.

Ils veilleraient sur elle, puisque lui ne pouvait pas le faire.

Cela suffisait à réveiller sa colère et sa frustration mal étouffées.

Une fois chez lui, il posa le chien, passa la main dans l'âtre pour allumer les flammes, et d'un autre geste, il illumina le sapin placé devant la grande fenêtre de devant.

Le chien se baladait dans la maison, heureux d'être au chaud. Fin sourit et se détendit un peu. Oui, avoir de la compagnie leur faisait du bien à tous les deux.

Il retourna dans la cuisine, dont il appréciait les surfaces brillantes, et se servit une bière.

Elle n'était venue chez lui qu'une fois, en présence de Connor, et cette idée lui faisait de la peine. Mais il la revoyait encore là. Il n'avait jamais eu de mal à l'imaginer chez lui. Sa fierté en prenait un coup lorsqu'il admettait qu'il avait construit sa demeure en pensant à elle, à partir des rêves qu'ils avaient tissés ensemble.

Il emmena quelques bougies dans la salle à manger, plaça les plus fines dans des bougeoirs argentés, disposa des pots miroitants. Il constata que ces bougies réfléchissaient bien la lumière, mais elle n'en apprécierait jamais le résultat chez lui.

Il soupesa l'idée de faire la cuisine, mais se ravisa puisqu'il détestait cuisiner. Il mangerait sur le pouce plus tard étant donné qu'avec ce déluge il rechignait à aller dîner au pub.

Il pouvait descendre, tuer le temps en regardant une chaîne sportive sur son grand écran, ou en jouant à des jeux.

Il pouvait prendre une autre bière, allongé devant la cheminée, avec un livre qui ne parlerait pas de magie ou de sortilèges.

— Je peux faire tout ce qui me chante, dit-il à Bugs, et c'est entièrement ma faute si rien ne me fait envie. C'est peut-être dû à la pluie et à la nuit. Ce qui me ferait plaisir, c'est une plage dans un pays chaud, un soleil de plomb et une femme facile. Mais rien de tout cela n'est vrai, n'est-ce pas ?

Il s'accroupit pour frotter le ventre du chien, qui resta paralysé de joie.

— Si seulement nous avions tous le bonheur aussi facile qu'un petit chien errant. Bon, ça suffit. Je me fatigue tout seul. Nous allons monter nous mettre au boulot, puisque plus tôt ça sera fait, plus vite je saurai si la plage ensoleillée est vraiment la solution.

Le chien, aussi servile qu'un esclave, le suivit dans le grand escalier. À l'étage, Fin envisagea de prendre une douche chaude, et peut-être de profiter d'une séance de hammam, mais il bifurqua directement vers son bureau. Il alluma un feu d'un geste, et tandis que les flammes d'un vert de tourmaline s'élevaient, le chien partit en exploration.

Fin avait conçu cette pièce dans ses moindres détails, avec l'aide de Connor : les plans de travail en granite noir, les placards en ébène, les parquets à larges lattes de bois de cyprès que l'on retrouvait dans toute la maison. De grandes fenêtres arquées, dont celle du centre avec son vitrail. Son dessin représentait une femme portant tunique blanche resserrée par une ceinture sertie de pierreries. Elle tenait une baguette magique dans une main, une boule de feu dans l'autre tandis que ses cheveux noirs étaient soulevés par un vent imaginaire.

C'était Branna, évidemment, avec la pleine lune derrière elle, et entourée par les grands bois. La Ténébreuse posait sur lui ses yeux qui, même en verre, étaient emplis de force et de lumière.

Il avait un bureau ancien massif – agrémenté d'un ordinateur dernier cri, car les magiciens ne craignent pas la technologie. Dans un petit placard aux lourdes portes sculptées, il rangeait sa collection d'armes ramenées de tous les pays qu'il avait visités. Des épées, une machette, des masses, des fleurets, des shurikens. Dans d'autres placards, on trouvait des chaudrons, des bols, des bougies, des baguettes magiques, des livres, des cloches, des athamés, et tout un tas de potions et d'ingrédients.

Cette pièce plairait à Branna, songea-t-il, car dans sa vie professionnelle comme dans son quotidien, il était presque autant à cheval sur l'ordre qu'elle.

Bugs leva les yeux vers lui, remuant la queue pour exprimer son espoir. Lisant dans ses pensées, Fin sourit.

— Vas-y, fais comme chez toi.

Sans cacher sa joie, l'animal courut puis bondit sur un canapé en demi-lune, en fit le tour, et s'installa dans un soupir de pur bonheur.

Fin travailla jusque tard dans la nuit, traitant quelques problèmes pratiques tels que des charmes – toute protection devait être renouvelée régulièrement –, des toniques et des potions. Quelque chose de spécifique pour Maggie. Il nettoya des cristaux – son idée du ménage – puisque c'était également nécessaire.

Il aurait complètement oublié de dîner s'il n'avait pas remarqué la faim du chien. Il redescendit, Bugs sur les talons, prépara un sandwich sommaire, ajouta des chips et des tranches de pomme. Comme il n'avait pas pensé à acheter des croquettes, il partagea son repas avec son compagnon, jouant à lui lancer des morceaux de sandwich que l'animal s'amusait à rattraper au vol, avec la même facilité que lorsqu'il chassait les insectes. C'était de là qu'il tenait son nom.

Il fit sortir Bugs tout en restant lié à lui par l'esprit afin de savoir si le petit chien retournait aux écuries après avoir satisfait ses besoins.

Mais il revint rapidement se planter devant la porte de la cuisine et, assis, attendit que Fin le fasse rentrer.

— Bon d'accord, on dirait que tu vas passer la nuit ici. Si c'est ça, un rinçage te ferait encore plus de bien à toi qu'à moi. Tu sens les écuries, mon petit ami. Je vais m'occuper de toi.

Sous la douche, Bugs tentait de s'échapper mais Fin se dépêcha. Tout en riant, il prit le chien avec lui.

— C'est juste de l'eau. On va quand même ajouter un peu de savon sur toi.

Grelottant, Bugs lapait les multiples jets d'eau, et se tortilla contre le torse nu de Fin quand il versa du gel sur lui.

— Voilà. Tu vois, ce n'était pas si terrible que ça, dit-il en le caressant pour l'apaiser et le nettoyer par la même occasion. Pas mal du tout.

Il fit un geste vers le plafond. La lumière jaillit, dans des tons apaisants, et une musique douce comme une berceuse leur parvint aux oreilles. Il posa le chien, s'accorda un moment de plaisir sous les jets chauds tandis que le chien léchait les carreaux humides.

Fin l'avait lavé rapidement, mais il tarda à le sécher, si bien qu'il s'ébroua et projeta des gouttes dans toute la pièce.

Son rire résonna quand Bugs lui décocha un regard satisfait.

Après avoir nettoyé la salle de bains, il passa dans la chambre, jeta par terre l'un des gros coussins du canapé installé dans son coin salon. Mais le chien, tout à fait à son aise désormais, sauta sur le grand lit surélevé et s'allongea comme un potentat dans son royaume.

— Au moins, tu es propre, lui lança son maître.

Il grimpa lui aussi sur le lit, et préféra un livre à la télé pour s'endormir.

Quand Fin éteignit la lumière, Bugs ronflait doucement.

Les bruits du chien réconfortaient Fin qui se trouva plutôt minable d'atténuer sa solitude de cette manière.

Dans le noir, alors que le feu se réduisait à des braises rougeoyantes, il pensa à Branna.

Elle se tourna vers lui, ses cheveux retombant tel un rideau noir, comme un tissu de soie posé sur ses épaules nues. Dans le feu ranimé, les flammes dorées vacillèrent, créant un reflet argenté dans les pépites dorées qui dansaient dans ses iris.

Elle était souriante.

— Tu te languis de moi.

— Jour et nuit.

— C'est ici que tu me désires, dans ton grand lit, dans ta belle maison.

— Je te désire partout. Tu me tortures, Branna.

— Est-ce bien vrai ? (Elle rit, mais sans cruauté. C'était aussi chaud qu'un baiser.) Ce n'est pas moi, Finbar, pas moi seule. Nous nous torturons l'un l'autre. (Son doigt descendit le long de son torse.) Tu es plus fort qu'avant. Plus fort que moi. Te demandes-tu si nous serions plus forts ensemble ?

— Comment pourrais-je réfléchir, comment pourrais-je m'interroger alors que tu m'obsèdes ? Il prit sa chevelure dans ses mains, l'attira vers lui. Et par tous les dieux, la savourer après si longtemps, presque une vie entière, lui donnait l'impression de renaître.

Il roula sur le côté, la pressa sous lui, s'enfonçant plus profondément dans cet émerveillement. Ses seins, plus pleins, plus doux, plus magnifiques que dans ses souvenirs, et son cœur battant la chamade sous ses mains quand elle s'arc-bouta sous lui.

Une tempête de sensations – sa peau aussi soyeuse que ses cheveux et chaude, si chaude qu'elle dissipait tout le froid. Sa forme, ses merveilleuses courbes, son nom qu'elle prononçait dans un souffle, sa manière de bouger sous lui, chassant toute sa solitude.

Il vivait pour elle ; son propre cœur s'emballa quand elle passa les mains dans ses cheveux comme autrefois, et quand elle les fit descendre dans son dos. Agrippée à ses hanches, cambrée. Offerte.

Il plongea. La lumière jaillit, blanche, dorée, projetant des étincelles comme un feu – un monde entièrement embrasé. Le vent fouettait le feu sans trêve pour le faire rugir. Le temps d'un instant, d'une respiration, le plaisir le submergea.

Ensuite vint la foudre. Ensuite vint l'obscurité.

Il se tenait dans la tempête avec elle, sa main dans la sienne.

— Je ne connais pas cet endroit, dit-elle.

— Moi non plus. Mais…

Quelque chose, quelque chose qu'il connaissait, un coin reculé. Trop reculé pour qu'il puisse y accéder. Des bois denses, des vents tourbillonnants, et le bouillonnement d'une rivière non loin.

— Pourquoi sommes-nous ici ?

— Il y a quelque chose tout près, dit-il pour toute réponse.

Elle leva la main, la paume tournée vers le ciel, une boule de feu en son centre.

— Nous avons besoin de lumière. Sauras-tu trouver le chemin ?

— C'est tout proche de nous. Tu devrais repartir. C'est le malin qui est proche.

— Je refuse de repartir. (Elle toucha son amulette et ferma les yeux.) Je le sens.

Lorsqu'elle fit un pas, il serra plus fort sa main. Il trouverait le moyen de la protéger, si besoin était. Mais il était impératif qu'ils poursuivent.

Des arbres épais, des ombres impénétrables qui semblaient étinceler dans l'obscurité. Pas de lune, pas d'étoiles, juste le vent qui transperçait la nuit de ses hurlements.

Et dans la nuit, quelque chose rugissait, d'un cri affamé.

Comme Fin avait besoin d'une arme, il puisa dans ses pouvoirs les plus enfouis pour faire apparaître une épée, qu'il enflamma.

— De la magie noire, murmura Branna qui semblait luire elle aussi, comme si son pouvoir l'illuminait de l'intérieur. Ce paysage. Ce n'est pas chez nous.

— Pas chez nous, mais pas très loin. Pas maintenant, mais il y a longtemps.

— Oui, jadis. Sa tanière ? Est-ce possible ? Le sais-tu ?

— Ce n'est pas la même. C'est… autre chose.

Elle hocha la tête comme s'il ne faisait que confirmer ses impressions.

— Nous devrions appeler les autres. Nous devrions former le cercle entier. Si c'est le bon endroit.

— Là.

Il la vit, dans l'obscurité. L'ouverture de la grotte nichée dans le flanc de la colline.

Hors de question de l'emmener à l'intérieur, se dit Fin. Jamais il ne l'entraînerait dans le royaume de la mort, ou pire encore.

Au moment où il se faisait cette réflexion, un vieil homme apparut. Il portait une robe grossière, des bottines en peau usées. Ses cheveux et sa barbe n'étaient qu'un long nœud gris. Ses yeux étincelaient de folie et de pouvoir magique.

— Vous arrivez trop tôt. Vous arrivez trop tard, clama-t-il en levant la main. (Du sang goutta de sa paume, souillant son modeste habit.) C'est fini. Aussi fini que moi. Vous arrivez trop tôt pour le voir, trop tard pour l'arrêter.

— Qu'est-ce qui est fini ? demanda Fin. Qui êtes-vous ?

— Je suis le sacrifice. Je suis le créateur de l'obscurité. J'ai été trahi.

— Je vais vous aider.

Mais au moment où Branna s'élança vers lui, le pouvoir rugit dans la grotte. Son souffle la projeta en arrière, et Fin avec elle, faisant tomber le vieil homme à terre, dans une mare de sang qui virait au noir sur le sol.

— Ténébreuse en devenir, dit-il, que le rejeton de Cabhan vienne. Il n'y a pas d'aide possible. Il a englouti l'obscurité. Nous sommes tous damnés.

Fin se releva, tentant de repousser Branna en arrière.

— Il est à l'intérieur. Il est là-dedans. Je le sens.

Mais alors qu'il s'apprêtait à bondir vers la grotte, elle l'en empêcha.

— Pas seul. Rien ne t'oblige à y aller seul.

Il se retourna soudainement vers elle, comme pris de rage.

— Il est à moi ; je suis à lui. Ton sang en a décidé ainsi. C'est ta malédiction que je porte, et je me vengerai.

— Pas par vengeance. (Elle s'enveloppa autour de lui.) Tu serais damné si tu agissais ainsi. Pas par vengeance. Pas seul.

Pourtant, il se réveilla seul, en nage, la marque à son bras brûlant comme une empreinte fraîche.

Il sentait toujours son parfum dans les draps, sur sa peau. Dans l'air.

Le chien tremblait en geignant contre lui.

— Tout va bien à présent, dit-il en le caressant d'un geste distrait. C'est fini pour l'instant.

Il se doucha pour se débarrasser de la sueur qui recouvrait sa peau, prit un pantalon et un vieux pull qu'il enfila tout en descendant l'escalier. Il fit sortir le chien, et remarqua à peine que la pluie avait cédé la place à un pâle soleil hivernal.

Puisqu'il avait besoin de réfléchir, d'avoir les idées claires, il prépara du café. Il jura en entendant frapper à la porte.

Craignant qu'il ne s'agisse de Maggie, il se hâta d'aller ouvrir en tentant de se rassurer sur l'état de la jument.

Mais c'est Branna qu'il découvrit sur son seuil.

Elle franchit l'entrée, le repoussant à deux mains.

— Tu n'avais pas le droit ! Espèce de salaud, tu n'avais aucun droit de m'attirer dans ton rêve. Il la prit par les poignets pour parer à une autre rebuffade. Et une fois de plus, il remarqua sa lumière, bien qu'elle débordât de rage.

— Je n'ai pas… pas fait exprès. Pour ce que j'en sais, c'est peut-être toi qui m'as attiré dans le tien.

— Moi ? Et puis quoi encore ? Tu m'as fait venir dans ton lit.

— Tu étais plutôt consentante.

Comme il lui tenait les mains, elle ne pouvait pas le gifler, mais elle se libéra à la force de son pouvoir et le frappa si fort qu'il recula de deux mètres. Sa joue piquait horriblement.

— Arrête ça. Tu ferais bien de te calmer, Branna. Tu es chez moi. J'ignore lequel de nous deux a attiré l'autre, ou si c'est autre chose qui nous a réunis. Et je ne suis pas fichu d'y réfléchir avant d'avoir bu mon café.

Sans attendre de réponse, il lui tourna le dos et partit vers la cuisine.

Elle le suivit d'un pas précipité.

— Eh bien, moi non plus, je n'ai pas eu mon café. Je veux que tu me regardes.

— Moi, c'est mon putain de café que je veux.

— Regarde-moi, Finbar, bordel. Regarde-moi et réponds à cette question : m'as-tu fait venir dans ton rêve, dans ton lit ?

Il se passa nerveusement la main dans les cheveux.

— Non… Je ne sais pas, voilà tout, mais si c'est moi, je l'ai fait en dormant et inconsciemment. Merde, Branna, je ne t'envoûterai jamais. Malgré tout ce que tu penses de moi, tu ne peux pas imaginer ça. Je ne me servirais jamais de toi de cette façon.

Elle prit une inspiration, puis réfléchit un bref instant.

— Dans le fond, je le sais bien. Je m'excuse. Je te crois, maintenant que je suis plus calme. Je suis désolée, sincèrement. J'étais… bouleversée.

— Pas étonnant. Moi aussi, je me sens tout chose.

— Je ne dirais pas non à une tasse de café, si tu veux bien.

— D'accord.

Il se dirigea vers la cafetière – un modèle qu'elle rêvait de s'offrir, qui faisait toutes les sortes de cafés, de thés et de chocolats chauds les plus originales.

— Tu veux bien t'asseoir ?

Du menton, il indiqua une petite véranda où elle imaginait qu'il prenait son café le matin.

Elle se glissa sur un banc recouvert d'un épais rembourrage orangé, examina le saladier en bois tourné – aussi lisse que du verre – rempli de pommes rouge vif.

Ils étaient adultes, se rappela-t-elle, et ils ne pouvaient pas fuir devant la discussion qui s'imposait à propos de leurs aventures dans ce grand lit.

— Je ne peux pas te reprocher à toi, ni à aucun homme, ce que ton esprit invente pendant ton sommeil, lança-t-elle.

Il posa son café, servi dans une tasse blanche démesurée, sur la table, devant elle.

— Je ne peux reprocher ni à toi ni à aucune femme ce qu'invente l'esprit. C'est vrai que ça aurait pu aussi bien être toi que moi.

Elle n'y avait pas pensé et, perplexe, elle se trouva réduite au silence. Elle prit le temps de réfléchir, but une gorgée de café et le trouva tout à fait à son goût.

— C'est de bonne guerre. Très bien. Si je m'étais donné le temps d'y réfléchir avant de venir, j'aurais eu l'idée que ça peut aussi bien être le fait d'un tout autre pouvoir.

— Un autre ?

— Comment savoir ? (Tandis que la frustration l'emportait sur la colère, elle leva les bras au ciel.) Tout ce que nous savons, c'est que je suis venue ou que j'ai été amenée dans ton lit, et dans cet état onirique, nous nous sommes comportés comme n'importe quelle personne saine d'esprit l'aurait fait à notre place.

— Ta peau est douce comme un pétale de rose.

— Pas étonnant, dit-elle avec légèreté. J'utilise des produits de ma fabrication, et ils sont très efficaces.

— Pendant ce rêve, Branna, c'était comme cette fois-là entre nous, sinon plus fort.

— Pendant ce rêve, nous étions tous deux envoûtés. Et que s'est-il passé, Fin, quand nous nous sommes unis ? À cet instant précis ? La foudre, la tempête, la lumière dominée par la nuit, et nous étions projetés dans un autre lieu et une autre époque. Ce n'est pas suffisamment clair, le prix à payer pour ces moments ?

— Pas pour moi. Ce n'est pas clair du tout. Qu'avons-nous appris, Branna ? Retournes-y.

Elle croisa les mains sur la table et, volontairement, fermement, refoula toute émotion.

— Très bien. Dans l'obscurité, la forêt dense, pas de lune ni d'étoiles, un grand vent sifflant dans les branches.

— Une rivière. L'eau qui coule quelque part derrière nous.

Elle ferma les yeux et se projeta dans ce lieu.

— Oui. C'est ça, oui. La rivière derrière, le pouvoir devant. Malgré son animosité, nous avons quand même avancé.

— La grotte. La tanière de Cabhan, je le sais.

— Nous ne l'avons même pas aperçu.

— Je le sentais mais… il n'était pas comme maintenant. Autre chose. (Il secoua la tête.) C'est confus. J'ignore où nous étions, mais c'était familier, en quelque sorte. Comme si j'aurais dû connaître cet endroit. Ensuite, le vieil homme est apparu.

— Je ne le connaissais pas.

— Moi non plus, mais là encore, j'ai l'impression que j'aurais dû. « Nous sommes venus trop tôt pour voir », a-t-il dit, « et trop tard pour l'arrêter ». Des énigmes. Rien que des maudites devinettes.

— Un décalage temporel, je pense. Nous n'étions pas dans le présent, mais pas non plus dans un temps où nous aurions eu accès à plus de connaissances. Il s'est désigné comme étant le sacrifice.

— Et le créateur de l'obscurité. Il n'arrêtait pas de saigner. Fou et mourant, mais il ne manquait pas de pouvoir. Affaibli, mais bien là.

— Le sacrifice de Cabhan ? se demanda Branna avant de poursuivre. Le créateur de Cabhan ? demanda-t-elle, tandis qu'elle entrevoyait la même idée dans les yeux de Fin. Est-ce possible ?

— Eh bien, il a été mis au monde par quelqu'un. Ah oui, il m'a appelé « le rejeton de Cabhan », et toi « la Ténébreuse en devenir ». Il nous connaissait, Branna, bien que nous ne soyons pas encore nés dans son temps. Il nous connaissait.

— Il n'a pas fait de Cabhan ce qu'il est. (Elle secoua la tête, et se reconnecta avec ses émotions de la nuit.) Il n'y avait pas suffisamment de pouvoir en lui pour ça. Mais…

— Dans la grotte, il y avait autre chose. (Apaisé, Fin ouvrit le poing qu'il serrait sur la table et déplia les doigts.) Le vieillard aurait conjuré quelque chose qui l'a dépassé, insufflé le mal en lui, et lui aurait donné une source ?

— Le sang de Cabhan – son créateur. Et le sang du créateur qui coulait. Sa vie se répandait sur le sol. Un sacrifice ? Mon Dieu, Fin, Cabhan aurait tué son propre père, et sacrifié son géniteur pour s'approprier les ténèbres ?

— Le sang est nécessaire, murmura Fin. Il faut toujours du sang. Le mal l'exige ; même la clarté en a besoin. Trop tôt pour voir. Si nous étions restés, l'aurions-nous trouvé au moment où il a hérité de son pouvoir ? Quand il est apparu mais qu'il n'était pas encore complètement formé ?

— C'était déjà arrivé, puisque le vieillard était mourant. Il a explosé, n'est-ce pas, nous propulsant de force dans le temps, rompant le sortilège. Et ce froid, tu te souviens, tu l'as senti ? L'atmosphère a même été glaciale soudainement pendant un moment, avant que ça s'arrête et que je me réveille dans mon lit.

Agité, Fin se leva et fit les cent pas.

— Impossible que Cabhan ait exigé notre présence. Il n'a pas pu vouloir nous attirer près de sa tanière, ni que l'on apprenne quelque information sur ses origines.

— Si toutefois nous sommes dans le vrai.

— Ce n'est pas lui qui nous a transportés là, Branna. Pourquoi aurait-il fait ça ? Plus nous en savons, mieux nous sommes armés contre lui. Tu as évoqué un autre pouvoir. Et j'ai dit que d'autres forces nous avaient envoyés là-bas. Ces pouvoirs peuvent aussi bien être en nous qu'extérieurs à nous.

— Pourquoi juste nous deux ? Pourquoi pas tous les six ?

— « La Ténébreuse en devenir », « le rejeton de Cabhan » ? (Il haussa les épaules.) Tu sais très bien que la magie ne s'explique pas toujours par la logique. Nous devons y retourner, en apprendre plus.

— Ça ne me dit rien de coucher avec toi juste pour voyager dans le temps jusqu'à la grotte de Cabhan.

— Pourtant, tu donnerais ta vie pour ça. (Comme elle s'apprêtait à répondre, il l'arrêta d'un geste.) Le sexe en tant qu'instrument magique ne m'intéresse pas, même avec toi. S'il doit y avoir un autre voyage, j'aime autant en avoir le contrôle absolu. J'ai besoin d'y réfléchir.

— J'aimerais que tu m'en fasses le serment.

— Quoi ?

Distrait, il la regarda par-dessus son épaule et la vit se lever de table, ses longs cheveux lâchés, vaguement décoiffés. Il ne sut trop comment, son regard devint calme et féroce à la fois.

— Ton serment, Finbar. N'y retourne pas seul. Jure que tu ne poursuivras pas cette piste sans moi, ni sans ton cercle. Tu n'es pas seul et tu n'agiras pas seul. Donne-moi ta parole, tout de suite.

— Tu me trouves donc tellement imprudent, tellement acharné à fomenter ma propre destruction ?

— Je te vois comme je t'ai vu à Samhain, quand tu étais prêt à quitter ton cercle pour traquer Cabhan seul en dépit de tous les dangers, même au risque de ne jamais revenir chez toi, dans ton époque. Tu as donc si peu d'estime pour nous, Fin ? Si peu que tu étais prêt à te séparer de nous et à nous abandonner ?

— Je ne pense que du bien de toi et des autres, mais Cabhan est de mon sang, pas du vôtre. (Ses mots avaient un goût amer, mais c'était la vérité.) Mais je n'agirai pas seul. Je ne le ferai pas parce qu'au moindre faux pas je vous mettrai en danger, toi, les autres, et tout le reste.

— Jure-le en me donnant la main. (Elle tendit la sienne.) Ta main pour sceller notre pacte.

Il lui prit la sienne. Des rais de lumière filtrèrent entre leurs doigts, crépitant et craquant comme des brindilles jetées dans le feu.

— Bien. Très bien, dit-il calmement. Ça faisait un moment que ça n'était pas arrivé.

Elle sentit la chaleur se répandre en elle – lui apportant à la fois réconfort et tourment. S'accroîtrait-elle si elle se rapprochait de lui, si elle le touchait ?

Elle sépara leurs mains, et recula.

— Je dois en parler aux autres avant qu'ils ne se dispersent pour la journée. Tu es le bienvenu, si tu souhaites m'accompagner.

— Je te laisse t'en occuper. J'ai des choses à faire, prétexta-t-il, alors qu'en réalité il avait besoin de prendre ses distances.

Il la suivit dans l'entrée.

— Très bien. Je vais travailler avec Iona aujourd'hui. Nous verrons ce que nous pouvons faire. Ça serait peut-être mieux qu'on se réunisse, nous tous, mais pas ce soir. Il me faut un peu de temps pour y voir plus clair. Demain soir, si ça te convient ?

— Tu vas cuisiner.

— C'est l'histoire de ma vie.

Malgré son envie de caresser sa chevelure, de toucher ses cheveux comme dans son rêve, il n'en fit rien.

— J'apporterai du vin.

— Ça, c'est l'histoire de ta vie.

Lorsqu'il ouvrit la porte, elle sortit sur le perron puis se retourna, et s'attarda un instant, entourée par les brumes matinales.

— Tu as construit un bon foyer, Fin. C'est juste une belle demeure pour certains mais elle dégage de bonnes ondes.

— Tu n'as vu que la cuisine.

— N'est-ce pas le cœur d'une maison ? Si tu pouvais venir vers quinze heures demain, nous pourrions travailler avant que les autres arrivent pour le dîner.

— Je vais m'arranger, je serai là.

Il la regarda marcher vers sa voiture. Surpris, il la vit s'arrêter et se retourner avec un petit sourire coquin.

— J'oubliais : la douceur de ta peau est assez proche du pétale de rose, en plus viril, évidemment.

Quand il rit, son ventre crispé se détendit un peu. Même si elle s'éloignait de lui.

5

Après que Branna leur eut tout raconté et demandé au cercle de réfléchir à la signification de leur rêve, elle termina par une requête particulière.

— Ce serait bien que les hommes nous laissent ce soir, si ça ne vous ennuie pas. J'aimerais passer une soirée entre femmes, avec du vin et des échantillons de peinture et tutti quanti. Vous pourriez me faire la gentillesse, Connor et Boyle d'aller envahir la maison de Fin pour la nuit ? Faites comme tous les hommes qui passent une soirée sans femmes. Et épargnez-moi les détails.

Devant l'hésitation de Connor, elle pointa un doigt sur son ventre.

— Et ne va pas t'imaginer que nous avons besoin de la protection des hommes, toutes les trois. Nous sommes deux magiciennes au même titre que toi, et la troisième n'aurait pas de problème à te mettre K.-O. si tu l'agaçais.

— Je fais de mon mieux pour ne jamais l'énerver. Mais c'est d'accord. Qu'en dis-tu, Boyle, on pourrait emmener Fin au pub, et finir la soirée chez lui ?

— Je suis partant. J'imagine qu'il a envie de compagnie, dit-il en jetant un œil à Branna.

— Qu'il soit d'accord ou non, il en a besoin. Je serai dans l'atelier toute la journée. Iona, quand tu seras libre, je te chargerai d'une tâche.

— Je serai là à dix-huit heures au plus tard, lui dit Meara qui attendit que Branna fût sortie pour poursuivre. C'est dur pour eux deux. Je me demande comment ils le vivent. Mais ce soir, essayons de leur changer un peu les idées.

— Ça, nous savons le faire. (Boyle massa l'épaule de Meara, et se tourna vers Iona.) C'est une bonne chose que tu restes avec elle aujourd'hui.

Elle aurait aimé être utile, trouver les mots justes – ou ceux qu'il fallait éviter de prononcer. Quand Iona la rejoignit à l'atelier, Branna était déjà devant le réchaud, avec une douzaine de récipients réfléchissants disposés sur le plan de travail.

— On m'en a commandé, j'aimerais les terminer tout de suite, et aussi fabriquer quelques lots de petites bouteilles – de crème pour les mains, de gommage et de savons. Range-les ensemble dans les boîtes rouges qu'ils ont envoyées en surnombre, et ferme-les avec le ruban à carreaux rouge et vert. Eileen pourra les vendre en promotion puisque le fournisseur ne m'a pas fait payer les produits en trop étant donné que c'était une erreur de leur part. Il y a une partie qui attendra le dernier moment, jusqu'à la cohue des achats de Noël. Ils devraient bien se vendre.

Répondant à son instinct, Iona traversa l'atelier et, sans un mot, enlaça sa cousine.

— Je vais très bien, Iona.

— Je sais, mais c'est parce que tu es forte. Je le vivrais moins bien à ta place. Sache que si tu veux te libérer, je suis là.

— Me libérer de quoi ?

Iona s'éloigna d'elle avec un petit rire.

— Je voulais dire fulminer, t'emporter, jurer comme un charretier. Si jamais ça te prend à un moment ou à un autre, je suis là. Je vais chercher les bouteilles et les boîtes. Je sais où elles sont.

— Je te remercie, pour tout. Tu pourrais aussi livrer les petits coffrets à la boutique quand ils seront terminés ? J'aimerais les mettre rapidement en vente.

— Avec plaisir. Mais c'est juste pour remplir le magasin, ou c'est pour que je te laisse tranquille ?

Branna se fit la réflexion que sa cousine avait une excellente intuition.

— Les deux, mais en ce qui te concerne, c'est seulement pour un petit moment. Je suis heureuse que tu sois là, mais j'aimerais être un tout petit peu seule. Et à ton retour, nous pourrons nous occuper de l'essentiel.

— Très bien. Combien en veux-tu ?

Iona disposa les boîtes et entreprit de les remplir.

— Six, merci.

— Si mon avis t'intéresse, je trouve que tu as raison.

— Au sujet des coffrets ?

— Non, sur ce qui s'est passé. Sur le fait que c'est un pouvoir extérieur qui vous a réunis avec Fin.

— Je ne suis pas certaine d'avoir raison, c'est juste une supposition.

— C'est mon avis. (Elle se passa la main sur la tête et leva les yeux.) J'espère ne pas remuer le couteau dans la plaie, mais peut-être que toi et Fin désirez être ensemble, peut-être que ce désir sème la pagaille de temps en temps, et peut-être qu'hier soir, pour une raison que j'ignore, vous vous êtes trouvés dans un de ces moments délicats.

— Ça fait beaucoup de « peut-être » pour une hypothèse crédible, cousine.

— Je contourne le point sensible, j'imagine. En fait, votre désir et le fait qu'il ébranle des choses sont indéniables. Je suis navrée, Branna, mais c'est impossible de ne pas le voir ou de ne pas le sentir, surtout que nous nous réunissons de plus en plus souvent.

Tout en s'appliquant à rester active, Branna répondit calmement :

— Les gens désirent toutes sortes de choses qu'ils ne peuvent avoir.

Le point sensible, se rappela Iona, sans insister.

— Ce que je veux dire, c'est qu'il est possible que vous étiez un peu vulnérables tous les deux hier soir, que vos défenses ou vos boucliers étaient abaissés. Et ça a ouvert une brèche, pour ainsi dire, à cet autre pouvoir. Pas à Cabhan, ça n'a aucun sens.

— Ça nous a fait du mal. Il vit pour nous blesser.

— Oui, mais… (Iona secoua la tête.) Il ne nous comprend pas. Il ne comprend pas l'amour, ni la loyauté, ni le sens du sacrifice. Le désir, ça, oui. Je ne doute pas qu'il comprenne que toi et Fin en pincez l'un pour l'autre, mais il ne comprendra jamais tout ce que cela représente. Sorcha le comprendrait.

Branna cessa son activité et fixa Iona.

— Sorcha.

— Ou ses filles. Réfléchis.

— Quand j'y pense, je me rappelle que Sorcha est celle qui a maudit tout ce qui vient de Cabhan, et donc Fin, par conséquent.

— C'est exact. Elle a eu tort, mais c'est vrai. Et bien sûr, si l'on songe qu'il a tué son mari, l'a arrachée à ses enfants, elle n'hésiterait pas à recommencer. Mais elle connaissait l'amour. Elle le comprenait, elle a donné son pouvoir et sa vie par amour. Tu ne crois pas qu'elle s'en servirait si elle le pouvait ? Ou que ses enfants le feraient aussi ?

— Donc elle, ou ses filles, aurait jeté le sort du sommeil ? Là où nous étions tous les deux, sans méfiance, pour que nous venions ensemble. (Elle se mit à arpenter la pièce comme pour mieux réfléchir.) Et quand nous étions ensemble, ils ont utilisé ce pouvoir pour nous ramener dans le passé. Mais à la fois trop tôt et trop tard.

— Bon, réfléchis. En arrivant plus tôt, ce qui se trouvait dans la grotte aurait pu te forcer à entrer, et tu n'aurais pas pu combattre. Et plus tard, tu n'aurais pas parlé avec le vieillard, qui est potentiellement, et je partage cet avis, le père de Cabhan.

Iona prit le ruban et les bouteilles tandis que Branna se remettait à l'ouvrage en silence.

— Je crois que tu as vu ce que tu devais voir, c'est là où je veux en venir. Je pense que nous devons trouver le moyen d'en voir plus – c'est notre mission. Ils ne peuvent pas nous en charger, nous autres, pas vrai ? Et je crois, point sensible, que ça ne peut être que toi et Fin parce que vous avez l'un comme l'autre besoin de clarifier vos sentiments – pas de les dissimuler, de les enterrer ou de les ignorer.

— En ce qui me concerne, je suis résignée.

— Oh, Branna.

— Je peux l'aimer et me résoudre à vivre sans lui. Mais maintenant, je m'aperçois que c'était trop confus dans mon esprit. Cette vague impression que je n'arrivais pas vraiment à définir. Tu as mis le doigt sur des points essentiels, Iona.

Nous avons vu ce que nous devions voir, et nous allons partir de là.

Elle la regarda par-dessus son épaule et sourit avant de verser de la cire parfumée dans un moule.

— Tu as beaucoup appris depuis le jour où tu es venue frapper à ma porte, sous la pluie, dans ton manteau rose. Tu étais tellement nerveuse, tu n'arrêtais pas de jacasser.

— Si seulement j'apprenais à cuisiner aussi facilement.

— Tu sais, il y a des choses qui nous échappent.

Branna termina les bougies, puis elles préparèrent ensemble les six coffrets-cadeaux. Quand sa cousine partit pour Cong, elle profita de cet instant de solitude pour siroter une tisane devant la cheminée, la tête de Kathel posée sur ses genoux.

Elle observa les flammes, laissa ses pensées suivre leur chemin. Puis, dans un soupir, elle posa sa tasse à l'écart.

— Bon, allez, dit-elle en levant les mains devant le foyer. Éclaircis-toi et montre-moi, à travers la fumée et dans le feu, emmène-moi là où la lumière le désire.

Des images dans les flammes, des voix sorties de la fumée. Branna se laissa dériver vers elles, les laissa l'attirer, s'abandonnant à l'appel qu'elle avait senti dans son sang, dans ses os.

Quand elles se furent dissipées, elle se tenait dans une pièce où un autre feu mijotait, où les flammes des bougies vacillaient. Sa cousine Brannaugh était assise sur une chaise, et fredonnait une chanson à un bébé qu'elle allaitait. Lorsqu'elle leva les yeux, son visage s'éclaira.

— Mère ? dit-elle.

Branna sortit de l'obscurité.

— Non. Non, je suis désolée.

— J'espérais qu'elle viendrait. Je l'ai vue quand mon fils est venu au monde, elle veillait. J'ai senti sa présence bienfaisante. Mais rien de plus, elle a disparu. J'espérais qu'elle reviendrait.

— J'ai demandé à la lumière de m'emmener là où ses désirs me porteraient. Elle m'a conduite ici.

Branna se rapprocha, regarda le bébé, sa couronne de cheveux noirs, ses joues rebondies, ses yeux d'un noir intense tandis qu'il tétait avec sérieux le sein de sa mère.

— Il est beau, ton fils.

— Ruarc. Il est né si rapidement, et la lumière est devenue si vive à sa naissance. J'y ai vu ma mère, même si c'est Teagan qui a accompagné sa venue au monde. Je pensais ne plus jamais te revoir, ou pas si vite.

— Combien de temps pour toi ?

— Six jours. Nous logeons à Ashford, nous sommes bien accueillis. Je ne me suis pas encore rendue à la chaumière, mais Teagan et Eamon y sont tous deux allés. Et l'un et l'autre ont vu Cabhan.

— Toi, tu ne l'as pas vu.

— Je l'entends. (Elle tourna la tête vers la fenêtre tout en berçant le bébé.) Il m'appelle, comme si j'allais lui répondre. Autrefois, il appelait ma mère et à présent, c'est moi. Et toi ?

— C'est arrivé, et il m'appellera encore, j'imagine, mais ça ne lui apportera rien. Aurais-tu connaissance de l'existence d'une grotte, derrière la rivière ?

— Il y a des grottes dans les collines, sous l'eau.

— Une grotte chargée de pouvoir. De mal.

— Nous n'avions pas le droit de franchir la rivière. Notre mère et notre père nous l'interdisaient l'un et l'autre. Ils n'ont jamais évoqué un tel endroit, mais ils

101

ont parlé de quelques anciennes grottes, lors des fêtes populaires, et je les ai entendus parler de la grotte de Midor, et chaque fois ils faisaient le signe pour repousser le mal.

— Midor. (Un nom, enfin, se dit Branna. Un point de départ.) Connais-tu l'origine de Cabhan ? Je n'ai rien trouvé dans le livre de Sorcha.

— Elle n'en a jamais parlé. Nous étions enfants, cousine, et à la fin, le temps pressait. Cela t'aiderait-il de la connaître ?

— Je n'en suis pas certaine, mais la connaissance est toujours préférable à l'ignorance. J'y suis allée, en rêve. Avec Fin. Finbar Burke.

— Des Burke d'Ashford ? Non, non, dit-elle rapidement. C'est lui, celui de ton cercle qui est du même sang que Cabhan. C'est son sang qui l'a attiré en ce lieu, et peut-être toi aussi ?

— Je ne sais pas, et lui non plus. Il n'est pas Cabhan, il n'est pas comme lui.

Maintenant, la Brannaugh de Sorcha contemplait son propre feu.

— Est-ce ton cœur qui parle, cousine, ou ton esprit ?

— Les deux. Il a saigné à nos côtés. Tu l'as vu par toi-même, ou tu le verras la nuit de Samhain. Et tu jugeras par toi-même. Midor, répéta-t-elle. La lumière m'a emmenée là-bas, et c'est peut-être uniquement pour cela. Je n'avais jamais entendu parler de la grotte de Midor. Je pense que l'entrée a dû être enterrée avec le temps, mais je sais manier la pelle et creuser.

Lorsqu'un rugissement se fit entendre au-dehors, elles regardèrent vers la fenêtre haute.

— Il chasse et épie. (Brannaugh serra son fils contre elle.) Depuis notre retour au village, une jeune fille a déjà disparu. Il repousse l'obscurité contre les vitres et fait tournoyer son brouillard. Méfie-toi de l'obscurité.

— Je fais attention, toujours.

— Prends ceci. (Décalant le bébé, elle tendit la main et révéla une pointe de cristal aussi pur que de l'eau.) Un cadeau pour toi, et une source de lumière.

— Je te remercie. Je la garderai sur moi. Porte-toi bien, cousine, et soyez heureux, toi et ton fils.

— Toi aussi. Samhain, murmura-t-elle alors que Branna se sentait disparaître. Je plongerai mes flèches dans le poison et je ferai tout ce qui est en mon pouvoir pour l'anéantir.

Mais tu n'y parviendras pas, se dit Branna une fois revenue devant sa cheminée, chez elle, le cristal dans sa main. Pas à Samhain.

Une autre fois, si les dieux le désiraient, mais pas à Samhain.

Elle se leva et rangea le cadeau dans sa poche. Préférant son ordinateur aux livres, elle lança des recherches sur la grotte de Midor sur Internet.

— Je n'ai absolument rien trouvé qui corresponde.

Branna s'assit, et planta sa fourchette dans la salade qu'elle avait préparée pour accompagner les penne au poulet et aux poivrons et la couronne de pain aux olives.

— Je doute que sur Google on trouve des informations sur la grotte d'un sorcier du XIIe ou du XIIIe siècle.

Meara étala du beurre sur son pain.

— On trouve tout et rien sur Google.

— C'est un nom irlandais, Midor ? s'interrogea Iona.

— Si c'est le cas, c'est la première fois que je l'entends. Mais il a pu venir de n'importe où, des profondeurs de l'enfer pour ce que nous en savons, et finir par mourir devant cette grotte.

— Et la mère ? (Iona montra le vin.) Midor avait besoin de quelqu'un pour engendrer Cabhan – si nous sommes sur la bonne voie. Où est la mère ? Qui est la mère ?

— Il n'y a rien, absolument rien du tout à ce sujet dans le livre de Sorcha, ni dans celui de mon arrière-grand-mère. Après tout, ce n'est peut-être pas important. (Branna appuya le menton sur son poing.) Foutaises. Ça l'est sûrement, au moins en partie, sinon pourquoi Fin et moi serions-nous allés dans cette maudite grotte.

— Nous trouverons la réponse. Ah, ces pâtes sont délicieuses, dit Meara. Nous finirons par tout éclaircir, Branna. C'est peut-être la foi absolue de Connor qui déteint sur moi mais je le crois sincèrement. Les affaires reprennent, tu vois ? Tu rencontres la Brannaugh de Sorcha, après que toi et Fin êtes allés vous balader la nuit après un petit coup d'enfer.

Iona se voûta puis redressa le dos quand elle constata sur le visage de Branna que Meara avait trouvé le bon angle d'attaque.

— Ce n'était pas un coup d'enfer, admit Branna. Il a porté l'éjaculation précoce à un niveau jamais atteint. Le destin est une garce qui fiche tout en l'air, voilà ce que j'en dis. C'était juste « Tiens, Branna, ça te rappelle un truc ? Alors voilà, les souvenirs, c'est tout ce que tu auras. Et maintenant tu retournes aux histoires de lignées, d'obscurité et de forfaits. »

— Tu en as marre.

Iona lui frotta le bras.

— Ce soir, oui, c'est certain. Personne ne m'a jamais touchée comme Fin, et ce soir je suis tellement lasse que je le dis à haute voix. Personne, pas mon corps et mon cœur et mon esprit en même temps. Et personne d'autre n'y parviendra. Sachant cela, eh bien, il y a de quoi être fatiguée. Iona ouvrit la bouche mais Meara l'invita au silence d'un mouvement de tête.

— Je n'avais pas besoin qu'on me le rappelle. C'était cruel, mais la magie est parfois comme ça. « Tiens, un cadeau pour toi, et oh, mais, tu sais qui tu es, ce que tu possèdes, non ? » Hélas, on ne sait jamais d'avance le prix qu'on aura à payer.

— Lui aussi a payé, dit gentiment Meara.

— Je le sais, bien sûr. Mieux que personne. C'était plus facile quand je pouvais céder à la colère ou me sentir trahie. Mais notre mission ne peut pas être menée à bien dans la colère et la rancune. En renonçant à ces sentiments, tant de choses me sont revenues. C'est trop. Alors je ne peux pas m'empêcher de me demander comment je dois poursuivre notre mission avec toutes ces émotions qui me submergent. Je dois aussi y renoncer.

— L'amour est puissant, dit Iona au bout d'un moment. Je pense que même quand l'amour fait souffrir, il donne de la force.

— C'est possible. Non, c'est vrai, rectifia Branna. Mais comment s'en servir sans qu'il nous avale ? La limite est fragile, non ? Et en ce moment, je me sens alourdie et déséquilibrée et…

Elle ne termina pas sa phrase, posa une main sur celle d'Iona, l'autre sur celle de Meara.

— Prends garde à l'obscurité, murmura-t-elle en regardant par la fenêtre où de larges poches sombres perçaient l'épais brouillard.

— Non, reste tranquille, dit-elle quand Meara voulut se lever. Reste assise. Il ne peut pas entrer chez moi, malgré tout ce qu'il peut tenter. Et je suis là, dans ma cuisine, et je me comporte sottement. Je reste là à pleurnicher, et pendant ce temps il se glisse le long de mes murs et à mes fenêtres, en se régalant de me voir m'apitoyer sur mon propre sort. Bon, il s'est suffisamment nourri. Elle s'écarta de la table, ignorant Iona qui criait :

— Attends !

Se dirigeant d'un pas décidé vers la fenêtre, elle l'ouvrit en grand et lança une boule de feu, puis une seconde, puis deux d'un coup, tandis que la fureur de son pouvoir crépitait autour d'elle.

Un rugissement inhumain se fit entendre. Et le brouillard s'enflamma comme du petit bois avant de disparaître.

— Voilà qui est fait, déclara Branna en refermant sèchement la fenêtre.

— Putain. La vache. (Iona, une boule de feu dans la main, poussa un soupir tremblotant.) La vache, répéta-t-elle.

— Je doute qu'il ait apprécié. Et moi, je me sens mieux.

Après s'être épousseté les mains, Branna revint s'asseoir et reprit sa fourchette.

— Iona, tu devrais éteindre cette boule et terminer tes pâtes. (Elle goûta une première bouchée.) Elles sont délicieuses, et c'est moi qui le dis. Meara, si ça ne t'ennuie pas, tu veux bien envoyer un texto à Connor ? Pour leur dire d'être sur leurs gardes, même si ça m'étonnerait que Cabhan leur cherche des noises ce soir.

— Je m'en occupe.

— Il a cru pouvoir porter un coup à des femmes, dit Branna tout en mangeant. Il n'arrêtera jamais de sous-estimer les femmes. Et il a cru pouvoir boire mes sentiments comme du petit-lait. Ils vont l'étrangler, j'espère. C'est la lumière qu'il ne peut pas supporter. (Claquant des doigts, elle renforça l'éclairage de la cuisine.) Et la joie, et nous allons aussi lui en montrer, car il y a peu de choses qui me mettent autant en joie que de choisir des couleurs et des finitions, et ce genre de choses.

Elle se resservit des pâtes.

— Alors, Iona, que penses-tu du travertin pour ta grande salle de bains ?

— Le travertin. (Iona expira) Hmmm.

— Nous avons aussi quelques détails à régler pour ton mariage, et nous avons à peine parlé du tien, Meara. La joie ne manque pas entre ces murs. (Elle reprit les mains de ses amies.) La douceur des femmes, à présent. Alors reprenons du vin et parlons mariage, et servons-nous de la pierre et du verre pour bâtir des maisons.

Connor lut le texto de Meara.

— Cabhan est venu chez Branna. Non, s'empressa-t-il de dire à ses amis qui réagirent vivement. Il est parti. Meara dit que Branna l'a repoussé, qu'il s'est enfui la queue en feu entre les jambes.

— Je verrai mieux dehors, à l'écart de la lumière et du bruit. Juste pour être sûr, dit Fin en se levant pour quitter la chaleur du pub.

— Nous devrions rentrer, dit Boyle.

— Meara dit que ce n'est pas la peine. Que Branna a besoin d'une soirée entre filles, et elle assure qu'elles sont à l'abri, bien au chaud. Elle ne prendrait pas cela à la légère, Boyle.

Il se concentra en faisant de son mieux pour ignorer les voix et les rires qui l'entouraient.

— Il n'est pas dans les parages.

Il chercha confirmation en regardant Fin qui revenait.

— Il est furieux, mais toujours affaibli, dit Fin. Il est loin de la maison maintenant, loin d'ici. J'aurais dû le sentir. Si nous avions été là…

— Que de l'obscurité et du brouillard, crut bon de préciser Connor. Il n'ira pas plus loin que ça pour l'instant. Mais nous sommes prêts à quitter le pub, j'ai l'impression. On va chez toi ?

— Nous pourrons facilement garder un œil sur elles depuis chez moi, que cela plaise ou non à Branna.

— Je suis de ton avis. C'est pour moi, dit Boyle en lançant des billets sur la table. Tu n'as pas encore dit à Connor ce que tu voulais lui dire.

— À quel sujet ? demanda Connor.

Fin enfila sa veste, et gagna du temps en chemin vers la sortie puisque la moitié des clients avaient quelque chose à dire à Connor. Il attire les gens comme le miel attire les abeilles, se dit Fin, conscient qu'il perdrait à moitié la tête s'il possédait cette propriété.

Dehors, ils s'entassèrent dans la camionnette de Fin puisque, après une longue conversation, ils en étaient arrivés à la conclusion qu'il était préférable de ne prendre qu'un seul véhicule.

— C'est de l'école que je voulais discuter avec toi, commença Fin.

— Il n'y a pas de problèmes à ma connaissance. Tu veux discuter de mon idée de combiner la chasse au faucon et la balade à cheval ?

— Nous pouvons en parler aussi. J'ai fait rédiger un contrat de partenariat.

— De partenariat ? Boyle veut s'associer à toi ?

— J'ai assez à faire avec les écuries, merci bien, dit Boyle en essayant de déplier ses jambes dans l'espace réduit devant son siège.

— Alors avec qui veux-tu t'associer ? Dis-moi que ce n'est pas avec cet imbécile d'O'Lowrey de Sligo. Il connaît bien les rapaces, c'est certain, mais pour tout le reste, c'est un crétin.

— Pas avec O'Lowrey, avec un autre crétin. Tu vas devenir mon associé, imbécile.

— Moi ? Mais… je dirige déjà la fauconnerie, non ? Rien ne t'oblige à faire de moi ton associé.

— Ce n'est pas par obligation, ce contrat, c'est parce que c'est mérité et qu'il est temps de le faire. Je te l'aurais bien proposé plus tôt, mais tu semblais hésiter entre le métier du bâtiment et la fauconnerie. Je craignais que l'école ne te plaise pas, l'aspect administratif surtout, la gestion du personnel et tout le reste. Mais ça te plaît, sinon tu t'en serais tenu aux balades avec les rapaces et à l'entraînement. Finalement, tout semble te convenir, alors c'est réglé.

Connor garda le silence jusqu'au moment où ils s'arrêtèrent devant la maison.

— Je n'ai pas besoin de ces papiers, Fin.

— C'est vrai, pas plus que moi. Pas plus qu'ils sont nécessaires entre Boyle et moi. Mais les avocats et le fisc, eux, en ont besoin. Alors nous allons les lire ensemble, les signer, et ce sera une affaire classée. Ça me rendrait service, Connor.

— Mon œil. Ce n'est pas un service que je te…

— Eh, tous les deux, laissez-moi descendre de ce fichu camion avant de vous chamailler. Je suis coincé au milieu.

Fin descendit du véhicule.

— Nous allons lui faire avaler deux autres pintes, et il signera les papiers. Demain, il aura même oublié leur existence.

— Je pourrais engloutir toute la bière de Mayo que je m'en souviendrais très bien.

Sentant de l'agacement dans la voix de Connor, Boyle secoua la tête et les laissa seuls. Fin posa les mains sur les épaules de Connor.

— *Mo deartháir*, tu ne crois pas que c'est pour des raisons juridiques ?

— Je ne comprends pas pourquoi tu fais ça.

— Ah, merde alors, Connor. L'école est plus à toi qu'à moi, depuis le début. Elle n'existerait même pas sans toi, même si je l'avais voulu. Je suis un homme d'affaires, ou pas ?

— C'est ce qu'on raconte.

— Ça, ce sont les affaires. Mais c'est aussi pour les rapaces, et ils me sont aussi proches et chers qu'à toi.

Il leva le bras, sans gant. En quelques secondes, Merlin, son épervier, se posa sur son poignet, aussi léger qu'une plume.

— Tu prends soin de lui quand je pars en voyage.

— Bien sûr.

Fin inclina la tête de sorte que le rapace puisse se frotter contre lui.

— C'est une partie de moi, de la même manière que Roibeard est une partie de toi. J'ai confiance en toi pour veiller sur lui, et en Meara. Quand tout sera fini avec Cabhan, je partirai d'ici, au moins pour un temps.

— Fin…

— Il faut que je m'en aille, pour mon bien. J'ai besoin de partir et pour l'instant, je ne suis pas en mesure de dire si je reviendrai. J'ai besoin que tu me rendes ce service, Connor.

Ennuyé, celui-ci donna un coup dans le torse de Fin.

— Quand tout sera terminé, tu resteras ici. Et Branna sera avec toi, comme autrefois.

— La marque ne disparaîtra pas une fois Cabhan anéanti. (Fin releva le bras pour que Merlin s'envole.) Elle ne peut pas être avec moi, pas vraiment, tant que j'aurai cette empreinte. Tant que je ne m'en débarrasserai pas, je ne peux pas lui demander ça. Et je n'arrive pas à vivre, Connor, je te le jure, en la sachant à quelques centaines de mètres de chez moi, tous les soirs, sans pouvoir être avec elle. Avant, je croyais que c'était possible mais maintenant, je sais que non.

— Je vais signer tes papiers puisque c'est ce que tu veux. Mais laisse-moi te dire une bonne chose, les yeux dans les yeux : quand ce sera fini – et un jour, nous l'aurons – tu resteras ici. Tu peux le noter, Finbar. Note bien ce que je te dis. Je te parie un billet de cent, tout de suite.

— Les paris sont pris. (Il saisit Connor par les épaules.) Allons boire une bière et voir si nous réussissons à convaincre Boyle de nous préparer à manger puisque nous sommes partis du pub le ventre vide.

— Je te suis, sur ce coup-là.

Le sommeil lui échappait. La maison était silencieuse depuis longtemps quand Branna la parcourut, vérifiant les portes, les fenêtres, et les amulettes. Il était dehors, à l'affût. Elle le percevait aussi nettement qu'une ombre en plein soleil. En remontant dans sa chambre, elle caressa la tête de Kathel.

— Nous devrions dormir, lui dit-elle. Tous les deux. Demain, nous avons du pain sur la planche.

Dans sa chambre, elle fit un feu pour profiter de sa chaleur, du réconfort de sa lumière. Elle envisagea de consulter les flammes, mais craignit que les visions ne lui apportent pas que de la chaleur et du réconfort.

Elle avait suffisamment frémi pour la soirée.

Au lieu de ça, une fois Kathel installé, elle prit son violon. Il la regarda enduire son archet de colophane, et battit la mesure avec sa queue. Cela suffit à la faire sourire tandis qu'elle se rapprochait de la fenêtre.

De là, elle voyait au-delà des collines, les bois, le ciel, la lune qui jouait à cache-cache avec les nuages, et les étoiles qui scintillaient comme autant de bougies lointaines.

Il pouvait la voir à travers la fenêtre lui aussi, la voir debout derrière la vitre, derrière ses amulettes. Hors de sa portée.

Cela fit grandir son sourire.

Regarde autant que tu veux, se dit-elle, car tu n'auras jamais ce que je suis.

Elle cala le violon sur son épaule, et les yeux fermés, laissa la musique la transporter.

Elle joua, des notes sorties tout droit de son cœur, de son esprit, de son sang, de ses passions. Lentement, les ondes apaisantes et charmantes s'élevèrent des cordes, faisant vibrer les vitres comme pour défier les ténèbres.

Encadrée par le reflet du foyer devant elle et les flammes qui dansaient dans son dos, elle jouait ce qui l'attirait et le repoussait en même temps sous le regard de son chien, pendant que ses amis dormaient, devant la lune accrochée haut dans le ciel.

Dans son lit, seul dans le noir, Fin entendit sa musique, les notes qu'exprimait le cœur de Branna et qui transperçaient le sien.

Il se languissait d'elle.

6

Branna consacra la matinée suivante aux tâches domestiques, rangeant et astiquant sa maison d'une manière que Connor qualifiait de terrifiante. Elle se considérait comme une personne qui aimait l'ordre et le bon sens, et elle était heureuse lorsque son environnement était non seulement bien organisé, mais qu'il reflétait aussi ses goûts personnels.

Elle aimait savoir que les choses restaient là où elle le désirait, et son sens pratique lui faisait gagner du temps. Pour se sentir bien, elle avait besoin de couleurs, de textures et de jolis objets qui égayaient son cœur et sa vision.

Mais pour créer un cadre commode et agréable, il fallait s'investir. Toutefois, elle prenait plaisir à tenir sa maison, à effectuer les gestes simples et ordinaires du quotidien. Elle appréciait l'odeur discrète d'écorce d'orange qui s'attardait sur ses meubles après les avoir polis avec la solution qu'elle fabriquait, et le parfum de pamplemousse qui flottait dans sa salle de bains une fois qu'elle avait récuré sa baignoire.

Les coussins rembourrés apportaient une note douce, comme le joli dessus de lit, correctement étalé, offrait du confort tout en étant ravissant.

Après cela, elle plaça des bougies neuves, arrosa les plantes et remplit son vieux seau en cuivre de tourbe fraîche pour la cheminée.

Meara et Iona avaient remis la cuisine en ordre avant de partir aux écuries, mais… ce n'était pas assez net pour elle.

Après avoir mis du linge à laver dans la machine, elle continua à s'agiter, notant dans un coin de sa tête ce qu'elle devait acheter au marché, et dressa une seconde liste de nouveaux produits à envisager pour sa boutique. Tout en fredonnant et en réfléchissant à ses emplettes, elle termina le ménage en lavant le sol de la cuisine.

Puis, d'un coup, elle le sentit.

Ignorant les battements accélérés de son cœur, elle s'obligea à se retourner prudemment et découvrit Fin dans l'entrée de son atelier.

— Une bien jolie chanson pour faire du nettoyage.

— J'aime faire le ménage.

— Ça m'a toujours étonné. Mais c'est grâce à ça que tu es aussi ravissante quand tu astiques. Je pensais que nous avions décidé de travailler ensemble ce matin. Je me trompe ?

— Tu ne te trompes pas, mais tu es en avance, dit-elle en recommençant à frotter. Va mettre de l'eau à chauffer dans l'atelier. J'ai presque fini.

Elle avait eu sa matinée pour elle seule, son moment de solitude et d'absolue liberté. Mais le devoir l'appelait. Elle allait travailler avec Fin puisque c'était nécessaire. Elle l'acceptait, comme elle avait fini par l'admettre au sein du cercle.

Le devoir n'a pas que des bons côtés, se dit-elle. Pour atteindre un objectif aussi vital que le leur, il fallait en passer par quelques sacrifices.

115

Elle rangea sa serpillière et son seau, et détacha le chiffon qu'elle avait pendu à la taille de son pantalon pour le déposer sur la pile de linge sale. Après s'être accordé une petite minute pour rassembler son courage en vue des heures à venir, elle entra dans l'atelier.

Comme il avait fait une flambée, elle fut accueillie par la chaleur du feu. Ce n'était plus aussi troublant qu'autrefois, de le voir dans son espace de travail, devant son réchaud, en train de préparer le thé.

Il avait enlevé son manteau, et se tenait en pantalon noir et en pull vert de forêt dense, avec le chien à côté de lui.

— Si c'est un biscuit que tu veux, nous devrions demander à ta maîtresse d'abord, dit-il à Kathel. Je ne veux pas dire que tu n'en mérites pas un bout, ni une petite sieste au coin du feu. (Il interrompit la préparation du thé pour sourire à l'animal.) J'ai peur d'elle, tu crois ? Ce n'est pas en te moquant de moi que tu vas obtenir un biscuit, tu sais ?

Comme toujours, elle était déstabilisée de le voir lire dans les pensées de son chien avec la même facilité qu'elle.

De la même manière qu'elle avait senti sa présence dans la cuisine, il sentit qu'elle était là et se retourna.

— Il attend son biscuit.

— Je l'avais compris. Il est un peu tôt pour ça, dit-elle en regardant Kathel, mais il peut en avoir un.

— Je sais où tu les ranges.

Fin ouvrit un placard tandis qu'elle traversait la pièce. Il prit la boîte de gâteaux et l'ouvrit. Avant qu'il n'ait eu le temps de lui en donner un, le chien se dressa et posa ses pattes sur les épaules de Fin. Il le regarda longuement dans les yeux, puis lui lécha affectueusement la joue.

— Mais de rien, murmura Fin lorsque l'animal retomba sur ses quatre pattes, le biscuit dans la gueule.

— Il est brave et gentil, dit Branna. Il a de l'affection et beaucoup de tolérance envers les enfants. Mais il n'aime, sincèrement, que quelques rares personnes. Tu en fais partie.

— Il serait prêt à mourir pour toi, et il sait que moi aussi.

Sa franchise la bouleversa.

— Dans ce cas, nous devrions nous mettre au travail pour que ni l'un ni l'autre ne meure.

Elle s'empara de son livre.

Fin termina de préparer le thé et apporta deux tasses sur le plan de travail où Meara était installée.

— Si tu envisages de modifier la potion que nous avons concoctée pour le déjouer, tu fais fausse route.

— Nous ne l'avons pas détruit, je crois.

— Ce n'est pas à cause de la potion.

— Alors c'est quoi ?

— Si j'avais la réponse, j'aurais déjà fait ce qu'il faut. Mais je sais que cette potion l'a plongé dans la terreur, la souffrance, une extrême souffrance. Il a été brûlé, il a saigné.

— Et il nous a échappé. Ne dis rien, s'empressa-t-elle d'ajouter. Ne me dis pas que tu aurais pu l'achever si nous ne t'avions pas retenu. Ce n'était pas envisageable sur le moment, et ça ne le sera jamais.

— Tu ne t'es jamais dit que c'était peut-être la marche à suivre ? Que c'est moi, son sang, moi seul, celui qui porte la marque, qui doit mettre un terme à la malédiction, qui doit l'achever ?

— Non, parce que ce n'est pas vrai.

— Je te trouve bien sûre de toi, Branna.

— Sur ce point, oui. C'est écrit, transmis de génération en génération. Ce sont les enfants de Sorcha qui doivent l'achever. Et c'est ce qui arrivera. Pour tous ceux qui ont échoué avant nous, et nous avons quelque chose qui leur faisait défaut. Toi.

En parlant, elle s'efforçait de garder son calme, de laisser parler la voix de la raison.

— Je pense que tu joues un rôle essentiel. C'est nouveau d'avoir l'un de ses descendants parmi nous, qui œuvre avec les Trois. Ça n'apparaît dans aucun livre. Notre cercle est le plus puissant de tous grâce à ta présence, c'est évident.

— Sur ce point aussi, tu es sûre de toi ?

— Je n'ai pas le moindre doute, insista-t-elle. Je ne voulais pas t'intégrer à notre mission, mais c'était par faiblesse, et par égoïsme. J'en suis désolée. Nous avons formé notre cercle ainsi, et s'il était rompu... je pense que nous perdrions. Tu m'as donné ta parole.

— C'était peut-être une erreur, mais je reste fidèle à ma promesse.

— Nous avons le pouvoir de l'anéantir. Je le sais. (Tout en parlant, elle sortit le cristal de sa poche et le plaça sous la lumière.) Connor, Iona et moi, nous avons tous vu les trois premiers. Dans de simples rêves, mais éveillés également. Nous avons créé des liens avec eux, physiques et spirituels, et aucun livre ne faisait allusion à cela.

Même s'il comprenait son raisonnement, Fin n'arrivait pas à se défaire d'une pointe de frustration et de ses doutes.

— Tu t'en remets beaucoup aux livres, Branna.

— C'est exact, car les écrits recèlent un immense pouvoir. Tu le sais aussi bien que moi. (Elle posa la main sur le livre.) Les réponses sont à l'intérieur, dans les chapitres déjà écrits et dans ceux que nous allons rédiger.

Elle ouvrit l'ouvrage, et chercha une page.

— Ici, j'ai écrit qu'ensemble nous avons voyagé en rêve jusqu'à la grotte de Midor, et vu sa mort.

— Ce n'est pas une réponse.

— C'est une piste qui nous conduira à une réponse, la prochaine fois.

— La prochaine fois ? Tu veux retourner à la grotte ?

— On nous a emmenés là. Si nous y allions délibérément, nous trouverions autre chose, apprendrions et verrions plus. Je ne trouve rien sur ce vieillard. Ce nom n'évoque rien à la Brannaugh de Sorcha. Nous devons partir à sa recherche.

Ce n'était pas l'envie qui manquait. D'ailleurs, il pensait même tous les jours à y retourner mais…

— Nous n'avons ni le lieu ni la date. Nous n'avons aucune indication, Branna.

— C'est possible, si on y travaille. Avec le reste du cercle pour nous ramener ici au besoin. Le créateur de Cabhan, Fin, combien de réponses détient-il, à ton avis ?

— Ce sont les réponses d'un vieillard sénile. Tu as vu aussi bien que moi sa démence.

— Si tu le pouvais, tu y retournerais sans moi. Mais nous devons y aller ensemble.

C'était indéniable.

— La mort hantait cette grotte.

— Ici aussi, la mort est présente, mais nous n'avons pas de réponses. Nous devons modifier la potion – sauf la base, tu as raison sur ce point. Mais la dernière fois, nous l'avions préparée spécifiquement pour Samhain. Attendrais-tu jusqu'au prochain Samhain pour recommencer ?

— Non, pas du tout.

— Je n'arrive pas à définir le bon jour, Fin. Et toi ? Je ne vois pas quel jour nous devrions retenter notre chance, et sans cela, nous avançons à l'aveuglette. (Elle se leva et arpenta la pièce.) J'ai pensé au solstice – c'est logique. La clarté l'emporte sur l'obscurité. Puis à Samhain, quand le voile s'affine.

— Nous les avons vus, les trois premiers. Quand le voile s'est dissipé, nous les avons vus avec nous. Mais pas complètement, ajouta-t-il.

— Alors c'est peut-être le solstice d'hiver ? Ou l'équinoxe de printemps ? Lammas ou Bealtaine, sinon ? Ou peut-être rien de tout ça.

Sa mauvaise humeur gagnait du terrain. Énervée de ne pas trouver la réponse, elle pivota vivement vers lui.

— Je nous vois devant la chaumière de Sorcha, en pleine lutte. Le brouillard et la nuit, les mains de Boyle en feu et toi en sang. Et nous avons perdu, Fin, parce que j'avais fait le mauvais choix. À moitié amusé par le côté dérisoire de sa réaction, il haussa les sourcils.

— Maintenant, c'est entièrement ta faute, si je comprends bien ?

— Le moment, c'est moi qui l'ai choisi, les deux fois. Et les deux fois, je me suis trompée. Tous mes calculs les plus minutieux, ratés. Donc cette fois, je dois me surpasser. Pour cette troisième fois.

— La troisième fois, c'est la bonne.

Expirant, elle lui fit un petit sourire.

— C'est ce qu'on dit. Ce dont nous avons besoin doit se trouver là-bas, ça nous tend les bras. Dis, tu veux bien rêver avec moi, Fin ?

Jusqu'à la fin de mes jours, pensa-t-il.

— J'accepte, mais nous devons d'abord vérifier l'envoûtement. Afin qu'il nous transporte au bon endroit pendant notre rêve, mais qu'il nous ramène ici également. Ça m'ennuierait que tu restes là-bas.

— Nous n'allons pas nous perdre. D'abord, nous allons nous assurer que l'envoûtement est bien programmé. C'est l'époque de Cabhan, celle de ses origines ; nous sommes d'accord sur ce point ?

— Tout à fait, répondit Fin en soupirant. Tu vas encore me prendre du sang.

— Juste un peu, répondit-elle en haussant les sourcils. Tu fais des simagrées pour quelques gouttes alors que tu viens d'affirmer que tu serais prêt à mourir pour moi ?

— J'aimerais autant te protéger sans vider mes veines.

— Non, dit-elle quand il enleva son pull. Pas sur la marque. Ses origines, Fin. Il ne portait pas la marque à ses débuts.

— Le sang de la marque est plus proche de lui.

Allant contre ses habitudes, elle s'avança vers lui pour poser la main sur l'empreinte maudite.

— Pas de ça. De ta main, et de la mienne, pour mêler notre sang à nos rêves.

— Tu as déjà écrit l'enchantement ?

— Quelques bribes, juste dans ma tête. (Elle lui sourit, baissant suffisamment la garde pour laisser la main sur son bras.) Je réfléchis beaucoup quand je fais le ménage.

— Viens chez moi, tu pourras réfléchir tout ton soûl. Ton frère a laissé la chambre que je lui ai prêtée dans un état désastreux.

— C'est un garçon formidable, mais il est peu soigneux. Il ne voit même pas tout le fouillis qu'il provoque. C'est un véritable talent, et Meara va devoir apprendre à vivre avec.

— Il dit qu'ils envisagent le solstice – celui de l'été – pour leur mariage, et le champ derrière ta maison pour la fête.

— Comme ils aiment tous deux la vie au grand air, c'est un bon choix.

Elle alla chercher un bol et son plus petit chaudron.

— Ils vont bien ensemble.

— Oh, c'est certain, même si ça les a surpris eux-mêmes. Et avec le mariage de Boyle et Iona avant le leur, le printemps et l'été seront marqués par les réjouissances, les nouveaux départs, la volonté des dieux, et le reste sera derrière nous.

Elle sélectionna les bonnes herbes, déjà séchées, prit de l'eau de pluie recueillie à la pleine lune, et de l'extrait distillé de valériane.

Fin se leva pour s'emparer du mortier et du pilon.

— Je m'en occupe, dit-il en mesurant la quantité d'herbes.

Ils travaillèrent un moment en silence.

— Tu n'écoutes jamais de musique ici, fit-il remarquer.

— Ça me distrait, mais tu peux aller chercher l'iPod de la cuisine si tu veux.

— Non, ça va. Tu as joué de la musique, hier soir. Très tard.

Stupéfaite, elle leva le nez de son plan de travail.

— C'est vrai. Comment le sais-tu ?

— Je t'ai entendue. Tu joues souvent le soir, même la nuit, parfois. Des chansons tristes et plaisantes en général. Hier soir, ce n'était pas triste mais puissant. Et toujours aussi plaisant.

— Ce n'est pas normal que ma musique parvienne à tes oreilles.

Il soutint son regard.

— Certains liens sont incassables, même si on souhaite les briser et qu'on s'y applique. Même en voyage, très loin, il m'est arrivé de t'entendre aussi distinctement que si tu étais à côté de moi. Cette révélation lui serra le cœur.

122

— Tu ne me l'as jamais dit.

Il haussa vaguement les épaules.

— Ta musique m'a plusieurs fois ramené ici. C'était peut-être le but. Bol ou chaudron ? demanda-t-il.

— Quoi ?

— Les herbes que j'ai broyées. Dans le bol ou dans le chaudron ?

— Dans le bol. La dernière fois, qu'est-ce qui t'a ramené à la maison ?

— J'ai vu Alastar, et j'ai su qu'on avait besoin de lui. J'ai négocié, je l'ai acheté, et j'ai organisé son expédition. Ensuite j'ai vu Aine, et j'ai su qu'elle était destinée à Alastar et… au reste. Sa beauté et son esprit m'ont attiré, et je me suis dit qu'elle devait venir à la maison, mais pour moi, ce n'était pas encore le moment. Ensuite, Iona est venue en Irlande, à Mayo, elle a traversé la clairière de Sorcha en passant par les bois et elle est arrivée à ta porte. Sous la pluie, elle portait un manteau rose. Elle débordait d'enthousiasme, d'espoir et de pouvoirs magiques qu'elle ignorait elle-même.

Ahurie, Branna se figea.

— Tu l'as vue.

— J'ai vu son arrivée au pays, chez toi, et j'ai compris que je devais rentrer. Qu'il me verrait, qu'il saurait. Et qu'au moment où il viendrait, avec les Trois réunis, j'avais enfin une chance de le détruire.

— Comment as-tu vu Iona, ou même seulement la couleur de son manteau ? (Déconcertée, elle ramena ses cheveux en arrière, et arrangea ses barrettes pour les rattacher.) Elle n'est pas de ton sang. Tu t'es demandé comment c'était possible ?

— Je me pose beaucoup de questions, mais je n'ai pas toutes les réponses. (Il haussa les épaules.) Cabhan la connaissait comme l'une des trois, alors je l'ai peut-être vue par ce lien.

— S'il t'arrive d'en douter, ça devrait te rappeler que ce lien de sang renforce notre cercle. (Elle alluma les bougies, puis le feu sous le petit chaudron.) À petit feu pour que ça arrive lentement à ébullition. Ça mijotera pendant que nous écrirons l'envoûtement.

Connor entra sans un mot, conscient qu'il y avait de la magie dans l'air. Branna et Fin se tenaient mains tendues au-dessus du chaudron d'où s'échappait une fumée bleu clair.

— Dormir pour rêver, rêver de voler, voler pour chercher, chercher pour savoir.

Elle prononça ces mots trois fois, et Fin l'imita.

— Rêver comme un seul être, un seul être qui voit, voir la vérité, la vérité et la connaissance. Des étoiles scintillèrent dans la fumée.

— Que la lumière des astres nous guide à travers la nuit et nous ramène sains et saufs vers la lumière.

Branna leva la main, et de l'autre fit un geste vers une fine bouteille transparente.

Le liquide s'éleva du chaudron, du même bleu que la fumée, illuminé par les étoiles, et se déversa en un seul flot gracieux dans la bouteille. Fin enfonça le bouchon.

— C'est fait. Nous avons réussi.

Elle poussa un soupir.

— Un autre envoûtement pour le rêve ? s'enquit Connor qui se sentit enfin libre de traverser l'atelier. Quand partons-nous à sa recherche ?

— Ce n'est pas pour ça, pas encore. (Branna voulut encore se recoiffer mais, se réprimandant intérieurement, elle enleva toutes les épingles de ses cheveux.) Quelle heure est-il ? Oh, le temps passe trop vite ! Qu'avons-nous fait de la journée ?

— Ça, dit Fin en montrant la bouteille. Elle a failli m'arracher les yeux quand j'ai suggéré qu'on s'arrête une heure pour déjeuner.

— C'est comme ça quand elle travaille, concéda Connor en donnant une tape compatissante dans le dos de Fin. Mais elle ne rate jamais le dîner. (Il offrit un sourire plein d'espoir à Branna.) Pas vrai ?

Elle rangea la bouteille dans le placard pour laisser reposer la potion.

— Les hommes ne pensent qu'à manger. Je vais préparer un repas rapidement. Ce serait préférable qu'on discute tous ensemble de ce que j'ai fait avec Fin aujourd'hui. Laissez-moi seule un moment.

— Je viens d'arriver, se plaignit Connor.

— Tu es venu chercher un repas chaud, et tu comptes sur moi, alors sors le temps que je réfléchisse à ce que je vais préparer.

— J'aimerais bien une bière avant…

Fin le prit par le bras et attrapa son manteau.

— Je t'offre un verre au pub. J'ai envie de prendre l'air et de marcher un peu. Et d'une bière.

— Bon, présenté comme ça, j'accepte.

Comme Kathel trottinait vers la porte à leur suite, Branna les salua tous les trois.

— Il a besoin de sortir, lui aussi. Ne revenez pas avant une heure – et passez le message aux autres.

Sans attendre de réponse, elle prit le chemin de sa cuisine.

Elle se réjouit de sa propreté et de son calme – c'était très appréciable après des heures à travailler et à conjurer. Elle aurait apprécié un verre de vin au coin du feu, et passer cet instant à ne rien faire du tout, mais elle dut se rappeler au plaisir des tâches domestiques.

Les mains sur les hanches, elle chassa ses pensées désordonnées.

Elle pouvait faire des blancs de poulet sautés aux herbes et au vin, des pommes de terre rouges rôties à l'huile d'olive et au romarin, et elle avait des haricots verts du jardin au congélateur. Elle pouvait très bien les préparer à l'amandine. Et comme elle n'avait pas le temps de faire cuire du pain à la levure et que ses invités le dévoraient aussi goulûment que des fourmis s'attaquent à un pique-nique, elle s'arrêterait à deux miches de pain à la bière. Cela suffirait à leur remplir la panse. Elle commença par gratter les pommes de terre, les couper en morceaux, les rouler dans les herbes aromatiques et l'huile, ajouter du poivre, de l'ail et les mettre au four. Elle fit la pâte à pain – en offrant une gorgée de bière à la cuisinière –, et après avoir étalé du beurre fondu sur les boules de pâte, elle les mit à cuire à côté des pommes de terre.

Comme les blancs de poulet étaient congelés, elle les réchauffa d'un geste, et les trempa dans une marinade de sa création qu'elle conservait en bouteille.

Satisfaite d'avoir tout mis à cuire, elle se servit du vin et but la première gorgée debout. Elle avait besoin de prendre l'air et de se dégourdir les jambes, elle aussi. Elle prit une veste, enroula une écharpe autour de son cou et emporta son verre dehors.

Le vent soufflait en bourrasques froides, mais entre la chaleur de sa cuisine et celle que Fin avait générée dans l'atelier, le changement de température lui fit du bien. Le vent soulevant ses cheveux, elle se promena dans son jardin, imaginant les futurs bourgeons, les rangées de légumes qui pousseraient au printemps.

Elle remarqua qu'il restait des roses, et les pensées sortiraient leurs joyeuses têtes de la neige ou de la glace, si quelques flocons se décidaient à tomber avant le printemps. Quelques choux d'hiver, et les bourgeons de calendula orange et jaune vif qu'elle chérissait pour leurs couleurs et leurs saveurs poivrées.

Si elle faisait de la soupe, le lendemain, elle en ajouterait un peu, ainsi que des carottes qu'elle avait protégées contre le gel.

Même par cette saison froide, son jardin la mettait en joie.

Elle but lentement son vin tout en se baladant, malgré l'obscurité grandissante et le brouillard qui frôlait les contours de sa maison.

— Tu n'es pas le bienvenu ici.

Elle parla calmement, puis sortit son petit couteau de sa poche pour couper du calendula, des gueules-de-loup touffues et quelques pensées. Elle allait composer un petit bouquet de fleurs d'hiver pour la table.

— Je le serai bientôt. (Cabhan se tenait là, séduisant et souriant, la gemme rouge de son pendentif luisant dans la pénombre.) Tu m'accueilleras impatiemment dans ta maison. Dans ton lit.

— Tu es encore affaibli par mon dernier *bon accueil*, et tu délires en plus. (Finalement, elle se retourna, sirota délibérément son vin tout en le scrutant.) Tu ne peux pas me séduire.

— Tu vaux tellement mieux que tous les autres. Nous le savons bien, toi et moi. Avec moi, tu seras encore plus que ça. Plus que tout ce que l'on n'a jamais imaginé. Je te donnerai tout le plaisir que tu te refuses. Je peux prendre son apparence.

Cabhan agita la main devant son visage. Et Fin lui sourit. Elle ressentit une douleur lancinante, comme si elle s'était planté son canif dans le cœur.

127

— Rien qu'une apparence.

— Je peux prendre sa voix, dit-il avec la voix de Fin. *A ghrá, a chuid den tsaol.*

La lame remua dans la plaie quand il prononça les mots que Fin lui disaient autrefois : « Mon amour, ma moitié. »

— Tu crois que cela me rend vulnérable ? Que ça me donne envie de m'ouvrir à toi ? Tu es tout ce que je méprise. Tu es la raison pour laquelle je ne suis plus avec lui.

— Tu as fait un choix. Tu m'as repoussé. (Soudain, il était Fin à dix-huit ans, jeune mais dévasté par le chagrin et la fureur.) Que veux-tu que je fasse ? Je ne l'ai jamais su ! Je ne t'ai jamais trahie. Ne me tourne pas le dos. Ne me rejette pas.

— Tu ne me l'as pas dit, s'entendit-elle répondre. Tu es le seul à qui je me sois donnée, le seul, et tu es de son sang. Tu es à lui.

— Je l'ignorais ! Comment aurais-je pu le savoir ? Ça m'est tombé dessus, Branna, ça m'a dévoré. Ça n'était pas là avant…

— Avant que nous nous aimions. Depuis plus d'une semaine, tu n'as rien dit, et tu ne me le dis que maintenant parce que je l'ai vu de mes yeux. Je suis l'une des Trois.

Les larmes lui piquaient les yeux, mais elle refusait de laisser son chagrin altérer sa voix.

— Je suis une Ténébreuse, fille de Sorcha. Tu viens de Cabhan, du monde du mal et de la douleur. Tu es le mensonge, et ce que tu es m'a brisé le cœur.

— Pleure, magicienne, murmura-t-il. Pleure pour soulager ta souffrance. Offre-moi tes larmes. Elle se retrouva devant lui, à la lisière de son territoire. Il avait repris l'apparence de Cabhan. Et son visage luisait dans le noir, à l'instar de la pierre rouge, sur son buste, qui brillait de plus en plus fort.

Les sanglots prenaient le pas sur sa maîtrise. Faisant appel à toute sa volonté, elle les ravala, et redressa la tête.

— Je ne pleure pas. Tu n'obtiendras rien de plus de moi.

Elle brandit son couteau de jardin, parvint à en planter la pointe dans son torse tout en empoignant son pendentif de l'autre main. Le sol trembla sous ses pieds ; la chaîne glacée la brûla. Pendant un instant, ses yeux luisirent du même rouge que la pierre, puis le brouillard tourbillonna et au travers, elle entendit des dents claquer. Soudain, elle ne tenait plus que son petit couteau dont le bout de la lame était enduit de sang.

Elle regarda sa main et la brûlure qui l'élançait dans sa paume. Elle serra le poing, réchauffa la lésion provoquée par le froid, l'apaisa et la guérit.

Ses mains tremblaient peut-être – il n'y avait rien de honteux à cela –, mais elle ramassa ses fleurs et le verre de vin qu'elle avait laissés tomber.

— Du vin gâché, dit-elle à voix basse en retournant vers la maison.

Toutefois, elle n'avait pas perdu son temps.

Elle remua les pommes de terre, sortit le pain du four et se servit un autre verre avant l'arrivée du reste du cercle.

— Que puis-je faire ? demanda Iona en se lavant les mains. Quelque chose qui ne provoque pas des brûlures d'estomac à tout le monde ?

— Tu peux émincer l'ail, si tu veux.

— Je suis douée pour émincer, pour découper aussi.

— Émincer, ça suffira.

— Est-ce que ça va ? demanda Iona d'une petite voix. Je te trouve pâle.

— Ça va, je t'assure. J'ai quelque chose à vous raconter, mais je préfère attendre d'avoir fini de tout préparer.

— D'accord.

Elle se concentra sur la cuisine et sur les conversations qui l'entouraient pendant qu'elle s'affairait. Elle n'eut pas besoin de demander de l'aide : ils mirent la table, servirent le vin, disposèrent la nourriture dans des plats et des bols.

— Tu as une liste de marketing ? demanda Meara tandis qu'ils se passaient les bols et les plats autour de la table. Si tu n'en as pas, et si tu peux en faire une, je m'occuperai de ton marketing. Sauf si tu ne veux pas.

— Tu veux commercialiser mes produits ?

— À partir de maintenant, nous allons tous nous en occuper à tour de rôle. Enfin, tant que tu es coincée là, à cuisiner pour tout le monde. Ça fait longtemps que faire la vaisselle ne suffit plus à te remercier équitablement. Alors nous allons nous charger de ta distribution.

— J'ai commencé une liste, et j'ai prévu d'aller au marché demain.

— Pour ça, c'est mon tour, si tu es d'accord.

— Évidemment que je suis d'accord.

— Si tu as des produits à livrer au magasin, je peux les emmener en même temps.

Elle voulut répondre mais prit le temps de survoler l'assemblée du regard, les yeux plissés.

— Que me cachez-vous ? Vous occuper de mon marketing, livrer le stock…

— Tu as l'air fatiguée. (Comme Connor levait les yeux au ciel en soupirant, Boyle le regarda de travers.) À quoi bon prétendre le contraire ?

— Merci beaucoup de me le faire remarquer, rétorqua Branna.

— Tu veux la vérité ou tu préfères qu'on fasse semblant ? fit Boyle avec un regard noir. Tu as l'air fatiguée, c'est tout.

Les yeux toujours plissés, elle se passa les mains sur le visage et s'offrit une mise en beauté. À présent, elle était radieuse.

— Voilà, tout va très bien.

— C'est à l'intérieur que tu es fatiguée.

Elle voulut s'en prendre à Fin, mais Connor leva les mains.

— Arrête un peu, Branna. Tu es pâle, tu es cernée, et nous te connaissons bien.

Il pointa le doigt au moment où elle se leva, envoyant un peu de magie par-dessus la table pour la forcer à se rasseoir.

Maintenant, elle n'avait plus besoin de maquillage pour avoir le feu aux joues.

— Tu veux te mesurer à moi, hein ?

— Oh, arrêtez ça, tous les deux, ordonna Iona. Arrêtez. Tu as des tas de raisons d'être fatiguée, avec tout ce que tu fais, et nous avons tout à fait le droit de te décharger de certaines tâches. Il ne s'agit que de vendre tes produits, pour l'amour du ciel, de faire un peu de ménage et quelques corvées. C'est pour que tu puisses respirer un peu, zut alors. Cesse d'en faire tout un plat !

Branna s'enfonça dans sa chaise.

— Qui croirait qu'il n'y a pas si longtemps que ça tu t'excusais toutes les deux minutes ? Désormais, ce sont des ordres qui sortent de ta bouche.

— J'ai évolué. Et je t'aime. Nous t'aimons tous.

— Pour le marketing, ça ne me dérange pas, reprit Branna d'une voix plus calme. Ni les tâches ménagères, au contraire. Mais j'aimerais autant en repousser certaines pour l'instant, puisque nous allons être occupés à des choses plus importantes, et que Yule approche à grands pas. Il va nous falloir de la lumière et de la joie pour Yule. Nous n'en manquerons pas.

— Affaire réglée, déclara Iona. C'est moi qui cuisine demain. Quelqu'un y voit quelque chose à redire ? (Elle se servit du poulet en souriant.) Je me disais bien que ça clorait le débat.

Branna tendit la main par-dessus la table pour lui presser le poignet.

— Efficace. Et il y a un autre sujet qui mérite qu'on s'y attarde. Cabhan est venu.

— Ici ? fit Connor en se levant d'un bond. Dans la maison ?

— Bien sûr que non, pas à l'intérieur. Ne divague pas. Tu penses vraiment qu'il pourrait passer à travers toutes les protections que j'ai installées – avec ton aide ? Je l'ai vu dehors, derrière la maison. Je suis sortie pour vérifier les plantations hivernales et pour prendre l'air, puisque j'ai passé la journée enfermée, à travailler. Il a eu l'audace de venir en bordure du jardin. Il ne peut pas s'approcher plus. Nous avons parlé.

— Après que je suis allé au pub avec Connor, dit froidement Fin. Et tu n'en parles que maintenant ?

— J'ai préféré préparer le dîner d'abord parce que, quand tout le monde est là, j'ai du mal. Et quand nous nous sommes assis, la conversation a débuté sur ma mine défaite.

— Je n'ai jamais dit « défaite », marmonna Boyle.

— Quoi qu'il en soit, je vous le raconte maintenant, ou je le raconterais si Connor voulait bien cesser de vérifier toutes les fenêtres et revenir à table.

— Et tu te demandes pourquoi je n'aime pas te laisser seule…

Elle lança un regard assassin à son frère.

— Occupe-toi de tes oignons. Sinon tes remarques insultantes, tu les prononceras la langue nouée. Je faisais le tour du jardin, avec mon verre de vin. La lumière s'est modifiée, le brouillard est tombé.

— Tu ne nous as pas appelés.

Cette fois, elle pointa un doigt sur lui pour le mettre en garde.

— Arrête de m'interrompre. Je ne vous ai pas appelés, non, parce que j'étais curieuse de savoir ce qu'il avait à dire, et que je n'étais pas en danger. Il ne pouvait pas me toucher, et il le savait aussi bien que moi. Je ne risquerais pas ma peau, Connor, mais surtout, vous – vous tous – devriez savoir que je ne mettrais pas le cercle en danger. Ni par curiosité ni par fierté. Pour rien au monde je ne nous mettrais en péril.

— Laisse-la parler.

Bien que Meara fût tentée de donner un coup de pied à Connor sous la table, elle préféra lui serrer la cuisse d'un geste rassurant.

— Nous le savons bien. Aussi bien que nous savions qu'il tenterait d'atteindre Branna avant la fin, poursuivit-elle.

— Une piètre tentative, au moins cette fois, reprit Branna. Les approches habituelles. Il disait que je deviendrai sienne, qu'il me donnerait plus de pouvoir que je n'en rêverais jamais et ce genre de bêtises. Il est toujours souffrant, même s'il le cache, et sa pierre rouge brillait plus faiblement qu'avant. Mais il a encore quelques tours dans son sac. Il s'est transformé en Fin.

Dans le silence qui s'ensuivit, Fin leva les yeux de son verre de vin et la chaleur de son regard percuta celui de Branna.

— En moi ?

— Comme si son imitation de toi pouvait me faire baisser la garde. Mais ce n'est pas tout. Il est rusé, et il nous observe depuis toujours. Il s'est encore transformé, en toi à l'âge de dix-huit ans. Il est remonté au jour…

— Où nous étions ensemble. La première fois. La seule fois.

— Pas ce jour-là, non, la semaine suivante. Quand j'ai découvert la marque. Tout ce que tu as ressenti et dit, ce que j'ai ressenti et dit, tout était là comme à l'époque. Il a réussi à me donner l'illusion que j'y étais, à me repousser à la limite de mes défenses. Il s'en est tellement nourri que la pierre brillait plus intensément, qu'il est devenu plus arrogant puisqu'il n'a pas compris que j'en avais marre au point de brandir mon couteau de jardin et de le lui planter dans le torse. J'en ai profité pour attraper la chaîne qu'il porte au cou, et là, j'ai vu sa peur. Ensuite il s'est dispersé dans le brouillard, et je n'avais plus de prise. Je n'ai pas été assez rapide pour briser la chaîne. C'est de la glace. Si froide qu'elle brûle, murmura-t-elle en examinant sa paume où persistait une trace. Et quand je l'avais dans la main, pendant ce court instant, j'ai senti toute sa noirceur, sa faim, mais surtout sa peur.

Connor s'empressa de vérifier sa peau.

— Je l'ai soignée, le rassura-t-elle tandis qu'il examinait la cicatrice. On voyait les maillons de la chaîne imprimée en travers de ma paume.

— Tu disais que tu ne te mettrais jamais en danger ?

— Je n'ai pas pris de risques. Connor, il ne pouvait pas me toucher. Et s'il avait été assez rapide pour poser la main sur moi au moment où j'ai saisi la chaîne, c'est moi qui aurais eu le dessus.

— Tu en es certaine ? (Fin se leva, contourna la table en tendant le bras.) Montre-moi. Je vais te dire s'il reste une trace de lui.

Sans un mot, Branna posa sa main sur la sienne, et ne bougea pas lorsqu'elle sentit la chaleur affluer sous sa peau, dans ses veines.

— Et s'il t'avait pris le couteau ? demanda Boyle. S'il l'avait retourné contre toi, qu'il t'avait tranché les doigts ou l'avant-bras pendant que tu tirais sur la chaîne ?

— Me prendre le couteau ? (Elle prit le sien sur la table. Une rose blanche le remplaça dans sa main.) Il m'a donné une occasion d'agir, je l'ai saisie, sans rien lui donner. (Elle regarda Fin.) Il n'a rien insufflé en moi.

— Exact, dit-il en la lâchant avant de retourner à sa place. Rien.

— Il nous craint. C'est ce que j'ai appris. Ce que nous avons fait, le mal que nous lui avons causé, ça l'effraie. Il a puisé de la force dans mes émotions, je ne cherche pas à le nier, mais il a souffert et il s'est enfui.

— Il reviendra, dit Fin sans la quitter des yeux. Et sous le coup de la peur, il frappera plus fort à la source de la terreur.

— Il continuera à revenir tant que nous ne l'aurons pas achevé. Et s'il risque de frapper plus fort, plus sa peur est grande, plus il est faible.

7

En prenant son café alors que l'aube pointait à peine dans le ciel, Fin décida de seller Baru pour partir à la chasse au faucon. Harnacher son cheval, appeler son épervier et partir. Au moins cinq heures qu'il ne consacrerait qu'à lui-même.

Ils avaient la potion des rêves, et même s'il leur restait encore du travail, il en avait besoin – surtout de prendre du temps seul et de la distance par rapport à Branna. Une pauvre petite demi-journée ne changerait pas grand-chose.

— Nous prenons notre matinée, pas vrai ? dit-il à Bugs qui, allongé sur le sol, rongeait joyeusement un os de cuir brut que Fin lui avait acheté au marché dans un moment de faiblesse. Tu peux venir aussi, comme ça nous serons au complet. Le cheval, le chien et l'épervier. Je suis d'humeur à me lancer dans un long galop épuisant.

Et si Cabhan était attiré par lui, eh bien, il n'était pas vraiment parti à sa recherche. Pas exactement.

Entendant frapper, il jeta un regard vers la porte. L'un des garçons d'écurie, pensa-t-il, puisqu'ils passaient toujours par l'arrière. Mais c'est Iona qu'il vit de l'autre côté de la vitre.

— Tu commences tôt, dit-il en lui ouvrant la porte.

— Je me suis levée aux aurores. Je vais chercher Nan à l'aéroport, annonça-t-elle avec un sourire aussi lumineux que des guirlandes de Noël.

— C'est vrai, j'avais oublié qu'elle arrivait aujourd'hui. Elle va rester jusqu'au jour de l'An, c'est ça ?

— Elle va rester avec nous pour Noël – Yule – et jusqu'au 2 janvier. J'aurais préféré qu'elle passe plus de temps ici.

— Tu dois être contente de la voir. Nous aussi. Et elle reviendra au printemps, pour ton mariage, non ?

— Ce serait impossible sans elle. Je n'ai pas réussi à la convaincre de rester jusqu'au printemps, mais c'est sûrement mieux ainsi. Avec tout ça…

— À l'abri du danger.

— Mais quand même… Et elle refuse de séjourner chez Branna. Je l'emmène chez son amie Margaret Meeney. Tu la connais ?

— C'est elle qui m'a appris à écrire et à compter, et elle continue à me dire de me tenir droit quand elle me croise. Mme Meeney est enseignante dans l'âme. Tu veux un café ?

— Merci, mais j'en ai déjà bu un. Tiens, c'est Bugs. Salut, Bugs.

Quand elle s'accroupit pour le caresser, Fin ne sut que faire de son embarras.

— Il vient là quand il se balade dans le coin.

— C'est toujours sympa d'avoir de la compagnie. Mme Meeney ne m'a appris ni à lire ni à compter. (Elle leva les yeux vers Fin.) Je n'ai pas grandi parmi vous. Mon histoire est différente.

— Ça ne change rien à nos liens.

— Je sais, et je le vis comme un miracle permanent. Cette famille. Tu fais partie de ma famille, Fin, mais comme je n'ai pas grandi avec toi ni avec Branna et vous tous, je peux dire ce que vous ne pouvez pas vous permettre de dire, ou l'exprimer autrement. Il s'est servi de toi et de ce que vous avez vécu pour la toucher. Ça t'a autant blessé qu'elle.

Elle se releva.

— Ce serait plus facile de te retirer du jeu, de laisser cela aux trois. Mais tu ne le fais pas. Tu ne le feras jamais. C'est en partie parce que tu as besoin de faire justice… pour ce qu'il t'a fait. Et c'est en partie pour ton cercle, tes amis. Et puis, toutes les raisons restantes, c'est pour Branna.

Il s'appuya contre le mur, les mains dans les poches.

— Ça fait beaucoup de raisons.

— Tu es un homme complexe. Je n'ai pas passé mon enfance avec toi, je n'étais pas là quand vous êtes tombés amoureux l'un de l'autre et je n'ai pas assisté à votre chagrin après votre séparation. Mais je vois comment vous êtes maintenant, tous les deux. Et de mon point de vue, elle a tort de se refuser l'amour, la joie. C'est tout à fait compréhensible, mais elle a tort. Et toi aussi, Fin, tu as tort. Tu te trompes de croire – au plus profond de toi – qu'elle agit ainsi pour te punir. Si c'était vrai, Cabhan ne se serait pas servi de toi pour la blesser. Bon, faut que j'y aille.

Il s'écarta du mur, puis lui souleva le menton et l'embrassa sur la joue.

— Tu es tellement gentille. Toute cette lumière en toi ! Si tu savais cuisiner, je changerais Boyle en mule et je te garderais pour moi.

— J'en prends bonne note. Nous allons passer Noël ensemble, en famille. Je sais que toi, comme Branna, tu préférerais qu'on avance sur cet envoûtement des rêves ce matin. Mais Connor a marqué un point hier soir. Nous allons passer un bon moment tous ensemble, passer des fêtes de fin d'année dans la couleur, la lumière et la musique. Lui lancer ça en plein visage pour commencer.

— Nous étions en minorité, mais je comprends ton point de vue.

— Tant mieux. (Elle se dirigea vers la sortie puis se retourna.) Tu as besoin de faire la fête. Cette maison merveilleuse le réclame. Tu devrais organiser une soirée pour le jour de l'An.

— Une soirée ? s'étonna-t-il, déstabilisé qu'elle saute du coq à l'âne. Ici ?

— Oui, une soirée et oui, ici. J'aurais dû y penser plus tôt. C'est le bon moment pour le cercle, l'heure du renouveau. Oui, excellente idée, le jour de l'An. Je vais envoyer un texto à Boyle. Nous t'aiderons à tout préparer.

—Je…

— Faut que je file !

Il se retrouva à froncer les sourcils face à la porte close.

— Zut alors, Bugs, on dirait qu'on va avoir des invités.

Il réfléchirait plus tard aux tenants et aux aboutissants de ce projet. Dans l'immédiat, il avait toujours envie d'une balade à cheval. Il allait donc sortir, défouler Baru, permettre à Merlin de voler haut dans le ciel et de chasser. Et offrir à Bugs le meilleur moment de sa petite vie.

Et sur le chemin du retour, il s'arrêterait aux écuries, puis à l'école de fauconnerie, et accorderait du temps à chaque endroit. Si après tout ça il lui restait du temps, il irait prêter main-forte à Branna, à l'atelier. Il passerait la voir même s'il supposait qu'elle appréciait autant que lui de passer une journée sans qu'ils se croisent.

Dans les écuries, tandis qu'il sellait son grand cheval noir, il bavarda avec Sean de choses et d'autres, des chevaux, des commandes de nourriture, des femmes, du football, pour finalement revenir aux chevaux.

Alors qu'il s'apprêtait à sortir Baru, il s'arrêta devant son employé.

— Il est possible que je fasse une fête pour le jour de l'An.

Sean battit des paupières et repoussa sa casquette en arrière.

— Dans la grande maison, là ?

— Oui, c'est un bon endroit.

— Ah… une soirée dans la grande maison… un truc chic ?

— Pas du tout.

Il n'y avait pas du tout réfléchi. Il aurait peut-être dû consulter Iona puisque c'était son idée.

— Contente-toi de décrotter tes bottes avant de venir.

— Ah, répéta Sean. Il y aura de la musique ?

Fin expira.

— Ça me paraît normal de mettre de la musique. Et avant que tu ne poses la question, il y aura aussi à manger et à boire. Viens pour vingt et une heures, ça me paraît bien.

Il souleva Bugs, et se hissa en selle.

— Une soirée dans la grande maison, reprit Sean alors que Fin lança directement Baru au galop.

Quand Fin regarda en arrière, il vit son garçon d'écurie de longue date, les mains sur les hanches, qui examinait la maison comme s'il la voyait pour la première fois.

Tandis qu'ils galopaient, Bugs frémissait d'excitation. Le cheval était parcouru d'ondes de plaisir face à cette belle occasion de courir librement, et à plusieurs mètres au-dessus d'eux, le rapace criait en dessinant des cercles dans le ciel.

Il était grand temps qu'ils s'offrent cet instant.

Malgré son désir de parcourir les bois, de sentir leurs odeurs, d'entendre le chant des feuilles agitées par le vent, il se dirigea vers les grands espaces dégagés. Il parcourut les champs, grimpa la pente douce de la colline, laissa le cheval galoper dans la verdure pendant que l'épervier volait dans l'étendue bleue.

Il s'arrêta pour enfiler son gant. Ni lui ni Merlin n'en avaient besoin mais c'était mieux au cas où quelqu'un passerait par là. Il tendit le bras et envoya une pensée à l'oiseau. Le rapace fondit en piqué, frima en opérant un joli virage qui fit rire Fin, puis se posa, aussi léger qu'une plume, sur le gant.

Le chien observait son manège en tremblant.

— Nous sommes liés l'un à l'autre, tu vois. C'est le secret. Donc vous êtes frères tous les deux maintenant. Tu veux chasser ? demanda-t-il à Merlin.

En réponse, le rapace s'éleva et, poussant des cris, vola en cercles autour du champ.

— Nous allons marcher un peu.

Fin mit pied à terre et posa Bugs.

Le chien se roula dans l'herbe et jappa de plaisir.

— Il est encore jeune.

Fin tapota l'encolure de Baru en remarquant le regard compatissant qu'il posait sur le chien.

C'êst ce qu'il lui fallait, se dit Fin en progressant à côté du cheval. L'espace, l'air pur. La journée était froide, mais le ciel était dégagé et l'air vivifiant. L'épervier plongea pour saisir sa proie.

Fin s'appuya contre Baru, admirant les tons verts et bruns du paysage et les fines colonnes de fumée qui s'élevaient des cheminées.

Il songea que tout était ce qui lui manquait profondément lorsqu'il partait en voyage. La terre de son sang, de ses os, de son cœur et de son esprit. La nature lui manquait, les collines ondoyantes, le gris des pierres, le brun riche de la terre labourée en vue d'être semée.

Il allait encore la quitter – il y serait obligé une fois qu'il aurait terminé sa mission. Mais il reviendrait toujours, attiré vers l'Irlande, attiré par Branna, attiré… C'est Iona qui avait dit ça. Ramené vers sa famille.

— Ils ne veulent pas de toi ici.

Appuyé contre le cheval, Fin sentait que Cabhan arrivait. Peut-être l'avait-il désiré.

— Tu es à moi. Ils le savent. Tu le sais. Tu le sens.

À son épaule, la marque l'élançait.

— Depuis que la marque est apparue, tu essaies de m'appâter. Épargne-moi tes promesses et tes mensonges, Cabhan. Tout cela m'ennuie, et j'ai besoin d'air et d'espace.

Cabhan traversait le champ sur une bande de brouillard, sa longue robe noire se gonflant autour de lui, la pierre rouge luisant sur son torse.

— Tu es venu ici. Loin d'eux. Tu es venu pour moi.

— Pas pour toi. Ni maintenant ni jamais.

— Mon fils…

La colère qu'il contenait jusqu'alors se mit à bouillonner.

— Pas ça ! Ni maintenant ni jamais.

— Mais c'est ce que tu es. (Souriant, Cabhan dénuda son épaule pour mettre sa marque en évidence.) Le sang de mon sang.

— Combien de femmes as-tu violées avant d'en ensemencer une, celle qui t'a donné un fils ?

— Une seule, celle qui était destinée à porter mon enfant. Je lui ai donné du plaisir, et j'ai pris plus encore. Je te donnerai Branna, puisque c'est elle que tu veux. Elle se donnera encore à toi, autant que tu le désireras. Il te suffit de venir à moi, de me rejoindre, pour la posséder.

— Ce n'est pas à toi d'en décider. Elle ne t'appartient pas.

— Elle sera bientôt à moi.

— Pas tant que je serai vivant.

Fin tendit la main, la paume en avant, et rassembla son pouvoir.

— Approche-toi, Cabhan. Le sang de mon sang, dis-tu ? Approche donc.

Il sentit le déchirement intérieur, la chaleur de son pouvoir enflammé. Et il vit, comme Branna précédemment, une lueur apeurée sur son visage. Cabhan s'élança vers Fin.

— Rien ne t'autorise à me convoquer !

Cabhan croisa les bras puis les écarta brusquement ; il avait rompu l'envoûtement.

— Ils te trahiront, évite-les. Quand tu seras étendu, mort, que ton sang se répandra sur la terre, ils ne te pleureront pas.

Il se fondit dans le brouillard, se baissa, s'arqua, et apparut en loup. Fin visualisa son épée restée dans son fourreau, à l'atelier. L'instant d'après, lorsqu'il leva le bras, il la tenait dans la main. Au moment où il appela les autres pour former le cercle, le loup bondit.

Mais pas sur lui, pas sur l'homme qui tenait une épée de feu brûlante de pouvoir. Il se rua sur le petit chien qui tremblait dans les hautes herbes.

— Non !

Fin sauta en tournant sur lui-même. Il le heurta, n'entailla que le brouillard qui disparut à son tour, laissant le chien en sang dans l'herbe, le regard rendu vitreux par le choc et la douleur.

— Non, non, non, répétait-il en tombant à genoux.

L'épervier cria, le cheval hennit. Ils attaquèrent ensemble le loup qui s'était reformé derrière Fin.

Poussant un hurlement, Cabhan disparut encore une fois.

Alors qu'il était toujours agenouillé, Branna apparut.

— Mon Dieu.

Quand il tendit les mains vers le chien, elle les écarta promptement.

— Laisse-moi faire. J'ai le pouvoir de guérir, et le chien est mon animal.

— Sa gorge. Il l'a égorgé. Il est inoffensif, il est tout petit mais il s'en est pris à lui plutôt qu'à moi.

— Je vais le soigner. Fin, regarde-moi, vois en moi. Fin.

— Inutile d'essayer de me réconforter !

— Laisse-la faire, dit Connor en s'accroupissant à côté de lui, une main ferme posée sur son épaule. Laisse-lui une chance.

Pleurant sa perte, car il sentait la vie quitter l'animal, il resta dans l'herbe, impuissant, en proie à la rage et à un vif sentiment de culpabilité.

— Tout doux, chantonna Branna en posant les mains sur sa gorge blessée. Lutte avec moi. Entends-moi, et lutte pour la vie.

Les yeux de Bugs se révulsèrent. Fin sentit que le cœur du chien battait faiblement.

— Il souffre.

— La guérison est douloureuse. Il doit s'accrocher. (Elle toisa Fin d'un air puissant et furieux.) Dis-lui de lutter, c'est ton chien. Je ne peux pas le guérir s'il ne s'accroche pas. Dis-lui !

Dominant sa tristesse, Fin posa les mains sur celles de Branna. *Lutte.*

Quel déchirement ! Branna le sentait. Sa gorge brûlait de la même douleur, et son cœur faiblissait de concert avec celui du chien. Les yeux plongés dans ceux du petit animal, elle lui insuffla sa force et la chaleur de son pouvoir.

D'abord les profondeurs, se dit-elle. Répare, restaure ce qui a été déchiré. Malgré le froid et les bourrasques de vent, la sueur perlait sur son front.

Dans le lointain, elle entendit Connor lui ordonner d'arrêter. C'était trop, mais elle sentait la douleur et, avec elle, une étincelle d'espoir. Et l'immense chagrin de l'homme qu'elle aimait.

— Regarde-moi, dit-elle au chien. Regarde en moi. En moi. Vois en moi.

Bugs geignit.

— Il revient à la vie, Branna.

Connor, qui n'avait pas cessé de scruter les champs, sur ses gardes, posa la main sur l'épaule de Branna et lui donna ce qu'il avait.

La plaie béante se réduisit puis se referma.

Bugs tourna la tête et lécha faiblement la main de Branna.

— Voilà, dit-elle avec douceur. Oui, te revoilà. Encore un petit moment. Juste un peu. Sois courageux, petit tou-tou. Sois courageux pour moi pendant un instant.

Lorsque Bugs agita la queue, Fin posa son front contre celui de Branna.

— Il va s'en remettre. Il a besoin de boire de l'eau et de se reposer, maintenant. Il…

Ce fut plus fort qu'elle. Elle enlaça Fin.

— Il va bien, à présent.

— Je te revaudrai ça…

— Bien sûr que non, ce n'est même pas la peine d'y pen-ser, Fin.

Elle s'écarta et prit son visage entre ses mains. Ils restè-rent un moment ainsi, à genoux, le chien s'amusant à remuer la queue entre eux deux.

— Tu devrais le ramener chez toi.

— Oui, chez moi.

— Que s'est-il passé ? demanda Connor. Tu peux nous expliquer ? Nous avons préféré qu'Iona ne vienne pas. Elle allait chercher sa grand-mère à l'aéroport à Galway ce matin.

— Pas maintenant, Connor, dit Branna en se relevant. Nous aurons les détails plus tard. Emmène-le chez toi, Fin. Mon tonique lui ferait du bien. Je te l'apporterai. Mais il a essentiellement besoin de repos.

— Tu veux venir avec moi ? demanda-t-il en prenant sur lui parce qu'il craignait pour la vie du chien. Tu veux bien veiller sur lui un moment, le temps qu'on soit rassurés ?

— Très bien. Pas de problème. Connor, tu rentres avec Baru. Prends aussi les rapaces et Kathel. Je ne serai pas longue.

— Eh bien, je…

Mais Branna tenait déjà Fin par la main. Elle, Fin et le petit chien disparurent d'un coup.

— Eh, bien, comme je le disais… (Connor se passa une main dans les cheveux, leva les yeux vers l'épervier de Fin et son Roibeard qui volaient au-dessus de lui. Il caressa la tête de Kathel puis grimpa sur Baru.) Je m'occupe de tout.

Dans sa cuisine, le chien blotti dans ses bras, Fin cherchait quoi faire.

— Je ferais bien de le baigner pour nettoyer le sang.

— Pas ici, objecta Branna, lorsqu'il se dirigea vers l'évier, heurtant ses sensibilités. Tu ne peux pas laver un chien dans l'évier qui sert à laver la vaisselle. Tu dois avoir une buanderie, un autre évier quelque part.

Même si la nuance lui échappait, Fin bifurqua, franchit une porte ouvrant sur la buanderie, une pièce toute blanche remplie de grosses machines noires. Dans un placard, il prit de la lessive.

— Pas avec ça, pour l'amour du ciel, Fin ! On ne lave pas un chien avec la lessive pour les machines. C'est du liquide vaisselle qu'il te faut, celui qui sert pour le lavage à la main.

De mémoire, il lui semblait que son fichu liquide vaisselle devait se trouver sous l'évier, là où il avait eu l'intention de laver le chien en premier lieu. Mais Branna s'y affairait déjà, enlevant son manteau, l'accrochant à une patère, et retroussant ses manches.

— Donne-moi le chien, et va chercher le liquide vaisselle.

Très bien, se dit-il, parfait. Il n'avait pas les idées claires, de toute manière. Il alla chercher le produit nettoyant et retourna dans la buanderie.

— C'est très bien, murmura-t-elle à Bugs qui la couvait d'un regard admiratif. Tu es juste fatigué, et tu es encore un peu faible. Tu vas prendre un bon bain chaud, continua-t-elle en remplissant l'évier. Après, tu auras du tonique, tu feras une grande sieste et tout ira comme sur des roulettes.

— Je ne vois pas en quoi c'est rassurant, des roulettes, fit Fin en versant du liquide dans l'eau. — C'est assez. Stop, Fin ! Il va être couvert de mousse, pauvre petit cœur.

Il posa la bouteille sur l'étagère.

— J'ai quelque chose à l'étage, une potion qui devrait lui convenir.

— Bon, je le lave, si tu veux aller la chercher.

— Je te suis reconnaissant de ce que tu fais pour lui, Branna.

— Je sais. Allez, dans l'eau. Alors, c'est agréable, non ?

— Il adore la douche.

Alors que le chien était assis dans une mare de bulles, image que Fin trouvait soit dit en passant ridicule, Branna se tourna vers lui.

— Quoi ?

— Laisse tomber. Je vais chercher le tonique.

— La douche, hein ? murmura-t-elle une fois Fin sorti, tout en frottant délicatement le chien. Tandis que Bugs lapait les bulles ainsi que sa main, une image de Fin surgit dans ses pensées, nu sous l'eau, riant en tenant le chien dans une cabine de douche embrumée à l'intérieur de laquelle des jets jaillissaient en tous sens.

— Hmm. Il a su rester jeune, hein ? Je retrouve son côté enfantin, capable de prendre sa douche avec un chien.

Que cette image l'amuse et l'attendrisse, ce n'était pas un problème. Par contre, qu'elle la bouleverse, c'était plus embêtant.

Fin rapporta une jolie bouteille hexagonale remplie d'un liquide vert foncé. Devant la curiosité de Branna, il ôta le bouchon et le lui fit sentir.

— Ah, oui, exactement ce dont il a besoin. Si tu as un petit biscuit, ajoute trois, ou plutôt quatre gouttes dessus. Ça passera mieux s'il pense que c'est une récompense.

Sans réfléchir, Fin sortit de sa poche un biscuit pour chien de la taille d'un pouce.

— Tu en as dans la poche ? Pour quoi faire ? Au cas où toi ou le chien auriez un petit creux ?

— Je ne savais pas à quelle heure on allait rentrer, marmonna-t-il en comptant les gouttes.

— Pose-le le temps que ça absorbe. Tu aurais une vieille serviette de toilette ?

Il repartit, et revint avec un linge épais de la couleur de la mousse.

— Du coton égyptien, remarqua Branna qui sortit délicatement le chien de l'eau, et l'enveloppa rapidement avant qu'il s'ébroue.

— Je n'ai pas de vieilles serviettes. Et puis ça partira au lavage, non ?

Elle frotta énergiquement le chien et l'embrassa sur le museau.

— Sûrement. C'est mieux comme ça, non ? Tout propre et tu sens bon le citron. Comme une plantation égyptienne, je dirais. Donne-lui son biscuit, Fin. Il l'a mérité, c'est une brave bête.

Bugs posa sur Fin un regard empli d'adoration et de confiance, puis engloutit la friandise.

— On devrait lui donner de l'eau avant... (Baissant les yeux, elle resta interdite. Presque horrifiée.) Belleek ? Tu mets l'eau et la nourriture du chien dans des bols de Belleek ?

— Ils sont pratiques.

Décontenancé, il lui prit le chien des mains, lança la serviette sur l'étagère, puis posa Bugs devant le bol d'eau.

Assoiffé, le chien but bruyamment pendant une minute entière. Il rota discrètement puis s'assit, le museau tendu vers Fin.

— Tout ce qu'il lui faut maintenant, c'est un endroit chaud où dormir un moment, dit Branna. Fin reprit l'animal, attrapa un coussin sur le canapé de la salle de séjour, et le jeta devant la cheminée.

Du coton d'Égypte, des bols de Belleek, et maintenant un coussin damassé, nota Branna. Le chien de l'écurie menait une vie de prince désormais.

— Il est fatigué. (Agenouillé, Fin caressait Bugs.) Mais il ne souffre plus. Son sang est fluide. Il n'y a pas de poison dans son organisme.

— Il va dormir, et il se réveillera plus fort que jamais. J'ai dû le stimuler pour le ramener à la vie. Il a perdu beaucoup de sang.

— Il va garder une cicatrice, ici.

Fin suivit la fine ligne dentelée en travers de la gorge du chien d'un doigt délicat.

— Comme Alastar.

Hochant la tête, Fin se leva pour laisser son compagnon dormir.

— J'ai une dette envers toi.

— Tu ne me dois rien du tout, et c'est insultant pour nous deux.

— Ce n'est pas une insulte, Branna, c'est de la reconnaissance. Je vais te servir un verre de vin. — Fin, il n'est que quatorze heures.

— Ah oui.

Il dut se frotter le visage à deux mains pour retrouver son équilibre.

— Du thé, alors ?

— Ce n'est pas de refus.

Et puis ça l'occupera, le temps qu'il se ressaisisse, se dit-elle alors qu'il retournait dans la cuisine.

— Sa place est à l'écurie. Ça fait deux ans, environ, qu'il erre dans le haras. Je n'étais même pas là quand il a fait son apparition. C'est Sean qui l'a soigné et nourri. Et c'est Boyle qui lui a donné un nom.

— Il n'est peut-être pas venu là sans raison, ou pas seulement pour dormir sur un lit de paille, pour manger des restes et entendre quelques mots gentils. Il vit chez toi maintenant, il dort sur un coussin damassé devant la cheminée. Tu l'as pris à Samhain.

— Parce que je l'avais sous la main. C'était pratique, comme les bols.

— Ce n'est pas seulement ça, Fin.

Il haussa les épaules et mesura la quantité de thé.

— Il a un cœur puissant, et je n'aurais jamais cru que Cabhan lui prêterait attention. Il est…

— Inoffensif. Petit et inoffensif, et gentil.

— Je l'ai amené à la maison un soir. Il m'a lancé un de ces regards qu'il a par moments… alors je l'ai pris.

Oui, toujours un petit garçon, se dit-elle, et toujours le même fond de gentillesse.

— Les chiens sont d'une bonne compagnie. La meilleure, à mon sens.

— Il court après sa queue juste parce qu'elle est à l'autre bout de son corps. Je n'ai pas de biscuits, remarqua-t-il après avoir fouillé les placards. Pas pour les humains.

— Le thé me suffit.

Comprenant qu'il désirait être près de Bugs, elle s'assit sur une chaise près de la cheminée, et attendit qu'il vînt la rejoindre avec les tasses.

— Raconte ce qui s'est passé.

— J'avais envie d'une longue balade à cheval, d'un bon galop. Les collines, l'espace.

— Comme j'ai eu envie de faire un tour dans mon jardin. Je comprends ça.

— Sûrement. J'avais prévu de faire du cheval, un peu de chasse au faucon, et j'ai emmené Bugs pour lui offrir une petite aventure. Tu parles…

Son sentiment de culpabilité était si palpable qu'elle tenta de l'apaiser.

— Ton cheval, ton épervier, ton chien. C'est tout naturel. Tu es le seul à être aussi proche des trois.

— Je ne cherchais pas Cabhan, mais pour être honnête, j'étais plutôt content qu'il me trouve.

— Tout comme moi, dans mon jardin. Ça aussi, je peux le comprendre. Il t'a attaqué ?

— Il a commencé par son baratin habituel. Je suis de son sang, vous allez tous me trahir, « fuis-les », et patati et patata. On pourrait croire qu'il se serait autant lassé que moi, mais il a continué. Tout de même, cette fois, il a promis de t'offrir à moi si je te voulais, et ça, c'est nouveau.

Branna inclina la tête, et parla d'une voix éraillée tant sa gorge était sèche.

— Oh, vraiment ?

— Oui, vraiment. Il comprend assez bien le désir. Il comprend tout ce qui relève de la luxure, mais rien de ce qui vient du cœur ou de l'esprit. Il sait que je te désire, mais il ne comprendra jamais pourquoi. Je l'ai retourné contre lui en l'attirant à moi. Ça l'a surpris de voir que j'en étais capable, et ça l'a déstabilisé aussi. J'ai appelé les Trois – comme nous nous le sommes promis – et quand il s'est changé en loup, j'ai tiré l'épée du placard, là-haut, et je l'ai enflammée.

Il se tut un instant, le temps de faire le point.

— J'aurais pu le garder à distance, j'en suis sûr. J'aurais pu engager le combat avec Baru et Merlin pour me soutenir, jusqu'à ce que tu arrives et qu'on le combatte ensemble. Mais il ne s'en est pas pris à moi. Il a bondi sur le côté, et il a pris Bugs à la gorge. C'était trop rapide. J'ai tenté de lui porter des coups, mais il s'est dégagé. Il s'en est pris au chien qui pèse trois kilos tout mouillé, il lui a tranché la gorge puis il a disparu avant que j'aie pu lui infliger la moindre blessure. Il ne m'a même pas attaqué.

— Il t'a attaqué, il t'a frappé en plein cœur. Baru, Merlin, toi ? C'est une bataille. Le petit chien, c'est un coup qu'il t'a porté sans se mettre en danger. C'est un sale lâche, il l'est depuis toujours et il ne changera pas.

— Il s'est rapproché derrière moi quand je me suis agenouillé près du chien.

Parce que, Branna le savait, Fin avait pensé à l'animal avant de penser à sa propre sécurité.

— Il savait que tu irais d'abord vers une bête blessée et sans défense. Que tu commencerais par défendre ce qui t'est cher.

— Je l'aurais affronté d'homme à homme, de sorcier à sorcier. (Les yeux de Fin lançaient des flammes maintenant que la fureur l'emportait sur la culpabilité.) C'est ce que je voulais.

— Comme nous tous, mais il ne fonctionne pas ainsi. Vous avez peut-être le même sang, mais tu n'es pas né de lui. Il te préserve puisqu'il ne conçoit pas que tu n'aies pas les mêmes priorités que lui.

— Tu m'as quitté parce que je viens de lui.

— Je t'ai quitté parce que j'étais choquée, blessée et en colère. Et quand les émotions sont passées, il me restait une promesse à tenir. (Elle serra son pendentif dans sa main.) Je suis la garante, comme Connor et Iona, de la promesse de Sorcha et de tous ses descendants, selon laquelle nous devons utiliser tout ce qui est en notre pouvoir pour débarrasser le monde de Cabhan.

— Et de tous ceux de sa lignée.

Dans d'autres circonstances, elle aurait été indignée mais elle sentait, entre mille autres sentiments, qu'il restait accablé par la culpabilité.

— Non, non. Tu descends peut-être de lui, mais tu es l'un des nôtres. J'ai fini par comprendre qu'il devait en être ainsi. J'en suis venue à croire que si les générations précédentes ont échoué, c'est parce qu'elles n'avaient personne comme toi. Personne de ton sang dans leur camp. Aucune d'elles ne t'avait, Fin, toi et ta force, ta loyauté, ton cœur.

Il entendait ses paroles, et croyait en sa sincérité. Et pourtant…

— Je suis l'un des vôtres, mais tu ne seras jamais ma femme.

— Comment veux-tu que je pense à ça, Fin ? Comment le pourrais-je alors que je ressens si fort à quel point il est urgent de respecter notre serment ? Je ne vois rien après cela, mais quand il m'arrive de m'autoriser à penser à ce que ma vie pourrait être une fois que tout sera fini, je ne vois rien de ce que nous avons imaginé bâtir ensemble. Nous étions si jeunes…

— Ce sont des foutaises, Branna. Nos sentiments sont anciens. Nous n'étions pas des petits jeunes écervelés jouant au jeu de l'amour.

— Tu ne trouves pas que ça aurait été plus simple ? Et même maintenant ? Si nous prenions les choses à la légère, Fin, nous ne penserions plus au lendemain. Quel avenir aurions-nous ? Quelle vie, pour toi et moi ?

Il fixait le feu, conscient qu'elle avait raison.

Et pourtant…

— Aucune, je le sais, et pourtant c'est toujours plus que ce que nous ne connaîtrons jamais l'un sans l'autre. Tu es ma moitié, Branna, et je suis las au point d'arrêter de prétendre le contraire.

— Tu imagines que je ne suis pas nostalgique de la vie que nous aurions pu avoir ? Que je n'espère pas que ça arrive un jour ?

Sa peine, palpable, se ressentait dans ses mots.

— J'y ai pensé. Je survis en me raccrochant à cette idée.

— Alors tu fais fausse route, et peut-être que je suis moi aussi trop fatiguée pour faire semblant. Si ça ne tenait qu'à

moi, mon cœur serait à toi. (Elle prit une respiration tremblante quand il posa son regard sur elle.)

— Il ne peut appartenir à personne d'autre. Il est déjà
perdu. Mais ce n'est pas aussi simple. Je ne peux pas agir
en fonction de ce qui *pourrait* advenir. Quand mon père m'a
donné ça ? (Elle montra le pendentif.) J'avais le choix. Il
m'a dit que je devais choisir, l'accepter ou non. Mais que,
si je le prenais, le choix était définitif. Je devenais l'une des
Trois, et je faisais le serment d'essayer, avant toute chose,
d'achever ce que Sorcha avait commencé. Je ne te trahirai
pas, Fin, mais je ne trahirai pas mon sang non plus. Il n'y
a pas la place pour mes désirs et mes rêves, et je ne peux
pas me raccrocher à l'hypothétique. Mon objectif était fixé
avant ma naissance.

— Je le sais bien.

Et par moments, le savoir le vidait de toute énergie.

— Ta mission accapare tes pensées, ton pouvoir, ton
esprit mais tu ne peux pas isoler ton cœur du reste.

— Pour moi, c'est le seul moyen d'arriver à mes fins.

— J'ai du mal à comprendre que tu crois que tous ceux
qui sont nés avant toi aimeraient te savoir malheureuse.

— Ce n'est pas ce que je crois, évidemment. Seulement,
je pense qu'ils ont besoin que j'accomplisse leur volonté, ce
que nous avons tous juré d'accomplir. Je… (Elle hésita, peu
convaincue de parvenir à exprimer clairement ce qu'elle
éprouvait.) Je ne sais pas, Fin, je ne sais pas comment je
peux accomplir mon devoir tout en étant avec toi. Mais
je te promets que je ne souhaite pas te faire du mal ou te
punir. C'est peut-être arrivé il y a bien longtemps, quand
j'étais toute jeune, si blessée, si effrayée. Mais ce n'est plus
comme ça maintenant, plus du tout.

Il garda le silence un instant, puis la regarda.

— Dis-moi une chose. Rien qu'une. Est-ce que tu m'aimes ?

Elle pouvait tricher. Il saurait qu'elle mentait, mais mentir l'aiderait. Et le mensonge était un acte de lâcheté.

— Je n'ai jamais aimé personne comme toi. Mais…

— Ça me suffit. Ça me suffit de t'entendre dire ce que tu ne m'as jamais dit en plus de douze ans. Sois reconnaissante que je te doive un service. (Les flammes du désir brûlaient dans ses yeux.) Si je n'appréciais pas que tu aies gardé tes mensonges pour toi, j'aurais trouvé un moyen de te coucher dans mon lit, et j'aurais mis fin à ce tourment.

— Par la séduction ? La persuasion ? (Rejetant ses cheveux par-dessus son épaule, elle se leva.) Je ne couche avec personne si ce n'est pas un choix délibéré.

— Bien entendu, et même un choix réfléchi. Pour une femme intelligente comme toi, tu peux te montrer bornée.

— Si tu recommences à m'insulter, je m'en vais. Je néglige mon travail pendant que je reste ici.

— Je vais te raccompagner en voiture, dit-il alors qu'elle était sur le point de s'emporter. Inutile de donner à Cabhan une autre cible si jamais il rôde encore dans les parages. Comme ça, je resterai chez toi pour travailler, comme convenu. Branna, cette mission est aussi la mienne, même si nous avons des conceptions différentes de la vie que nous menons en dehors d'elle.

Il était encore temps qu'elle exprime son mécontentement. La moutarde lui montait facilement au nez, et elle savait faire durer son courroux. Mais elle surprit le coup d'œil inquiet qu'il jeta au chien.

Oh zut !

— Bon, tant mieux, le boulot ne manque pas. Emmène le chien. Il dormira dans la voiture, et une fois à la maison, Kathel veillera sur lui.

— Ça me rassurerait. Au fait, Iona m'a dit d'organiser une soirée à la maison pour le réveillon du jour de l'An. Alors voilà.

— Une soirée ?

— Comment se fait-il que tout le monde répète ce mot comme si je parlais une langue étrangère ?

— C'est peut-être que je n'ai pas le souvenir d'être allée à une soirée chez toi.

— Il y a une première fois à tout, grommela-t-il en allant chercher Bugs.

8

C'était la faute du chien. Il l'avait rendue vulnérable. Et celle de Fin, avec ses jolies serviettes, ses bols et son amour absolu pour le petit animal errant. À eux deux, ils avaient abattu ses défenses.

Elle avait plus parlé qu'elle ne l'aurait voulu, et plus qu'elle ne voulait bien l'admettre. Pour elle, les mots avaient autant d'impact que les gestes, mais elle ne pouvait pas reprendre tout ce qu'elle lui avait donné même s'il aurait été plus rationnel et plus commode de les garder pour elle. C'était trop tard, et elle n'avait aucun mal à reconstruire ses murs de protection. Avec Finbar Burke, ça faisait plus d'une décennie qu'elle en érigeait régulièrement.

Et en vérité, il y avait trop à faire, il se passait trop de choses dans sa vie pour qu'en plus elle se tracasse sur ce point.

Ils avaient passé un agréable et tranquille Yule, marqué par la présence de la grand-mère d'Iona. Maintenant qu'ils avaient dépassé le solstice et la nuit la plus longue, Branna pouvait de nouveau se concentrer sur l'arrivée du printemps.

Mais avant cela, il y avait Noël, un jour de fête qu'elle appréciait particulièrement avec tous ses préparatifs. Elle aimait faire des cadeaux, les emballer, décorer, préparer des gâteaux. Et cette année en particulier, toutes les tâches représentaient un répit bienvenu.

Elle avait espéré qu'ils organiseraient un grand *céili* pendant cette période, mais cela semblait risqué avec Cabhan dans les parages. L'an prochain, se promit-elle. L'an prochain, elle inviterait ses parents, ses autres cousins, ses voisins et ses amis.

Mais cette année, la célébration ne réunirait que son cercle et la grand-mère d'Iona, ce qui était une excellente chose, puisqu'elle serait placée sous le signe de la joie.

Après avoir fait cuire les pains et les biscuits ainsi qu'une tarte aux fruits qu'elle accompagnait d'une sauce sucrée au cognac, elle vérifia l'oie qui rôtissait dans le four.

— Je retrouve l'odeur de mon enfance dans ta cuisine ! s'exclama Mary Kate, la grand-mère d'Iona, en entrant. (Les joues rougies par le froid, elle alla embrasser Branna avec un grand sourire.) Iona dépose des cadeaux au pied du sapin et il est probable qu'elle secoue quelques paquets aussi, pour en deviner le contenu. Je suis venue voir si je pouvais me rendre utile.

— Ça me fait plaisir de vous voir, et je suis contente d'avoir quelqu'un d'habile pour m'aider. Tirée à quatre épingles, Mary Kate portait un pull rouge vif. Elle souleva les couvercles des gamelles pour en humer l'odeur.

— Il paraît que tu as donné quelques conseils de cuisine à Iona, ce que je n'ai jamais réussi à faire.

— Elle a envie d'apprendre, et elle fait des progrès. Nous allons prendre un verre de vin avant de nous mettre au travail. C'est Noël, après tout. Vous êtes passée voir la nouvelle maison ?

— Oui, elle va être magnifique, n'est-ce pas ? À ce qu'ils m'ont dit, elle sera prête pour le mariage – à peu près. Ça me réchauffe le cœur de la voir heureuse.

Elle prit le verre que Branna lui tendait.

— J'avais envie d'un tête-à-tête avec toi, Branna, pour te dire que ça me touche que toi et Connor lui ayez offert un foyer.

— Elle fait partie de la famille, et c'est aussi une bonne amie.

— Elle a tellement bon cœur. J'ai eu beaucoup de mal à l'envoyer ici. Pas en Irlande ni auprès de toi. (Mary Kate jeta un œil vers l'avant de la maison.) Mais vers tout ce qui allait se passer. À l'envoyer en sachant ce que ça impliquait. J'ai envisagé de t'écrire pour t'annoncer sa venue et puis je me suis ravisée, puisque ça me donnait l'impression de te demander ou de t'imposer de l'accueillir, de l'aider à maîtriser ses talents. C'était essentiel que ce soit un choix.

Branna pensa à Fin.

— Avons-nous le choix ?

— Je crois, oui. J'ai choisi de lui donner l'amulette, même si cela m'a chagrinée. Une fois qu'on l'a donnée, on ne peut plus la reprendre. Mais c'est elle qui doit la porter. Je l'ai su la première fois où je l'ai tenue dans mes bras. Je vous ai tenus, toi et Connor, alors que vous étiez encore bébés. Et j'ai su, comme votre père et votre tante. Maintenant que vous êtes tous les trois devenus adultes, le moment est arrivé. Pour moi, ton père et ta tante, ce n'était pas le bon moment.

Elle alla regarder par la fenêtre.

— Je le sens. Il ne s'intéressera pas à moi. Iona se tracasse pour ça mais il ne s'embêtera pas avec moi. Je ne suis plus rien pour lui. Mais j'ai suffisamment de pouvoir pour vous prêter main-forte si nécessaire.

— Peut-être, quand il sera temps.

— Mais ce n'est pas pour aujourd'hui, dit Mary Kate en se retournant, de nouveau souriante. Alors aujourd'hui, je vais aider à préparer le repas. (Elle but une gorgée de vin.) Nollaig Shona Duit.

— Nous allons y veiller, dit Branna en trinquant avec Mary Kate. Un très joyeux Noël à vous aussi.

Grâce à un peu de magie, la table fut adaptée aux sept convives et à toute la nourriture, puisque Branna tenait à offrir un vrai festin – avec interdiction de parler de Cabhan.

— Nous n'allons pas manger comme ça demain chez ma sœur, annonça Meara en se servant de la farce. Entre Maureen et ma mère, nous pourrions remporter la palme du plus mauvais cuisinier d'Irlande.

— Alors nous allons en profiter ce soir, sans trop d'excès, et nous reviendrons finir les restes, décida Connor en prenant une tranche d'oie.

— C'est la première fête importante que je passe avec la famille de Boyle, dit Iona à l'assemblée avec une joie manifeste. Je vais apporter du pudding et je ne participerai pas au concours du plus mauvais cuisinier grâce à ma grand-mère qui m'a conseillée pendant toute la préparation. Nous allons choisir un jour férié, Boyle, pour accueillir tout le monde. Ça deviendra une tradition. Comment s'annonce le réveillon du jour de l'An, Fin ?

— Ça suit son cours.

— Je peux préparer du pudding.

Il sourit avec tendresse.

— J'ai réservé un traiteur.

— Un traiteur ?

Voyant l'air choqué de Branna, il lui jeta un coup d'œil.

— Un traiteur, dit-il fermement. J'ai consulté un menu, commandé un peu de ceci, un peu de cela, donné de l'argent, et c'est réglé.

— On s'amuse mieux quand on ne s'occupe de rien, dit Mary Kate d'un ton enjoué.

— C'est sûr que tout le monde passera un bon moment, meilleur que si j'avais essayé de cuisiner moi-même.

— C'est indéniable, dit Boyle. Il a engagé Tea and Biscuits pour la musique.

— Tu as engagé un groupe ? s'étonna Branna.

Cette fois, Fin haussa les épaules.

— Il faut de la musique, et c'est un bon groupe. Mais si les invités veulent sortir leur violon, leur pipeau ou pousser la chansonnette, je n'ai rien contre.

— Ça s'annonce comme une bonne *craic*, décréta Connor.

— Il y a combien d'invités ? demanda Branna.

— Je ne sais pas exactement. J'ai fait passer le mot.

— Tu risques d'avoir la moitié de la population de la région chez toi !

— Je n'en ai parlé qu'à des gens du coin mais, si c'est le cas, eh bien, c'est le traiteur qui va être débordé.

— Avec Patrick, nous aimions beaucoup organiser des soirées, se remémora May Kate. À l'époque, nous ne pouvions pas nous offrir les services d'un traiteur mais nous en parlions aux amis et aux invités. C'est amical, un bon *céili*.

— L'idée déplaît à Branna, intervint Connor.

— Elle préfère éviter qu'on fasse la fête tant que nous n'en avons pas terminé avec Cabhan.

— Nous ne parlons pas de lui ce soir, dit Branna sur un ton autoritaire. Est-ce vrai que Kyra a reçu une bague pour Noël, Connor ?

— Exact, et tu es très au fait de l'actualité puisqu'elle ne l'a eue qu'hier soir, d'après ce que je sais. Elle la montre à tout le monde. (Pensant à leur responsable administrative, il agita sa fourchette vers Fin.) En allant à l'école, n'oublie pas de t'enthousiasmer comme si c'était le plus beau diamant du monde. Elle sort facilement de ses gonds

— Je n'y manquerai pas. Je me méfie de Riley. Tu te souviens de Riley, Boyle, dont le visage a malencontreusement rencontré ton poing il y a quelques mois ?

— Il ne l'avait pas volé.

— C'est vrai, et il paraît qu'il a aussi rencontré le poing de Tim Waterly, qui a un haras à Sligo. J'ai fait quelques affaires avec Tim, ça s'est bien passé. Il donne l'impression d'être plutôt maniéré mais en l'occurrence, c'est le visage de Riley qui est tombé sur le poing de Tim au cours d'une discussion animée dont le sujet était de savoir si c'était correct de vouloir vendre du foin moisi.

— Riley est un connard, c'est clair. Je vous demande pardon, Nan.

— Je vous en prie. Un homme qui veut vendre du foin moisi, ou pire, qui maltraite les chevaux comme avec notre adorable jument, Darling, est effectivement un connard. Meara, tu veux bien me passer ce plat de pommes de terre ? Je crois qu'il me reste un peu de place.

Ils festoyèrent gaiement, puis firent la vaisselle plus ou moins de bon cœur, et réussirent encore à avaler de la tarte ou du trifle, voire les deux. Ensuite, ils burent du champagne apporté par Fin et échangèrent leurs cadeaux. Ils s'enlacèrent et entonnèrent quelques chants de Noël.

Aucun signe de Cabhan, se rassura Branna en jetant un coup d'œil par la fenêtre.

Quand elle alla vérifier celle de la cuisine, Fin la suivit.

— Si tu ne veux pas qu'on évoque Cabhan, arrête de le chercher.

— Je suis venue prendre une bouteille de champagne.

— Tu t'inquiètes trop. Il est tapi dans son terrier, Branna. J'ai ma manière à moi de le vérifier.

— J'aimerais juste passer une soirée… sans ennuis.

— C'est une très bonne soirée. J'ai quelque chose pour toi.

Il ouvrit sa main, vide, la retourna et tendit une boîte enveloppée dans du papier doré et fermée par un élégant ruban argenté.

— Nous avons déjà échangé nos cadeaux.

— Il en reste un. Défais-le, pendant que je m'occupe de ça, dit-il en prenant une bouteille de champagne.

Déstabilisée, elle déballa le cadeau et ouvrit la boîte pendant que Fin faisait sauter le bouchon. La bouteille était ancienne – et belle. Ses facettes reflétaient si vivement la lumière qu'elle semblait briller dans sa main. D'après les sensations de Branna, elle avait renfermé un pouvoir autrefois, il y a longtemps. Elle effleura le bouchon en verre, sur lequel était représentée une tête de dragon.

— Elle est magnifique. Ancienne, splendide, elle vibre encore de pouvoirs.

— Je l'ai trouvée dans une boutique d'antiquités à La Nouvelle-Orléans, même si elle ne vient pas de là. Elle est passée de main en main avant d'atterrir dans ce magasin chic où ils n'avaient pas idée de sa valeur. J'ai tout de suite pensé à toi en la voyant. Ça fait plusieurs années que je l'ai, mais j'avais peur de te l'offrir.

Elle fixait le cadeau.

— Tu me trouves si dure que ça.

— Pas du tout. Je te trouve forte, et ce n'est pas facile pour nous deux. Toutefois, je ne pouvais pas la laisser dans une boutique où personne n'avait conscience de son histoire, alors qu'elle est faite pour toi.

— Chaque fois que je la regarderai, je penserai à toi.

— Eh bien, il y a un avantage à toute chose. Quoi qu'il en soit, elle est tienne.

Elle ne pouvait pas se permettre un baiser sur la bouche, mais ses lèvres s'attardèrent sur sa joue puis ils restèrent un instant proches l'un de l'autre, aussi naturellement qu'auparavant.

— Merci, je… Elle l'a fait faire dans des circonstances précises. Il y a une image qui me parvient, murmura-t-elle en fixant la bouteille. Le dragon était à elle, je crois. Et elle l'a fait faire pour y verser ses larmes. Des larmes de magicienne – précieuses et puissantes quand elles sont versées dans la joie mais aussi dans le chagrin.

— Dans cette bouteille, c'étaient des larmes de quelle nature ?

— Je ne le vois pas, mais de la joie, je dirais, puisque c'est Noël, et que c'est un très beau cadeau. (Elle la posa délicatement sur une étagère.) Nous devrions prendre du champagne et jouer de la musique. Promis, j'arrête de regarder par la fenêtre pour ce soir.

Ce soir-là, tard, Branna posa la bouteille sur sa commode et, alors qu'elle se glissait dans son lit, elle admira les reflets des flammes de la cheminée qui dansaient sur ses facettes.

Et elle pensa à lui. Et en pensant à lui, elle déposa un charme sous son oreiller pour bloquer les rêves. Elle avait le cœur trop lourd pour risquer de rêver.

Des tâches m'attendent, se dit Branna qui passa la journée dans son atelier, le cœur en joie. Elle avait passé un excellent Yule, et un Noël fameux. Elle avait aimé être entourée de son cercle, préparer le repas et jouer de la musique avec ses amis. Elle avait adoré son voyage à Kerry, le jour de Noël, et n'éprouvait pas la moindre culpabilité d'avoir rejoint ses parents grâce à ses pouvoirs magiques puisqu'elle avait ainsi pu passer du temps avec eux et sa famille éloignée. Toutefois, savoir que Connor et Meara avaient fait la même chose la rassurait.

Ça l'avait mise de bonne humeur de voir ses parents heureux dans leur nouvelle vie. Leur foi absolue en elle et en Connor avait renforcé sa confiance en elle.

Mais désormais, elle devait s'occuper de sa vie matérielle. De ses occupations qui lui permettaient de gagner sa vie, mais aussi du travail qui était son destin, et une question de vie ou de mort.

Elle fit le plein de ses lotions et des crèmes les plus appréciées, et fabriqua des petites bougies de voyage qui se vendaient comme des petits pains.

Ensuite, elle s'offrit le plaisir d'expérimenter de nouveaux parfums, de nouvelles couleurs, de nouvelles textures. L'esprit libre, elle pouvait se concentrer sur ses sens, sur l'aspect visuel de ses créations, sur l'humeur qu'évoquait tel ou tel arôme, sur la sensation de tel ou tel produit sur la peau.

Lorsque la porte s'ouvrit, elle se réjouit de voir Meara entrer.

— Eh bien, tu tombes à pic. Enlève tes gants et viens essayer ma nouvelle crème.

Meara ôta son bonnet, son écharpe, et rejeta sa lourde tresse dans son dos.

— Quel temps horrible, froid, venteux et pluvieux. Mais ici, il fait chaud et ça sent délicieusement bon. Un contraste agréable par rapport à l'humidité et au crottin de cheval.

Elle accrocha son manteau, et se dirigea vers Branna les mains tendues.

— Oh, c'est agréable. (Elle se frotta les paumes pour faire pénétrer la crème et les sentit.) Très plaisant, vivifiant et ça sent… l'air. L'air frais, comme au sommet d'une montagne. J'aime la couleur dans le bol aussi. Clair, bleu clair. On dirait de la glace bleue

— C'est le nom qui lui convient. Glace bleue, c'est décidé. C'est fait pour les mains et les pieds malmenés. J'ai dans l'idée de la vendre dans des pots tout simples que les hommes ne rechigneraient pas à garder chez eux. J'ai envie de créer toute une gamme. Un gommage, un gel douche, un savon en pain et un savon liquide. Pour ça aussi, je dois trouver un emballage qui plaise aux femmes mais qui ne porte pas atteinte à la virilité des hommes.

— Je ne sais pas comment tu arrives à penser à tout ça.

— Si je n'y pensais pas, j'aurais probablement passé la journée sous la pluie glacée et dans le crottin de cheval avec toi. (Elle mit de l'eau à chauffer.) Et comme l'année touche à sa fin, c'est le moment de penser à des nouveautés. Hier encore, ma mère m'a demandé si je pouvais créer des produits spécifiques pour leur petit bed and breakfast. Les plus petits seraient pour offrir à leurs invités, et les plus gros seraient réservés à la vente. Après le jour de l'An, je me pencherai sur la question.

— C'était merveilleux de voir ta mère hier, et ton père aussi, et tous les autres. Connor m'a prévenue à la toute dernière minute. « Tiens, et si on allait voir mes parents avant de partir pour Galway ? » J'ai voulu répondre que j'aimerais beaucoup aller les voir, mais qu'il serait plus convenable de les prévenir. Il m'a prise par la main, et hop, nous nous sommes retrouvés là-bas. (Elle posa la main sur son ventre.) Je ne m'habituerai jamais à voler.

— Ils étaient ravis, et moi aussi, de vous avoir tous les deux pendant quelques heures.

— Noël, c'est la famille, et quand on a de la chance, c'est aussi les amis.

— Et la tienne ? Ta famille ?

— Ah, Branna, ma mère s'épanouit chez Maureen. Je ne l'ai pas vue aussi heureuse depuis des années. Les joues roses, l'œil brillant. Elle m'a montré sa chambre, et je tire mon chapeau à Maureen puisqu'elle est aussi mignonne et pointilleuse que ma mère.

Meara soupira de contentement.

— Qu'on soit tous réunis sous le même toit, c'était un grand bonheur pour elle, je l'ai bien vu. Et Maureen m'a prise à part pour m'expliquer que ça faisait du bien à notre mère de vivre chez elle – je l'ai même écoutée patiemment, comme si l'idée venait d'elle.

— Tu as un poids en moins sur les épaules.

— Je n'ai jamais eu de responsabilité plus lourde. Et puis elle est ravie de savoir que, bientôt, je ne coucherai plus avec Connor en dehors des liens sacrés du mariage, dit Meara en riant, tout en s'asseyant près du feu. Elle parle déjà de ses futurs petits-enfants.

— Et toi, tu y penses ?

Branna apporta du thé chaud sucré et des biscuits sur un plateau.

— J'ai envie d'en avoir, bien sûr, mais pas aussi vite qu'elle aimerait. C'est un pas que je franchirai plus tard.

(Elle but son thé.) Je suis contente d'être venue au bon moment. J'aimerais qu'on parle, juste toutes les deux.

— Quelque chose ne va pas ?

— C'est la question que je voulais te poser. Aussi loin que ma mémoire remonte, nous avons toujours été amies, même quand nous portions encore des couches.

Branna mordit dans un biscuit, et sourit à pleines dents.

— Et peut-être que notre amitié se terminera aussi en couches.

Meara pouffa.

— Drôle d'idée. Entre nous, c'est une amitié éternelle, et nous pouvons peut-être nous permettre plus de choses que d'autres. Alors j'aimerais te demander ça : en quoi est-ce bon pour toi, Branna, ce voyage par le rêve que tu prépares avec Fin ?

— Nous étions tous d'accord…

— Non, je ne m'adresse pas à toi en tant que membre du cercle. Je te parle en tant qu'amie, en tant que sœur. De couche à couche, si je puis dire.

— Ah, Meara !

— Là, je ne pense qu'à toi, puisqu'il n'y a que toi et moi dans cette pièce. C'est intime, ce rêve partagé. Je sais et je comprends, c'est beaucoup te demander, Branna, ça va puiser dans le fond de ton cœur et dans tes sentiments.

— La priorité, c'est de régler son compte à Cabhan.

— Pas pour moi. Pas entre toi et moi. Je sais que tu agiras sans penser aux conséquences, mais j'aimerais connaître ton sentiment. D'amie à amie, de femme à femme. Dis-moi ce que tu ressens, et ce que je peux faire pour t'aider.

— Mon sentiment ? fit Branna en soufflant. Eh bien, c'est quelque chose qu'il faut faire, et c'est la meilleure solution

169

que nous ayons. Et je sais que cela implique une certaine souffrance puisque, comme tu l'as dit, c'est intime. Je sais que je dois travailler avec Fin pour le bien de tous, et je l'ai accepté.

— Mais ?

Elle soupira, certaine de pouvoir parler à Meara à cœur ouvert.

— Depuis qu'il est revenu il y a quelques mois et qu'il est resté ici tout ce temps, je l'ai vu combattre et souffrir à nos côtés. J'ai plus de mal à refréner ce que j'éprouve pour lui et que j'éprouve depuis toujours. La prochaine étape ne va rien arranger, ni pour l'un ni pour l'autre. Et je ne peux que me réjouir que tu sois là et que tu comprennes.

— Connor ne pourrait pas l'accompagner ? Ou Boyle ou l'un de nous ?

— Si c'était à Connor ou à Boyle ou à un autre d'entre vous d'y aller, ce n'est pas moi qui aurais été attirée dans le rêve qui nous a conduits à la grotte de Midor. Je vais y arriver, Meara, et lui aussi, même si je sais que ce n'est pas plus facile pour lui que pour moi.

— Il t'aime, Branna, aussi sincèrement qu'un homme puisse aimer. Je sais que ça te fait de la peine de me l'entendre dire.

— Non, tu ne me fais pas de peine, dit Branna en frottant la cuisse de Meara. Je sais qu'il m'aime, ou qu'une partie de lui m'aime. Et une partie de lui ne cessera jamais de m'aimer. L'amour est puissant et c'est vital, mais ça ne fait pas tout.

— Tu lui reproches toujours ses origines ?

— C'était plus simple quand je lui en voulais. Quand j'étais encore jeune, brisée, j'en avais les moyens. Mais même si je ne lui en veux plus, ça ne change rien aux faits.

Il est du sang de Cabhan. Il porte la marque, et cette marque est apparue sur lui, elle s'est manifestée après que nous sommes sortis ensemble. Si une rancœur persiste, elle est également tournée contre moi.

— Si seulement tu ne t'en voulais pas, répondit Meara. J'aimerais tant que vous ne vous fassiez plus de reproches, l'un comme l'autre.

— Mon sang, son sang. S'il porte la marque, c'est autant à cause de Sorcha que de Cabhan, non ? Je pense que maintenant que nous avons grandi et appris des choses, nous comprenons tous deux que notre destin n'est pas d'être ensemble.

— Si nous déjouons Cabhan, continuerais-tu à le croire ? Continuerais-tu à penser que tu ne peux pas vivre heureuse avec lui ?

— Comment veux-tu que je te réponde ? Comment le savoir ? C'est le destin qui nous a réunis, et le destin qui nous a séparés. Le destin seul décide de ces choses.

— Je n'y crois pas un seul instant, protesta Meara avec emportement. Nous sommes maîtres de notre destin, de nos choix, de nos actions.

Branna sourit en se rasseyant.

— Tu marques un point. Bien sûr, nous ne sommes pas de simples marionnettes. Mais selon moi, le destin distribue les cartes. C'est la manière de les jouer qui compte, mais on doit composer avec ce que nous avons. Que ferais-je si le destin ne t'avait pas mise sur ma route ? Je n'aurais pas d'amie qui viendrait m'offrir son épaule au bon moment.

— Je suis toujours là pour toi.

— Je le sais. Je suis de nature à me débrouiller seule, mais c'est bon de pouvoir s'appuyer sur quelqu'un de temps à autre. Je peux regretter de l'aimer. Je peux espérer pouvoir regarder en arrière, la jeune fille que j'étais, et me dire : « Bon, elle a eu une passade et son lot de déception, sa petite peine de cœur. » Mais elle a tourné la page. Et quelles que soient les cartes que j'aie en main, il en fait partie. Il en fera toujours partie.

— Nous pourrions nous accorder plus de temps, chercher une autre solution.

— Nous avons déjà trop attendu. Nous méritions une pause avec nos familles et nos amis, mais le devoir nous appelle maintenant. Je suis prête, je te le promets.

— Veux-tu que je reste quand ce sera fait ? Quand tout sera fini, je veux dire ? Moi et Iona, peut-être ?

— Nous verrons comment ça se passe. Mais c'est rassurant de savoir que si j'ai besoin de vous, toi et Iona serez là. Avant que tu t'inquiètes de la suite, nous allons repartir en rêve, Fin et moi, et trouver qui est Midor pour Cabhan, et vice versa. Et si le destin distribue correctement les cartes, nous découvrirons comment et quand l'arrêter.

Elle posa la tête sur l'épaule de Meara.

— Je sais que Fin est un homme bon, et cette idée m'apaise. À une époque, j'ai essayé de me convaincre du contraire, parce que ça simplifiait tout, mais c'était faux et idiot. Et puis au bout du compte, l'idée que j'aurais aimé un homme bon suffira à me satisfaire.

9

Elle s'était préparée émotionnellement et psychologiquement. Branna se répétait que l'envoûtement et le voyage par le rêve étaient non seulement une étape nécessaire, mais qu'en plus elle s'en sortirait sans essuyer de problèmes personnels.

Après tout, avec Fin, ils avaient trouvé un équilibre dans leur relation au fil des mois. Ils étaient capables de collaborer, de se parler sans colère ni peine de cœur, non ?

Ils étaient devenus adultes, et l'époque de l'innocence était révolue. Elle avait un devoir envers sa lignée. Et Fin manifestait une loyauté sans faille à l'égard de leur cercle, ce qui était tout à son honneur.

Cela devrait suffire.

Et pourtant, alors qu'ils étaient réunis dans son atelier, longtemps après la tombée de la nuit, elle s'efforçait de maîtriser son anxiété.

— Tu es sûre de ça ? demanda Connor en lui passant une main dans le dos, geste qui lui valut un bref coup d'œil et un rejet tacite.

N'entre pas dans ma tête.

Sa main chaude s'attarda dans le creux de ses reins.

— Nous avons encore le temps de chercher un autre moyen.

— Je suis sûre de moi à cent pour cent, et c'est le meilleur moyen. Fin ?

— Affaire conclue.

— Cousine Mary Kate, vous êtes certaine de ne pas vouloir vous joindre au cercle ?

— Il vaut mieux que vous poursuiviez comme vous en avez l'habitude. Mais sachez que je serai là pour vous aider en cas de besoin.

— Nan est notre renfort.

Iona serra la main de sa grand-mère puis s'avança.

Ils formèrent le cercle, par sens du rituel et par respect, pour garantir protection et unité. Branna et Fin entrèrent ensemble dans le cercle. Il portait son épée à sa ceinture, elle son couteau rituel.

Cette fois, puisqu'ils partaient de leur propre volonté, ils étaient armés.

— Dans cette coupe, nous buvons la potion qui nous fera voyager en rêves l'un auprès de l'autre.

Branna but une gorgée et passa la coupe à Fin.

— Par cette potion, nous traversons le temps et l'espace côte à côte.

Fin but et passa la coupe à Connor.

— Au sein de notre cercle, main dans la main, nous traversons le ciel et survolons la terre.

Ils parlaient ensemble, les yeux dans les yeux, et Branna sentit leur force grimper en flèche.

— Dans les rêves, nous voulons aller, pour chercher, pour voir l'origine de la destinée de Cabhan. Avec toute notre foi, notre pleine confiance en eux comme en moi, qu'il en soit ainsi.

Fin tendit la main ; Branna posa les siennes dessus.

Dans un éclair de lumière, dans un éclat de pouvoir éblouissant, ils s'envolèrent dans le vent et les tourbillons, rapidement, si vite que l'air quitta leurs poumons. Elle eut juste le temps de se demander si la mixture n'était pas trop forte puis elle se retrouva sur ses pieds, chancelante, dans l'obscurité percée d'étoiles. Sa main était toujours agrippée à celle de Fin.

— Un peu trop d'essence de tourbillon.

— Tu trouves ?

Elle lui décocha un regard narquois. Il avait les cheveux aussi ébouriffés qu'elle, d'après son ressenti. Si son visage aux traits émaciés avait un air sombre, elle y perçut néanmoins une pointe de satisfaction.

Elle était exactement dans le même état d'esprit que lui.

— Pas la peine d'être sarcastique. J'ai autant participé à la formule que toi. (Branna secoua la tête pour chasser ses cheveux de ses yeux.) Et puis elle nous a conduits jusqu'ici. La grotte est devant nous.

Dans la nuit froide et étoilée, l'entrée de la grotte pulsait d'une lumière rouge. Branna entendit un léger grondement, comme si une tempête lointaine menaçait à l'intérieur. Mais rien n'éclata, rien ne bougea et rien ne s'agita.

— Il est à l'intérieur, lui dit Fin. Je le sens.

— Il n'est pas seul. Je sens une présence rusée, très affirmée.

— Je ferais mieux d'entrer d'abord, pour évaluer la situation.

— Ne sois pas insultant, Finbar. Côte à côte ou rien du tout.

Comme pour mettre un terme au débat, elle avança de quelques pas. Fin tenait fermement sa main, tandis que son autre main était posée sur la garde de son épée.

— Si la chose s'en prend à nous, nous rompons le sortilège. Sans hésitation, Branna. Nous n'allons pas finir ici.

175

Elle tituba certainement contre lui car l'envoûtement du voyage par le rêve provoquait ce genre de désirs. Mais elle se ressaisit, et tint bon.

— Je n'ai pas l'intention de finir ici. Nous avons des choses à faire chez nous, dans notre époque.

Ils franchirent l'ouverture de la grotte, traversant la lumière vibrante. Le bourdonnement devint plus affirmé, plus grave. Branna constata que ça ne ressemblait pas à un orage en mer, mais plutôt à une créature énorme et vivante au repos.

La grotte allait s'élargissant et débouchait sur des tunnels formés de murs si humides qu'ils gouttaient à un rythme régulier, produisant des plop ! plop ! sur la pierre, comme pour composer un fond sonore au grondement. Fin bifurqua vers la gauche, et comme l'instinct de Branna lui soufflait d'aller dans la même direction, ils s'enfoncèrent sans bruit dans la galerie.

Sa main était tout ce qui la reliait à la chaleur et à la réalité, et elle savait qu'il partageait son sentiment.

— Nous ne savons pas vraiment à quelle date nous sommes, murmura Branna.

— C'est après le jour de notre premier rêve. (Devant son air interrogateur, il secoua la tête.) J'ignore comment je le sais, mais je le sais.

Ils poursuivirent leur route. Plus ils avançaient, plus le vrombissement s'intensifiait. Branna le sentait presque vibrer en elle à présent, comme une pulsation, comme si elle avait avalé le mal incarné.

— Ça m'attire, murmura Fin. Il cherche à se nourrir. Ça m'attire à travers lui, de sang à sang. (Il se tourna vers elle et la prit fermement par les épaules.) Si cette chose ou Cabhan m'aspire, tu dois rompre l'envoûtement, sortir et retourner chez nous.

— Tu m'abandonnerais ici, moi ou l'un du cercle ?

— Ni toi ni les autres ne descendez de lui. Tu dois le promettre, Branna, sinon je romps l'envoûtement sur-le-champ et j'arrête tout avant même d'avoir commencé.

— Je le romprai, je t'en fais le serment.

Mais elle le ramènerait de force avec elle.

— Je te le jure sans difficulté puisqu'ils ne vont pas t'aspirer. Tu ne les laisseras pas faire. Et si nous continuons à nous disputer à ce sujet, nous n'aurons pas à rompre le sortilège puisqu'il s'achèvera à son époque sans qu'on ait appris quoi que ce soit.

Ce fut au tour de Branna de prendre la main de Fin. Une étincelle jaillit de leurs paumes jointes avant qu'ils eussent fait un seul pas.

Le souterrain, de plus en plus étroit, bifurquait vers une sorte de chambre – un semblant d'atelier dédié à la magie noire.

Des cadavres de chauves-souris, ailes dépliées, étaient cloués aux parois rocheuses comme une exposition d'art effrayante. Sur les étagères, des squelettes de pattes d'oiseaux, des têtes et des organes d'animaux, certains probablement humains, des corps de rats, tout cela flottait dans des bocaux remplis de liquide visqueux.

Un feu brûlait sous un chaudron dont s'élevaient des bulles et de la fumée d'un vert blafard. Sur la gauche, un autel de pierre était éclairé par des chandelles de suif noires. Il était taché du sang de la chèvre couchée sur le dessus, la gorge tranchée.

Cabhan recueillait le sang dans un calice.

Bien qu'il leur tournât le dos, il sembla à Branna plus jeune que le Cabhan qu'elle connaissait.

Il recula de quelques pas, s'agenouilla et brandit le bol à bout de bras.

— Reçois ce sang, un sacrifice offert à ta gloire. À travers moi tu te nourris, à travers toi je me nourris. Ainsi mon pouvoir grandit.

Il but dans la coupelle.

Le bourdonnement gagna en force pour battre comme un cœur.

— Ce n'est pas suffisant, murmura Fin. Il est pâle et faible.

Alarmée, Branna s'agrippa à sa main.

— Reste avec moi.

— Je suis avec toi, et avec lui. Les chèvres, les moutons et les bâtards. Si le pouvoir est une soif, étanche-la. S'il est la faim, mange-la. S'il est luxure, assouvis-la. Prends ce qu'il te faut.

— Encore, dit Cabhan en brandissant de nouveau la coupe. Tu as promis plus que ça. Je suis ton serviteur, je suis ton soldat. Je suis ton vassal. Tu as promis plus.

— Pour avoir plus il faut donner plus, dit calmement Fin. Du sang de ton sang, comme avant. Prends-le, fais-le couler, goûte-le et tu auras plus. Tu seras moi, je serai eux. Et notre règne ne connaîtra pas de fin. La vie éternelle, le pouvoir infini. Tu n'auras plus qu'à cueillir la Ténébreuse que tu convoites. Elle doit céder son corps et son pouvoir à notre volonté.

— Quand ? Quand aurai-je plus ? Quand aurai-je Sorcha ?

— Verse-le, prends-le, goûte-le. Du sang de ton sang. Dans la coupe, entre tes lèvres. Dans le chaudron. Prouve que tu es digne d'estime !

La chaleur avait quitté la main de Fin. Branna la serra entre ses paumes en lui transmettant tout ce qu'elle pouvait.

— Je suis digne d'estime.

Cabhan posa le bol et se leva pour prendre une coupe. Il se retourna.

Pour la première fois, Branna vit la femme dans l'obscurité. Une vieille femme, mise aux fers, tremblante dans le froid piquant.

Il marcha vers elle en emportant la coupe.

— Aie pitié. Pour moi, pour toi-même. Pour ta maudite personne. Il ment. Il te ment, il ment à tous. Il t'a enchaîné avec ses mensonges comme tu m'as enchaînée avec ces liens de fer. Délivre-moi, Cabhan. Sauve-moi, épargne-toi.

— Tu n'es qu'une femme, vieille à présent, et tes pouvoirs dérisoires te quittent. Tu n'es plus bonne qu'à ça.

— Je suis ta mère.

— Je suis déjà né, dit-il en lui tranchant la gorge.

Choquée et horrifiée, Branna poussa un cri qui fut recouvert par le rugissement. Les forces obscures flottaient dans l'air depuis quelques instants, d'un noir profond, pesantes comme la mort.

Il remplit la coupe, but, et la remplit de nouveau. Puis il la porta jusqu'au chaudron et la vida dans la fumée, qui prit la couleur du sang.

— Maintenant, le créateur est aussi là, dit Fin tandis que Cabhan vidait le contenu d'une fiole dans le chaudron.

Les doigts de Fin, glacés dans la main de Branna, se plièrent et se déplièrent.

— Prononce les mots. Dis les mots, lie le tout.

— Sang mêlé au sang pour assouvir la faim et créer le pouvoir. Par la mère et le bélier mélangés et par la fumée et l'appel des forces du mal, j'invoque mon nom, mon pouvoir et ma destinée. Accorde-moi la vie éternelle et le refuge à travers ce portail. Je deviens dieu et démon et je règne présentement sur la femme et sur l'homme. Par mon sang et mon pouvoir, je conquerrai la Ténébreuse. Je suis Cabhan, ancien mortel, et par ces mots j'abjure l'être humain qui était en moi.

Son bras traversa la fumée, plongea dans le chaudron, et de sa main nue, il extirpa l'amulette ornée de sa pierre rouge sang.

— En cette heure, je reçois le pouvoir maléfique.

Il brandit le talisman au-dessus de sa tête et posa la pierre luisante sur son torse.

Le vent rugit en tourbillonnant au moment où Cabhan, le regard brillant du même éclat rouge que sa gemme, tendait les bras vers le ciel.

— Ainsi je suis né !

De l'autel sauta le loup, noir et féroce. Il s'élança vers Cabhan et rebondit sur lui dans un cri assourdissant.

Quand un hurlement victorieux retentit, même les pierres tremblèrent.

Il tourna la tête. Dans le noir, dans les ombres, ses yeux, toujours lumineux, croisèrent ceux de Branna.

Elle leva la main lorsqu'il lança ses bras vers elle, prête à repousser toute attaque magique. Mais Fin la fit pivoter vers lui et l'enveloppa dans ses bras. Quelque chose s'écrasa, quelque chose brûla.

Et il rompit l'envoûtement.

Trop rapide, trop déstabilisant. Branna s'accrochait à Fin autant pour le réchauffer – car son corps brûlait de froid – que pour éviter d'être emportée loin de lui.

Elle entendit d'abord leurs voix – celle de Connor aussi posée qu'un rocher et calme qu'un lac en été –, et ces voix la guidèrent. Puis celle d'Iona se joignit à la sienne.

Ne flanche pas maintenant, pensa Connor. *Tu es avec nous. Vous êtes tous les deux avec nous. Vous êtes presque rentrés. Vous êtes bientôt là.*

Soudain, Branna se retrouva chez elle, prise de vertiges et les membres en coton, mais à la maison, où il faisait chaud, où la lumière brillait.

À l'instant où elle prit une inspiration, Fin lui échappa des mains et tomba à genoux.

— Il est blessé, dit Branna en s'effondrant à son tour. Laisse-moi voir. Attends que je regarde.

Elle prit son visage entre ses mains et dégagea ses cheveux.

— J'ai juste eu le souffle coupé.

— Le dos de son pull fume, constata Boyle, en intervenant rapidement. Comme la chemise de Connor l'autre fois.

Sans laisser à Branna le temps de le dévêtir, Connor arracha son vêtement d'un geste.

— Des brûlures. Moins profondes que celles de Connor, mais ça prend quasiment toute la surface de son dos.

— Allonge-le sur le ventre, dit Branna.

— Je n'ai pas très envie de me vautrer par terre comme un...

— Fais un somme, ordonna sèchement Branna tout en posant la main sur sa tête pour le forcer à dormir. Sur le ventre, répéta-t-elle.

Connor et Boyle s'empressèrent de l'allonger sur le sol de l'atelier.

Elle passa les mains au-dessus des brûlures qui recouvraient son dos.

— Pas très profond, et le poison ne peut pas se mêler à son sang. Je ne sens que le froid, la brûlure et la douleur. Je vais avoir besoin...

— De ça ? proposa Mary Kate en lui tendant un pot de baume. La guérison est mon art majeur.

— C'est exactement ça, merci. Nous allons faire vite. Ça n'a pas eu le temps de creuser la peau. Iona, tu en prends ? J'ai une petite brûlure sur mon bras gauche. Ce n'est rien mais autant que ça disparaisse. Tu sais ce qu'il faut faire.

— Oui, répondit Iona en remontant la manche de Branna. C'est petit mais ça a l'air méchant. La blessure se refroidit à l'instant où Iona appliqua une noisette de baume. Comme la tête ne lui tournait plus grâce aux talents de guérisseuse de sa cousine, elle pouvait se concentrer entièrement sur Fin.

— Ça va mieux, non ? Bien sûr que ça va mieux. Un whisky nous ferait du bien, si ça ne t'ennuie pas. Nous sommes allés un peu plus vite que je ne l'avais calculé, et le retour m'a donné l'impression de chuter du haut d'un immeuble.

— Je l'ai déjà servi, dit Meara. Sa peau paraît saine maintenant.

Les mains posées sur lui, Branna chercha s'il y avait une blessure plus profonde, un restant de maléfice.

— Nous allons juste nous en assurer. Bon, ça ira. (Le soulagement lui serra la gorge si bien qu'elle parla d'une voix éraillée.) Il va très bien. Réveille-toi, Fin, dit-elle en posant la main sur sa tête. Il battit des paupières, et la regarda droit dans les yeux.

— Putain de merde, dit-il en se redressant.

— Je suis désolée, c'est grossier d'endormir quelqu'un sans sa permission mais je n'étais pas d'humeur à discuter.

— Elle avait une brûlure elle aussi, précisa Iona, sachant que cela calmerait Fin. Sur le bras gauche.

— Quoi ? Où ça ?

Il avait déjà empoigné le bras de Branna et remonté sa manche.

— Iona l'a soignée. C'était trois fois rien, comme tu t'es placé en bouclier. Tu m'as couverte comme si je n'étais pas capable de bloquer une attaque.

— Tu n'aurais pas réussi à la bloquer, celle-là. Avec son tout nouveau pouvoir, intact et frais, il était aussi déchaîné qu'un camé qui vient de prendre sa dose. Il était plus fort à ce moment-là qu'il ne l'est maintenant, ou que jamais depuis ce jour, je pense. Et il cherche désespérément à retrouver ce niveau.

Connor s'accroupit.

— J'ai quelque chose à dire. Merci pour avoir pris soin de ma sœur.

— Voilà que je deviens malpolie, soupira Branna. Je m'excuse pour ça aussi. Je suis encore chamboulée. Je te remercie sincèrement, Fin, de m'avoir protégée.

Elle prit les deux verres de whisky des mains de Meara et lui en tendit un.

— Il t'a prise pour Sorcha. Dans le noir, quasiment en état d'hallucination, il t'a sentie. Quand son pouvoir a atteint son maximum, il a senti ta présence mais il t'a confondue avec Sorcha. Il voulait…

— Bois.

— D'accord. (Fin trinqua avec elle, et avala le contenu de son verre.) Il t'aurait défigurée s'il avait pu, pour que personne ne voie plus jamais ta beauté, pour que ton époux te repousse. C'est du moins ce qu'il imaginait. J'ai vu dans son esprit à ce moment-là, toute la folie de ses pensées.

— Seul un dément peut trancher la gorge de sa propre mère et boire son sang.

— C'est absolument dégoûtant, décréta Meara. Mais puisque nous devons entendre l'histoire, j'aimerais autant l'écouter en entier, une fois que nous serons tous assis.

— Faisons cela. Fin, remets ton pull pour venir t'asseoir à table comme un homme civilisé, dit Mary Kate en lui passant son vêtement. Je vais farfouiller dans ta cuisine, Branna, et voir ce que je peux nous préparer. Je parie que personne n'a rien contre l'idée de manger un morceau.

Pendant que Mary Kate rassemblait les copieux restes du festin de Noël, Branna prit place – ravie de ne pas s'occuper du repas – et commença à raconter leur mésaventure.

— Sa propre mère…

Ahuri, Boyle prit l'un des jolis sandwichs de Mary Kate.

— Une simple femme, âgée, à ce qu'il a dit. Il n'éprouvait aucun sentiment envers elle. Il n'y avait rien en lui pour elle. Il n'y avait rien en lui du tout, continua Fin, à part le mal.

— Tu as entendu la voix qui lui parlait.

Fronçant les sourcils, Fin se tourna vers Branna.

— Pas toi ?

— Juste un bourdonnement, le même depuis notre arrivée, au moment où nous sommes entrés dans la grotte. Une sorte de… grondement.

Fin se massa inconsciemment l'épaule, à l'endroit de la marque.

— Je l'ai entendu. Les promesses d'un pouvoir accru, de la vie éternelle, tous les désirs de Cabhan. Mais pour l'obtenir, il devait donner plus. Sacrifier sa part humaine. Ça a commencé par le père.

— Tu le sais ou tu l'as deviné ? s'enquit Connor.

— Je le sais. Je voyais dans ses pensées, et je sentais le démon piégé dans la pierre, ses exigences, sa convoitise. Sa jubilation à l'idée de recouvrer sa liberté.

— Un démon ? s'étonna Meara en prenant son verre de vin tant attendu. Eh bien, ça, c'est nouveau… et terrifiant.

— Ancien, corrigea Fin. Plus ancien que le temps, et ça a attendu de trouver un vassal.

— Cabhan ?

— C'est toujours lui, dit Fin à Boyle. Bel et bien lui, mais avec une facette en plus, et toujours avide de pouvoir et de sang.

— La pierre est donc la source, comme nous le pensions, poursuivit Branna. Elle est née du sang du père et de la mère que Cabhan a sacrifiés pour obtenir son pouvoir. En le conjurant, en lui promettant allégeance, il a pris en lui ce... bon, si Fin dit que c'est un démon, c'est un démon.

— Pourquoi Sorcha ? s'étonna Iona. Pourquoi l'obsède-t-elle autant ?

— À cause de sa beauté et de son pouvoir... et de la pureté, dirons-nous, de son amour envers sa famille. Il voulait ardemment les deux premiers, et souhaitait détruire le troisième.

Fin se massa les tempes pour atténuer les bourdonnements qui faisaient encore rage dans sa tête.

— Elle l'a rejeté, maintes et maintes fois, continua-t-il malgré sa violente migraine. Elle l'a traité avec mépris, et a repoussé toutes ses avances. Alors il...

Mary Kate le surprit en se plaçant dans son dos. Quand elle passa ses mains sur ses tempes, dans sa nuque, là où il n'avait pas remarqué qu'une autre douleur l'élançait, il perdit le fil de ses pensées.

Et son mal de tête disparut.

— Merci.

— Ce n'est rien.

Elle l'embrassa sur le dessus de la tête, à la manière d'une grand-mère, avant de se rasseoir. Troublé par son geste, il comprit de qui Iona tenait sa gentillesse et son grand cœur.

— Son vif désir pour elle, la femme et la magicienne, a viré à l'obsession. Il souhaite la faire céder, tout lui prendre et il croit qu'aucun envoûtement, aucun tour de magie ne peut l'en empêcher, ne peut l'atteindre. Le pouvoir de Sorcha peut lui faire du mal, menacer son existence, et son rejet a porté un coup à sa fierté.

— Donc ils étaient trois, calcula Branna. Avec les trois réunis, le pouvoir et la menace augmentent. Nous pouvons l'anéantir.

— À ce moment-là, dans la grotte, quand il a absorbé le démon et tout son mal, il a cru que rien ne saurait jamais lui nuire. Mais cette chose qui vit en lui sait. Elle lui a menti, et sa mère l'a prévenu. Cette chose lui a menti.

— Nous pouvons le diminuer, le mettre en pièces, le réduire en cendres mais... (Connor haussa les épaules.) À moins que nous ne détruisions aussi l'amulette, à moins que nous ne réussissions à détruire le démon qui s'est fondu en lui, il guérira, il reviendra toujours.

— C'est bien de le savoir, dit Iona en se préparant une tartine de fromage fondu. Mais comment détruire la pierre, le démon ?

— La magie du sang contre la magie du sang, décréta Branna. La lumière contre l'obscurité. Comme auparavant mais peut-être en nous concentrant sur un autre point. Nous devons déterminer le bon moment, avec certitude. J'ai la chaumière de Sorcha en tête, comme avant, pour attirer ce qu'elle renfermait, mais nous devons trouver un moyen de le piéger, de l'empêcher de s'enfuir si l'on veut l'achever. Et si nous y arrivons, c'est Fin qui devra détruire la pierre, la source du mal.

— J'ai senti l'attrait du démon, du sorcier. Et c'est devenu plus fort une fois qu'ils se sont unis. J'ai senti... l'attirance, la soif de posséder ce qu'ils m'offriraient.

— Et malgré cet attrait, tu t'es mis en danger pour me protéger. Ce sera à toi d'agir le moment venu, dit vivement Branna. Il ne nous reste plus qu'à définir quand et comment. Mary Kate, vous devez vraiment rentrer aux États-Unis ? C'est un vrai bonheur que quelqu'un s'occupe des repas à ma place.

Comprenant qu'elle avait besoin de changer de sujet, Mary Kate sourit.

— Oui, je le crains, mais je serai de retour pour le mariage d'Iona, et même un peu avant pour aider aux préparatifs. Et il se pourrait que je reste ici ensuite.

— Tu vas rester pour de bon ? fit Iona en se levant pour lui prendre les mains. Nan, tu veux dire que tu vas vivre en Irlande ?

— Je l'envisage sérieusement. Je suis restée aux États-Unis après la mort de ton grand-père pour ta mère, puis pour toi. J'aime ma maison là-bas, mon jardin, la vue de mes fenêtres. J'ai de bons amis là-bas, mais… je peux trouver une maison ici, et des jardins et de jolies vues depuis d'autres fenêtres. J'ai de bons amis ici. Et je t'ai, toi. Vous êtes tous ici, et vous êtes aussi une partie de la famille.

— Tu peux venir vivre avec nous. Comme je te l'ai montré, nous préparons une chambre pour toi, quand tu viendras nous voir. Mais tu peux très bien t'y installer définitivement, avec nous, dit Iona en consultant Boyle du regard.

— Bien sûr, ça nous ferait très plaisir.

— Tu es si gentille, dit Mary Kate à Iona, et Boyle, tu es très généreux. Mais si je dois m'installer ici, je préfère avoir ma propre maison. Près de chez vous, évidemment. Plutôt dans le village, pour faire mes courses et aller voir mes amis à pied. Comme ça, je pourrais vous rendre visite dans votre belle maison aussi souvent que vous en aurez envie.

— J'ai une maison à louer, proposa Fin, piquant la curiosité de Mary Kate.

— J'en ai entendu parler, mais il reste plusieurs mois d'ici à avril.

— Je n'aurai pas de mal à la louer à des touristes à la recherche d'un meublé dans le village pour de courtes

187

périodes. Vous pourriez aller la visiter avant de rentrer aux États-Unis.

— Très bonne idée, mais je dois admettre que j'ai déjà jeté un coup d'œil par la fenêtre, dit-elle avec un grand sourire. Un joli nid douillet, très bien rénové.

— Je vous donnerai une clé pour que vous puissiez y faire un tour quand vous en aurez envie.

— Je n'y manquerai pas. Bon, je dois vous laisser, Margaret va commencer à se faire du souci.

— Je vais vous conduire chez elle, dit Boyle en se levant.

— C'est moi qui l'accompagne, dit Fin en se levant lui aussi. Je vous donnerai la clé comme ça, avant de vous déposer chez votre amie. J'ai besoin de rentrer.

— Je vais chercher mon manteau. Mais non, ce n'est pas la peine de tous vous lever, insista Mary Kate. Je suis ravie d'être escortée par un aussi séduisant jeune homme.

Une fois qu'ils furent partis, Iona se leva.

— Je vais te faire couler un bain.

Branna haussa les sourcils.

— Vraiment ?

— Un bain avec des sels relaxants de ta création, et Meara va te préparer une tasse de thé. J'aimerais envoyer Connor et Boyle chez Fin pour qu'ils en fassent autant pour lui…

— Je refuse de préparer le bain de Fin Burke, déclara Boyle.

— … Mais ils vont tous les deux faire du ménage ici, exactement à ta façon. Comme ça, tu vas pouvoir te reposer, et sortir tout ça de ta tête le temps d'une nuit.

— Quand elle est lancée, il ne faut pas la contrarier, conseilla Boyle.

— Je ne dis pas non à un bain et à un thé.

— Alors c'est réglé, dit Iona en quittant la pièce.

— Mais ça ne me dérange pas que vous laissiez la cuisine dans cet état tant que l'un de vous va voir Fin, dit Branna. C'était plus épuisant pour lui que pour moi, et je dois avouer que je suis lessivée.

— Je le laisse un peu seul avant d'aller le voir, lui dit Connor. Je resterai chez lui s'il a besoin de moi, au moins jusqu'à ce qu'il aille se coucher. Nous nous occuperons de la cuisine. Allez, monte et ne te fais pas de souci

— J'y vais. Bonne nuit.

Une fois Branna arrivée à l'étage avec Kathel à côté d'elle, Meara mit de l'eau à bouillir.

— C'est toi qui te fais du souci, Connor.

— Elle n'a rien avalé, même pas une bouchée. (Il jeta un œil vers l'entrée de la cuisine et enfonça les mains dans ses poches comme s'il ne savait pas quoi en faire.) Elle a fait semblant de manger, reprit-il. Elle a des cernes, elle n'en avait pas avant l'envoûtement. Qu'elle vous laisse, toi et Iona, vous occuper d'elle sans faire d'histoires ? Elle est exténuée, voilà pourquoi. Tu veilles sur elle, hein, Meara ? Toi et Iona, vous vous occupez bien d'elle ? Je ne resterai pas longtemps chez Fin, sauf s'il me le demande.

— Donne à Fin tout ce dont il a besoin, et nous nous occupons de Branna.

— Ne montre pas trop que tu la surveilles.

Elle le regarda de travers.

— Je la connais depuis presque aussi longtemps que toi, Connor. Je pense savoir m'y prendre avec Branna O'Dwyer, même mieux que personne. Nous allons passer un moment entre filles, et ensuite nous la laisserons tranquille. Elle se reposera mieux dans le calme et la solitude.

— C'est vrai. Je file chez Fin et je rentre dès que possible.

— Si jamais tu restes chez lui pour la nuit, tiens-nous au courant.

Comme il s'approchait, elle tendit la joue pour l'embrasser et sourit quand il l'enlaça brièvement.

Elle termina de préparer le thé de Branna pendant que Connor enfilait son manteau. Quand il sortit, elle se tourna vers Boyle.

— On dirait que la vaisselle sale est pour toi, dit Meara en lui donnant une tape sur l'épaule.

Il considéra la cuisine en soupirant.

— Bon... fit-il en relevant ses manches.

Connor entra chez Fin sans frapper, comme il en avait l'habitude depuis que la porte était en place. Même avant, à bien y réfléchir, puisque c'était lui qui l'avait posée.

Il trouva Fin au salon, un whisky à la main, devant la cheminée, avec Bugs couché à ses pieds.

— On m'a donné l'ordre de passer prendre de tes nouvelles, annonça-t-il en se félicitant d'être venu.

Fin avait l'air aussi usé et chamboulé que Branna.

— Je vais bien, comme tu peux le constater.

— Ce que je constate, c'est plutôt le contraire, rectifia Connor en se servant un verre avant de s'asseoir. Iona a décidé de faire couler un bain à Branna, et Meara lui a préparé un thé. Elle les laisse faire, ce qui me porte à croire qu'elle a besoin d'attention. Et toi, de quoi as-tu besoin ?

— J'aurai tout ce que je demande ?

— Je ferai de mon mieux, même si l'idée de te faire couler un bain et de te border me dérange un peu.

Le visage dénué d'expression, Fin détacha son regard des flammes, qu'il fixait d'un air absent, pour le porter sur son ami.

— C'était une violente attraction, salement brutale. Pendant un moment, ses promesses m'ont trompé. Ce pouvoir qui va au-delà de ce que nous possédons tous. C'est noir, c'est froid mais c'est… séduisant. Il m'aurait suffi de dire : « D'accord, je prends. »

— Tu ne l'as pas pris. Tu ne l'accepteras jamais.

— Pas cette fois, non. Ni avant, mais c'est un appel du sang. Un appel à l'animal qui vit en chacun de nous. Alors je vais te demander quelque chose, Connor, puisque tu es comme un frère pour moi, autant que pour Branna.

— Je suis votre frère à tous les deux.

— Alors tu dois me promettre, sur mon sang, sur ton cœur dans lequel tes pouvoirs magiques sont enracinés, que si je fais volte-face, si l'attrait est si fort que j'en viens à céder, tu m'arrêteras par tous les moyens possibles.

— Jamais tu ne…

— Je te demande de me le promettre, interrompit Fin, le regard féroce. Sinon, je m'en irai, je partirai loin d'ici, loin d'elle. Je vous quitterai tous. Je refuse de prendre le moindre risque.

Connor étendit ses jambes, croisa les chevilles et fixa ses pieds un instant.

Lentement, il leva les yeux vers Fin.

— Tu t'entends parler ? Tu souhaites sa mort plus qu'aucun de nous trois, plus que les trois dont nous sommes nés, mais tu serais prêt à te mettre à l'écart uniquement parce que tu t'es mis en tête que tu risques de flancher alors que tu as toujours tenu bon.

— Tu n'étais pas dans la grotte. Tu n'as pas ressenti la même chose que moi.

— Mais je suis là maintenant. Je te connais depuis toujours, avant l'apparition de la marque. Je sais qui tu es. Et comme je te connais bien, je te le promets, Fin, puisque c'est ton souhait. Ce que j'ai me vient du cœur, comme tu l'as dit, et mon cœur te connaît. Alors continue à ruminer, et permets-moi de te dire que tu ne l'as pas volé. Demain, nous en reparlerons.

Rasséréné, Fin but une gorgée de whisky.

— Très bien. J'ai gagné une soirée à broyer du noir.

— C'est sûr, et je vais ressasser avec toi le temps de finir mon verre.

Connor but une gorgée en silence.

— Nous l'aimons tous les deux, dit-il.

Adossé dans son fauteuil, Fin ferma les yeux.

— Ça, c'est la fichue vérité.

Et l'amour, Connor en était convaincu, avait un plus grand pouvoir d'attraction que n'importe quelle promesse maléfique.

10

Fin se trouvait plutôt sociable. Il était le premier à payer sa tournée au pub et, dans les dîners, c'était un convive agréable qui participait facilement aux conversations. S'il invitait des copains à regarder un match sportif ou à jouer au billard, il avait toujours de la bière et à manger pour eux, et il ne protestait jamais quand ils laissaient tout en fouillis.

Après tout, il n'avait pas grandi dans la jungle, et lorsqu'il donnait une soirée, il comprenait aussi bien que n'importe qui les attentes basiques des invités et ses devoirs d'hôte.

Mais Iona bouleversa ses principes.

Le dernier jour de l'année, dans l'après-midi, elle surgit à sa porte, sa chevelure claire rassemblée dans un bonnet bleu azur que Nan lui avait tricoté pour Noël. Elle avait les bras chargés de sacs de courses.

— Noël est déjà passé, je crois.

— Ce sont des accessoires pour la fête, dit-elle en lui fourrant des sacs dans les mains, avant de porter le reste dans sa cuisine. Après les avoir déposés sur l'îlot central, elle enleva son manteau, son écharpe, son bonnet, ses gants puis ses bottes, et emmena le tout dans la buanderie.

— Nous avons des bougies, commença-t-elle.

— J'ai déjà des bougies. J'en ai acheté à Branna avant Yule.

— Pas assez, loin de là, fit-elle en secouant la tête d'un air ferme et désolé. Il faut en mettre partout.

Elle plongea la main dans son sac pour le vider.

— Celles-ci sont pour le manteau de la cheminée. Comme elles brûlent pendant douze heures, tu les allumeras une demi-heure avant l'arrivée des premiers invités.

— Je vais faire ça, moi ?

— Tout à fait, dit-elle sur un ton sans appel. Elles apporteront une note charmante tout en donnant un élégant air de fête. Celles-là sont pour la salle d'eau de l'étage et les toilettes du bas, et aussi pour la grande salle de bains du haut. Personne ne doit entrer dans ta chambre, à moins d'y être invité, mais comme j'en ai pris en trop, au cas où, tu peux aussi en mettre dans ta salle de bains. Ça, ce sont des serviettes de toilette pour les invités – jolies, simples et jetables.

Elle disposa une pile de linges blancs ornés d'une flûte de champagne gaufrée.

— De cette manière, personne ne s'essuiera les mains sur la même serviette que les autres. Fin éclata de rire.

— Sérieusement ?

— Fin, regarde-moi bien, dit-elle en pointant l'index sur son visage. Je suis tout ce qu'il y a de plus sérieux. J'ai aussi pris des bougies pour ta salle à manger au cas où il en manquerait, et d'autres pour le manteau de la cheminée d'en bas. Bon, il faut absolument des réserves de papier toilette dans tous les sanitaires. Les femmes détestent littéralement se retrouver coincées là sans PQ.

— Je ne connais pas ça, mais j'imagine.

— J'ai prévu de vérifier les toilettes toutes les heures, donc le problème ne devrait pas se poser.

Elle prit le visage de Fin entre ses mains.

— C'est mon idée et j'ai dit que j'allais t'aider. Alors, tu vois, je suis venue t'aider. Bon, les traiteurs vont envahir la cuisine, et ils connaissent leur boulot. Je viendrai voir comment ça se passe de temps en temps. Ils sont réputés pour être pros. Excellent choix.

— Merci, je fais ce que je peux.

Elle se contenta de sourire.

— Nous devons seulement veiller à ce que les serveurs comprennent qu'ils doivent remplir le sous-sol de nourriture et de boissons parce que beaucoup de monde va s'y rassembler pour jouer, danser et bavarder. Tu allumeras des feux dans les cheminées, évidemment.

— Évidemment.

Je sais que personne ne va manquer de rien. Ça ne s'appelle pas la Nuit de la Grosse Portion ou… attends. (Elle ferma les yeux un instant.)… ou *Oiche na Coda Moire*, pour rien.

Il lui sourit de toutes ses dents.

— Tu parles très bien l'irlandais maintenant.

— J'apprends. Nous ne sommes pas obligés de respecter les traditions à la lettre et de nettoyer la maison – je me suis documentée sur les coutumes irlandaises – parce que chez toi, c'est déjà impeccable. Tu as des manières aussi effrayantes que celles de Branna dans ce domaine, alors je vais placer ces bougies là où il faut, ainsi que les serviettes des invités et… (Elle ouvrit un autre sac.) J'ai pris ces adorables bonbons à la menthe et aux amandes. Les couleurs sont vraiment jolies, et c'est sympa d'en mettre dans des bols un peu partout. Au fait, Boyle est passé chercher la tringle sur roulettes chez la fille des amis de Nan.

— La tringle sur roulettes ?

Pour des raisons qu'il préférait ignorer, il imagina un instrument de torture portatif.

— Pour accrocher les manteaux. Il faut bien ranger les manteaux des invités quelque part, alors j'ai emprunté ce vestiaire. Ça sera parfait dans la buanderie. L'un de nous sera chargé de débarrasser les invités à leur arrivée, d'aller les pendre et de leur rendre au moment du départ. On ne va quand même pas les empiler sur le canapé ou sur le lit.

— Je n'y avais pas pensé. J'ai de la chance de t'avoir.

— C'est vrai, et c'est aussi un bon entraînement pour moi. J'ai déjà commencé à préparer notre pendaison de crémaillère, l'été prochain, quand la maison sera totalement aménagée et que nous serons installés.

— J'ai hâte d'y être.

— D'ici là, nous aurons détruit Cabhan. J'y crois. Nous n'aurons plus à travailler tous les jours comme maintenant, pour savoir comment et quand attaquer. Je sais que la semaine a été difficile, pour toi et pour Branna surtout.

— On ne s'attendait pas à ce que ce soit facile.

Iona arrangea soigneusement les piles d'essuie-mains.

— Tu l'as vue aujourd'hui ?

— Pas aujourd'hui, non.

— Ce matin, elle devait faire des calculs dans l'idée de l'achever un an pile après mon arrivée en Irlande – le jour où je suis allée frapper à sa porte et que je l'ai rencontrée pour la première fois.

Il considéra cette piste.

— Il fallait y penser.

— Elle avait l'air aussi incertaine que toi, mais pourquoi pas. Nous allons creuser cette idée. Mais pas ce soir. Ce soir, on fait la fête.

— Hmm... l'autre sac, qu'est-ce qu'il contient ?

— Eh bien… il y a des gens qui aiment les chapeaux rigolos et les sifflets.

Ouvrant le cabas, il se retrouva face à une montagne de chapeaux en papier multicolores et de tiares scintillantes.

— Je vais être franc avec toi. J'ai beau vénérer le sol que tu foules, je ne porterai jamais ça.

— Ce n'est pas une obligation. Je pensais les ranger dans des gros paniers pour ceux que ça intéresse. Bon, je vais installer tout ça, et ensuite j'irai travailler avec Branna pendant une heure ou deux avant d'aller passer mes habits de fête. Je serai là une heure avant le début de la soirée pour les touches finales.

Tandis qu'elle déballait les bougies, il fouilla dans le sac de chapeaux en papier. Non, il n'en porterait pas, mais puisqu'il acceptait la place d'assistant, il l'aida à tout arranger.

Ensuite, il s'accorda une heure de calculs en solitaire.

Plus tard, après que l'équipe du traiteur avait envahi sa cuisine et qu'il avait répondu à leurs dizaines de questions, qu'il avait pris trop de décisions à son goût sur des détails auxquels il n'avait même pas pensé, il s'enferma dans sa chambre pendant une heureuse demi-heure qu'il occupa en se préparant. Il se demanda s'il avait des chances de pouvoir rester caché là. Mais, étant donné la joyeuse détermination d'Iona, il les estima inexistantes.

Où était-il l'an dernier, à la même date ? Dans les Alpes italiennes, près du lac de Côme. Il y avait passé trois semaines environ. Il avait alors trouvé plus facile de passer les fêtes de fin d'année loin de chez lui, de les célébrer à sa façon avec des inconnus.

Cette année, il allait voir comment il s'en tirait en les passant non seulement chez lui, mais aussi en accueillant ses proches sous son toit.

Il lambina plus que nécessaire, puis enfila un jean noir et un pull noir avant de descendre.

Dans l'escalier, il entendit des voix, de la musique, des rires. Il vérifia à sa montre s'il avait mal calculé son moment de répit, mais il se réjouit d'avoir quarante minutes devant lui, avant l'arrivée des premiers invités.

Des bougies dans des pots en verre rouges étaient allumées sur le manteau de la cheminée, au-dessus du feu qui crépitait. Son sapin clignotait. Un morceau rythmé sortait des enceintes. Le massif candélabre sur pied qu'il avait acheté dans un pays lointain était placé dans un coin, astucieusement chargé de chandelles votives qui dispersaient de la lumière dans cette zone.

La lumière et la musique, l'arme de son cercle contre le mal.

Iona avait bien fait. Elle avait eu parfaitement raison.

Poursuivant son chemin, il remarqua qu'elle avait disposé d'autres bougies dans sa bibliothèque, et d'autres encore dans la salle de musique.

Elle avait également apporté des fleurs – des roses dans des petits pots en verre décorés d'un ruban argenté.

Il la trouva en compagnie de Meara et des restaurateurs, dans la salle à manger.

Un autre feu de cheminée, d'autres chandelles, d'autres roses, d'autres plateaux en argent et des saladiers en cristal remplis de nourriture, des chauffe-plats proposant d'autres mets.

Une quantité de desserts disposés sur son buffet – des gâteaux, des biscuits et des pâtisseries. Et des plateaux de fromages sous une cloche transparente.

Iona, vêtue d'un fourreau court gris foncé, les mains sur les hanches, considérait la présentation d'un œil expert.

198

Meara se tenait à côté d'elle, ses cheveux lâchés retombant sur ses épaules, sa robe couleur chair moulant ses formes.

— Je crois que j'ai été idiot, dit-il à ses deux amies qui se tournèrent vers lui. Pourquoi ai-je invité du monde alors que je pourrais avoir deux belles femmes pour moi tout seul.

— C'est le genre d'atout qui fait que tous tes invités vont parler de cette soirée pendant des mois, lui dit Iona.

— J'allais dire que c'est du pipeau, mais c'est tout de même assez charmant, déclara Meara. Et pour couronner le tout, ta maison est absolument splendide comme ça.

— Je n'y suis pas pour grand-chose.

— Au contraire, tu es responsable de tout, rectifia Iona. J'ai seulement eu le droit de jouer avec la cheminée. (Riant, elle lui prit le bras.) Et Cecile et son équipe sont les meilleurs. Honnêtement, ces plats sont si jolis qu'on n'ose pas y toucher.

Cecile, une grande blonde vêtue d'un pantalon, d'une veste noirs et d'une chemise d'un blanc immaculé, rougit de plaisir.

— Merci, c'est gentil, mais notre but est que tout le monde mange. Nous avons disposé quelques buffets en bas, comme Iona l'a suggéré, apprit-elle à Fin. Et nous avons aussi installé un bar. Des serveurs passeront régulièrement en bas et en haut, pour que tous les invités soient satisfaits.

— Tout ça m'a l'air formidable.

— Et tu n'as pas vu en bas, dit Iona en l'entraînant dans l'escalier. J'ai eu la main lourde sur les bougies, et comme j'ai eu des craintes, j'ai prononcé un petit envoûtement pour nous protéger. De cette manière, ni rien ni personne ne prendra feu.

— Tu penses à tout.

Encore des bougies, du vert, de magnifiques plats et des fleurs. Il se dirigea vers le bar et le contourna pour sortir une bouteille de champagne du réfrigérateur.

— Tu mérites le premier verre.

— Avec joie.

Il déboucha le champagne dans un petit *pop* étouffé et servit deux flûtes.

— C'était un jour heureux, celui où tu as surgi dans nos vies, *deirfiúr bheag*.

— Le plus heureux de ma vie.

— Aux jours heureux !

Ils trinquèrent.

— Aux jours heureux, pour nous tous.

Dans l'heure qui suivit, la moitié du village parut accourir chez lui. Ils déambulaient, se rassemblaient par grappes, tantôt admiratifs, tantôt détendus, dès leur arrivée. Ils remplirent leurs assiettes et leurs verres, s'assirent ou restèrent debout dans sa salle de séjour ou, comme Iona l'avait prévu, ils descendirent lorsque le groupe de musique entama sa première chanson.

Il se surprit à être heureux de passer d'une conversation à une autre, une bière à la main. Mais parmi tous ces visages, il en manquait un.

Soudain, comme s'il en avait fait le vœu, elle apparut.

Quand il remonta au rez-de-chaussée pour accueillir ses invités, il la trouva en grande conversation avec le traiteur dans sa cuisine.

Ses cheveux retombaient comme une cascade noire qui lui battait les reins, et sa robe en velours était de la couleur du vin de Bordeaux. Il se dit que même en allumant cent bougies supplémentaires, Iona n'aurait pas pu égaler la lumière que Branna dispersait entre ses murs.

Il lui apporta une coupe de champagne.

— Tu veux un verre ?

— Avec plaisir, dit-elle en se tournant vers lui.

Elle avait maquillé ses yeux de gris et ses lèvres du même rouge que sa robe.

— Félicitations pour ta soirée, Fin. C'est très réussi.

— C'est réussi parce que j'ai obéi aux ordres d'Iona.

— Ce soir, elle était à moitié folle d'excitation et d'anxiété, d'autant plus qu'elle t'a un peu forcé la main. Elle m'a acheté toutes mes bougies ! Je vois qu'elle a su en faire usage.

— Il y en a partout, comme elle l'a exigé.

— À ce propos, où est-elle ?

Tout en parlant, il l'entraîna vers la salle à manger.

— En bas. Comme Meara, et Boyle, et Connor, et Nan. Tu veux manger quelque chose ?

— Tout a l'air délicieux, mais pas pour l'instant.

— Tu as toujours un faible pour ça ? demanda-t-il en prenant un petit chou à la crème recouvert de sucre glace.

— Je n'y résiste pas, ce que je nie en temps normal. Pour ce soir, je vais faire une exception. (Elle croqua dedans pour goûter.) Oh, un vrai péché mignon.

— Prends-en deux. *Oiche na Coda Moire.*

Elle rit et secoua la tête.

— Je reviendrai plus tard pour le deuxième.

— Dans ce cas, allons rejoindre le cercle, et nous rapprocher de la musique.

Il lui tendit la main.

— Voudrais-tu danser avec moi, Branna ? Oublions hier et demain et dansons ensemble ce soir.

Elle le suivit en direction de la musique, de la chaleur et des lumières.

— D'accord.

Elle avait failli ne pas venir. Elle avait cherché des raisons de l'éviter, ou de rentrer tôt. Mais chaque excuse lui donnait la même impression.

D'être lâche. Ou pire, mesquine.

Elle ne pouvait pas être suffisamment lâche, ni suffisamment mesquine pour le snober uniquement parce qu'elle était stressée à l'idée d'aller chez lui, de voir, de sentir la vie qu'il s'était construite sans elle.

Son choix à elle, la vie sans lui. Son devoir à elle, sans lui.

Donc elle était venue.

Elle avait passé un temps infini à se coiffer, à se maquiller, à soigner son apparence en général. Puisqu'elle allait célébrer la fin de l'année et le début de la suivante chez lui, en sa compagnie, autant qu'elle soit sur son trente et un.

En arrivant au pied de l'escalier, elle découvrit la pièce qu'elle perçut comme son aire de jeu, tout à fait à son image. De belles couleurs riches répondaient aux teintes neutres, des meubles anciens restaurés cohabitaient avec des plus modernes. Des petits éléments de décoration apparemment achetés d'occasion. Et tout un tas de loisirs à disposition.

Le téléviseur mural d'une taille démesurée, la table de billard, le vieux flipper et le juke-box ainsi qu'une magnifique cheminée en marbre de Connemara surmontée d'une épaisse planche brute à la place du manteau.

Les musiciens jouaient des morceaux près d'un bar en bois d'acajou dont il lui apprit qu'il venait de Dublin. Bien que la salle fût spacieuse, les meubles avaient été déplacés sur les côtés pour former une plus grande piste de danse.

Quand il la fit danser, elle retrouva la joie innocente d'autrefois, avec sa simplicité et tous ses possibles. Mais elle repoussa son pincement au cœur en s'exhortant à profiter de cette soirée comme d'une parenthèse hors du temps.

Elle leva la tête vers lui en riant.

— Tu as réussi.

— À quoi faire ?

— À donner la soirée de l'année, celle que l'on attendra impatiemment l'année prochaine. Et les suivantes.

À moitié horrifié par cette idée, il regarda autour de lui.

— J'avais prévu de passer le flambeau à Iona et Boyle.

— Oh, non, ils auront leur soirée. Je me disais plutôt que le jour de l'An, ce serait toi qui t'en occuperais, dorénavant. Là, je vois Sean avec un chapeau sur la tête qui danse et tape des pieds dans ses bottes propres et cirées, et Kyra et son petit ami – son fiancé maintenant – qui porte une chemise assortie à sa robe et une couronne de roi en carton sur la tête. Et là-bas, Eileen qui danse avec son mari comme s'ils avaient quinze ans et la vie devant eux. Tu as construit une maison assez grande pour accueillir la plupart des villageois et ta fête est réussie.

— Je n'avais pas vu les choses sous cet angle.

— Il était plus que temps. Tiens, regarde Alice qui te fait les yeux doux puisqu'elle s'est enfin résignée à ne jamais conquérir Connor. Tu devrais l'inviter à danser.

— Je préfère danser avec toi.

— Tu danses avec moi. Mais le devoir t'appelle, Finbar. Va la faire danser. J'aimerais voir quelques personnes.

Elle s'écarta de lui et tourna les talons. Si elle dansait encore avec lui, trop longtemps, on finirait par parler d'eux au lieu de discuter avec elle.

— Tu ne trouves pas ça génial ? demanda Iona en l'attrapant au passage pour la faire virevolter. Sur sa tête, une tiare rose annonçait le début de l'année 2014 en lettres scintillantes. Cette soirée est formidable. Je vais juste vérifier les toilettes, comme toutes les heures, et je reviens.

— Vérifier les toilettes ?

— Voir s'il y a du PQ et des serviettes de toilette jetables, et tout ça.

— Je te nomme responsable de toutes les fêtes que je donnerai dorénavant.

— Tu as l'habitude de gérer des fêtes et des dîners, protesta Iona. Pour Fin, c'est tout nouveau. Pour moi aussi, mais je crois que je suis douée pour ça.

— Mon Dieu… fit Boyle en l'embrassant sur la tête.

Branna profita de la musique et des conversations entretenues ici et là. Après être remontée, elle mangea et passa un moment agréable avec les invités qui, à la recherche de calme, étaient réunis au salon ou dans la salle de séjour.

Cela lui donna l'occasion de poursuivre sa découverte de la maison, de s'imprégner de son énergie. Au passage, elle vérifia les fenêtres et, les sens aux aguets, elle chercha un signe de Cabhan.

— Il ne viendra pas.

Se détournant des portes-fenêtres de la bibliothèque, elle vit Fin entrer dans la pièce.

— Tu en es certain ?

— Peut-être parce qu'il y a trop de lumière, trop de monde, de voix, de pensées, de bruits, je ne sais pas, mais il ne viendra pas ce soir. Il est probablement tapi dans l'ombre en attendant le passage à la nouvelle année, mais en tout cas, on ne le verra pas ce soir. J'aimerais vraiment que tu cesses de te tracasser.

— Je suis vigilante, pas soucieuse.

— Tu t'inquiètes, ça se voit.

Instinctivement, elle se massa la ride du lion qui se creusait entre ses yeux lorsqu'elle était préoccupée. Ce geste le fit sourire.

— Tu es parfaitement belle. Ça ne changera jamais. L'inquiétude est comme imprimée dans tes yeux.

— Puisque tu affirmes qu'il ne viendra pas ce soir, j'arrête de m'en faire. J'ai un petit penchant pour cette pièce.

Elle passa la main sur le dossier d'un large fauteuil en cuir chocolat.

— C'est un lieu paisible, conçu pour les récompenses.

— Les récompenses ?

— À la fin d'une journée de travail, je viens m'installer ici, dans un bon fauteuil comme celui-ci avec un livre, devant un feu de cheminée. Avec la pluie qui fouette les fenêtres, ou le vent qui souffle, ou la lune accrochée dans le ciel. Un verre de whisky, une tasse de thé – ce qui me fait plaisir – et un chien à mes pieds.

Elle pivota en tendant la main.

— Tous ces livres à disposition. Une belle couleur chaude pour les murs – tu as fait du beau travail dans cette pièce, avec le bois foncé qui la met en valeur.

Devant son petit sourire, elle pencha la tête sur le côté.

— Quoi ?

— Je l'ai construite en pensant à toi. Avant, tu disais toujours, lorsque nous imaginions la demeure de nos rêves, qu'il devait y avoir une bibliothèque avec une cheminée et des fauteuils, de grandes fenêtres contre lesquelles la pluie battrait, ou à travers lesquelles le soleil filtrerait. Il y aurait des portes vitrées qui ouvriraient sur un jardin dans lequel tu pourrais te balader par beau temps, ou t'installer pour lire.

— Je me souviens.

Elle revoyait cette image. Il venait de ressusciter l'un de ses fantasmes.

— Et il y aurait une salle dédiée à la musique, ajouta Fin. Les notes résonneraient dans toute la maison, mais dans une pièce spéciale, il y aurait un piano et tout le reste. Les enfants pourraient y apprendre la musique.

Il jeta un coup d'œil dans son dos.

— C'est par ici.

— Oui, je sais. Je l'ai vue. Elle est ravissante.

— En un sens, je croyais qu'en la faisant construire, en te gardant présente à mon esprit, tu viendrais. Mais tu n'es pas venue.

À présent qu'elle avait ouvert les yeux, elle voyait clairement que la maison était celle dont ils avaient rêvé ensemble.

— Je suis là, maintenant.

— Tu es là maintenant. Qu'est-ce que cela signifie pour nous ?

Son cœur était rempli de lui, dans cette pièce qu'il avait sortie tout droit de ses songes.

— Je garde en tête ce qui ne peut pas arriver. C'est si clair, si rationnel. Je ne peux pas voir ce que ça pourrait être.

— Peux-tu dire ce que tu souhaites ?

— Ce que je souhaite est impossible, et c'est plus dur qu'avant de le constater, puisque j'en suis venue à croire que ce n'est ni ta faute ni la mienne. C'était plus simple quand je pouvais t'en vouloir ou m'en vouloir à moi-même. Je pouvais bâtir un mur à partir de cette culpabilité, et garder mes distances lorsque tu ne restais que quelques jours ou quelques semaines ici et que tu repartais.

— C'est toi que je veux. Ça passe avant tout le reste.

206

— Je sais. (Elle expira.) Je sais. Nous devrions rejoindre tout le monde. Ce n'est pas bien que tu passes trop de temps à l'écart des invités.

Mais ni l'un ni l'autre ne bougea.

Elle entendit des cris, des éclats de voix, le compte à rebours. Derrière elle, l'horloge posée sur le manteau de la cheminée sonna les premiers coups.

— Il est presque minuit.

Quelques secondes seulement, se dit-elle, entre ce qui a été et ce qui est. Et de là, ce qu'il adviendrait. Elle fit un pas vers lui. Puis un second.

L'aurais-je dépassé sans m'arrêter ? se demanda-t-elle quand il l'attira vers lui. Non, pas cette fois. Au moins pour cette fois-là.

Au lieu de ça, elle passa les bras autour de son cou, le regarda dans les yeux. Au dernier coup de minuit, leurs lèvres s'unirent.

La lumière jaillit entre eux comme un choc électrique qui pénétra leurs veines, et remonta jusqu'à leurs cœurs. Puis, faisant écho à ce qu'ils attendaient depuis si longtemps, elle se changea en une vague de chaleur infinie.

Être dans cet état, ressentir enfin cela… Tenir enfin le corps de Branna, sentir ses pulsations, son esprit uni à lui dans cet élan de joie singulière, cette chaleur si bénéfique.

Lèvres contre lèvres, leurs souffles mêlés, leurs poitrines battant l'une contre l'autre. Tout le chagrin s'envola comme s'il n'avait jamais existé.

Autrefois, il avait cru que ce qu'il éprouvait pour elle dépassait tous les sentiments humains. Mais il avait eu tort. Ce moment, après toutes ces années vécues dans la privation, était bien plus grand.

Il s'enivra de son parfum, de son goût. Elle se donna comme par le passé, entièrement, dans un simple baiser. Douceur et force, pouvoir et abandon, exigence et générosité.

Il désirait seulement la retenir, faire durer cet instant jusqu'à la fin de ses jours.

Mais elle se détacha de lui, s'attarda quelques secondes, lui caressa la joue et s'éloigna.

— C'est une nouvelle année qui commence.

— Reste avec moi, Branna.

Elle posa la main sur son cœur. Avant qu'elle n'ait eu le temps de parler, Connor et Meara surgirent dans la pièce.

— Nous étions juste…

— Sur le point de partir, termina Meara à la place de Connor. On retourne faire la fête, tout de suite.

— Ah oui, évidemment, nous ne sommes pas descendus.

— Pas de problème, dit Branna qui laissa sa main sur la poitrine de Fin un peu plus longtemps avant de la retirer. Nous venons avec vous. Fin doit retourner auprès de ses invités. Nous allons trinquer à la nouvelle année. À la chance. À la lumière. À l'avenir qui nous accueillera peut-être positivement.

— À ce que l'avenir devrait être, dit Fin en les précédant dans le couloir.

— Va avec lui, suggéra Meara en s'approchant de Branna. Tu te sens bien ?

— Très bien. Mais plus que jamais, j'ai besoin d'un verre, et bien que ce ne soit pas dans ma nature, le bruit et la foule me font envie.

— Nous allons te trouver tout ça.

Quand elle passa le bras autour de la taille de Branna, celle-ci s'appuya sur elle un instant.

— Comment puis-je l'aimer plus maintenant qu'avant ? Comment est-il possible que j'aie plus à lui donner que lorsque nous étions ensemble et qu'il était tout pour moi ?

— L'amour peut se faner et mourir. J'ai déjà vu ça. Mais il peut aussi grandir et se construire solidement. Je pense que si c'est sincère et décidé, il ne peut que devenir plus important et plus fort.

— L'amour n'est pas fait pour rendre malheureux.

— Non. C'est ce que nous en faisons qui le change en source de chagrin ou de joie, je pense, ce n'est pas l'amour en soi.

Branna soupira, et considéra longuement Meara.

— Depuis quand es-tu aussi sage ?

— Depuis que j'ai ouvert mon cœur à l'amour.

— Allons trinquer à ça. À toi qui t'es ouverte à l'amour, aux talents d'organisatrice de soirée d'Iona, à cette sacrée nouvelle année, et à la fin de Cabhan. Je crois que je vais me soûler un peu.

— Quel genre d'amie serais-je si je ne me soûlais pas avec toi ? Allons chercher du champagne.

11

Fin en avait sa claque de tout ce monde. À deux heures et demie du matin, il restait encore beaucoup trop d'invités chez lui, tous confortablement installés comme s'ils comptaient rester là jusqu'au printemps. Il soupesa l'idée de monter s'enfermer dans sa chambre et de les laisser se débrouiller. Il était terriblement fatigué, mais ce n'était pas tout : ce moment, cet incroyable moment avec Branna avait court-circuité ses émotions, si bien qu'il ne savait plus ce qu'il ressentait.

Du coup, il lui avait paru plus simple de fermer les écoutilles pour ne plus rien éprouver.

Elle paraissait tout à fait heureuse avec sa coupe de champagne, à bavarder avec les derniers invités. Mais c'était tout Branna, non ? Solide comme un roc.

Pour sa part, il ne pouvait rien lui arriver de mieux que de s'évader dans le sommeil pendant quelques heures. Dès le lendemain matin, Cabhan serait de nouveau au centre de toutes les attentions. Peut-être même que cela attendrait jusqu'en fin de matinée. Le plus tôt serait le mieux. En l'achevant, il remplirait ses obligations. La fin de Cabhan mettrait un terme à ses propres tourments.

Alors il s'était mis à l'écart. À ce stade de la soirée, il ne manquait à personne.

Mais Iona apparut à ses côtés, comme si elle avait lu dans ses pensées, et lui prit le bras, puis la main.

— Quand la fête est réussie, le problème, c'est que les invités ne veulent plus partir.

— Moi, si.

Elle rit, et lui pressa la main.

— Il ne reste plus que les irréductibles mais nous allons lentement les pousser vers la sortie. Ton cercle ne te laissera pas seul avec eux. Donne-nous une vingtaine de minutes. En attendant, tu pourrais commencer à rassembler les verres vides puisque le traiteur est parti depuis deux heures. C'est le signe qu'il est temps de s'en aller.

— Si tu le dis.

— Tu peux me croire.

Comme pour le prouver, elle ramassa des flûtes et des bouteilles et lança un regard significatif à Boyle pour l'inviter à l'imiter.

En peu de temps, une poignée d'invités se prépara à partir. Ils ne tarissaient pas de remerciements et de bons vœux pour la nouvelle année. Et pour quelques-uns, comme Sean, on termina par des embrassades sincères mais exagérément sentimentales.

— Tours de magie de fin de soirée, décréta Fin qui entreprit de jeter des tasses de thé et de café.

Il les emmena à la cuisine, où il dit au revoir à un autre groupe d'invités. D'une pierre deux coups, décida-t-il. Il allait se débarrasser en même temps des déchets et des traînards.

Bien que cela lui ait pris une demi-heure au lieu des vingt minutes annoncées par Iona, il ne se plaignit pas.

— C'étaient les derniers, annonça Iona.

— Ouf, merci.

— Grâce à toi, ils se sont tous amusés et ils ont tous emporté des souvenirs mémorables. (Elle se hissa sur la pointe des pieds pour l'embrasser sur la joue.) Et toi aussi, tu as passé une bonne soirée.

— Maintenant que c'est fini, je peux dire que je vais en garder un bon souvenir. Merci pour tout ce que vous avez fait.

— J'ai passé une merveilleuse soirée. (Elle survola la pièce du regard.) Et nous n'allons pas te laisser avec tout ce bazar. Branna, je peux rentrer avec toi si tu veux. Tu n'as qu'à laisser ma voiture ici. Je ne conduis Nan à l'aéroport que dans l'après-midi, demain. J'aurai le temps de revenir la chercher.

— C'est mieux que tu montes en voiture avec Boyle.

— Rentrons à la queue leu leu, proposa Connor en mettant son manteau. La route n'est pas longue mais il fait nuit noire. Branna peut vous suivre, toi et Boyle, et Meara et moi fermerons la marche.

— Je ne rentre pas chez moi. Je reste ici, dit Branna en regardant Fin.

Il se demanda comment il tenait encore debout après un tel choc.

— On fait comme ça ! déclara gaiement Meara en enfonçant son bonnet sur sa tête. Allez, on file. Bonne nuit, et bonne année.

— Attends, fit Boyle tandis que Connor le traînait littéralement à l'extérieur et qu'Iona le poussait à sa suite. Tu peux me laisser mettre mon manteau ? se plaignit-il alors qu'Iona claquait déjà la porte derrière eux quatre.

Fin n'avait pas bougé d'un pouce. Un seul mot jaillit de ses pensées embrouillées :

— Pourquoi ?

— J'ai décidé que pour cette fois, ici, je ne penserai ni à hier ni à demain. Il est possible que nous le regrettions tous les deux un jour ou l'autre, mais j'ai envie d'être avec toi. J'en ai envie depuis toujours, et il est probable que ça ne change pas, mais ne pensons qu'au présent. Cette fois, il n'y a pas de place pour les promesses et les châteaux en Espagne, mais nous le savons tous les deux. La nécessité est bien réelle, et enfin, nous avons fini par retrouver confiance.

— Ça te convient ?

— Il se trouve que oui, et je ne nierai pas que j'ai retourné cette idée dans tous les sens possibles, mais je dois admettre que ça me va. Ce choix est le nôtre. Tu m'as demandé de rester avec toi. J'accepte.

Son tourment intérieur s'apaisa en même temps que toutes ces années à vivre dans la résignation firent place à un mélange de joie et d'impatience.

— J'ai peut-être changé d'avis.

Quand elle rit, il vit une étincelle lumineuse s'allumer dans ses yeux gris.

— Si c'est le cas, je peux rapidement faire machine arrière.

— Le moins que je puisse faire, c'est te donner une chance, dit-il en lui tendant la main. Si je t'embrasse ici, nous allons finir par terre. Viens dans mon lit, Branna.

Elle lui prit la main.

— Nous n'avons jamais partagé le même lit, pas vrai ? Je suis curieuse de découvrir ta chambre. J'ai résisté à la

213

curiosité d'aller jeter un œil à l'étage pendant toute la soirée. J'ai dû faire preuve d'une volonté surhumaine.

— Tu n'en as jamais manqué. (Il déposa un baiser sur ses doigts.) Je t'ai imaginée dans mon lit des centaines de fois. Des milliers de fois.

— Je ne pouvais pas faire comme toi, sinon ma volonté surhumaine aurait freiné mon imagination. (Stupéfaite d'être aussi calme, elle embrassa sa main à son tour.) Quand Iona est arrivée à l'atelier, la première fois, j'ai su que tu reviendrais. Que tu ferais partie de cette aventure, et partie de moi de nouveau. Je me suis demandé pourquoi, mais pourquoi, alors que j'avais construit ma vie, trouvé un équilibre, le destin te renvoyait à moi.

— Quelle est la réponse ?

— Je la cherche toujours. Mais pas ce soir. C'est immense, chez toi. Toutes ces pièces, tous les détails personnels dans tous les recoins de la maison.

Et il remarqua qu'aucun recoin n'évoquait un foyer aussi nettement que la cuisine de sa maisonnette.

Il ouvrit la porte de sa chambre, puis l'emmena à l'intérieur. Au lieu d'allumer la lumière, il fit tourner son poignet.

Le feu prit vie dans l'âtre et les flammes des bougies s'animèrent.

— Toujours aussi majestueux, dit-elle. C'est un repaire viril et somptueux, mais chaleureux et attirant au lieu d'être fonctionnel et spartiate. Ton lit est majestueux. (Elle s'en approcha, passa la main sur les pieds de lit massifs.) Ancien, très ancien. Il t'arrive de rêver de ceux qui y ont dormi avant toi ?

— Je l'ai purifié pour éviter d'avoir l'impression de partager mon lit avec des inconnus d'une autre époque. Alors

214

non, je ne rêve pas d'eux. Quand je dors ici, c'est de toi que je rêve.

— Je le sais pour avoir partagé ton lit dans mes songes.

— Ce n'était pas exceptionnel, ça m'est arrivé des centaines de fois.

Elle lui fit face, regarda son visage sur lequel la lumière et les ombres dansaient. Son cœur, qu'il lui avait ravi des années plus tôt, gonfla dans sa poitrine.

— Ce ne sera pas un rêve ce soir, dit-elle et, bras ouverts, elle se plaqua contre lui.

Sa nervosité disparut. L'un contre l'autre, leurs bouches unies, son univers se mit en place. C'était, bien entendu, le seul maillon manquant de la chaîne de son existence.

Pour ce soir, si ce devait être le seul, elle allait s'offrir ce cadeau. Se concentrer sur les sensations. Ouvrir son cœur, son corps et son esprit pour éprouver tout ce qu'elle avait tenté de repousser depuis si longtemps.

Le lendemain, si besoin était, elle se dirait que c'était seulement physique, juste un moyen de soulager la tension entre eux pour mieux avancer. Mais cette nuit, elle embrassait la vérité.

Elle aimait. Elle aimait depuis toujours, aimerait toujours.

— Tu m'as manqué, murmura-t-elle. Finbar, tu m'as tellement manqué.

— Je me suis langui de toi.

Elle embrassa délicatement sa joue, puis revint à sa bouche.

Elle s'accrocha à lui lorsque leurs pieds quittèrent le sol, qu'ils s'élevèrent en tournoyant. Riant, elle leva les bras au ciel, dispersa des étoiles au-dessus d'eux.

— Au nom de la lumière des flammes et des étoiles, au nom de la flamme des bougies, ce soir, tout ce que je suis t'appartient.

— Et ce que tu es est chéri.

Il les fit descendre sur le lit, puis ils s'allongèrent en s'embrassant.

Avec elle, enfin, il était libre de boire à ses lèvres, libre de presser son corps sous lui, de voir ses cheveux décoiffés.

Ce don d'elle était si magnifique qu'il devait prendre son temps. Il allait savourer ce cadeau, et tout donner en retour.

Il fit lentement remonter ses mains le long de son corps, et captura délicatement ses seins. Ce n'était plus la jeune fille qu'il avait gardée en mémoire, mais une femme mûre.

De nouveaux souvenirs à superposer à ceux du passé.

Il embrassa sa gorge, savoura l'odeur qu'il découvrit là, et qui le hantait jour et nuit. Elle était de nouveau offerte, et il pouvait s'imprégner de son parfum aussi naturellement qu'il respirait.

Lorsqu'il baissa sa robe sur ses épaules, elle s'arc-bouta pour l'aider. Sur sa peau laiteuse, les reflets dorés des flammes et le halo argenté de ses étoiles se reflétaient. Il l'effeuilla comme s'il mettait le plus précieux des bijoux au jour.

Son cœur s'emballait à son contact. Il était le seul à provoquer cette sensation en elle, à éveiller tous ses sens en lui donnant du plaisir. Chacun de ses baisers était langoureux et profond, comme si le monde disparaissait autour pendant qu'il la savourait.

— Tu es plus patient qu'avant, parvint-elle à dire en frémissant de bonheur.

— Tu es encore plus belle qu'avant. Comment est-ce possible ?

Elle prit son visage entre ses mains, ses doigts se perdant dans ses cheveux, puis elle s'assit sur lui, entourée d'étoiles scintillantes.

— Et toi, dit-elle en lui enlevant son pull. Sorcier et guerrier. Plus fort que le garçon que j'ai aimé. (Elle posa les paumes sur son torse.) Blessé mais loyal. Courageux.

Comme il secouait la tête, elle lui fit toucher son cœur.

— C'est important pour moi, Fin, plus que je ne saurais le dire. Ça compte beaucoup.

Elle se baissa pour l'embrasser, puis posa ses lèvres sur sa poitrine.

Elle lui avait brisé le cœur, et il avait brisé le sien. Elle ignorait ce que le destin leur réservait, et si leurs cœurs pouvaient être réparés. Mais ce soir, elle voulait qu'il sache qu'elle connaissait le sien, et qu'il lui était cher.

Poussée par une envie de légèreté, elle taquina ses flancs. Fin bondit comme un lapin.

— Arrête !

— C'est toujours ton point sensible. Juste là, dit-elle en voulant le toucher encore.

Il lui prit le poignet.

— Fais attention, moi aussi, je me souviens de tes points sensibles.

— Tu peux me titiller autant que tu veux, aucun ne me fait couiner comme une petite fille, Finbar Burke.

Alors qu'il se cabrait, elle en profita pour enrouler les jambes autour de sa taille, et les bras autour de son cou.

— J'aime encore mieux un coup de poing dans le nez que des chatouilles.

— L'un est moins humiliant que l'autre.

Elle rejeta ses cheveux en arrière et rit à gorge déployée.

— Tu te souviens…

217

Baissant la tête, elle plongea dans ses yeux. Tout était là, dans cet instant, dans ce regard. Son vif désir pour elle, enveloppé dans l'amour. Le passé et le présent réunis la soulevèrent comme un vent chaud, éveillant son besoin brûlant et irrésistible.

— Mon Dieu, Fin.

Il n'y avait plus de place pour la patience et les explorations timides. La fougue les envahit, déclenchant un désir déchaîné et désespéré. Ses mains se firent brutales, pressantes, et plus exigeantes tandis qu'elle tirait sur ses vêtements pour le déshabiller entièrement.

Rien entre nous, se dit-elle alors. Elle n'aurait même pas supporté que l'air les sépare. Leurs bouches se trouvèrent fiévreusement lorsqu'ils roulèrent sur le lit pour aller plus loin.

Elle mordit son épaule, enfonça les doigts dans ses hanches.

— Prends-moi. Je te veux en moi.

Quand il la pénétra, la Terre s'arrêta de tourner. Plus de respiration, plus de bruit, plus de mouvement. Le tonnerre gronda, la foudre éclata dans un rugissement, chargeant comme une bête surgie des collines. Et un éclair, aussi vif que le soleil de l'après-midi, traversa la pièce.

Les yeux dans les yeux, ils se tenaient les mains.

— Cette nuit nous appartient, dit-elle. Rien qu'à nous. Aime-moi.

Elle se cambra pour mieux le sentir.

— Toi, et toi seule. Toi pour toujours.

Il s'abandonna totalement au besoin, à sa demande, à son propre cœur. Quand ils jouirent ensemble, ils étaient le tonnerre, ils étaient la foudre. Et au-dessus de leurs têtes, les étoiles de Branna brillaient plus fort que jamais.

Quand il émergea de son sommeil, le soleil était déjà levé et inondait la chambre. Une belle journée pour bien commencer l'année. Et surtout, Branna dormait à côté de lui.

Il eut envie de la réveiller, de lui faire l'amour dans ces bandes de lumière solaire, comme ils l'avaient fait dans la nuit et jusqu'aux premières lueurs de l'aube.

Mais des ombres hantaient ses yeux. Elle avait besoin de repos, de calme et de paix. Alors il se contenta d'effleurer ses cheveux, et sourit en se souvenant qu'au réveil au mieux elle était irritée, au pire, féroce.

Il préféra se lever, enfiler son pantalon et se glisser hors de la chambre.

Il allait travailler. Il souhaitait trouver le moyen de mettre un terme à leur quête, de la résoudre une bonne fois pour toutes. Il devait également trouver comment rompre la malédiction qu'une sorcière mourante lui avait jetée, des siècles plus tôt.

S'il parvenait à briser ce sortilège, à effacer la marque, lui et Branna pourraient être ensemble, pas seulement pour un soir, mais pour toute la vie.

Il avait abandonné tout espoir d'être avec elle, jusqu'au jour de l'An, jusqu'à ces heures passées ensemble. Désormais, il avait pleinement retrouvé l'espoir et la foi.

Je trouverai un remède, se dit-il avec conviction en entrant dans son atelier. Le moyen d'éliminer Cabhan tout en protégeant les Trois, et tout ce qui découlait d'eux. Un moyen de supprimer la marque imprimée sur son corps, et de purger son sang de la moindre trace de Cabhan. Aujourd'hui, le premier jour de l'année, il entendait renouveler leur quête.

Il réfléchit au poison qu'ils avaient concocté pour le dernier combat. Fort et efficace, il leur avait permis de se rapprocher du but. Les blessures de Cabhan – ou de ce qui l'habitait – avaient été profondes. Mais pas fatales. Parce que Cabhan tirait son pouvoir d'une source immortelle.

Un démon, songea Fin en feuilletant ses livres. D'un genre qui, une fois libéré par le sacrifice du sang, se fondait dans un hôte volontaire. Un hôte déjà doté de pouvoirs.

Le sang des procréateurs.

Il s'assit pour prendre des notes.

Le sang de la mère.

Recueilli par le fils.

Il écrivit tout, chaque étape, chaque mot, tout ce qu'il avait vu et ressenti.

La pierre rouge créée par les pouvoirs magiques du sang de l'espèce la plus sombre, dans l'acte le plus diabolique. La source du pouvoir, guérison, immortalité.

— Et un portail, murmura Fin. Par lequel le démon entre dans l'hôte.

Ils pouvaient réduire Cabhan en cendres, comme Sorcha l'avait fait, mais ils n'en viendraient pas à bout tant qu'ils n'auraient pas détruit la gemme, et le démon.

Il se leva pour arpenter la pièce, tout en envisageant une seconde potion. Destinée à fermer le passage. À piéger le démon dans le tunnel, pour le détruire ensuite. Cabhan n'était rien sans le démon, et le démon n'existait pas sans Cabhan.

Il prit un autre livre, l'un de ses carnets de voyage. En appui sur le plan de travail, penché au-dessus de l'ouvrage, il y chercha de nouvelles idées.

— Fin.

Absorbé par les magies noire et bienfaisante, il jeta un coup d'œil par-dessus son épaule.

Elle portait l'une de ses vieilles chemises en chambray défraîchi, qu'il lui arrivait d'enfiler pour aller aux écuries. Pieds et jambes nus, les cheveux en bataille, ses yeux débordaient de chagrin et d'étonnement.

Son cœur bondit – rien qu'à la voir ainsi – avant même qu'il ne suive son regard vers la fenêtre, vers son reflet dans le verre coloré.

Il se redressa, glissa les pouces dans les poches de son pantalon.

— D'une certaine manière, ça me semble normal que la Ténébreuse regarde par-dessus mon épaule quand je travaille ici. Ça me rappelle la raison de tout ça.

— Aimer ainsi, c'est un chagrin constant.

— C'est vrai.

— Comment allons-nous faire maintenant, si ça ne change jamais ?

— Nous prenons ce que nous avons, et nous nous appliquons à changer les choses. N'avons-nous pas suffisamment vécu l'un sans l'autre ?

— Nous ne pouvons pas modifier ce que nous sommes, Fin, et nous n'avons pas choisi d'être ceci. Il ne saurait y avoir de promesses entre nous, ni de lendemain.

— Alors profitons du présent.

— Seul aujourd'hui compte. Je vais préparer le petit déjeuner. (S'apprêtant à quitter la pièce, elle le regarda par-dessus son épaule.) Tu as un bel atelier. Comme le reste de la maison, il est à ton image.

Elle descendit. D'abord le café, se dit-elle. Celui du matin lui clarifiait toujours les pensées.

Elle avait commencé l'année avec Fin, ce qu'elle s'était juré de ne jamais faire. Mais elle s'était fait cette promesse dans un moment de trouble. Et elle l'avait tenue autant pour se préserver que par devoir, elle devait bien l'admettre.

Et maintenant, par amour, elle l'avait rompue.

Le monde continuait à tourner, se rassura-t-elle en mettant en marche la cafetière complexe de Fin. Aucune boule de feu n'était tombée du ciel. Ils avaient couché ensemble, passé une nuit bouleversante, et le destin semblait l'accepter.

Elle s'était réveillée légère, vive et détendue et... heureuse, s'avoua-t-elle. Et elle avait dormi d'un sommeil profond et paisible comme ça ne lui était pas arrivé depuis Samhain.

Le sexe est énergie, se dit-elle en appréciant ses premières gorgées de café. C'était positif – lorsque c'était partagé de bon gré –, bienfaisant, et ça répondait à des besoins basiques. Le sexe était donc autorisé, ce dont elle était reconnaissante envers les déesses.

Mais l'avenir était une tout autre question. Elle n'allait pas retomber dans les projets, ni s'autoriser à rêvasser et à s'émerveiller. Seulement le présent, se rappela-t-elle.

Ce serait plus que ce qu'ils avaient connu par le passé, et ils allaient devoir s'en contenter.

Elle farfouilla dans l'imposant réfrigérateur de Fin – si massif qu'il la faisait rêver – et trouva trois œufs, un maigre morceau de bacon, et une seule tomate de serre chaude.

Comme pour le présent et le sexe, ça allait devoir suffire.

Elle l'entendit entrer alors qu'elle terminait d'accommoder ce qu'elle surnomma une « omelette du pauvre ».

— Ton garde-manger fait pitié, Fin Burke. Il y a de quoi avoir honte. Tu vas devoir te contenter de ce que j'ai trouvé.

— Je suis très content.

Elle le regarda à la dérobée. Il avait enfilé un tee-shirt noir à manches longues, mais il était resté pieds nus lui aussi. Et surtout, il arborait un beau sourire.

— Tu as l'air heureux avec ce bout de bacon et cette tomate mélangés à trois œufs brouillés.

— Tu fais la cuisine en chemise chez moi. Faudrait être idiot pour ne pas avoir le sourire.

Elle plaça une deuxième tasse dans la machine à café et appuya sur les boutons appropriés.

— Ça, idiot, tu ne l'as jamais été. Ta cafetière est mieux que la mienne. Je devrais acheter la même. Ta confiture était vieille comme Mathusalem, et faisait à peu près autant envie. Tu vas devoir te contenter de beurrer tes toasts. J'ai commencé une liste de courses pour toi. Il va falloir…

Il l'obligea à se tourner vers lui, la hissa sur la pointe des pieds et l'embrassa fougueusement. Quand elle recouvra la faculté de penser, elle se félicita d'avoir ôté la poêle du réchaud, sinon les œufs auraient brûlé.

Comme ils étaient en sécurité, elle s'abandonna à son baiser.

— Reviens te coucher.

— Ah non. J'ai pris le temps de préparer un petit déjeuner avec tes misérables réserves, dit-elle en s'écartant. Bois ton café. Je vais servir avant que ça refroidisse. Comment fais-tu le matin quand tu es seul ?

— Maintenant que j'ai plus Boyle sous la main pour me préparer quelque chose quand j'insiste, je fais simple. Il y a des boîtes de flocons d'avoine à cuire au micro-ondes.

Elle plaça son assiette devant lui, et s'assit face à la sienne.

— Quelle tristesse. Avec une si belle cuisine. Quand Boyle et Iona auront emménagé, d'ici, tu apercevras les lumières de leur maison à travers les arbres. Ça les a beaucoup touchés, que tu leur vendes ce terrain.

— Il est comme un frère pour moi, et il a de la chance, sinon je lui aurais pris Iona. Même si elle n'est pas fichue de faire à manger.

— Elle a fait des progrès. D'un autre côté, elle ne pouvait que s'améliorer dans ce domaine. Elle progresse de jour en jour. Son pouvoir reste jeune et frais, mais il a quelque chose de fougueux. C'est peut-être pour cela que le feu est son élément.

Elle trouva agréable de bavarder tranquillement devant un café et des œufs.

— Tu penses que sa grand-mère va louer ta maison ? lui demanda-t-elle.

— Je crois, oui.

Branna repoussa ses œufs du bout de sa fourchette.

— Il y a des tas de connexions entre toi et moi, et toi et nous. Je les ai ignorées pendant longtemps, mais ces derniers mois, je me suis demandé pourquoi il y en avait tant. Elles ne relient pas que nous deux, Fin. Il y a toujours eu toi, Boyle, Connor et Meara.

— Notre cercle, confirma-t-il, moins un jusqu'à l'arrivée d'Iona.

— Sa venue était un fait du destin, comme le reste. Et ta petite maison, exactement ce dont la mère de Meara avait besoin, et qui est maintenant parfaite pour Nan. Toi et Boyle et les écuries, toi et Connor avec l'école de fauconnerie. Ta terre sur laquelle Boyle et Iona vont s'installer pour la vie. Ces dernières années, tu as passé l'essentiel de ton temps à l'étranger, mais tes liens avec nous sont toujours aussi forts. On pourrait dire qu'il ne faut pas chercher un sens à ça, mais je n'y crois pas. Ou plus.

— Que crois-tu ?

Elle regarda par la fenêtre sans cesser de piquer son omelette.

— Je n'en suis pas sûre… Je sais qu'il y a des liens, les Trois d'aujourd'hui, les Trois d'avant. Et chacun de nous est plus lié que jamais à l'un d'eux. Eamon a même confondu Meara avec une Gitane – du nom d'Aine, comme la pouliche blanche que tu as achetée pour la reproduire avec Alastar. Je sens que Boyle aussi a des connexions, en partie, et si besoin était, nous trouverions le lien avec Teagan, des trois premiers.

— Il n'y a pas de mystères, dit-il en se massant l'épaule. Pour moi, c'est Cabhan.

— Je pense qu'il y a autre chose. Tu descends de lui, de son sang, mais tu n'es pas relié à lui de la même manière que moi avec la Brannaugh de Sorcha, ou que Connor et Eamon, par exemple. Si c'était le cas, je ne sais pas comment tu aurais ramené Alastar pour Iona, et Aine pour Alastar.

— Je n'ai pas amené Aine pour Alastar, en réalité, ou pas seulement. Je l'ai achetée pour toi.

Alors qu'elle portait sa tasse à ses lèvres, Branna se figea.

— Comment ça ?

— Quand je l'ai vue, c'est toi que j'ai vue. Tu aimais monter à cheval. Je t'ai vue sur elle, traversant la nuit avec la pleine lune qui brillait dans le ciel. Et toi, tu étais aussi lumineuse qu'une bougie avec...

— Quoi ?

— Comme sur le vitrail là-haut, exactement comme je t'ai vue des années avant de le faire réaliser. Une baguette magique dans une main, du feu dans l'autre. L'image était fugace mais très nette. Alors je l'ai ramenée pour toi, pour le jour où tu serais prête.

Elle resta interdite un instant, puis elle se leva, alla vers la porte, et fit entrer le petit chien dont elle avait senti la présence.

Bugs tourna autour de ses pieds puis courut vers Fin.

— Ne le fais pas manger à table, dit-elle d'un air distrait en se rasseyant. Ce sont de mauvaises habitudes pour vous deux.

Fin, qui allait précisément faire ce qu'elle lui déconseillait, considéra le chien plein d'espoir.

Tu sais où est ta gamelle, mon toutou. Ne contrarions pas la dame.

Satisfait, Bugs fonça vers la buanderie et ses bols.

— Je la monterai la prochaine fois que nous affronterons Cabhan, et que je serai plus forte. Tu nous as apporté des armes puisque Alastar et Aine sont des défenses efficaces contre lui. Tu as saigné avec nous, conjuré avec nous, comploté avec nous pour qu'il périsse. Si tu étais connecté à lui, s'il te donnait plus de force, comment aurais-tu pu faire tout ça ?

— Parce que je le hais, je maudis tout ce qu'il est.

Branna secoua la tête. La haine ne rendait ni courageux ni loyal. Or, ce que Fin avait fait exigeait de posséder ces deux qualités.

— J'ai eu tort d'essayer de te mettre à l'écart au début, et c'était égoïste de ma part. J'ai voulu croire que tu étais uni à lui mais il n'y a pas de connexion. Pas comme il le souhaiterait, pas comme il en aurait besoin. Tu es uni à nous. Je ne comprends pas comment c'est possible, mais c'est la vérité.

— Je t'aime.

Son cœur se réchauffa et se serra. Elle ne put que toucher sa main.

— L'amour est puissant, mais ça n'explique pas, ou pas de façon logique, pourquoi tes sentiments envers moi te relient si fortement aux autres.

Elle se pencha vers lui, oubliant complètement son petit déjeuner.

— Je n'ai pas trouvé de relations aussi fortes qu'entre les trois premiers et nous. Personne d'autre n'est retourné les voir en rêve, et n'a eu droit à leur visite. Certains ont essayé et échoué, mais personne n'a été aussi près de le détruire avant nous. Dans les livres, je n'ai trouvé aucune allusion à l'un des trois qui aurait combattu sur le dos d'Alastar, avec Kathel et Roibeard à ses côtés. Et rien qui parle d'un quatrième, ou de quelqu'un qui porte la marque et qui serait venu les rejoindre. C'est notre destinée, Fin, mais tu incarnes le changement dans le cercle. Voilà ce que je crois aujourd'hui. C'est grâce à toi que nous avons de plus grandes chances de l'emporter, c'est toi qui portes sa marque et qui es de sa lignée. Et pourtant, je ne comprends pas pourquoi.

— Avec le pouvoir et les liens de sang, on doit faire des choix, comme tu le sais.

— Je sens qu'il y a autre chose, mais c'est peut-être suffisant.

— Ça ne suffira pas à anéantir Cabhan. Je veux dire par là que nous ne réussirons pas à l'anéantir, pas plus que Sorcha, si nous ne détruisons pas ce qui l'habite.

Comme elle en était arrivée à la même conclusion, elle hocha la tête.

— Le démon avec lequel il a passé un marché.

— Le démon qui s'est servi de lui pour gagner sa liberté. Le sang de son père, le sang de sa mère, qu'il a recueilli, bu, et dont il s'est servi à la demande du démon pour créer la pierre.

— Et la source du pouvoir.

— Pas seulement une source de pouvoir, je pense. Un portail, Branna, l'entrée qui donne accès à Cabhan.

— Un portail, répéta-t-elle en se calant dans sa chaise. Ça mérite réflexion. Passer par la pierre conjurée par les pouvoirs maléfiques du sang pour accéder au sorcier qui a passé ce marché. C'est là, le siège du pouvoir, et la voie vers le monde. Si ce portail s'ouvre…

— Il se ferme, termina Fin.

— Oui, bonne idée. Il faut agir par étapes. Affaiblir et piéger Cabhan pour l'empêcher de fuir et de se rétablir. Et quand il – l'hôte – est faible et piégé, fermer le portail, piéger le démon qui est la source. En le détruisant, on détruit Cabhan une bonne fois pour toutes.

Elle reprit sa fourchette et mangea ses œufs refroidis.

— Bon, alors, il ne nous reste plus qu'à définir de quelle manière nous allons nous y prendre, quand, puis passer à l'action.

— J'y ai un peu réfléchi, et j'aurai sûrement plus d'informations quand j'aurai tout lu. J'ai passé du temps avec un prêtre Shaolin il y a quelques années.

— Tu… as travaillé avec un prêtre Shaolin ? En Chine ?

— Je voulais voir la Grande Muraille, dit-il avec un haussement d'épaule. Il a une théorie sur les démons en tant qu'énergie, en quelque sorte. J'ai aussi côtoyé des chamans, d'autres sorciers, un sage, un Aborigène. J'ai tenu des carnets de voyage que je vais relire attentivement.

— On dirait que tu as beaucoup appris au cours de tes expéditions.

— Certains endroits du monde renferment une énergie très forte. On y ressent un pouvoir très ancien. Ça attire les êtres comme nous. Rien qu'aujourd'hui, dit-il en tendant la main vers elle. Mais si jamais demain existe aussi, je te les montrerai.

En peine de répondre, elle lui pressa les doigts puis se leva pour débarrasser la table.

— C'est le jour présent qui a besoin de nous. Je n'ai jamais réfléchi sérieusement à la destruction des démons, et pour tout te dire, je n'ai jamais cru qu'ils existaient dans notre monde. Mais je vois bien en quoi c'était simpliste puisque certains ne croient pas en la magie.

— Je vais faire la vaisselle. C'est la règle chez toi, et elle me semble juste.

— Très bien. Je vais rentrer à la maison, je pense, et me plonger dans la lecture d'ouvrages sur les démons, moi aussi.

— C'est le premier jour de l'année, dit-il en se dirigeant vers elle. C'est un jour chômé.

— Pas pour les gens comme nous, surtout avec ce qui nous attend. En plus, je dois aussi gagner ma croûte. Tu as peut-être des employés et tout ce qu'il faut pour faire tourner ton école mais tu as certainement du travail, toi aussi.

— Il n'y a pas de cours aujourd'hui, et ils n'ont que quelques balades à cheval et chasses au faucon à se partager à deux. J'ai quelques heures devant moi avant de retrouver Boyle et Connor.

Elle leva la tête vers lui.

— Tu as de la chance d'avoir autant de temps libre.

— Aujourd'hui, oui. Mais je me disais que tu devais bien avoir une heure à perdre.

— Eh bien, tu ne...

Elle laissa sa phrase en suspens et plissa les yeux lorsque sa chemise disparut, et qu'elle se retrouva nue.

— Ça, c'est grossier et inhospitalier.

— Laisse-moi te faire profiter de mon sens de l'hospitalité, *a ghrá*.

La prenant dans ses bras, il les fit voler jusqu'à sa chambre.

12

Branna ne partit que sur les coups de midi. Dehors, Kathel s'amusait avec Bugs. Elle ignora le fait que les employés des écuries avaient dû remarquer que sa voiture était toujours là à leur arrivée.

Les ragots iraient bon train, mais qu'y pouvait-elle ? Elle caressa Bugs en passant et lui dit qu'il pouvait venir chez elle avec Fin quand il voulait pour jouer avec Kathel.

Puis elle siffla son chien pour le faire monter en voiture, et partit retrouver sa maison.

Elle monta directement se changer, et troqua sa robe de soirée contre des leggings chauds, un pull douillet et des bottines molletonnées. Après avoir noué ses cheveux, elle se sentit prête à se mettre au travail.

Dans son atelier, elle fit chauffer de l'eau et alluma un feu de cheminée. Sentant du mouvement alentour, elle pivota sur elle-même.

La Brannaugh de Sorcha se tenait derrière elle, un carquois dans le dos, et son Kathel sur les talons.

— Quelque chose a changé, dit-elle. Une tempête s'est levée pendant la nuit. Le tonnerre a grondé, les éclairs ont zébré le ciel malgré les chutes de neige. Cabhan a chevauché la tempête au point de faire trembler les murs de pierre du château.

— Es-tu blessée ? Comment vont les autres ?

— Il n'a pas réussi à nous atteindre, il n'y arrivera pas. Mais une autre servante a disparu, une parente, et je crains le pire. Quelque chose a changé.

Oui, se dit Branna, quelque chose a changé. Mais d'abord, elle avait des questions à poser.

— Que sais-tu sur les démons ?

La Brannaugh de Sorcha regarda le Kathel de Branna qui s'approchait du sien. Les deux chiens se reniflèrent.

— Ils marchent, se nourrissent, ils ont soif du sang des mortels. Ils peuvent revêtir la forme de leur choix, mais il n'y en a qu'une qui n'est pas mensonge.

— Et ils sont en quête, n'est-ce pas ? ajouta Branna. Ils recherchent ceux qui accepteront de les nourrir, d'étancher cette soif ? La pierre rouge, nous avons assisté à sa création, et nous avons vu le démon avec lequel Cabhan a passé un marché pour qu'il entre en lui via la pierre. Ils ne sont qu'un. Sorcha n'a pas pu anéantir Cabhan parce que le démon l'habite, et le guérit. Je crois qu'ils se soignent l'un l'autre.

— Comment as-tu vu tout cela ?

— Par l'envoûtement du rêve, nous y sommes allés, Fin et moi.

— Celui qui est du même sang que Cabhan. Tu es allée avec lui, dans l'époque de Cabhan, dans sa tanière. D'où te vient cette confiance en lui ?

— Et pourquoi ne lui ferais-je pas confiance ? Ça aussi, c'est de la confiance, dit-elle en montrant les chiens qui jouaient à se bagarrer. Je connais le cœur de Fin, et sans lui, nous ne saurions pas tout ce que nous savons maintenant.

— Tu es allée dans le lit de Fin.

232

Malgré l'inquiétude et la désapprobation de sa cousine, elle était certaine de bien faire en lui disant la vérité.

— C'est vrai. La tempête est venue jusqu'à toi. Je l'ai entendue en m'unissant à Fin, et j'ai cru que le destin se révoltait contre notre choix. Mais tu as dit que c'était Cabhan qui chevauchait la tempête, et tu as senti qu'elle émanait de son pouvoir, ou de sa rage. Qu'elle avait fait trembler les murs. C'est peut-être notre union qui a déclenché sa fureur – ça me semble cohérent. Et tout ce qui le met en colère me réjouit.

— Je sais ce que c'est d'aimer. Sois prudente, cousine, car l'amour t'attache à celui qui porte la marque.

— Je suis prudente depuis que cette marque est apparue sur son épaule. Je ne dérogerai pas à mon devoir. J'en fais le serment. Je pense que c'est Fin, l'élément déterminant, l'arme qui a toujours fait défaut. Avec lui en plus, nous réussirons là où les trois précédents ont échoué. Nous achèverons Cabhan et tout ce qui a fait de lui ce qu'il est. Il faut détruire les deux si nous voulons l'anéantir pour de bon. Mais dis-moi, que sais-tu sur les démons ?

Brannaugh secoua la tête.

— Peu de choses, mais je vais étudier. Tu l'appelleras par son nom. Cela, je l'ai entendu. Tu dois prononcer son nom dans le sortilège.

— Alors nous allons trouver son nom. Combien de temps s'est écoulé depuis notre dernière conversation ?

— Aujourd'hui c'est La nag Cearpairi.

Le jour du Pain Beurré, traduisit Branna pour elle-même. Le jour de l'An.

— Comme ici. Nous sommes le même jour, c'est nouveau. C'est notre année, cousine, l'année des Trois. L'année de la Ténébreuse.

— Je vais prier pour cela. Je dois te laisser, le bébé se réveille.

— Attends. (Branna ferma les yeux, vit en pensée la malle qu'elle rangeait au grenier. Puis elle tendit un petit chien en peluche.) Pour le bébé. Un cadeau de ses cousins.

— Un petit chien, dit la Brannaugh de Sorcha en le caressant, le sourire aux lèvres. Il est tout doux, et habilement confectionné.

— Il était à moi quand j'étais petite, je l'ai aimé. Tous mes vœux de bonheur à toi et à ta famille.

— À toi et à ta famille aussi. Nous nous reverrons. Nous serons avec vous quand notre présence sera nécessaire, en cela j'ai foi, et confiance.

Elle posa la main sur la tête du chien, et ils disparurent.

À son tour, Branna toucha la tête de son chien, et le caressa.

— J'avais prévu d'offrir ce petit chien à mon enfant. Mais comme je n'en aurai pas, il fait un beau cadeau pour celui de ma cousine. (Comme pour la réconforter, Kathel se blottit contre elle.) Bon, nous avons du travail. Mais avant ça, je trouve que tu t'es montré très accueillant avec le chien de notre cousine, et que tu as mérité un biscuit.

Elle alla chercher la boîte et sourit en le voyant s'asseoir poliment.

— J'ai de la chance d'avoir autant de trésors dans ma vie.

Elle se pencha pour embrasser la tête de l'animal, puis lui offrit sa récompense.

Profitant du calme, elle se prépara du thé, et s'installa devant son manuel de sortilèges pour chercher d'éventuelles informations sur les démons.

Elle apprécia de pouvoir passer l'après-midi entier seule, et en profita pour combiner le travail et la lecture à la préparation du repas. Elle fit cuire un poulet pour le préparer en soupe avec des légumes, qu'elle servirait avec des nouilles aux œufs. Si les convives ne venaient pas en nombre, elle congèlerait le reste.

Au coucher du soleil, elle emmena ses livres dans la cuisine pour surveiller la soupe tout en étudiant. Elle venait de s'offrir un verre de vin quand Iona arriva.

— Oh, j'en veux bien un, moi aussi. J'ai conduit Nan à l'aéroport, en larmes. Je suis triste qu'elle soit rentrée, et contente qu'elle revienne bientôt. Je me suis dit que c'était assez pour la journée. (Elle se servit du vin.) Mais Boyle m'a appris qu'ils avaient un groupe de douze qui avaient fêté le jour de l'An à Ashford, et qui avaient eu l'idée de faire passer leur gueule de bois pendant une promenade guidée. Alors j'ai dû retourner travailler. (Elle but une première gorgée.) Et si je te raconte tout ça – d'ailleurs, je peux continuer si tu veux –, c'est pour éviter de te poser des questions sur toi et Fin. Tu n'as peut-être pas envie d'en parler.

— Tu as peut-être deviné que nous avons couché ensemble.

— Je crois que nous avons tous deviné que c'était très probable. Es-tu heureuse, Branna ?

Celle-ci alla remuer la soupe.

— Une forte démangeaison a été soulagée, et je m'en réjouis. Je suis heureuse, dit-elle devant le regard impatient d'Iona. Aujourd'hui, je suis heureuse, et ça me suffit.

— Alors je suis heureuse aussi. (Elle enlaça Branna.) Que puis-je faire pour t'aider ? À la cuisine ?

— Pour le dîner, j'ai la situation bien en main. Tu n'as qu'à t'asseoir, parcourir mes notes et me donner ton avis.

— D'accord. Nous dînons dehors avec Boyle, et nous dormirons chez lui – pareil pour Connor et Meara. Nous nous sommes dit que vous aviez des projets avec Fin, et nous préférons vous laisser tranquilles. Mais puisque tu as lancé la préparation de ce tonneau de soupe…

— Ne modifiez pas vos projets pour moi. J'avais prévu de tout congeler, au besoin. J'étais d'humeur à faire de la soupe, ça me détend.

Elle se garda de préciser qu'elle n'avait pas prévu de voir Fin – et qu'une nuit seule ne la dérangerait pas.

— Tu as l'intention de continuer à le voir ? À sortir avec lui, je veux dire ?

— Un jour après l'autre, Iona. Je refuse de voir plus loin.

— Très bien, mais j'aimerais te dire que Fin est passé parler affaires avec Boyle et que j'ai trouvé qu'il avait l'air… heureux. Détendu.

— Le sexe, ça détend. Nous avons passé un accord, Fin et moi. Il nous convient à tous les deux.

— Si tu es satisfaite comme ça, moi aussi, dit Iona en s'asseyant pour lire.

Branna goûta sa soupe et, après réflexion, ajouta du romarin.

— Un portail ! s'écria Iona. Ça se tient. C'est une pierre diabolique, créée à partir du sacrifice humain – après un double parricide. Pour un démon, c'est le meilleur moyen de se transporter dans Cabhan. Ça explique tout. Sorcha l'a réduit en cendres. Nous l'avons envoyé dans les cordes – il était dans un sale état mais nous n'avons pas réglé son compte au démon. Comment faire ?

— Lis la suite, suggéra Branna.

Elle envisagea de manger sa soupe en pyjama. Peut-être même de se servir un plateau dans sa chambre et de lire un livre qui ne parlerait pas de magie, ni de mal, ni de démons.

— Un second poison, marmonna Iona, une sorte d'attaque en deux temps. Et un sortilège qui ferme le passage. Comment allons-nous fermer un portail qui s'ouvre grâce au sacrifice humain ? Pas facile. Et… appeler le démon par son nom. (Elle regarda Branna.) Tu connais son nom ?

— Non, pas encore. Mais c'est un conseil que Brannaugh des trois premiers m'a donné. Elle m'est apparue aujourd'hui. J'ai tout noté, mais le plus important de l'histoire, c'est que c'est aussi le premier jour de l'année pour elle, aujourd'hui. Si nous arrivons à préserver cet équilibre, nous échangerons plus.

— Nous connaissons un démonologue ?

— Je n'en ai pas sous la main, mais quelque chose me dit que nous pouvons en dénicher un. Mais je crois que c'est plus basique et plus simple que ça finalement.

— Comment veux-tu obtenir le nom d'un démon de manière simple et basique ?

— On n'a qu'à lui demander.

Iona s'affala dans sa chaise en éclatant de rire.

— Facile ! Tu veux qu'on se réunisse tous ici, ou qu'on se retrouve au pub pour tout reprendre ensemble ?

— Je crois que tu sauras transmettre le message.

— Je m'en charge. Fin vient vers quelle heure ? Je ne voudrais pas vous déranger.

— Oh… fit Branna en se tournant vers sa marmite de soupe. Nous n'avons pas fixé d'heure précise. C'est mieux que ça reste spontané.

— Compris. Je vais aller prendre une douche et me changer. Je vais demander à Boyle de passer me prendre. Tous les quatre, nous nous pencherons sur la question. Et quand tu verras Fin, vous pourrez en parler jusqu'à plus soif de votre côté.

— Excellente idée.

Rester évasive, se dit Branna une fois seule. Elle préférait être évasive que mentir. Elle n'avait pas vraiment dit qu'elle attendait Fin. Avant qu'ils n'en parlent tous ensemble, elle préférait laisser sa tête se reposer, un jour ou deux, le temps que ça mijote.

Peut-être qu'elle allait se changer les idées devant la télé plutôt qu'en bouquinant. Regarder une émission drôle et légère. Elle était incapable de dire à quand remontait la dernière fois qu'elle avait passé une soirée entière devant un divertissement.

— Je sors ! cria Iona. Envoie un texto si tu as besoin de moi.

— Amuse-toi bien !

Branna attendit que la porte claque puis, souriant, prit un récipient pour congeler sa soupe, à l'exception de sa part.

Un bol de soupe, un verre de vin, suivis d'une part de crumble aux pommes qu'elle avait cuit plus tôt. Une maison calme, un vieux pyjama, et une émission gaie à la télévision.

Au moment où elle se réjouissait de son programme, la porte s'ouvrit.

Fin, avec Bugs sur les talons, entra les bras chargés d'un bouquet de lilas démesuré. Leur parfum évoquait le printemps et le temps des promesses. Se demandant jusqu'où il était allé pour lui dégoter ces fleurs, elle haussa les sourcils.

— Et je suppose que tu penses qu'avec un champ de fleurs tu peux acheter un dîner et une nuit avec moi ?

— Le lilas a toujours été ta fleur préférée. Et Boyle et Connor ont précisé qu'ils sortaient ce soir pour nous laisser tranquilles. Je serais un mauvais ami si je les décevais.

Elle alla chercher son plus gros vase et le remplit d'eau pendant que Bugs et Kathel se saluaient en se bagarrant joyeusement.

— J'avais prévu de manger une soupe devant la télé.

— C'est parfait.

Elle prit le bouquet de lilas et le huma – et se souvint d'avoir fait de même un lointain jour de printemps, alors qu'il lui avait offert un bouquet identique.

— J'ai fait un crumble aux pommes pour le dessert.

— Je raffole du crumble aux pommes.

— Je n'ai pas oublié.

Et cela expliquait pourquoi elle avait brusquement eu envie d'en préparer un.

— Je m'étais concocté un excellent programme pour la soirée. Presque parfait. (Elle posa les fleurs pour se tourner vers lui.) Maintenant que tu es là, il est parfait. (Elle plongea dans ses bras et posa le visage contre son épaule.) Tu es là, murmura-t-elle.

Branna considéra cette soirée comme une occasion de se recentrer. Après des semaines passées à étudier, mettre au point des plans, calculer, elle n'avait toujours pas la moindre idée de la date à laquelle situer la troisième attaque, qui serait, il fallait l'espérer, la dernière. Il lui arrivait rarement de faire de longues nuits reposantes, et son manque de sommeil commençait à marquer le contour de ses yeux. Au moins par vanité, un changement s'imposait.

Maintenant qu'elle couchait avec Fin, qu'ils se faisaient l'amour avec délectation, elle ne pouvait pas dire qu'elle dormait plus mais, après ces brèves séquences d'endormissement, elle se sentait considérablement plus reposée.

Toutefois, elle n'avait pas avancé d'un pouce quant au moment et surtout à la manière d'agir. Elle devait donc revoir son approche.

La routine était pour elle une source d'équilibre. Son travail, sa maison, sa famille et le cycle qui faisait tourner tout ça. Comme à chaque début d'année, elle devait réapprovisionner la boutique, semer des graines dans sa serre. Chasser les énergies négatives et régénérer les charmes protecteurs.

En plus de tout cela, elle participait à la planification de deux mariages.

Elle consacra la matinée suivante à son stock. Satisfaite par ses nouveaux parfums, elle remplit les récipients qu'elle avait commandés pour la ligne Glace Bleue, les étiqueta, et les mit en cartons pour les transporter au village avec les réserves de bougies qu'elle avait remplies depuis que Iona avait vidé tout son stock pour la fête de Fin.

Après avoir vérifié sa liste, elle composa du baume dont Boyle se servait au haras. Si la journée se passait sans encombre, elle y ferait un saut et, dans cette perspective, elle ajouta un second pot pour les grandes écuries.

Elle devait aussi faire un saut au marché. Bien que ce soit au tour d'Iona d'y aller, Branna avait envie de se rendre au village. Comme le dîner avec le reste du cercle après leur soirée à l'extérieur n'avait fait que vider ses boîtes de soupe congelée, un arrêt au marché s'imposait.

Elle estima être de retour deux heures plus tard, au pire. Ensuite, elle s'essaierait à la création d'une potion contre les démons. Emmitouflée dans son manteau et son écharpe rouge et bleu vif, elle enfila ses mitaines en cashmere qu'elle s'était offertes pour Yule, et chargea sa voiture.

Comme Kathel n'était pas dans les parages, elle le chercha par la pensée et le trouva en train de s'amuser avec Bugs et les chevaux. Elle lui donna l'autorisation d'y rester autant qu'il en avait envie, puis partit pour Cong.

Elle passa la moitié du temps imparti au village, traînassant avec Eileen dans la boutique. Puis au marché, où elle fit des achats et échangea des potins avec Minnie O'Hara, à qui rien n'échappait. Y compris le fait que lors du réveillon du jour de l'An, Tim McGee le Jeune – par opposition à son père, le Gros Tim, et à son grand-père, le Vieux Tim – était ivre à se rouler par terre. Dans cet état, il avait joué les jolis cœurs avec Lana Kerry – qui avait rompu leurs fiançailles au bout de trois ans, faute de projets concrets –, entonnant sous sa fenêtre des chansons pleines de désespoir. C'était d'autant plus grave qu'il avait chanté tristement faux.

Il était de notoriété publique que Tim le Jeune faisait hurler à la mort tous les chiens du village dès qu'il fredonnait le moindre air. Il avait entrepris de lui chanter la sérénade à trois heures et demie du matin, jusqu'à ce que la Française qui vivait en dessous de chez Lana – une certaine Violet Bosette qui travaillait au café – ouvre sa fenêtre et lui lance une vieille botte. Pour une Française, aux dires de Minnie, elle n'avait pas raté son tir puisqu'elle l'avait touché en pleine tête. Il était tombé sur les fesses, mais ça ne l'avait pas empêché de poursuivre son récital amoureux.

C'est à ce moment-là que Lana était sortie pour le forcer à rentrer. Quand ils avaient émergé à l'heure du dîner, le jour suivant, la bague avait reparu au doigt de Lana et ils avaient fixé leur date de mariage au 1er mai.

C'était une excellente histoire, se dit Branna en quittant le village, d'autant qu'elle en connaissait tous les protagonistes, à l'exception de la Française championne de tir.

Elle ne regrettait pas d'avoir fait une entorse à son planning.

Elle emprunta le chemin le plus long pour le plaisir de rouler. Les écuries étaient presque en vue lorsqu'elle aperçut un vieil homme sur le bas-côté de la route, à genoux, et appuyé lourdement sur une canne.

Elle freina brutalement, et descendit de voiture.

— Monsieur, vous êtes blessé ? demanda-t-elle en l'examinant mentalement pour vérifier s'il portait des traces de blessure ou de maladie. (Elle s'arrêta, et inclina la tête.) Vous êtes tombé, monsieur ?

— Mon cœur, je crois. J'ai du mal à respirer. Voulez-vous me donner un coup de main, jeune demoiselle ?

— Bien entendu, je vais vous aider.

Tendant la main vers lui, elle lui envoya un coup de poing qui le fit tituber en arrière.

— Tu crois vraiment que tu vas m'avoir avec ton stratagème ? (Elle dégagea ses cheveux lorsque le vieillard releva la tête vers elle.) Tu croyais vraiment que je n'allais pas voir qui tu es à travers cette piètre enveloppe ?

— Tu t'es arrêtée en dehors de ta zone de protection.

Tout en se redressant, le vieil homme se changea en Cabhan, souriant de plus en plus à mesure que la pierre rouge s'illuminait.

— Tu penses que je manque de protection ? Vas-y alors. (Elle le nargua d'un geste insultant.) Attaque-moi !

Le brouillard se répandit, mordillant ses chevilles pareil à des aiguilles gelées ; le ciel s'assombrit rapidement, comme si le crépuscule était tombé d'un coup. Cabhan se laissa tomber à quatre pattes, prit l'apparence d'un loup qui, se ramassant sur lui-même, bondit.

D'un geste de la main, paumes tendues, Branna projeta un bloc qui envoya le loup valser dans les airs et le fit chuter en arrière.

Mauvais choix, se dit-elle pendant qu'il la traquait. Car sous cette forme, elle pouvait lire en Cabhan comme dans un livre ouvert.

Elle le sonda à la recherche d'un nom, mais ne sentit que de la fureur et de la voracité.

Par conséquent, lorsqu'il chargea par la droite sous l'apparence d'un loup, elle était déjà prête à ce que l'homme l'assaille par la gauche. Elle répondit au feu par le feu, au pouvoir par le pouvoir. Elle s'étonnait que la terre ne se scinde pas en deux sous l'effet de la force qui jaillissait d'elle, des étincelles magiques qu'elle projetait. Mais l'air crépitait en harmonie. Elle tenait bon, malgré ses muscles, ceux de son corps et de son pouvoir, qui souffraient d'un tel effort. Et pendant qu'elle se défendait, la brume givrée continuait à l'envelopper.

Bien qu'entièrement concentrée sur lui, les yeux dans les yeux et ses pouvoirs magiques tendus vers lui sans faillir, elle sentit ses doigts – les doigts de cette chose – remonter le long de sa jambe.

Son geste outrageux lui redonna de l'énergie. Elle rassembla toutes ses ressources intérieures et les projeta si violemment qu'il les reçut comme un coup de poing. La bouche ensanglantée, il rit. Elle comprit qu'elle s'était méprise sur son compte, sa colère ayant brouillé son bon sens, lorsqu'il plongea vers elle et referma les mains autour de ses seins.

Ce geste, pourtant bref, fut insupportable. Rassemblant sa rage, son intelligence et son talent, elle convoqua la pluie. Un torrent d'eau chaude dissipa alors le brouillard et brûla la peau de Cabhan. Elle se prépara à l'attaque suivante, la vit prendre forme dans ses yeux puis, comme lui, elle entendit le tonnerre des sabots du cheval foulant le sol, le cri menaçant de l'épervier, les hurlements féroces du chien.

— Comme ils sont doux, ronds et fertiles ! En toi je déposerai ma semence et mon fils.

— Je te ferai griller le sexe à la racine et je le donnerai à manger aux corbeaux si tu oses essayer. Mais ne t'en va pas,

Cabhan, dit-elle en écartant les bras pour arrêter la pluie, une baguette magique à la lumière aveuglante dans une main, une boule de feu dans l'autre. Mon cercle vient te saluer.

— Une autre fois, Sorcha, car je préfère t'avoir seule.

Au moment où Fin descendait de Baru toujours au galop, son épée en feu, Cabhan tourbillonna pour se transformer en brume.

Fin et Kathel la rejoignirent en courant.

— Il t'a fait mal ? demanda Fin en la prenant par les épaules.

— Je ne suis pas blessée, non. (Mais en disant cela, elle prit conscience que ses seins l'élançaient d'une douleur aussi lancinante qu'une carie.) Ou pas assez pour me déstabiliser.

Elle posa la main sur le cœur de Fin, l'autre sur la tête de Kathel.

— Calme-toi, dit-elle tandis que les autres arrivaient à cheval ou en camionnette.

Les éperviers – Roibeard et Merlin – se posèrent dans un même mouvement sur le toit de la camionnette de Boyle. Avant qu'elle n'ait eu la chance de répondre au flot de questions qu'on lui posait, elle vit Bugs dévaler la route dans sa direction.

— Qu'il est courageux, dit-elle en s'accroupissant pour le prendre dans ses bras. Nous sommes à découvert ici, dit-elle aux autres. Mais je vais bien.

— Connor, tu prends la voiture de Branna ? Elle va monter avec moi. Ma maison est la plus proche d'ici.

— Je suis tout à fait en état de conduire, protesta Branna mais il se contenta de la soulever pour la mettre en selle, avant de se hisser derrière elle.

— Tu as trop tendance à tout prendre pour acquis, dit-elle d'une voix sévère.

— Et toi, tu es trop pâle.

Lorsque Baru bondit en avant, elle serra Bugs dans ses bras.

Si elle était blême, c'était seulement parce que la bataille avait été intense, malgré sa brièveté. Elle retrouverait ses couleurs et son équilibre en un rien de temps.

Mais c'était inutile d'insister, puisqu'ils ne faisaient que lui témoigner leur inquiétude, comme elle l'aurait fait à leur place.

Quand ils arrivèrent devant l'écurie, Fin mit agilement pied à terre, la fit descendre, et interpella Sean qui était bouche bée :

— Occupe-toi du cheval !

N'étant pas d'humeur à se débattre, Branna se laissa porter à l'intérieur.

— Tu fais une scène pour pas grand-chose. Maintenant, les ragots vont se répandre dans tout le pays.

— Cabhan qui s'en prend à toi au milieu de la route, en pleine journée, c'est une raison suffisante. Je vais te servir un whisky.

— Non, merci, je préfère un thé, si ça ne t'ennuie pas.

Il ouvrit la bouche mais, se ravisant, il tourna les talons et partit vers la cuisine, la laissant sur son canapé.

Pendant cet instant de solitude, elle tira sur l'encolure de son pull pour examiner sa poitrine. Les doigts de Cabhan avaient laissé une empreinte nette sur sa peau, par-dessus le bord de son soutien-gorge. Elle se leva, préférant traiter la plaie en privé.

Le reste du cercle et son chien envahirent la maison.

— Attends avant de commencer. J'ai besoin d'utiliser la salle d'eau.

Elle lança un regard significatif à Meara et à Iona qui la suivirent dans la petite pièce nichée sous l'escalier.

— Qu'y a-t-il ? demanda Iona. Pourquoi tu ne veux pas qu'ils te voient ?

— J'aime autant que mon frère et ton fiancé ne reluquent pas mes seins, dit-elle en enlevant son pull.

Puis, alors que Meara soupirait, elle ôta son soutien-gorge.

— Oh, Branna, murmura Iona en levant les mains. Laisse-moi faire.

— Alors pose tes mains sur les miennes. (Branna se recouvrit les seins avec ses paumes.) Je pourrais le faire toute seule mais ça ira plus vite si tu m'aides.

Branna puisa au fond d'elle la chaleur de la guérison, s'y abandonna quand Iona se joignit à son geste, et encore plus lorsque Meara la prit par la taille.

— C'est superficiel. Il ne m'a touchée qu'une fraction de seconde.

— Mais la sensation est profonde, dit Iona.

Branna confirma d'un hochement de tête.

— Assez, mais ça va déjà mieux. C'est ma faute, j'ai commis l'erreur de lui ouvrir une brèche.

— Si tu veux bien me regarder, ça passera plus vite. Unis ton pouvoir au mien. Juste pour ça, d'accord ? Regarde-moi, Branna. Regarde en moi. Laisse partir la douleur. Les bleus s'estompent. Sens la chaleur.

Elle lâcha prise et s'ouvrit en assemblant leurs forces.

— C'est parti. Il n'y aucune marque ni sur toi ni en toi. Tu…

Iona s'interrompit pour se concentrer sur l'examen du reste de son corps. Elle écarquilla les yeux.

— Oh, Branna…

— Bon, c'est la prochaine étape, céda-t-elle en déboutonnant son pantalon.

Quand il tomba à ses pieds, elles découvrirent de longues contusions à l'intérieur de ses cuisses.

— Salopard, marmonna Meara en serrant la main de Branna.

— C'était le brouillard, une sorte d'attaque sournoise. Ça m'a juste frôlée et c'est moins foncé et moins douloureux que la poitrine. Tu veux bien t'en occuper, Iona ?

Elle s'abandonna de nouveau, se laissant porter par la chaleur qu'Iona lui transmit jusqu'à ce que la douleur disparaisse.

Branna se rhabilla calmement, enfilant d'abord son pantalon puis son soutien-gorge et enfin son pull.

— Il a voulu m'effrayer en m'attaquant aux points sensibles chez une femme. Mais il ne m'a pas fait peur. Il m'a enragée, et ça lui a donné l'occasion de mettre mes défenses à mal et de se faufiler dans cette brèche. Ça n'arrivera plus.

Se tournant vers le miroir, elle se considéra durement – et s'offrit une discrète mise en beauté.

— Et voilà, c'est réglé. Merci à vous deux. Je vais voir si Fin a réussi à préparer un thé buvable, et je vous raconterai tout.

Elle sortit. Connor, qui arpentait le salon, s'arrêta pour venir à sa rencontre.

— Je vais très bien. Je t'assure. Je… ne t'immisce pas dans mes pensées, Connor, ou tu vas m'énerver.

— J'ai le droit de vérifier si ma sœur va bien.

— Je t'ai dit que ça allait.

— Il a laissé la marque de ses doigts, une empreinte d'un noir profond, sur ses seins.

Branna se tourna vers Meara, stupéfaite par sa trahison.

— Inutile d'avoir des secrets, dit Meara en redressant le dos. C'est injuste et inapproprié, et ce n'est pas malin non plus. Si c'était Iona ou moi, c'est ce que tu nous dirais.

Alors que Connor voulut relever son pull, Branna lui éloigna la main d'une tape.

— Bas les pattes ! Nous l'avons soignée, Iona et moi. Demande-lui si tu ne me crois pas.

— Il n'y a aucune trace de lui sur sa peau et à l'intérieur, confirma Iona. Mais il a apposé sa marque sur elle, sur ses cuisses et sa poitrine.

— Il a posé les mains sur toi, gronda Fin sans parvenir à cacher sa fureur.

Branna ferma les yeux un instant. Elle ne l'avait pas senti arriver dans son dos.

— Je l'ai laissé me mettre les nerfs en pelote, c'est ma faute.

— Tu as dit que tu n'étais pas blessée.

— Je ne le savais pas avant de jeter un œil sous mon pull en arrivant ici. C'était trois fois rien comparé à ce que Connor, Boyle ou toi avez enduré. Juste des contusions, mais à des endroits qui évoquent clairement un viol.

Fin se détourna et marcha vers la cheminée, le regard perdu dans les flammes.

C'est finalement Boyle qui s'avança vers Branna et la prit par la taille.

— Allez viens, ma petite chérie. Viens t'asseoir, et prendre ton thé. Avec une goutte de whisky, ça te ferait encore plus de bien.

— Je ne suis pas ébranlée à ce point. Je ne suis pas aussi délicate que ça. Mais c'est gentil. Je vous remercie tous d'être arrivés aussi rapidement.

— Pas assez vite.

Elle pressa le bras de Connor lorsqu'il s'assit à côté d'elle.

— C'est probablement ma faute, ça aussi. Je l'avoue volontiers puisque Meara m'a très justement balancé la triste vérité au visage. J'avais envie d'un petit duel, et j'ai un peu tardé à vous appeler. Et avant que vous ne me tombiez dessus, ça n'a que trop duré, mais j'avais une bonne raison d'agir ainsi.

— Une bonne raison ? tonna Fin en lui faisant face. De ne pas appeler ton cercle ?

— Juste un petit moment, répéta-t-elle. Je suis bien protégée.

Les yeux de Fin brillaient de colère et de violence.

— Pas tant que ça puisqu'il a réussi à poser la main sur toi et à te laisser des marques.

— C'est entièrement ma faute. J'espérais le voir se changer en loup, et c'est ce qu'il a fait. Le chien est mon fétiche, et le loup est de la même famille. J'espérais lui faire cracher le nom du démon puisque nous en avons besoin. Mais ça n'a pas duré assez longtemps, et je n'ai trouvé que le mal et la convoitise en lui. J'ai besoin de le sonder plus longtemps. Je crois, de tout mon cœur, que j'arriverai à le déterrer avec plus de temps.

Elle but son thé et le trouva suffisamment fort pour combattre quelques sorciers. Mais ça lui convenait pleinement.

— Il est apparu en vieillard. Il avait l'air malade, mal en point, sur le bord de la route. Il pensait me duper, et il a réussi – seulement quelques secondes, et seulement parce que je suis guérisseuse et que c'est de mon devoir d'aider les autres.

— Il le sait très bien, dit Connor.

— Évidemment. Mais il persiste à considérer les femmes, quel que soit leur pouvoir, comme des êtres inférieurs, faibles et stupides. Alors j'ai retourné son piège contre lui, en faisant comme si je le prenais pour un vieil homme démuni, et je l'ai frappé. C'est vrai que j'aurais dû vous appeler immédiatement, et je vous donne ma parole, plus jamais je n'essaierai de le prendre en duel. Il a fait ce que j'espérais, comme je l'ai déjà dit, il s'est transformé en loup avant de m'attaquer.

Elle leur raconta tout dans les moindres détails puis posa sa tasse de thé.

Connor la serra contre lui.

— Alors comme ça, tu vas donner son pénis grillé à manger aux corbeaux ?

— C'est ce qui m'est venu à l'esprit sur le moment.

— Et la pierre ?

— Elle brillait d'une lumière intense dès le début du combat. Et elle s'est ravivée quand il m'a touchée. Mais lorsque la pluie s'est abattue sur lui, elle s'est ternie. (Elle prit une profonde inspiration.) Là, il y avait une lueur de folie dans ses yeux. Il m'a appelée Sorcha. Quand il m'a regardée, c'est elle qu'il a vue, comme dans la grotte, d'après Fin. Pour lui, je suis restée Sorcha.

— Depuis des siècles, confirma Boyle, les yeux plissés. Des siècles à être ce qu'il est, à désirer la même femme sans jamais la posséder. Il y a de quoi devenir fou, et pour lui, elle est au cœur de sa quête.

— Maintenant, c'est toi qui es devenue centrale, termina Fin. Tu as son physique. Comme je suis capable de voir dans ses pensées, je sais qu'il la voit à travers toi.

— Elle est en moi, mais comme il est dément, il nous confond. La confusion est une faiblesse. Et toute faiblesse de sa part joue en notre faveur.

— Je l'ai aperçu ce matin, au cours d'une promenade guidée, dit Meara.

— Moi aussi, je l'ai vu pendant une balade. Je n'ai pas eu l'occasion de vous en parler plus tôt, dit Iona en expirant. Il se sent plus fort, il gagne en audace.

— C'est plus facile de l'achever s'il ne se cache pas, souligna Boyle. Je dois retourner au haras. Je peux me passer de Meara ou d'Iona si tu ne veux pas rester seule, Branna.

— Non, tout va bien maintenant, et je... Oh, zut ! s'écria-t-elle en se levant d'un bond. J'ai fait des courses, et tout est resté dans la voiture.

— Je vais les chercher, dit Connor.

— Pour que tu les ranges n'importe où et que je ne retrouve plus rien ? J'ai acheté une belle pièce de bœuf, que je pensais faire rôtir.

— Avec des petites pommes de terre, des carottes et des oignons grillés ?

Meara leva les yeux au ciel.

— Connor, il n'y a que toi pour penser à manger alors que ta sœur est encore sous le choc.

— C'est parce qu'il sait que je vais bien, et que même si ce n'était pas le cas, cuisiner me remonterait le moral.

— Nous allons ramener tes courses ici, décréta Fin d'un ton sans appel. Si tu as la tête à cuisiner, tu peux le faire chez moi. Et s'il te manque quelque chose, nous irons le chercher. J'ai à faire aux écuries, et aussi dans mon bureau, mais il y a toujours quelqu'un dans les parages.

Puis il sortit. Probablement pour aller décharger mon coffre, supposa-t-elle.

— Sois cool avec lui, dit calmement Iona qui, en se levant, frotta le bras de Branna. Ce n'est pas un acte de faiblesse, de lui ficher la paix. C'est juste pour le laisser tranquille.

— Il aurait pu me demander mon avis.

251

Connor l'embrassa sur la tempe.

— Toi aussi, tu aurais pu lui demander son avis. Bon, on te laisse. On revient pour le dîner. Si tu as besoin de quelque chose, dis-le-moi.

Une fois seule, elle se rassit et broya du noir devant le feu de cheminée.

13

Branna décida que, étant donné les circonstances, elle allait faire apparaître ses affaires. Le coin petit déjeuner de Fin semblait être le meilleur endroit pour mener ses recherches et étudier tout en surveillant la cuisson du rôti.

Il gardait ses distances et restait silencieux – deux attitudes qu'elle ne connaissait que trop bien –, délibérément. Ça lui passera, se dit-elle. Elle n'avait pas le moral, elle non plus, et sa froideur ne faisait qu'empirer les choses.

Pour couronner le tout, ça l'énervait de devoir admettre qu'elle prenait plaisir à cuisiner un vrai repas dans sa cuisine. Elle était si agréable, avec ses détails judicieux, comme le robinet placé à proximité du réchaud qui permettait de remplir une grosse marmite sans avoir à la porter depuis l'évier.

La plaque de cuisson était un rêve. Elle aurait opté pour une plaque à six feux dernier cri chez elle si elle avait su qu'elle cuisinerait régulièrement pour autant de monde.

C'était déplacé qu'un homme qui ne cuisine jamais fût mieux équipé qu'elle – d'autant que, jusqu'alors, elle avait toujours trouvé sa propre cuisine élégante et pratique.

Elle ressassait tout ça pendant que la viande marinait et qu'elle installait son bureau temporaire sur sa petite table.

Une autre tasse de thé, quelques biscuits – achetés dans le commerce, évidemment – et les deux chiens qui ronflaient sous la table. Elle passa le temps en travaillant à la composition du deuxième poison – les ingrédients, les mots, la date. Elle envoya un long e-mail à son père pour s'enquérir de ses connaissances en matière de démons – ou de celles de quelqu'un de son entourage.

Quand Fin revint des écuries, crasseux, elle avait délaissé ses livres pour peler les carottes, assise devant le plan de travail.

Il prit une bière dans le réfrigérateur sans dire un mot.

— C'est toi qui as voulu que je reste dans ta cuisine, dit-elle d'une voix modérément cinglante, alors si tu dois continuer à ruminer ta colère, j'aimerais autant que tu changes de pièce.

Il se tenait là, dans sa veste usée, son pull encore plus abîmé, son jean troué au genou et ses bottes qui avaient connu des jours meilleurs. Ses cheveux ébouriffés par le vent cernaient son visage qui arborait une expression clairement distante.

Son air terriblement sexy raviva sa mauvaise humeur.

— Je ne suis pas en colère contre toi.

— Tu as une étrange manière d'exprimer ta joie, dans ce cas. Tu es entré et sorti deux fois de la maison sans m'adresser la parole.

— Je suis en train d'acheter deux autres canassons pour les visites guidées, et de négocier la vente de jeunes oiseaux à un fauconnier. C'est mon travail, ce qui fait tourner la maison, et j'ai fait des allers-retours dans mon bureau pour éviter de parler affaires devant mes employés et la jeune fille venue prendre sa leçon d'équitation.

Il pencha sa bouteille vers elle, et but.

— Si tu ne trouves pas que ça fait une différence...

— Je ne trouve pas, et je persiste à dire que tu peux traîner ta mauvaise humeur dans une autre partie de la maison. Elle est immense.

— C'est comme ça que je l'aime. (Il alla se poster de l'autre côté de l'îlot.) Je ne suis pas en colère contre toi, alors ne sois pas sotte.

— Voilà autre chose ! Maintenant, je suis sotte, dit-elle en sentant le sang bouillonner dans ses veines.

— C'est l'image que tu renvoies.

— Puisque tu tiens à rester ici, c'est moi qui m'en vais.

Elle posa bruyamment l'économe et quitta la pièce. Il la rattrapa dans l'entrée.

Elle le repoussa si violemment qu'il aurait traversé la pièce malgré lui s'il ne s'y était pas préparé.

— Calme-toi, Branna. C'est ce que je m'applique à faire depuis des heures.

Le regard noir, elle répondit avec emportement :

— Je ne t'autorise pas à me traiter de sotte ou de quoi que ce soit.

— Je n'ai pas dit que tu l'étais, je t'ai simplement demandé d'être prudente, rétorqua-t-il d'une voix aussi glaciale qu'une pluie de janvier. Et pour la troisième fois, je ne suis pas en colère contre toi. Et la rage, c'est encore trop doux pour exprimer ce que j'éprouve envers lui, envers ce salopard qui a posé les mains sur toi.

— Il a empoisonné Connor, failli tuer Meara et Iona, brûlé les mains de Connor et t'a laissé inerte dans ma cuisine. Mais tu es furieux parce qu'il a touché mes seins ?

Lorsqu'il la prit par les épaules, elle vit qu'il ne mentait pas. Il y avait plus que de la rage dans ses yeux.

— C'est normal de sortir blessé d'un combat. Mais là, ça n'a rien à voir. Tu m'as laissé te toucher, et il te fait ça ? Tu

255

ne vois pas que c'est délibéré, qu'il a choisi son moment ? Il t'a touchée précisément aujourd'hui afin que la prochaine fois que j'aurai envie de te prendre dans mes bras, tu penses à mon sang, à mes origines.

— Ce n'est pas…

— Et tu ne vois pas, tu ne comprends pas malgré ton intelligence qu'il a eu un contact avec toi ? Un contact physique, qui aurait pu lui permettre de t'emmener sur-le-champ où il le souhaitait ? Elle voulut répondre, mais elle leva les deux mains lorsqu'il la lâcha. Elle retourna s'asseoir.

— Bon, tu peux me traiter de sotte maintenant, puisque je l'ai mérité. Je n'ai pas pensé à ça, mais présenté ainsi, c'est plus évident. Je n'ai pas pensé qu'il voulait me détourner de toi, puisque tu n'as aucun rapport avec ce qu'il a fait, ou ce qu'il a essayé de me faire. Je ne pense pas à lui quand tu me touches, Fin. C'est là que tu fais fausse route. C'est dans ta tête qu'il voulait mettre cette idée, et on dirait qu'il a réussi son coup.

Elle tendit la main vers sa bière, puis se ravisa.

— Non, pas envie de bière.

Sans un mot, il alla déboucher la bouteille de Pinot noir dont elle s'était servie pour la marinade. Elle but lentement le verre de vin qu'il lui servit.

— Et deuxièmement, je suis solide. Il se croit peut-être capable de m'emmener où il veut. Je peux te promettre que c'est impossible. J'ai pris mes précautions depuis qu'il a cherché à séduire Meara, et nous avons compris qu'il sait se déplacer dans le temps. Tu peux me faire confiance.

— Très bien.

Elle haussa les sourcils.

— C'est tout ?

— Ce n'est pas suffisant ?

— Il a cherché à m'effrayer et à m'humilier, et il a échoué. Il se peut qu'il ait également cherché à jouer avec la corde sensible pour que je ne te laisse plus me toucher. Mais là aussi, il a manqué son coup. Par contre, il a réussi à provoquer ta colère. La rage, il connaît bien. Nous couchons ensemble maintenant, et personne d'autre ne pourra ne serait-ce que m'effleurer.

Légèrement apaisé, il se passa une main dans les cheveux.

— Ce n'est pas ça, Branna. Pas seulement… C'est ce qui t'a touché.

— Seul le besoin de posséder lui parle. Il ne comprendra jamais tes remords, ta culpabilité, car peu importe le nombre de fois où tu lui montres que tu rejettes le fait qu'il fasse partie de toi, il ne voit rien d'autre que ce lien. Il ne te conçoit pas en dehors de votre lien d'hérédité. C'est ce que nous devons garder à l'esprit. Nous tous. Moi, je te vois autrement, sinon je n'aurais pas accepté que tu me touches.

— C'est son sang que je veux. Le faire couler de mes propres mains.

Elle le comprenait, car plus d'une fois, elle avait ressenti la même chose.

— Je le sais. Mais ça, c'est de la vengeance, et ce n'est pas ainsi que nous l'anéantirons. Ou pas seulement par vengeance, car malgré nos pouvoirs, nous sommes aussi des êtres humains, et il a largement mérité notre soif de le détruire.

— Je n'arrive pas à rester calme quand il est question de lui. Je ne sais pas comment tu fais.

— Je l'ai regardé dans les yeux aujourd'hui, alors qu'il était encore plus près de moi que tu ne l'es maintenant. J'ai senti ses mains glacées me brûler la peau. Et ce n'est pas de la peur que j'ai éprouvée. Avant, oui, il m'est arrivé d'avoir peur malgré mes pouvoirs. Mais pas aujourd'hui. Nous sommes plus forts, chacun de nous, plus forts que lui, malgré ce qui l'habite. Et ensemble ? Nous représentons son arrêt de mort.

Il contourna le comptoir et posa délicatement les mains sur ses épaules.

— Nous devons l'avoir cette fois, Branna, quel que soit le prix à payer pour y parvenir.

— Nous l'aurons.

Quel que soit le prix à payer, se dit-il en l'embrassant sur le front.

— Je te protégerai, quoi que cela me coûte.

— Tu penses vraiment que j'ai besoin qu'on me protège, Fin ?

— Non, mais ce n'est pas pour autant que je ne veillerai pas sur toi. J'ai besoin de faire ça pour toi.

Il l'embrassa encore sur le front.

Quel que soit le prix à payer.

Il avait un commerce à faire tourner, et les tâches ne pouvaient pas être repoussées à sa convenance. Il devait tenir sa comptabilité, répondre à des appels, et il avait des documents administratifs à lire et à signer presque tous les jours.

Très tôt, il avait compris que pour faire prospérer une affaire, il ne suffisait pas d'en être le propriétaire et d'avoir des rêves. Il avait de la chance que Boyle et Connor traitent les affaires courantes – et toute la paperasse, le planning et les décisions urgentes à prendre au quotidien. Mais ce n'était pas suffisant pour qu'il puisse se permettre de décrocher.

Même quand il était en voyage, il restait informé – par téléphone, Skype ou e-mails. Quand il était chez lui, il se sentait obligé de mettre la main à la pâte. En échange, il avait le plaisir de soigner les chevaux car ce contact physique et cette connexion mentale lui étaient chers. Pendant qu'il les étrillait, qu'il décrottait leurs sabots, qu'il les nourrissait ou les entraînait, il avait un aperçu sur la vie intérieure de chacun d'entre eux.

Ça ne le dérangeait pas plus de nettoyer la volerie de l'école de fauconnerie, ni de passer un temps fou à sécher des plumes mouillées. Il avait connu des moments d'intense satisfaction en participant au dressage des plus jeunes, et il s'était surpris à créer des liens forts avec une femelle qu'il avait baptisée Sassy.

Bien que les jours allongeassent lentement, il manquait de temps pour venir à bout de tout ce qu'il souhaitait ou devait accomplir. Mais il savait où il désirait être, et c'était chez lui.

Presque un an maintenant, se dit-il alors qu'il était avec Connor dans l'enceinte de l'école, où il lançait un ballon bleu à Roméo, l'épagneul débordant d'enthousiasme du responsable administratif. La plus longue ligne droite depuis ses vingt ans.

Les affaires, la curiosité et le besoin de trouver des réponses finiraient par le rappeler à l'étranger, mais pas pour plus de quelques mois d'affilée. Du moins l'espérait-il. Pour la première fois depuis l'apparition de la marque sur son épaule, il se sentait chez lui.

— À mon avis, l'hiver, comme il y a moins de clients, c'est la meilleure période pour tenter les promenades avec les rapaces dont nous avons discuté.

— Ce serait un bon moyen de proposer un service unique aux visiteurs en quête d'aventure. (Connor tapa dans le ballon, et le chien s'élança à sa poursuite.) J'ai estimé les tarifs, si jamais nous tentons le coup, et Boyle a grommelé que ça lui semblait correct.

— Je suis d'accord. Il va falloir une nouvelle licence, et apporter quelques modifications aux contrats d'assurance, mais je m'en occuperai.

— Je suis content de te déléguer ça.

Fin lança la balle à son tour.

— L'autre partie du boulot, c'est la planification. Je vous laisse, à Boyle et à toi, le soin de tout coordonner. Comme cavaliers et maîtres fauconniers, nous avons toi et Meara, et Iona se débrouille bien à la chasse au faucon.

— Il n'y a pas meilleur cavalier qu'elle. Ce qui fait que nous sommes trois à pouvoir combiner les activités. Tu pourrais faire le quatrième.

Fin lança un regard à Connor qui lui souriait de toutes ses dents.

— Je n'ai pas guidé une promenade depuis… le début, quand Boyle et moi avons lancé l'affaire.

— Je suis sûr que tu t'en tirerais sans problème avec l'un de nous, un peu comme un apprenti.

Alors que Connor ajustait son tir, à son grand désarroi, Fin bloqua le ballon, le lui prit et s'amusa à faire quelques jeux de jambes qu'il avait appris enfant, avant de taper dedans de toutes ses forces.

— On se fait un match ? demanda Connor.

— Je relèverai le défi quand j'aurai du temps, c'est-à-dire quand j'aurai fait un brouillon de la nouvelle brochure pour vous la montrer à toi et à Boyle. En attendant, tu devrais chercher quelqu'un qui sache monter à cheval, chasser au faucon et guider un petit groupe de personnes puisque je pense que c'est l'offre combinée que nous allons proposer, au moins pour les groupes de six personnes maximum. Tu as quelqu'un en tête ?

— Certains ont plus d'expérience avec les rapaces, mais je pencherais pour Brian. C'est le plus ouvert à la nouveauté.

— Tu lui en parleras, et si ça le tente, il pourra commencer à s'entraîner et on verra comment ça se passe. Il vaut mieux qu'on fasse quelques essais, juste entre nous ou avec des amis. Et si tout se passe bien, nous proposerons l'offre globale dès le mois de mars, disons. Fixons l'équinoxe comme échéance.

— Ça laisse le temps de régler les détails qui coincent, si jamais il y en a.

— Bon, je vais emmener Sassy dans la nature. Je vais aller chercher une monture au haras, et nous verrons comment elle se comporte avec un cheval et un cavalier. Merlin va nous accompagner, puisqu'il sait la faire aller droit. Et puis j'ai envie de voir s'ils s'entendent bien. J'ai dans l'idée de les accoupler.

Connor lui fit un grand sourire.

— J'allais justement t'en parler. Ils vont bien ensemble, à mon sens. Ils se complètent – la dignité de Merlin et l'impertinence de Sassy. Je pense qu'ils nous donneraient une nichée exceptionnelle.

— C'est à eux d'en décider.

Comme la femelle continuait d'attendre une récompense, Fin prit une sacoche d'appâts et après avoir passé son gant, il fixa la longe au cou de Sassy. Elle se lissa les plumes un instant, fière d'avoir été choisie, et inclina la tête sur le côté pour le regarder d'un air ouvertement séducteur.

— Tu cherches un amoureux, hein ?

Il franchit le portail avec elle, et tout en empruntant le chemin des écuries, il appela Merlin. Son épervier vint planer au-dessus de lui, puis opéra une longue descente gracieuse en piqué que Fin trouva un tant soit peu frimeuse. Sur son bras, Sassy déploya ses ailes.

— Tu as envie d'aller le rejoindre, dis-moi ? Si je te lâche, tu me promets de bien te tenir et de me suivre.

Il desserra les jets de la longe, leva le bras et la regarda s'envoler.

Les deux rapaces volèrent en cercle côte à côte, s'accordant quelques joyeuses boucles. En les observant, il se dit que, oui, Connor et lui avaient vu juste. Ces volatiles étaient bien assortis.

Il apprécia la marche, les arbres familiers, le sentier qui serpentait, les odeurs de la nature. Malgré ses espoirs, il ne sentait pas du tout la présence de Cabhan, et il fit tout le chemin entre l'école et le haras avec les oiseaux pour seule compagnie.

Il trouva les écuries belles ainsi, avec les bâtiments ponctués par le paddock, les camionnettes et les voitures, et la tête majestueuse de Caesar qui apparut par la fenêtre ouverte de la stalle. Comme le cheval accueillit Fin avec un léger hennissement, il alla directement le caresser et discuter brièvement avec lui. Ensuite, il entra dans les bâtiments.

Dans le bureau, Boyle lançait des regards noirs à l'ordinateur.

— Pourquoi les gens posent-ils tout le temps des questions idiotes ? demanda-t-il.

— Tu les trouves stupides parce que tu connais les réponses, répondit Fin en s'asseyant sur un coin du bureau – le seul qui fût dégagé. Je viens de voir Connor à l'école, lança-t-il avant de parler avec Boyle de leurs projets de nouvelle offre combinée.

— L'idée plaît à Iona, c'est sûr. Et Brian, eh bien, il est jeune mais d'après ce que j'ai vu et entendu, il ne rechigne pas à la tâche. C'est devenu un assez bon cavalier. Je vais dessiner un trajet potentiel.

— Fais attention. Ce matin, je suis passé avec Iona voir la progression des travaux à la maison. Elle a vu le loup, ou son ombre, puisqu'il s'est éclipsé furtivement entre les arbres.

— Et pas toi ?

— Non, j'étais tourné du mauvais côté. Je discutais avec un charpentier. Elle a dit qu'il ne s'était jamais autant approché, bien qu'elle ait protégé les abords de la maison.

— J'irai jeter un œil.

— J'aimerais bien.

Fin sella Caesar, qui trépignait d'impatience à l'idée de galoper en pleine nature au lieu de son petit entraînement habituel. Après avoir fait sortir le cheval, être monté en selle et s'être un peu éloigné, il appela Sassy en brandissant un appât dans sa main gantée.

Elle se posa gracieusement, goba le morceau de poulet comme si elle n'avait rien mangé depuis un mois puis resta immobile. Elle échangea un long regard avec Caesar, puis le cheval la dédaigna comme si la présence du rapace ne le concernait pas.

— Excellente attitude, commenta Fin qui s'élança au galop pour tester le cheval et l'épervier.

Le rapace, pris de court, déploya élégamment ses ailes et se serait envolé si Fin ne l'avait pas apaisé.

— Tu es bien, là. C'est juste une autre manière de voler.

Moyennement convaincue, elle s'agita un peu mais resta sur le gant. Satisfait, Fin ralentit au trot et bifurqua vers les bois avant de l'autoriser à reprendre de l'altitude.

Elle prit son essor et alla rejoindre Merlin qui l'attendait sur une branche.

— Bien joué, excellent. C'est toi qui nous guides, Merlin.

Son épervier zigzagua entre les branches, suivi par la femelle. Fin mena le cheval entre les arbres à bonne allure.

Pendant une demi-heure, ils suivirent des sentiers, et il rappelait Sassy sur le gant de temps à autre.

L'air était froid et humide, et une bruine se mit à tomber, mais cela ne perturba pas leur moment de liberté et de jeux.

Il traça mentalement le parcours, le trouvant adapté à l'offre combinée. Les promeneurs pourraient admirer la danse des rapaces entre les arbres, et leurs retours intermittents sur le gant sans interrompre la marche des chevaux.

Assez proche de la rivière pour percevoir son murmure, et assez éloigné du haras pour avoir l'impression de cheminer dans une autre époque. Il sentait la neige arriver. Avant la tombée de la nuit, son manteau blanc recouvrirait la végétation et la terre nue, et plongerait la nature dans un calme passager.

Au printemps, les prunelliers et les fleurs sauvages que Branna aimait cueillir pour le plaisir et pour ses potions magiques fleuriraient abondamment.

Au printemps, l'espérait-il, il pourrait se promener avec elle, en paix.

Pensant à elle, il changea de direction. Les éperviers et le cheval pourraient se reposer devant chez elle pendant qu'ils travailleraient ensemble.

Alors qu'il débouchait sur un chemin dégagé, il laissa Caesar aller au trot puis rit en voyant Bugs accourir, langue pendante.

— Avec le chien, les trois sont réunis. Nous allons chez Branna. Elle aura peut-être quelque chose pour vous. Ensuite, nous irons voir la maison en construction de Boyle avant de rentrer. Manifestement ravi par ce projet, Bugs courait aux côtés du cheval.

Fin ralentit à l'approche du gros arbre couché et des vignes épaisses qui cachaient les ruines de la chaumière de Sorcha.

Bugs se mit à grogner.

— Oui, il approche. Moi aussi, je le sens.

Fin ordonna à Sassy de poursuivre son vol et à Merlin de revenir sur son gant.

Le brouillard s'immisçait déjà entre les vignes. Fin tendit sa main libre et fit léviter le chien pour l'asseoir sur la selle devant lui.

Il sentit l'attraction, l'invitation presque joyeuse à traverser le mur de végétation pour accepter les cadeaux maléfiques qui les attendaient.

— Si tu n'as rien de mieux…

Haussant les épaules, Fin s'apprêtait à rebrousser chemin.

Le loup surgit hors de la vigne vierge, le dos luisant, la pierre rouge pulsant de pouvoir. Impressionné, Caesar se cabra, mais Fin parvint à rester en selle et rattrapa Bugs de justesse.

À sa grande surprise, Sassy plongea en piqué vers le loup, et remonta se percher dans un arbre juste avant de le toucher tout à fait. Elle ne le quittait pas des yeux.

Elle est intelligente, se dit Fin. Courageuse et rusée.

— Je répète, si tu n'as rien de mieux…

Fin ordonna à Caesar de charger et, d'un geste de la main, ouvrit le sol en deux sous les pattes du loup. Tandis que le cheval bondissait au-dessus de la brèche, le loup disparut.

Un rire éclata dans le dos de Fin et fit tourner le cheval dans cette direction.

Cabhan flottait au-dessus du sol ouvert sur un tapis de brouillard.

— Loin de là, mon garçon. Tu n'as pas encore vu le meilleur. Épargne-toi cette peine puisque tu finiras par venir à moi. Je sais ce qui coule dans tes veines.

Fin refréna son envie de charger une seconde fois, car il savait d'expérience qu'une nouvelle offensive ne lui apporterait rien de bon.

Alors il se contenta de s'éloigner sans précipitation.

— Épargne-toi cette souffrance, l'entendit-il murmurer. Et quand j'en aurai fini avec toi, je t'offrirai la Ténébreuse pour l'éternité.

À son envie de faire demi-tour et de passer à l'attaque s'ajouta la fureur.

Sans se retourner, Fin soigna la terre, et s'enfonça dans le bois.

Il attacha le cheval devant la maison et, mettant pied à terre, posa la joue contre la tête de Caesar.

— Tu as été à la hauteur de ton nom, aujourd'hui. Tu n'as pas hésité à charger quand je te l'ai demandé.

Comme dans un tour de passe-passe, il tendit la main, montra sa paume vide, tourna son poignet et fit apparaître une pomme.

Pendant que Caesar croquait sa friandise, Fin appela Sassy sur son gant.

— Et toi, quelle bravoure pour une demoiselle aussi jeune. Tu vas aller chasser. (Il fit signe à Merlin.) Vous allez chasser ensemble dans le champ de Branna, et vous pourrez vous reposer dans l'appentis de Roibeard. (Il se pencha pour caresser Bugs.) Je te parie qu'il y a des biscuits pour toi à l'intérieur.

Avec le chien, Fin pénétra dans l'atelier.

— Voilà ma récompense, dit-il en voyant Branna sortir un plateau de biscuits du petit four de sa pièce de travail.

— Tu tombes vraiment à pic, dit-elle en posant la grille sur le réchaud. Il s'est passé quelque chose, affirma-t-elle d'emblée.

— Rien d'important, mais ce chien a mérité un biscuit.

— Bien sûr, dit-elle en en prenant deux dans le bocal, puisque Kathel se réveillait de sa sieste au coin du feu pour aller faire la fête à son petit camarade.

— Je préfère ceux-là, dit Fin en piochant un biscuit sur la plaque de cuisson. J'avais des choses à faire à la maison, à l'école et au haras. Nous préparons l'offre combinée éperviers-chevaux pour le printemps.

— C'est très bien, mais que s'est-il passé ?

— J'ai emmené le rapace et le cheval en promenade pour tester le parcours. Caesar et Merlin, et une jolie femelle qui s'appelle Sassy et qui s'accouplera avec Merlin quand elle sera prête.

— Et comment réagit-elle avec lui ? s'enquit Branna en mettant de l'eau à chauffer, tandis que Fin attrapait un autre biscuit.

— Il lui plaît bien, et c'est réciproque. J'étais de sortie pour tracer un ou deux parcours pour l'offre combinée, et Bugs nous a rejoints près des grandes écuries. Avec toute la compagnie, j'ai pensé à venir travailler une heure ou deux avec toi. En chemin, nous sommes passés devant la chaumière de Sorcha.

— Tu aurais pu éviter ce coin-là.

— Ce n'est pas faux. Mais je n'avais pas envie de faire un détour. Et grâce à ça, j'ai appris que la femelle que j'ai choisie pour Merlin va parfaitement bien avec lui.

Tout en lui racontant leur expérience, il prit la tasse de thé qu'elle lui tendit et envisagea sérieusement de prendre un troisième biscuit.

— Il est de plus en plus arrogant, commenta Branna.

— Assez pour nous narguer, c'est d'ailleurs tout ce qu'il se contente de faire. Il voulait que je l'attaque, et je me suis dit que lui refuser ce plaisir serait la pire des insultes pour lui.

— Il tient à nous faire savoir qu'aucun de nous ne peut s'aventurer dans les bois sans risque. Il nous défie, en effet, dans le but de nous saper le moral, de nous pousser dans nos retranchements.

— Je ne l'ai jamais vu aussi sûr de lui qu'en ce moment. C'est frappant.

— Nous l'avons blessé deux fois, même plus, et la dernière fois nous avons bien failli l'avoir.

— Mais nous ne l'avons pas détruit, souligna Fin. Et il se rétablit. Il sait qu'il lui suffit de regagner son antre pour se remettre sur pied. Il sait qu'il peut combattre encore et encore, et revenir chaque fois. Pour qui est joueur, on peut miser sur le fait que la balance finira par pencher de son côté. L'heure a encore sonné, Branna, et il a ça dans sa manche.

— Il se croit invincible – ou il croit que ce qui l'habite est intouchable. Mais j'y travaille.

Se dirigeant vers la table, elle tapota son cahier du bout du doigt.

— J'ai contacté mon père, qui a pris contact avec d'autres personnes, et j'ai rassemblé les ingrédients et leur préparation qui, à mon avis, pourraient anéantir le démon. J'ai aussi avancé sur le sortilège. Il nous manque le nom. Je ne pense pas que ça puisse fonctionner sans le nom du démon, et c'est ce que les amis de mon père m'ont confirmé.

Prenant un troisième biscuit, Fin se plaça derrière Branna pour consulter ses notes par-dessus son épaule.

— Aile séchée de chauve-souris – de Roumanie, dans l'idéal ?

— C'est ce qu'on m'a dit.

— Poils de la queue d'un yack femelle qui attend un petit, lut Fin en haussant les sourcils. Pas d'œil de triton ni de langue de chien. Excusez-moi, dit-il à Kathel et Bugs.

— Tu peux te moquer de la littérature des magiciennes, mais j'ai puisé dans les meilleures sources pour rédiger cette formule.

— Aconit, baies de belladone atropa – écrasées teinture de trompettes d'ange d'Amazonie, pétales de conium d'Arménie, écorce de mancenillier. J'en connais certains.

— Que du poison. Ce sont tous des poisons naturels. Nous en avons utilisé certains dans la concoction que nous avons préparée pour Cabhan, mais je n'ai jamais utilisé les ingrédients les plus exotiques. Je vais devoir aller les chercher. Pour s'en procurer, il faut de l'eau bénite par un prêtre, ce qui ne pose pas de problème. Le sang reste le liant indispensable. Nous avons besoin du tien. Ton sang, quelques-uns de tes cheveux, et des rognures d'ongles.

Il bougonna.

— J'ai commencé à évaluer les quantités et j'ai passé des commandes. Mes sources ne sont pas d'accord sur ces points, mais nous trouverons le bon dosage. Et les mots doivent être précis. Une fois réussie, la potion sera noire et dense. Elle ne contiendra aucune lumière, et sera totalement opaque.

Il lui massa les épaules.

— Tu es nouée. Tu devrais te réjouir, pas te crisper. Tu as bien progressé, Branna.

— Nous ne pouvons pas espérer que ça fonctionne tant que nous n'arrivons pas à déterminer le moment approprié. Et sur ce point, je stagne.

— J'y ai réfléchi. Ostara ? L'équinoxe. Nous avons essayé le solstice d'été, pour la lumière. Ostara, c'est aussi la lumière, le moment où le point d'équilibre penche vers la clarté.

— J'y suis revenue plusieurs fois. (Elle ajusta ses épingles à cheveux.) Mais ça ne prend pas comme les précédents. Il faut que ce soit précis. Ça l'est peut-être, et je ne le vois pas dans les autres éléments.

Il la fit pivoter vers lui sans cesser de lui masser les épaules.

— Nous pouvons essayer de créer le sortilège et la potion en fonction d'Ostara, et nous verrons si le mélange prend. Si toutefois nous trouvons une femelle yack en gestation, dit-il, réussissant à la faire sourire.

— Mon père connaît un homme qui peut tout acheter, si on y met le prix.

— Nous paierons ce qu'il faut, et nous commencerons. Il me reste une heure de libre, je vais t'aider pour le sortilège. Mais ce soir, je crois que tu auras besoin de te changer les idées.

— C'est ce que tu penses ?

— Je pense que tu devrais accepter mon invitation à dîner. J'ai un restaurant en tête. Il te plaira.

— Sortir dîner ? Dans quel genre d'endroit ?

— Un endroit très chic. Romantique et élégant, où l'on mange bien. (Il entortilla une mèche de ses cheveux autour de son doigt.) Tu pourrais mettre la robe que tu portais au jour de l'An.

— Ce n'est pas ma seule robe, et je pourrais même envisager d'y aller nue comme un ver si l'on me servait des mets divins encore meilleurs que les miens.

— Si tu y tiens… Mais je préférerais t'avoir nue pour moi seul après le dessert.

— Est-ce un rendez-vous galant, Finbar ?

— C'en est un. Dîner à vingt heures, mais je passe te prendre à dix-neuf heures pour que tu aies le temps de profiter de la ville avant d'aller au restaurant.

— De la ville ? Quelle ville ?

— Paris, dit-il avant de l'embrasser.

— Tu veux qu'on vole jusqu'à Paris juste pour aller dîner ?

— Pas n'importe quel dîner, et pas n'importe où… c'est la Ville lumière.

— Paris, répéta-t-elle en essayant vainement de se convaincre que c'était frivole et insensé. Paris, dit-elle encore avant de lui rendre son baiser.

14

— Alors, c'était comment, Paris ? demanda Iona. Nous n'avons pas eu l'occasion d'en parler seule à seule depuis votre escapade.

— C'était merveilleux. Assez époustouflant, je dirais même. Les lumières, les voix, la nourriture et le vin, évidemment. Pendant quelques heures, nous étions dans un autre monde.

— Romantique ? demanda Iona en nouant des ficelles de raphia autour des savons aux couleurs douces et d'autres aux teintes plus criardes.

— Ça, oui.

— Alors qu'est-ce qui te tracasse ?

— Je ne cours pas après le romantisme. C'est le genre de chose qui ramollit les résolutions et embrouille le bon sens, dit Branna en pesant ses herbes pilées. Je ne peux pas prendre ce genre de risques en ce moment.

— Vous vous aimez.

— L'amour n'est pas la réponse à tout.

Tandis qu'Iona l'aidait à reconstituer le stock du magasin, Branna pouvait se concentrer sur les fournitures magiques. Une autre bataille se préparait, d'autres attaques étaient à

prévoir. Elle tenait à disposer de toutes les plantes médici-
nales nécessaires en cas de complication.

— Dans ton cas, ça l'est, et je m'en réjouis, fit Branna.
Ça consolide ce que tu es, et ça renforce ton objectif.

Elle ajouta six gouttes d'extrait de nasturtium dans le
petit chaudron.

— Mais tu crois que toi, ça t'affaiblit.

— Je pense que c'est un risque, et plus que jamais, c'est
à proscrire. Fin sait aussi bien que moi que nous sommes
capables de vivre l'un sans l'autre. Nous avons longtemps
vécu ainsi, sans en souffrir. Nous sommes conscients que
notre liaison n'a peut-être pas d'avenir. Quelle que soit la
suite, que l'on poursuive notre route seuls ou ensemble, ça
devra attendre que Cabhan ne fasse plus partie de ce monde.

— Tu es plus heureuse avec lui, souligna Iona.

— Quelle femme n'est pas plus heureuse avec un homme
qui la fait régulièrement grimper aux rideaux ?

Comme Iona ricanait, elle imposa le silence d'un geste
puis, levant les mains au-dessus du chaudron, porta le
mélange à ébullition. Murmurant, elle déversa de la lumière
d'une main, et une fine pluie bleue de l'autre. Un arc-en-
ciel se forma puis se mélangea au contenu du chaudron.

Branna fit chauffer la potion à feu doux.

Satisfaite, elle se retourna et surprit le regard intrigué d'Iona.

— Je t'observe à l'action, expliqua Iona. C'est si joli, si
gracieux, avec tout ce pouvoir qui flotte autour de toi.

— Il nous faut une réserve de cette potion réparatrice en
plus de tous mes baumes.

Branna tapota la porte du placard qui renfermait son
« matériel de guerre », comme elle aimait l'appeler.

— Espérer le meilleur mais se préparer au pire.

— Une excellente devise.

273

— C'est comme ça que tu abordes ta relation avec Fin ?

— Maintenant que je passe du temps en sa compagnie, et pas seulement pour coucher avec lui, je repense à toutes les raisons pour lesquelles je suis tombée amoureuse de lui. Il est d'une telle gentillesse – j'ai essayé de l'oublier mais son sens de l'humour, sa détermination, sa loyauté… J'ai envie de me souvenir de tous ses bons côtés aujourd'hui. Cette relation me réconforte. En me rappelant toutes ses qualités, je peux lui accorder toute ma confiance. Et je doute d'y être parvenue autrefois. Mais comme je m'y autorise, quoi qu'il arrive, je pourrai toujours me raccrocher au meilleur.

— Il vient, aujourd'hui ?

— Je lui ai dit que ce n'était pas la peine. Puisqu'il nous manque encore certains ingrédients, nous ne pouvons pas commencer la fabrication du poison. Il a son travail tout comme j'ai le mien. D'ailleurs, j'apprécie que tu m'accordes autant de temps.

— Je m'amuse beaucoup en t'aidant à reconstituer ton stock – et plus je t'aide, plus ça te laisse de temps pour travailler sur le poison contre les démons. J'aimerais emmener Alastar en promenade plus tard, et ça me ferait plaisir que tu nous accompagnes.

— En balade ?

— Je t'ai vue monter, et Meara m'a dit que tu n'y passais plus autant de temps qu'avant.

Branna admit qu'elle ne montait plus souvent parce que ça lui faisait trop penser à Fin. Mais désormais… il avait acheté Aine pour elle, et elle ne s'était pas offert la joie de découvrir le lien qui l'unissait au cheval.

— Si j'arrive à terminer tout ce que j'ai prévu de faire, je t'accompagnerai. Et si jamais nous sortons chevaucher ensemble, ce serait un beau pied de nez à Cabhan.

— Nous le voyons tous les jours ces temps-ci, dit Iona en empilant tranquillement les savons par couleurs. Il rôde dans les parages.

— Je le sais. Je le vois aussi. Il teste souvent mes limites en ce moment.

— J'ai rêvé de Teagan la nuit dernière. Nous nous sommes parlé.

— Et tu ne me le dis que maintenant ?

— Ce n'est qu'une sorte de petite visite. Assises devant la cheminée, avec une tasse de thé. Son ventre s'est arrondi, et elle m'a fait sentir le bébé qui bougeait. Elle m'a parlé de son mari, et je lui ai parlé de Boyle. J'ai repensé à ce que tu m'avais dit à propos de nos liens, à nous tous. C'est frappant comme son mari et Boyle se ressemblent. Le même tempérament, l'amour des chevaux et de la région.

— Boyle est lié aux trois par l'homme que Teagan a épousé ? Oui, c'est possible.

— Nous n'avons pas parlé de Cabhan. C'est bizarre, non ? Nous avons simplement pris le thé, discuté de son mari et du bébé à naître, de Boyle, des projets de mariage. À la fin de mon rêve, elle m'a offert un petit porte-bonheur, en précisant que c'était pour Alastar.

— Tu l'as sur toi ?

— Je l'ai accroché à sa bride ce matin, avant de venir. J'avais un porte-bonheur dans ma poche, un que j'ai fabriqué pour Alastar, alors je le lui ai donné.

— Nous avons échangé des objets, chacun de nous avec chacun d'eux. Je pense que ce n'est pas un simple cadeau. Quelque chose de nous dans leur époque, et quelque chose d'eux dans la nôtre. Nous prendrons leurs trois objets avec nous la prochaine fois que nous combattrons Cabhan.

— Nous n'avons toujours pas la date.

— C'est frustrant, admit Branna, mais c'est impossible à déterminer avant d'avoir réuni tout le nécessaire pour détruire le démon. Je me raccroche à la conviction que le moment s'imposera à nous.

— Des démons et des cousins qui traversent les siècles pour nous rendre visite. Des batailles, des tourbillons et des mariages. Ma vie a changé du tout au tout en douze mois. Je suis ici depuis presque un an, et j'ai l'impression que ma vie d'avant a à peine existé. Tu trouverais ça idiot – et irréaliste – que je prépare et que je cuisine un dîner d'anniversaire pour Boyle ? Pour lui faire la surprise – qu'il puisse le manger sans devoir faire semblant que c'est mangeable.

Amusée et touchée, Branna lui jeta un coup tandis qu'elle arrangeait ses tours de savons.

— Bien sûr que non.

— J'ai gardé cette image de lui la première fois que je l'ai vu sur Alastar. Leur manière de foncer droit vers moi. Maintenant, ils sont à moi. J'ai envie de marquer cette journée.

— Alors fais-le.

Branna sentit une présence, et s'immobilisa dans l'attente de savoir qui approchait. La porte s'ouvrit brusquement.

Une voisine, une grand-mère guillerette, entra dans l'atelier.

— Bonjour, madame Baker.

— Bonjour, Branna. Tiens, Iona est là aussi. J'espère que je ne vous dérange pas.

— Pas du tout. Vous voulez un thé ? proposa Branna.

— Avec plaisir, puisque vous le proposez. Je suis venue pour du thé, justement – s'il vous reste de ce mélange de votre fabrication contre les rhumes de cerveau. Ça m'éviterait de marcher jusqu'au village.

— Bien sûr, j'en ai pour vous. Enlevez votre manteau et venez vous asseoir près du feu. Vous avez attrapé froid ?

— Pas moi, mais mon mari. Il est très pris et ses jérémiades me rendent folle. Une tasse de thé près du feu, avec des femmes qui ne geignent pas que leur vie est finie à cause d'un coup de froid, voilà qui m'aiderait à garder la raison. Oh, ces savons sont aussi ravissants que des bonbons dans un bocal.

— Je les aime tous, mais j'ai un faible pour celui-là, dit Iona en faisant sentir un pain rouge à Mme Baker.

— Très plaisant. Je vais m'en offrir un pour me récompenser de ne pas m'être assommée avec un poêlon.

— Vous le méritez.

— Un homme qui a la goutte au nez, c'est pire qu'une tripotée de bébés. Vous le découvrirez bien assez vite puisque votre mariage approche.

— J'espère qu'on va m'offrir un bon poêlon en cadeau de mariage, dit Iona, faisant rire Mme Baker si bien que sa respiration se fit sifflante.

Acceptant l'invitation, elle ôta son manteau, son écharpe, et s'installa près du feu.

— Notre Kathel est là aussi. C'est excellent, un chien, un feu, une tasse de thé. J'ai cru le voir en sortant de chez moi, qui rôdait à la lisière du bois. Je l'ai même appelé avant de m'apercevoir que ce n'était pas du tout Kathel. Un gros chien noir, assurément, et j'ai même cru, brièvement, que c'était un loup. Il a disparu d'un coup, dit-elle en claquant des doigts. Mes yeux sont usés, ils me jouent des tours.

Après un rapide coup d'œil à Iona, Branna lui apporta son thé et des biscuits.

— Peut-être un chien errant. C'est la première fois que vous le voyez ?

— Oui, et la dernière, j'espère. Il m'a donné la chair de poule, je dois l'admettre, quand il a tourné la tête vers moi après que je l'ai pris pour Kathel. J'ai bien failli faire demi-tour et m'enfermer chez moi. C'est la preuve qu'il m'a vraiment fait peur puisqu'à l'intérieur M. Baker pleurnichait encore. Oh, Branna, merci, c'est adorable ! s'exclama-t-elle devant les biscuits.

— De rien. J'ai un tonique que vous pouvez ajouter aux boissons de M. Baker. C'est bon pour ce qu'il a et ça l'aidera à dormir.

— Votre prix est le mien.

Elles changèrent les idées de Mme Baker, conclurent la vente du thé et du tonique, et lui offrirent un joli savon en remerciement. Branna envoya Kathel l'accompagner pour être sûre qu'elle rentre en toute sécurité.

— Tu penses qu'il s'est montré à elle, demanda Iona dès l'instant où elles se retrouvèrent seules, ou sa… présence, si c'était bien lui, est simplement plus tangible qu'avant ?

— En réalité, je me demande s'il ne serait pas devenu insouciant. Il rôde dans les parages, comme elle dit, dans l'espoir de nous perturber, et il ne se cache pas des autres. Comme il ne souhaite pas attirer l'attention générale, je pense que c'est de l'imprudence.

— Il est impatient.

— Possible, mais il va devoir attendre que nous soyons prêts. Je vais terminer cette crème réparatrice puis nous sortirons. Nous allons nous offrir cette balade à cheval.

— Tu espères qu'il s'en prenne à nous.

— Disons que je n'espère pas le contraire, affirma Branna en redressant le menton avec un air de défi. J'aimerais lui faire goûter aux pouvoirs combinés de deux femmes.

Branna n'était pas déçue que Fin fût occupé de son côté. S'il avait été chez lui ou au haras, il n'aurait pas apprécié qu'elle sorte avec Iona, ou il aurait tenu à les accompagner.

Elle portait des bottes d'équitation qu'elle n'avait pas mises depuis plusieurs années, et elle dut admettre que c'était plaisant. Mais le meilleur moment arriva lorsqu'elle sella Aine.

— Nous ne nous connaissons pas encore très bien, alors si jamais je te pose un quelconque problème, j'espère que tu le feras savoir à Iona.

Elle prit le temps d'approcher la tête de la pouliche, de caresser ses joues et de la regarder dans les yeux.

— Il t'aurait sûrement choisie rien que pour ta beauté et ta grâce car tu n'en manques pas. Mais il a aussi senti que tu m'étais destinée, comme je le suis pour toi. Puisque c'est ainsi, je vais faire de mon mieux. C'est un serment. J'ai fabriqué ça pour toi aujourd'hui, ajouta-t-elle en tressant un porte-bonheur pendu à un ruban rouge vif dans la crinière d'Aine. Pour te protéger, car que tu sois à moi ou non, je te protégerai.

— Elle pense que tu es presque aussi jolie qu'elle, dit Iona à Branna.

Riant, Branna régla les étriers.

— Ça, c'est un beau compliment.

— Avec toi sur son dos, vous formerez une image peu commune – une image qu'elle est ravie de donner à Alastar.

— On ne va pas se gêner.

Elles menèrent les chevaux hors de l'écurie, et Branna se hissa en selle comme si elle avait fait ça la veille.

— Nous avons un programme particulier ? demanda Iona en se penchant pour flatter le col d'Alastar.

— Parfois, il est préférable de prendre les choses comme elles viennent.

Elles rejoignirent la route au pas, accompagnées par Kathel et Bugs.

— Je ne sais pas appeler les éperviers, dit Iona.

— Ils viendront si nous avons besoin d'eux. Mais ça aurait été une bonne idée, de sortir avec tous nos guides. Envie de pousser au trot ?

— C'est parti !

Gracieuse, se répéta Branna lorsque Aine répondit en s'élançant avec fluidité. Et séductrice, ajouta intérieurement Branna qui, bien qu'elle n'eût pas le don d'Iona pour interpréter le comportement des chevaux, comprit le geste d'Aine lorsqu'elle rejeta sa crinière en arrière.

Jetant un coup d'œil dans son dos, elle vit le fidèle Kathel ralentir l'allure pour rester avec Bugs et sentit un sourire se dessiner sur ses lèvres devant la joie manifeste des deux chiens.

Alors elle s'autorisa à en profiter pleinement.

L'air frais et piquant annonçait l'arrivée prochaine de la neige. L'odeur des arbres et des chevaux, le rythme régulier de leurs sabots foulant le sol.

Elle avait probablement laissé passer trop de temps depuis sa dernière promenade si un petit trot dans le voisinage la mettait aussi facilement en joie.

Elle se sentait en osmose avec sa monture. Fin avait vu juste, de la même manière qu'il avait souvent raison sur des sujets comme celui-ci. Quelle qu'en soit la raison, Aine était son cheval, et leur association venait de débuter.

Elles bifurquèrent vers un sentier qui passait entre les arbres, où il faisait encore plus frais. De petites plaques de neige persistaient dans les zones ombragées, et un oiseau pépiait sur une branche.

Elles ralentirent au petit trot.

— Comme Alastar, elle espère aller galoper dans les plaines.

— Pourquoi pas. Je ne suis pas venue par ici depuis plus d'un an. J'avais presque oublié comme c'est joli en hiver, les bruits étouffés et la solitude.

— Je ne m'en lasserai jamais, dit Iona. Chaque fois, c'est comme la première fois. Je ne sais pas combien de promeneurs j'ai guidés par ici l'an dernier, et pourtant, ça continue de m'émerveiller.

— Tu ne trouves pas cela ennuyeux, habile cavalière que tu es, de simplement te balader ?

— On pourrait le croire, mais pas du tout. La plupart des gens sont intéressants, et je suis payée pour faire du cheval. Et puis… poursuivit Iona avec une grimace complice, ça me donne l'occasion de coucher avec le patron. L'un dans l'autre, c'est un bon système.

— Nous pourrons faire un détour par ta maison au retour.

— J'espérais que tu le proposerais. Ils sont censés monter les cloisons aujourd'hui, enfin normalement. Connor est super, il passe régulièrement les encourager.

— C'est sûr qu'il aime les métiers du bâtiment, et il est doué pour ça.

Elles virèrent d'un même geste en direction de la rivière qu'elles longèrent.

L'air se refroidit, et Branna aperçut les premières langues de brouillard.

— Nous avons de la compagnie, murmura-t-elle à l'intention d'Iona.

— Message reçu.

— Veille à ce que les chevaux restent calmes, et de mon côté, j'apaise les chiens.

Cabhan surgit sous l'apparence d'un homme, beau et sombre, vêtu d'un habit noir bordé d'argent. Branna remarqua qu'il avait été assez superficiel pour se faire une beauté à en croire son visage coloré qui respirait la santé.

Il les salua d'une profonde révérence.

— Mesdames. Vous embellissez cette journée hivernale.

— Tu n'as donc rien de mieux à faire que de fureter là où tu n'es pas le bienvenu ? répondit Branna.

— Mais vous voyez que j'ai été récompensé puisque je croise sur ma route les deux belles fleurs des trois. Tu envisages d'épouser un mortel, dit-il à Iona. Tu vas gaspiller ton pouvoir pour quelqu'un qui ne te le rendra jamais. J'ai tellement plus à t'offrir.

— Tu n'as rien qui m'intéresse, et tu ne vaux rien comparé à lui.

— Il te fait bâtir une maison de pierre et de bouts de bois tandis que moi, je t'offre un palais. (Il écarta les bras, et de l'eau noire de la rivière jaillit un palais brillant, tout d'argent et d'or.) Une demeure à ta mesure, pour toi qui n'as jamais eu de véritable foyer. Ce qui t'a toujours manqué, je te le donne.

Puisant dans ses ressources, Iona chassa l'image.

— Tu peux le garder.

— Je prendrai ton pouvoir, et tu vivras dans les cendres de ce qui aurait pu être. Et toi, dit-il en s'adressant à Branna. Tu couches avec mon fils.

— Il n'est pas ton fils.

— Nous avons le même sang, tu ne peux pas le nier. Tu peux le prendre et te donner, cela ne fera que t'affaiblir. Tu porteras ma semence d'une manière ou d'une autre. Choisis-moi, choisis-moi maintenant, pendant que tu en as le choix. Car sinon, le jour où je viendrai pour toi, c'est de la souffrance que je t'infligerai. Choisis-le, et lui et son sang, le sang de tout ce que tu prétends aimer, sera sur tes mains.

Depuis sa selle, elle se pencha.

— Je me choisis moi. Je choisis mon don et mon droit d'aînesse. Je choisis la lumière, quel qu'en soit le prix. Là où Sorcha a échoué, nous n'échouerons pas. Tu vas périr, Cabhan.

Lorsqu'elle déploya son bras au-dessus de l'eau froide et trouble de la rivière, une tour de feu s'éleva, et entre les flammes et la fumée, l'image d'un Cabhan hurlant.

— Ça, c'est le cadeau que je te fais.

Il s'éleva à trente centimètres du sol, tandis qu'Iona rassurait les chevaux.

— Je te forcerai à me donner un plaisir immense. Je t'obligerai à me regarder lorsque j'étriperai ton frère, lorsque je déchiquetterai en morceaux l'homme de ta cousine. Tu me verras trancher la gorge de celle qui est comme ta sœur, tu me regarderas violer ta cousine. Et après cela, quand leur sang trempera la terre, je t'achèverai.

— Je suis la Ténébreuse de Mayo, dit-elle simplement. Et je représente ta perte.

— Prends garde, dit-il d'une voix menaçante, car le jour venu, je surgirai de nulle part.

Il se dissipa dans le brouillard.

— Ah, ces menaces…

Iona fit un geste vers les tours enflammées, les hurlements.

— Ça ne t'ennuie pas de… ?

— Hmm, ça me plaît bien, mais bon… (Branna les étouffa d'un geste.) Pour lui, ce ne sont pas des menaces, plutôt des promesses. Nous allons nous arranger pour qu'il ne les tienne pas. J'avais espéré qu'il prendrait l'enveloppe du loup, au moins un instant. Je veux le nom de son créateur.

— Satan, Lucifer, Belzébuth ?

Branna eut un petit sourire.

— Je ne crois pas. Un démon plus modeste, qui a besoin de Cabhan autant qu'il a besoin de lui. À eux deux, ils ont laissé une sale odeur. Partons galoper à présent, et allons voir ta maison.

— Celle en bouts de bois et en pierre ?

— Solides et puissants. Et bien réels.

Iona hocha la tête.

— Branna, et si... et si tu tombais enceinte de Fin ?

— Ça n'arrivera pas. Je prends mes précautions.

À peine eut-elle terminé sa phrase qu'elle poussa Aine au galop.

Branna donnait une carotte à sa monture et la brossait dans l'écurie en compagnie d'Iona lorsque Fin arriva.

— Il paraît que vous êtes parties en balade.

— Exact, et ça m'a rappelé à quel point j'aime faire du cheval, répondit-elle en posant sa joue contre celle d'Aine. Tu avais dit qu'elle et moi, nous nous entendrions bien.

— Ça n'impliquait pas que vous ne sortiez que toutes les deux.

— Nous n'étions pas seules. Iona nous a accompagnées, avec Alastar et les chiens. Pas la peine de te débiner parce qu'il a l'air fâché, dit-elle à Iona. Il en faut plus pour t'impressionner. Nous avons eu une conversation avec Cabhan – plutôt un échange de vacheries, en réalité. Tu sauras tout quand nous serons tous réunis.

— Tu as intérêt à tout me raconter, dit-il, voulant saisir le bras de Branna.

Aine lui donna un coup de tête dans l'épaule.

— Tu la défends ? fit-il à la jument.

— C'est mon cheval, non ? Elle sait aussi bien que moi qu'il ne nous est rien arrivé. Nous n'avons pas pris plus de risques qu'en mettant le pied à l'extérieur. Je suppose que tu veux que je te serve un repas pour agrémenter mon récit ?

— J'ai un petit creux, dit Iona.

— Nous avons tout ce qu'il faut ici, dit Fin.

— Comme quoi ?

Il reprit le bras de Branna, mais avec décontraction cette fois.

— Tu m'as donné un tas de listes. La cuisine est suffisamment remplie pour manger pendant une semaine.

— Elle devrait toujours être bien approvisionnée. Bon, très bien. Iona, tu veux prévenir les autres pendant que je vais voir ce que je peux préparer dans la fameuse cuisine de Fin ?

— Tu es sortie dans le but de le rencontrer, l'accusa Fin.

— Pas du tout, même si je m'attendais plus ou moins à le croiser.

— Tu savais très bien qu'il t'attaquerait.

— Il ne nous a pas attaquées, ou pas comme tu l'entends. Juste par des paroles. Je pense qu'il a voulu prendre la température, en quelque sorte. J'avais espéré qu'il apparaîtrait en loup, pour lui arracher un nom, mais il a gardé son enveloppe humaine du début à la fin.

Une fois qu'ils furent arrivés chez Fin, elle lui donna son manteau.

— Et notre balade était très agréable. Au retour, nous sommes passées par la maison d'Iona. Je voulais voir comment les travaux avançaient. Elle va être charmante, vraiment charmante. Un grand espace ouvert, avec des petits coins douillets. Revenir par ce côté m'a donné une tout autre perspective sur cette maison. Cette pièce avec toutes les fenêtres qui donnent sur les bois… Ça doit être formidable de contempler la nature de là, le changement des saisons. Assez intime, et à quelques pas du bosquet.

Tout en parlant, elle farfouillait dans le réfrigérateur, le congélateur, les placards.

— J'ai une recette pour préparer tes blancs de poulet que Connor adore. Ça leur fera quelque chose à se mettre sous la dent.

La tête inclinée sur le côté, elle regarda Fin d'un air provocateur.

— Et toi, Fin, qu'as-tu envie de te mettre sous la dent ?

— Devine, répondit-il en l'attirant vers lui pour lui mordiller la lèvre inférieure.

— Si tu veux plus, sers-moi d'abord un verre de vin.

Il alla chercher une bouteille, et en examina l'étiquette.

— Tu comprends ce que j'aurais ressenti s'il t'avait fait du mal ?

— Nous ne pouvons pas nous permettre de voir les choses sous cet angle. Aucun de nous. Les sentiments qui nous attachent les uns aux autres, nous tous, sont forts, sincères et profonds. Il ne faut pas penser de cette manière.

— Ce n'est pas une façon de penser, Branna. Ce sont des sentiments.

Elle posa les mains sur son torse.

— Alors disons que nous ne pouvons pas nous ouvrir à ce genre de sentiments. Si nous le laissions nous dissuader de prendre des risques, il nous affaiblirait.

— Il nous atteint plus gravement si nous devons couper court à nos émotions.

— Vous avez tous les deux raison, dit Iona en entrant. Nous ne pouvons pas les étouffer. J'ai peur pour Boyle en permanence, mais ça ne nous empêche pas de faire notre boulot. Nous acceptons nos ressentis, et nous poursuivons notre route.

— C'est une bonne remarque. Tu vis tes émotions, mais ça ne t'arrête pas, dit-elle à Fin. Moi non plus, je ne peux pas baisser les bras. Je te promets de me protéger au maximum. Et je suis très forte pour ça.

— C'est vrai. J'allais ouvrir une bouteille de vin, Iona. Tu veux un verre ?

— Tu m'as déjà vue refuser une telle proposition ?

— Quand tu auras servi le vin, Fin, tu pourras gratter les pommes de terre.

— Iona, dit Fin avec une gentillesse exagérée, ça t'ennuierait de gratter les pommes de terre, ma douce ?

Sans laisser le temps à Branna de répliquer, Iona se débarrassa de son manteau.

— C'est moi qui vais cuisiner. D'ailleurs, Branna, je ne sais pas ce que tu avais l'intention de préparer, mais j'aimerais que tu me guides. Ça pourrait être le dîner de célébration que je voulais organiser pour Fin.

— C'est un peu trop simple pour une célébration, objecta Branna, mais… bon, très bien ! Pour l'amour de… Pourquoi n'y ai-je pas pensé plus tôt ?

— Penser à quoi ? s'étonna Iona.

— La date. Le jour où nous anéantirons Cabhan. Je l'avais sous le nez. J'ai besoin de mon livre. Il me faut ma carte des étoiles, je ne peux pas me tromper. Je vais m'installer sur cette table… ça ne devrait pas être long.

Elle prit son verre de vin et, se dirigeant vers le coin repas, elle claqua des doigts. Ses livres de sortilèges, son ordinateur et son carnet apparurent sur un côté de la petite table.

— Iona, coupe ces pommes de terre en quarts quand elles seront nettoyées, et dispose-les dans un grand plat. Fais préchauffer le four à cent quatre-vingt-dix degrés.

— D'accord, mais…

— Donne-moi vingt minutes. Peut-être trente. Ensuite, tu ajouteras quatre cuillères à café, plus ou moins, d'huile d'olive sur les pommes de terre. Arrose-les bien et ajoute du poivre et du romarin broyé. Tu doses à vue de nez. Je te fais confiance. Au four pendant trente minutes, et après je te dirai quoi faire. J'aurai fini d'ici là. Et maintenant, silence ! exigea-t-elle en s'asseyant avant qu'Iona ait pu réagir.

— J'aime pas ça quand elle dit « plus ou moins » ou « à vue de nez », se plaignit Iona.

— Je te promets que j'ai encore moins le trac que toi, la tranquillisa Fin.

— À nous deux, on devrait y arriver, non ?

Elle fit de son mieux – frotta, trancha, versa, arrosa, saupoudra, en regrettant que Connor ne soit pas là pour la rassurer. Comme Fin haussait les épaules, elle enfourna le plat. Et régla la minuterie.

Ensuite, son verre à la main, elle observa Branna avec espoir.

Sortant une barrette de nulle part, elle s'attacha les cheveux. Elle releva ses manches jusqu'aux coudes tout en consultant tour à tour l'ordinateur et les cartes du ciel. Elle prenait des notes, procédait à des calculs.

— Et si elle n'a pas terminé quand la minuterie sonne ? s'inquiéta Iona.

— Nous sommes seuls sur ce coup-là. Si on l'interrompait, elle nous arracherait les yeux.

— C'est ça ! s'exclama Branna en tapant sur son cahier. Par tous les dieux, j'ai trouvé. C'était simple comme bonjour, tellement évident ! Et je suis passée à côté…

Elle alla remplir son verre.

— Le jour anniversaire. Évidemment ! Et quel autre jour sinon ?

— Anniversaire ? répéta Iona en écarquillant les yeux. Le jour de mon arrivée, quand je t'ai rencontrée pour la première fois ? Mais tu as dit que ça n'avait pas marché… Le jour où j'ai rencontré Boyle, alors ? Cet anniversaire-là ?

— Non, pas le tien. Celui de Sorcha. Le jour de sa mort. L'anniversaire de sa mort, le jour où elle a réduit Cabhan en cendres. Ce jour là, dans notre temps, c'est le jour de sa fin. Le jour où nous allons attaquer. Pas Sabbat ni Esbat. Pas un jour sacré. Le jour de Sorcha.

— Le jour où les Trois ont reçu son pouvoir, commenta Fin. Le jour où ils sont devenus magiciens, et vous aussi. C'était sous nos yeux, et personne ne l'a vu.

— C'est chose faite, déclara Branna en levant son verre. Maintenant, nous allons pouvoir l'achever.

15

Revigorée, Branna s'affairait avec plaisir à la préparation du repas, d'autant qu'Iona accomplissait habilement ses tâches. Ensuite, elle partagea un moment chaleureux avec son cercle, réuni autour de la table de Fin, bien que la conversation tournât principalement autour de Cabhan. En réalité, c'est ce qui lui redonnait de l'énergie.

Désormais, elle voyait clairement comment ils allaient s'y prendre. Elle avait défini le moment et la manière d'attaquer. Des risques demeuraient, mais ils les affronteraient. De plus, la confiance de Connor et d'Iona avait chassé ses derniers doutes.

La justice et la lumière triompheraient de l'obscurité et du mal.

Et de quelle autre manière aurait-elle pu mieux terminer la soirée que dans l'eau chaude du bain à remous de Fin, en buvant son dernier verre de vin, tout en regardant les flocons de neige tomber lentement ?

— Tu m'as surprise, Finbar.

Face à elle, il s'adossa dans la baignoire et la considéra entre ses paupières mi-closes.

— Ah bon ?

— Oui. Comment aurais-je pu imaginer que le garçon que j'ai rencontré bâtirait un jour cette grande maison élégante et luxueuse ? Que le jeune globe-trotter deviendrait un homme d'affaires accompli ? En plus, tu as réussi à développer un commerce en t'implantant dans ton village natal. Il y a douze ans, je n'aurais jamais cru possible qu'un jour je me prélasserais dans cette jolie pièce en regardant la neige tomber.

— Qu'imaginais-tu ?

— Quelque chose de considérablement plus modeste, j'avoue. Tes rêves ont pris plus d'ampleur que les miens, et tu les as brillamment réalisés.

— Certains sont restés les mêmes.

Elle sourit simplement, et fit remonter son pied le long de sa jambe, sous l'eau mousseuse.

— On se croirait dans un chalet suisse, et ça me plaît bien, mais ça m'intrigue que tu aies installé cette baignoire dans cette pièce vitrée, dans ce coin à la fois intime et ouvert sur les bois.

Il but une gorgée de vin.

— J'ai fait construire cette pièce en pensant à toi.

— Moi ?

— En espérant qu'un jour tu m'épouserais comme nous l'avions prévu, que tu vivrais ici avec moi. Et que tu installerais ton atelier ici.

— Fin…

Leurs vœux s'entremêlèrent en une tresse serrée autour de son cœur.

— Tu aimes avoir une vue dégagée quand tu travailles, des fenêtres pour regarder au-delà. L'impression d'être dehors, ça te plaît. Douillet à l'intérieur mais suffisamment ouvert pour t'imprégner de l'extérieur. Cette pièce vitrée face au bois offre à la fois l'intimité et l'ouverture.

Elle garda le silence de peur que sa voix tremble.

— Si mes pouvoirs magiques me permettaient de changer la réalité, de réaliser mes souhaits, ma vie serait comme ça, je vivrais et je travaillerais ici avec toi. Mais ce que nous avons, c'est ça.

Elle posa son verre sur le rebord et, traversant l'eau, alla se presser contre lui.

— Nous avons l'instant présent.

Il caressa ses cheveux sur toute leur longueur, jusqu'aux pointes qui flottaient à la surface de l'eau.

— Pas de lendemains.

— Aujourd'hui, dit-elle en plaçant sa joue contre la sienne. Je suis avec toi, tu es avec moi. Je ne croyais pas, ou je ne me suis jamais autorisée à croire qu'un jour nous aurions tant. Le présent représente tout pour moi, et toi aussi. Ça ne sera peut-être jamais suffisant, mais tout de même, c'est l'essentiel, termina-t-elle avec une pointe de prudence.

Elle l'embrassa avec douceur, projetant dans ce baiser toute la tendresse dont elle était capable.

Elle allait lui donner tout ce qu'elle avait à lui offrir. Et tout, c'était l'amour. Plus que physique, à travers son corps et son cœur. Puisqu'il en était ainsi depuis toujours, et que ça ne changerait jamais, ce don d'elle lui paraissait aussi naturel que le fait de respirer.

— Tu dois y croire, murmura-t-elle. Ce soir.

Avec délicatesse, ce que le côté « pratique » de sa personnalité tendait généralement à effacer, elle lui donna un baiser à la fois émouvant et apaisant.

Son unique amour.

Il était conscient de ce qu'elle lui donnait, et il comprenait ce qu'elle demandait. Il allait prendre, et donner. Ignorer ses frustrations et embrasser cette nuit comme si c'était la dernière. Alors qu'il la tenait dans ses bras, il trouvait l'instant magique, sa douceur et son abandon, son soupir chaud contre sa joue. La chaleur l'envahit lentement, l'enveloppa, tandis que la neige les séparait du monde en jetant son rideau silencieux autour d'eux.

Il prit ses seins dans ses mains, avec une infinie tendresse, tout en ayant à l'esprit les marques agressives que lui avait infligées la créature du même sang que lui. Tandis que le cœur de Branna battait dans sa paume, il jura de ne jamais lui faire de mal, de donner de sa vie pour la protéger.

Quoi que le lendemain leur réservât, il ne romprait jamais son serment.

Alors qu'elle caressait son torse, sa main s'arrêta sur sa cicatrice. Ce contact, si léger fût-il, raviva une douleur enfouie au plus profond de lui. Un prix qu'il était prêt à payer.

L'eau et les remous qui vrombissaient dans le silence de la nuit tournoyaient autour d'eux alors que leurs mains plongeaient dans le bain pour se donner du plaisir mutuellement.

Les émotions et les sensations, si intenses, lui coupèrent le souffle si bien qu'elle s'émerveilla devant la violence de son désir.

Comment la tendresse pouvait-elle allumer une telle chaleur – semblable à un courant électrique traversant ses veines, attisant un feu dans son ventre – tout en entretenant son désir de prolonger chaque instant pour l'éternité ?

Quand elle se plaça à califourchon sur lui, qu'il la pénétra au plus profond de sa féminité, elle sut qu'aucun autre homme n'entrerait en elle. Quels que seraient ses besoins physiques, personne ne pourrait accéder à son cœur, à son âme. Elle passa les mains dans ses cheveux, et tint son visage tout en bougeant sur lui afin qu'il puisse la voir, voir en elle, et savoir.

Alors qu'ils approchaient de la jouissance, les tourbillons d'eau se mirent à luire comme s'ils se baignaient dans un bassin de lumière. Au moment où ils succombèrent, serrés l'un contre l'autre, la lumière transperça l'obscurité et illumina le doux rideau de neige.

Plus tard, dans son lit, détendue et somnolente, elle se blottit contre lui. Alors qu'un jour nouveau s'annonçait, elle s'accrochait à son amour.

Plusieurs jours précieux s'écoulèrent avant que Branna ne réunisse tous les ingrédients nécessaires en quantité suffisante pour procéder à des expériences et préparer le poison.

Sous l'œil attentif de Connor, elle les rangeait dans des bocaux individuels hermétiques sur son plan de travail.

— Ceux-ci sont dangereux, Branna.

— C'est ce qu'il faut.

— Tu dois prendre des précautions. (Lorsqu'elle lui lança un regard cinglant, il resta de marbre.) Tu es toujours prudente, je le sais très bien. Mais je sais aussi que tu n'as jamais utilisé de tels ingrédients, ni concocté de mixtion fatale. J'ai le droit de me faire du souci pour ma sœur.

— C'est vrai, mais ce n'est pas la peine. Ça fait des jours que j'attends de pouvoir les tester. Meara, emmène-le quelque part, tu veux ? Vous devriez partir travailler, tous les deux, au lieu de rester là à me surveiller.

— Puisque nous devons patienter jusqu'au printemps, tu ne peux pas attendre un peu pour la fabriquer ? avança Meara.

— Comme Connor l'a justement fait remarquer, c'est une première pour moi. Je vais peut-être avoir besoin de plusieurs essais avant d'obtenir le bon résultat. Il est même possible que je doive passer une autre commande avant d'être sûre de mon coup. C'est une affaire délicate.

— Iona et moi devrions t'aider.

Sois patiente, s'exhorta Branna en puisant dans ses dernières réserves.

— Et si les Trois sont réunis plusieurs heures par jour, peut-être pendant des jours d'affilée, Cabhan se doutera que nous préparons une potion. C'est mieux que l'on continue à vivre normalement. (Maîtrisant son agacement puisqu'elle savait que ses inquiétudes étaient un témoignage de son amour, elle se tourna vers lui.) Connor, nous en avons déjà longuement parlé.

— Parler et mettre en pratique, ce sont deux choses différentes.

— Nous pourrions faire quelques entorses à nos habitudes, suggéra Meara, prise entre deux feux. L'un de nous peut rester une heure ou deux le matin, un autre peut venir vers midi et un troisième quitter le travail plus tôt pour passer.

— Bon, très bien, dit Branna, qui était prête à tout accepter pourvu qu'ils avançassent. Mais pas ce matin puisque vous êtes attendus au travail. Je vais seulement confectionner des poudres, et distiller. Préparer les ingrédients. Je sais ce que je fais. Comme Fin doit venir à midi, nous serons deux.

— Marché conclu, dit Meara en prenant la main de Connor avant qu'il ne protestât. Je ferais bien de me dépêcher si je ne veux pas que Boyle me tire les oreilles et me botte le train en même temps. Branna, n'hésite pas à nous appeler si tu as besoin d'aide.

— Je n'y manquerai pas.

Connor alla embrasser sa sœur.

— Ne t'empoisonne pas.

— J'avais prévu d'y goûter mais puisque tu le demandes si gentiment…

Elle poussa un soupir de soulagement lorsqu'ils refermèrent la porte derrière eux. Kathel la fixa du regard.

— Tu ne vas pas t'y mettre, toi aussi ! Depuis quand suis-je devenue une incapable aux yeux de tous ? Si tu veux m'aider, pars en patrouille. Je vais tirer les rideaux de l'atelier et fermer à clé. J'aime autant éviter que quelqu'un passe prendre de la crème pour les mains pendant que je travaille. Rends-moi ce service, Kathel, dit-elle dans un regain de douceur, et reviens me dire si Cabhan est dans les parages.

Elle poussa un autre soupir de soulagement en refermant derrière le chien.

Elle voila les vitres de manière à n'être visible que par quelques élus. Elle enchanta les portes pour que seuls les rares élus en question puissent les ouvrir.

Devant son plan de travail, elle commença – très soigneusement – par l'aconit.

C'était un travail de fourmi puisque parmi les nombreuses mesures de précaution, il fallait purifier mentalement chaque ingrédient.

Elle avait entendu dire que ceux qui s'adonnent à l'art de la magie noire développent parfois d'étranges maladies

rien qu'en touchant ou en respirant des plantes véné-
neuses.

Elle n'avait ni le temps ni l'envie de tomber malade.

Après la purification, elle replaça la plante entière dans
le bocal ainsi que les pétales concassés, les baies ou leur
essence distillée.

De l'extérieur, Fin l'observait à travers le fin voile de
gaze qui recouvrait les vitres. Il se réjouit de constater
qu'elle avait eu la sagesse de dissimuler son atelier, bien
que de là où il se trouvait, il distinguait la belladone, la
trompette d'ange – même s'il n'était pas en mesure
d'affirmer que cette dernière provenait effectivement
d'Amazonie.

Elle utilisait le mortier et le pilon parce que le geste
et la pierre multipliaient le pouvoir des ingrédients. De
temps à autre, une discrète étincelle de lumière ou un fin
nuage néfaste s'échappait du bol ou d'un bocal.

Les deux chiens se tenaient de part et d'autre d'elle. Il se
demandait si Bugs était là pour lui ou pour Kathel, mais
le petit chien errant manifestait la même patience que le
molosse de Branna.

Fin n'avait pas souvenir d'avoir jamais surveillé Branna
à travers la vitre sans s'inquiéter pour elle. Si une telle
chose était envisageable, l'aube du jour de sa concrétisation
n'était pas près de se lever.

Il alla vers la porte et l'ouvrit.

Elle avait mis de la musique, des violons tristes, ce qui
étonna Fin puisqu'elle travaillait généralement en
silence.

S'il n'entendit pas ce qu'elle dit aux chiens, il remarqua
néanmoins qu'ils se figèrent sur le pas de la porte. Il enleva
son manteau et attendit aussi.

Elle versa la poudre de sa fabrication dans un entonnoir posé sur un bocal et le ferma.

— Je voulais enfermer ça avant que les chiens approchent en remuant la queue dans tous les sens. Ça serait gênant qu'un grain de poussière ou qu'un poil se faufile dans le pot.

— Ça m'étonne que tu n'aies pas déjà banni les poussières.

Elle porta l'entonnoir, le mortier et le pilon vers le réchaud, et les plongea délicatement dans l'eau bouillante.

— Je préfère faire la chasse aux moutons avec un chiffon ou un balai. Il est midi ?

— Presque treize heures. J'ai été retardé. Tu travailles depuis le départ de Connor et Meara ?

— Je n'ai pas chômé. Non, ne me touche pas pour l'instant.

Elle alla se laver les mains dans l'évier, puis les frictionna avec une lotion.

— J'ai tenu parole, dit-elle. J'ai été excessivement prudente.

— On n'est jamais trop prudent avec ce genre de choses. Maintenant, tu vas faire une pause, manger quelque chose et prendre un thé.

Sans lui laisser le temps de protester, il la prit par le bras et l'entraîna vers la cuisine.

— Si tu as faim, tu aurais dû prendre des plats à emporter en chemin. Tu vas devoir te contenter d'un sandwich.

Il lui avança une chaise.

— Assieds-toi, dit-il avant de mettre de l'eau à chauffer.

— Je croyais que tu voulais manger.

— J'ai dit que tu allais manger, mais c'est vrai que j'ai un petit creux. Je suis capable de préparer un sandwich. Je suis même doué pour ça, puisque c'est à peu près tout ce que je cuisine.

— Embauche un cuisinier, puisque tu en as les moyens, fit-elle remarquer.

— Pourquoi je ferais ça alors que je peux manger ici la moitié du temps ?

Quand il ouvrit le réfrigérateur, elle s'apprêtait à lui indiquer l'emplacement des différents ingrédients mais elle se ravisa, préférant le laisser se débrouiller seul.

— Connor t'a transmis ses inquiétudes ?

— Il n'a pas eu besoin. Je trouve aussi que ce serait mieux qu'on t'assiste. Et mieux aussi que tu prennes le temps de manger.

— C'est ce que je fais.

Elle le regarda superposer entre deux tranches de pain de la roquette, de fines tranches de jambon, du munster, et ajouter quelques chips dans l'assiette. Il prépara le thé, puis posa le tout sur la table sans plus de chichis.

Branna se leva pour aller chercher un couteau puisqu'il avait omis de couper son sandwich en deux.

— Il faut que tu chipotes.

— Eh oui. Et merci, dit-elle avant de prendre une bouchée en soupirant. Je ne m'étais pas rendu compte que j'avais faim. C'est la partie la plus astreignante, elle m'a accaparé l'esprit.

— Que reste-t-il à faire ?

— À cette étape, rien. J'ai les poudres, les teintures et les extraits. Les pétales et les baies doivent être pilés à la dernière minute. J'ai tout nettoyé, ça m'a pris du temps. Stériliser tous les instruments entre chaque ingrédient pour éviter les contaminations, c'est long aussi. Je vais laisser reposer pour l'instant, et je ne commencerai les mélanges que demain.

— Nous, corrigea-t-il. Je me suis libéré au maximum. À moins qu'on ait besoin de moi aux écuries ou à l'école, je reste avec toi jusqu'à ce que tu aies terminé.

— Je suis incapable de dire combien de temps ça va prendre pour atteindre la perfection.

— Jusqu'à ce que tu aies terminé, Branna.

Elle haussa les épaules sans cesser de manger.

— Tu as l'air perturbé. Ta réunion de ce matin s'est mal passée ?

— Non, plutôt bien, même.

Elle laissa passer un peu de temps avant de revenir à la charge.

— Tu envisages d'acheter des chevaux ou des rapaces ?

— J'ai vu un jeune cheval d'un an. Comme il me plaît bien, j'ai conclu la vente. Avec Iona, nous avons trouvé de nouveaux élèves pour le parcours d'obstacles. Je pense que c'est elle qui l'entraînera puisqu'il vient d'une bonne lignée. Si ça l'intéresse, nous pourrons développer ces cours en la nommant responsable.

Branna haussa les sourcils.

— Elle est contente de s'occuper des visites guidées, à ce qu'elle dit, mais je pense que ce projet va lui plaire. Si tu as eu cette idée, c'est que c'est une bonne monitrice.

— Elle est compétente et ses élèves l'adorent. Elle n'a que trois élèves réguliers pour l'instant, mais leurs parents la couvrent de louanges. Au départ, nous n'avions qu'un élève mais grâce au bouche-à-oreille, nous en avons deux nouveaux.

Branna hocha la tête, et continua à manger tandis que Fin se murait dans le silence.

— Tu vas me raconter ce qui te tracasse, oui ou non ? demanda-t-elle. Je le sens bien. Si c'est à propos de nous…

— Nous, nous nous en tenons au présent, comme convenu. (Il perçut l'agacement dans sa propre voix mais l'ignora.) Rien à voir avec nous, ou notre relation. Cabhan est apparu dans mes rêves, lui apprit-il. Ça fait trois nuits d'affilée.

— Tu ne m'en parles que maintenant ?

— Nous ne pouvons rien y faire, rétorqua Fin. Il ne m'a pas attiré dans le rêve. Je pense qu'il ne cherche pas à se battre, ça lui demanderait trop d'énergie. Alors il se faufile sournoisement dans mes rêves, il répète ses promesses, distord les images. Il m'en a montré une de toi la nuit dernière.

— De moi.

— Tu étais avec un homme, un blond aux yeux bleus, avec un accent américain. Vous étiez ensemble, dans un endroit que je ne connais pas, mais je pense qu'il s'agissait d'une chambre d'hôtel. Tu riais pendant que vous vous déshabilliez l'un l'autre.

Elle serra les mains sous la table.

— C'est David Watson. Il est venu à Cong, ça fait au moins cinq ans. Un photographe de New York. Nous avons partagé de bons moments, dont deux nuits, et il est retourné aux États-Unis. Ce n'est pas le seul que Cabhan risque de te montrer. Ils ne sont pas nombreux, en plus de David Watson. Tu n'as couché avec personne ces dernières années, Finbar ?

Il la regarda dans les yeux, l'air vaguement mauvais.

— Il y a eu quelques femmes. J'ai essayé de ne faire de mal à personne, mais la plupart du temps, elles se rendaient compte qu'elles étaient juste là pour m'apporter du réconfort, ou pire, que la place était réservée. Je n'imaginais pas que tu n'avais… eu personne dans ta vie, Branna, mais c'était difficile d'être forcé à te regarder avec un autre.

— C'est sa façon de te blesser. Il ne veut pas ta mort, puisqu'il espère mêler vos pouvoirs, te garder comme fils, alors que tu n'es rien de tel. Mais c'est comme ça qu'il te diminue sans laisser de cicatrice.

— Je porte déjà sa marque, sinon ni toi ni moi n'aurions eu d'aventures. Je connais son objectif, Branna, aussi bien que toi. Ça ne m'aide pas à avaler la pilule pour autant.

— Nous pourrions chercher quelque chose qui l'empêcherait de s'immiscer dans tes rêves.

Fin secoua la tête.

— Nous avons assez à faire comme ça. Je le supporterai. Il y a autre chose, quelque chose que je ne vois ni n'entends, mais je sens que quelque chose d'autre essaie d'entrer en moi.

— Quelque chose ?

— Peut-être quelqu'un, et je ne veux pas faire barrage avant de l'identifier. C'est comme s'il jouait des coudes pour passer. J'ai du mal à l'expliquer autrement. J'ai l'impression qu'une voix parle mais qu'elle est trop loin pour que je l'entende. Quand je me réveille, je tends l'oreille.

— Tu ferais mieux de dormir au lieu d'écouter les voix dans ta tête. Je ne peux rien changer à ces dernières années, Fin.

— Moi non plus, dit-il en croisant son regard.

— Ce serait plus facile pour toi si nous n'étions pas ensemble maintenant ? Si on se contentait de travailler tous les deux, comme avant ? S'il ne pouvait pas se servir de moi comme d'une arme pour t'atteindre, ça…

— Il n'y a rien de pire que de vivre sans toi.

Elle se leva, contourna la table pour s'asseoir sur ses genoux.

— Tu veux les noms des hommes que j'ai connus ? Je peux même te les décrire pour éviter que tu sois surpris.

Au bout d'un long moment, il tira durement sur sa queue-de-cheval.

— En voilà une proposition cruelle et insensible !

Elle rejeta la tête en arrière.

— Mais j'ai bien failli t'arracher un sourire. Je vais t'aider à dormir ce soir, Fin. D'accord ? dit-elle en l'embrassant sur la joue. Ça ira mieux ensuite. Cette chose qui essaie de s'immiscer en toi en même temps que lui attendra.

— J'ai connu une rouquine qui s'appelait Tilda, à Londres. Elle avait des yeux de la couleur des jacinthes des bois, et un rire de sirène. Et des fossettes.

Les yeux plissés, Branna le prit à la gorge.

— Donnant-donnant, c'est ça ?

— Tant que tu n'as pas eu un aperçu de l'impressionnante souplesse de Tilda, nous ne sommes pas encore à égalité. Mais te parler d'elle devrait m'aider à mieux dormir cette nuit.

Il pressa son front contre celui de Branna.

— Je ne le laisserai pas m'affaiblir, ni moi ni nous.

Entrant en trombe par la porte arrière, Iona s'écria :

— Oups !

— Nous ne faisons que déjeuner, la rassura Branna.

— Je vois ça. Vous devriez venir voir dehors.

Sans attendre, elle se précipita dans l'atelier.

Lorsque Branna et Fin l'eurent rejointe devant la fenêtre, ils se retrouvèrent face à une armée de rats alignés en bordure de la zone de protection.

Kathel se mit à grogner, aussi Branna posa-t-elle une main sur sa tête.

— Il n'apprécie pas de ne pas voir ce qui se passe à l'inté-rieur, dit-elle d'une voix calme.

— J'ai commencé à les brûler, mais j'ai préféré te les montrer. C'est pour ça que je suis entrée par-derrière.

— Laissez-moi faire, dit Fin en s'approchant de la porte.

— Ne les enflamme pas ici, lui dit Branna. Ils laisseraient de vilaines traces noires sur la neige, et on devrait encore nettoyer. C'est tellement joli comme ça.

Fin secoua la tête puis sortit sans manteau.

— Les voisins…

Poussant un soupir irrité, Branna fit apparaître un mur pour cacher Fin.

Rapidement, les rats se dispersèrent devant son pouvoir tout en poussant des cris suraigus. Il les repoussa millimètre par millimètre, opposant sa volonté à leur détermination.

Branna sortit sur le seuil dans l'idée de lui prêter main-forte, mais elle s'aperçut bien vite que ce n'était pas nécessaire.

Il convoqua le vent qui les chassa en les faisant rouler sur eux-mêmes comme des vagues malfaisantes. Il fendit le sol et les entassa dans la tranchée en les happant dans un tourbillon. Quand les flammes s'élevèrent de la terre, leurs cris stridents déchirèrent l'air.

Quand le silence retomba, il fit appel à la pluie pour éteindre le feu et laver les cendres. Ensuite, il referma simplement la tranchée sur leurs cadavres.

— C'était génial, dit Iona dans un souffle. Dégoûtant mais extraordinaire. J'ignorais qu'il jonglait aussi bien avec les éléments.

— Il en a fait des tonnes, rétorqua Branna. Pour impressionner Cabhan.

Fin se tenait immobile, à découvert, comme pour le mettre au défi de répondre à son attaque.

Il leva les bras au-dessus de sa tête, et appela son épervier. Comme un éclair doré, Merlin descendit en piqué, puis, suivant la main de Fin, plongea entre les arbres.

Fin fit tournoyer ses bras dans un sens puis dans l'autre, et disparut dans un tourbillon de brume.

— Oh, mon Dieu… Cabhan.

— Ce n'était pas le brouillard de Cabhan, dit Branna en s'astreignant au calme. C'était celui de Fin. Il est parti à sa poursuite.

— Que pouvons-nous faire ? Nous devrions appeler les autres, et aller rejoindre Fin.

— C'est impossible de le rejoindre puisque nous ignorons où il est parti. Il devrait nous le dire, mais il ne le fait pas. Il veut agir seul.

Il volait, caché par le brouillard, et il voyait avec les yeux de l'épervier. Et grâce à cette vue perçante, il distingua le loup qui sortait des bois. Il ne laissait aucune empreinte sur son passage, et ne projetait aucune ombre.

Une fois arrivé près de la rivière, il se ramassa sur lui-même, bondit, se redressa et sauta par-dessus la surface froide et sombre comme un caillou projeté d'un lance-pierre. Et pendant ce mouvement, la marque de Fin le brûla brutalement.

Ainsi, Cabhan payait cher sa traversée de la rivière.

Il suivit le loup, camouflé par son propre brouillard jusqu'à ce qu'il sente un changement, un tremblement. Il appela Merlin, freina son vol quelques secondes avant que le loup ne disparaisse.

Fin avait peut-être envie de faire cavalier solitaire, mais cela n'empêcha pas Iona de faire appel aux autres. Placide et silencieuse, Branna faisait infuser du thé.

— Tu es tellement flegmatique, dit Iona qui, anxieuse, faisait les cent pas. Mais comment fais-tu pour garder ton calme ?

— Je suis tellement furieuse que j'ai l'impression de brûler de l'intérieur. Si je n'étouffais pas ma rage, je me consumerais sur place.

Iona se plaça dans le dos de Branna et la prit dans ses bras.

— Tu sais qu'il va bien. Tu sais qu'il est capable de faire attention à lui.

Elle tapota la main d'Iona, alla chercher un plat pour les biscuits tandis que son cœur battait contre ses côtes.

— Je le sais très bien, mais ça ne change rien. Je ne t'ai pas demandé pourquoi tu rentrais si tôt.

— Nous avons décidé de changer nos horaires dès aujourd'hui. J'ai une leçon au grand haras à seize heures, mais Boyle m'a libérée jusque-là. (Iona se rua vers l'entrée.) Ils arrivent. Oh, Fin est là ! Il va bien.

Comme Branna ne disait rien, elle ouvrit la porte.

— Entrez vite, dit-elle d'une voix cinglante. Tu n'as même pas pris de veste.

— J'avais assez chaud comme ça.

— Tu auras encore plus chaud quand je t'aurai botté le train, le menaça Boyle. C'est quoi, cette histoire ? Tu es parti seul à la poursuite de Cabhan, dans une espèce de tunnel brumeux ?

— Un petit truc que j'ai mis au point. C'était l'occasion de le tester. (Fin chassa ses cheveux de son front, et fit rouler ses épaules.) Me faire la morale ne t'avancera à rien, mais ne te gêne pas si ça te soulage.

— C'est moi qui vais te plaquer au sol pendant qu'il te bottera le train, gronda Connor en ôtant son manteau d'un geste énervé. Tu ne devrais pas partir seul à sa poursuite.

— Rien ne me l'interdit.

— Nous formons un cercle, lui rappela Iona.

— Exact, répondit Fin en se radoucissant. Et nous sommes aussi des individus avec des intérêts personnels.

— Nos intérêts personnels vont dans le même sens. Ce que tu vis nous touche tous, dit Meara en jetant un œil à Branna qui était toujours occupée à préparer un encas. Chacun de nous.

— Il ne savait pas que j'étais là. Il n'a même pas remarqué que je le pistais. J'étais caché. C'est là-dessus que j'ai travaillé et j'ai voulu essayer mon tour.

— Et tu n'as pas cru bon de nous avertir ? lança Connor.

— Eh bien, je ne pouvais pas être sûr que ça fonctionnerait avant d'avoir essayé. (Il se rapprocha de Branna.) Je me suis servi de son maudit sang pour conjurer le brouillard. Ça fait des semaines, et même des mois que je m'entraîne puisque je n'ai pas eu beaucoup de temps libre. Aujourd'hui, c'était l'occasion idéale. Honnêtement, c'est un peu comme aller faire du cheval dans les bois en espérant tomber sur lui.

— Je n'étais pas seule.

— Moi non plus, se défendit-il froidement. J'avais Merlin avec moi, et je l'ai suivi à travers ses yeux. Il nous a nargués, et il faut bien lui rendre la monnaie de sa pièce parce que sinon, comme nous le savons tous, il se douterait qu'on mijote quelque chose. Et pour quelle autre raison aurais-je fait tout un tralala pour chasser les rats ?

Percevant l'énervement général, il leva les mains.

— Personne ne me fait confiance ?

— Ce n'est pas une question de confiance, expliqua Iona. Nous avons eu peur pour toi. Au début, j'ai cru que Cabhan t'avait pris en embuscade mais Branna m'a dit que c'était toi qui avais provoqué le brouillard. Mais nous ne pouvions pas te voir, et nous ne savions pas où tu étais. Nous avons eu peur.

— Pour ça, je te présente mes excuses, *deirfiúr bheag*. Je suis désolé de vous avoir fait peur, à vous tous, mais plus particulièrement à toi qui me soutenais presque avant de me connaître.

Iona soupira.

— C'est ta façon de t'éviter des ennuis supplémentaires ?

— Ce n'est que la vérité, dit-il en l'embrassant sur le front. J'avoue que j'ai agi dans l'instant, et j'ai saisi l'occasion. J'ai réussi mon coup, si ça peut justifier mes agissements.

— Il a raison, dit Branna sans laisser le temps aux autres de répondre. Je vais peut-être avoir du mal à chasser ma colère, comme vous autres, mais d'un point de vue pratique, Fin a raison et c'est tout ce qui doit compter. Il s'est servi de son potentiel. Je me suis demandé pourquoi tu en avais fait des caisses. C'était presque embarrassant. (Devant l'air interrogateur de Fin, elle s'adressa à Connor :) Emmène le plateau devant la cheminée, s'il te plaît. Les bocaux sont fermés hermétiquement sur le plan de travail mais je préfère que le thé ne reste pas à côté.

— Il s'est servi des éléments, l'un après l'autre, rapidement, expliqua Iona. Le vent, le feu, la terre, l'eau. C'était fabuleux.

— Carrément exagéré, lança Branna avec aigreur. Mais maintenant, je comprends pourquoi.

— Ce qui est fait est fait, dit Boyle dans un haussement d'épaules avant de prendre une tasse de thé. J'aimerais savoir ce que nous avons appris de neuf, et puisque personne n'est en danger, faisons vite. J'ai du boulot.

— Il s'est enfui comme un loup-fantôme, sans laisser d'empreintes dans la neige. Rapide, très rapide. Mais il courait, il ne volait pas. Je pense qu'il économise son énergie. (Fin prit un biscuit puis poursuivit en arpentant la pièce.) Il s'est juste envolé pour traverser la rivière et au moment où il a bondi, ma marque est devenue brûlante. Ça lui coûte cher de franchir la rivière, mais maintenant je sais que chaque fois que je ressens cette douleur, et c'est fréquent, c'est qu'il passe de l'autre côté. Il a repris par le bois, puis il a tourné vers le lac. Cette longue course l'a épuisé. Ensuite, j'ai senti un changement, et j'ai ramené Merlin vers moi. Le loup a disparu. Il a changé d'époque. Parti dans la sienne, je dirais. Vers sa tanière.

— Tu saurais y retourner ? Oui, évidemment, sinon tu n'aurais pas cet air suffisant.

— Je saurais retrouver l'endroit où le loup a disparu et je pense qu'en y retournant nous découvririons le repaire de Cabhan à proximité.

— On peut y aller bientôt ? demanda Meara. Cette nuit ?

— Il se trouve que je suis libre ce soir, proposa Connor.

— Pas ce soir, dit Branna en secouant la tête. Il y a des choses à préparer, au cas où nous mettrions la main dessus. Des choses qui nous seraient utiles. Ce que nous trouverons, si jamais nous trouvons quoi que ce soit, se situerait dans notre temps. Mais…

— Tu envisages d'y retourner. Une fois que nous l'aurons localisé, tu y retourneras en te projetant dans son époque, réfléchit Boyle à voix haute. Et tu prévois de l'attaquer là ?

— Non, pas du tout. Il nous manque des éléments, et c'est à nous de déterminer le moment. Mais si nous pouvions laisser quelque chose dans sa grotte, quelque chose qu'il ne remarquerait pas et qui nous permettrait de le voir… de l'entendre. Alors nous obtiendrions probablement le nom. Et nous aurions connaissance de ses projets avant qu'il ne les mette à exécution.

— Pas tous ensemble, s'opposa Fin. C'est trop risqué qu'on remonte tous le temps d'un coup. S'il nous prenait au piège, nous serions fichus. Un seul ira.

— Toi, évidemment, conclut Branna.

— Eh oui, moi, je sais y aller. Sous mon manteau de brouillard, je serai invisible. Je dépose ton cristal puisque c'est le mieux pour voir à distance, et je reviens.

— Et s'il est dans la grotte ? s'enquit Iona en donnant un coup de poing dans l'épaule de Fin. Tu es fichu.

— C'est pourquoi deux d'entre nous, au moins deux, estima Connor, devraient être là pour l'attirer à l'extérieur et l'occuper un petit moment. Ça te tente ? proposa-t-il à Meara avec un grand sourire.

— Je trépigne d'impatience.

— Bon… reprit Boyle en prenant un biscuit dans sa main et en en mettant un autre dans sa poche. Nous allons tous les quatre à l'endroit jusqu'où Fin l'a suivi aujourd'hui et, de là, nous cherchons une piste. Connor et Meara attirent l'attention de Cabhan de manière à ce qu'il parte à leur poursuite, et libère la tanière. Si nous le trouvons, Fin prend le cristal, remonte le temps jusqu'au XIIIe siècle, dépose le truc dans la grotte, revient, et nous filons tous au pub nous rafraîchir le gosier.

— Voilà, dans les grandes lignes, dit Branna en lui tapotant le bras. Nous allons régler les petits détails, qui ne sont pas des moindres. Mais d'ici là, personne ne va là-bas. Aucun de nous ne va dans ce coin. Nous sommes bien d'accord ? s'assura-t-elle en regardant Fin dans les yeux.

— Nous sommes d'accord, dit-il, et j'ai quelques idées au sujet des petits détails.

— Moi aussi.

Satisfaite, quoique toujours un peu en colère, Branna prit un biscuit.

16

Il fallut près d'une semaine pour que Branna soit pleinement satisfaite, et cela représentait des heures en moins à consacrer au poison. Toutefois, elle n'avait pas perdu son temps.

Le délai était court, et le cercle serait séparé à plusieurs étapes. Par conséquent, le moindre pas de chacun devait être soigneusement programmé.

Ils choisirent d'opérer en début de soirée afin que même en préservant leurs habitudes quotidiennes, il leur reste une heure ou deux de lumière avant le coucher du soleil.

Dans son atelier, Branna plaça délicatement dans une pochette le cristal qu'elle avait choisi et envoûté.

— Tu dois le placer en hauteur, en face de l'autel, pour qu'il réfléchisse ce qui se passe en dessous, expliqua-t-elle à Fin. Et tu dois agir vite, et revenir encore plus vite.

— Tu me l'as déjà dit.

— Ça mérite d'être répété. Tu vas être tenté de t'attarder dans la grotte – comme n'importe qui à ta place – pour voir si tu peux trouver ou apprendre quelque chose. Plus tu passes de temps dans sa tanière et dans son temps, plus tu as de chances de laisser des traces, ou qu'il sente ta présence.

Elle rangea la pochette dans une sacoche de cuir puis brandit la fiole.

— Si jamais ça se passe mal, ou s'il revient avant que tu aies fini, ça devrait le mettre hors d'état de nuire pendant un petit moment, assez longtemps pour que tu puisses revenir vers moi, Iona, Boyle et notre époque. C'est à n'utiliser qu'en cas d'urgence.

Elle rangea la fiole dans une bourse puis dans la sacoche. Elle la fixait du regard comme si elle espérait qu'ils n'en auraient pas besoin.

— Ne mets pas tout en péril.

— Puisque tu fais partie du tout, tu peux être sûr que je ne prendrai pas de risques.

— Ne touche à rien qui lui appartient. Ne…

Il prit son visage entre ses mains pour l'obliger à le regarder dans les yeux.

— Branna. Nous avons déjà tout répété en détail.

— Je sais, tu as raison. Et c'est l'heure. (Elle lui donna la sacoche et alla chercher sa veste.) Iona et Boyle vont arriver d'une minute à l'autre.

— Quand ce sera fait, nous aurons une fenêtre à travers laquelle l'observer comme il lui arrive trop souvent de faire avec nous. Et nous pourrons accorder tout le temps nécessaire à la mise au point du poison.

— Ça me met mal à l'aise, si tu veux la vérité.

Elle ne savait pas si son aveu était utile, mais elle savait que c'était insensé et peut-être même dangereux de faire semblant.

— Plus nous approchons de la fin, car je crois sincèrement que nous allons l'anéantir, plus je me sens tiraillée. Ce n'est pas simplement une question de confiance ou de doute. J'ai du mal à interpréter mes propres sentiments et ça me perturbe.

— Rassure-toi. Au moins sur ce point.

Elle ne pouvait que faire de son mieux, puisqu'il n'y avait pas de place pour le doute. De plus, il était impossible de retarder l'événement puisque Iona et Boyle arrivaient déjà devant la maison.

Elle attrapa une épée courte, et fixa le fourreau à sa ceinture.

— Mieux vaut être prêt à tout, dit-elle simplement lorsque Iona et Boyle entrèrent.

— Connor et Meara sont en route.

— Dans ce cas, nous devrions y aller.

Branna prit la main de Fin, puis celle de Boyle. Quand Iona saisit celle de Boyle, ils s'envolèrent.

Ils traversèrent l'air frais et humide et le vent, volant au-delà des arbres, par-dessus la rivière puis le lac. Les lumières du château d'Ashford brillaient derrière eux.

Ils se posèrent en douceur, dans un petit bois, un lieu qu'elle ne connaissait pas.

— Ici ?

— C'est ici que j'ai perdu sa trace. Des siècles se sont écoulés depuis l'époque de Midor et de sa grotte, fit remarquer Fin. Il y a quelques maisons, des chemins dans le coin, mais comme la chaumière de Sorcha, je pense que le lieu de la création de Cabhan est fait pour perdurer, sous une forme ou sous une autre.

— C'est assez calme ici, remarqua Boyle en scrutant le paysage. Ce silence est oppressant.

Comme il partageait son sentiment, Fin hocha la tête.

— Nous sommes un peuple de superstitions, nous, les Irlandais, et nous sommes assez sages pour bâtir autour d'une colline féerique sans la déranger, pour laisser la pierre vivre à sa place. Et pour rester à l'écart d'un lieu où le mal règne.

Il jeta un œil à Boyle.

— Nous avons décidé de rester ensemble, mais nous couvrirons plus d'espace en nous séparant.

— Ensemble, déclara Branna d'un ton sans appel, comme si elle s'était attendue à sa suggestion. Et si le mal règne ? demanda-t-elle en montrant un morceau de cristal translucide. La lumière saura le trouver.

— Ce n'était pas au programme.

— Mieux vaut être prêt à tout, répéta-t-elle.

Elle leva la main vers le ciel jusqu'à ce que le cristal vibre de lumière. Elle vit Merlin voler en rond au-dessus d'eux.

— Entre ma baguette magique et ton rapace, nous devrions trouver sa tanière. Elle m'attire vers le nord.

— Alors allons vers le nord.

Boyle reprit la main d'Iona, et ils partirent tous les quatre dans la direction indiquée.

De l'autre côté de la rivière, Connor et Meara parcouraient les bois. Il avait pris contact avec Roibeard, qui slalomait entre les arbres, et avec Merlin, qui suivait le reste du cercle des yeux pendant qu'ils parcouraient un autre bois.

— C'est un plaisir d'avoir enfin une occasion d'aller à la chasse au faucon avec toi. Ça fait trop longtemps qu'on ne s'est pas accordé ne serait-ce qu'une heure.

— Il faut que je pratique plus souvent, répondit Meara avec décontraction, malgré sa gorge sèche. Pour être prête quand nous proposerons l'offre globale.

— Nous aurions pu venir à cheval.

— Ce sera pour une autre fois.

Elle leva sa main gantée vers Roibeard et, bien que la chasse au faucon fît partie de leur stratagème, elle appréciait l'exercice.

— Tu aimerais avoir un rapace à toi ? demanda Connor.

Elle le regarda avec une surprise sincère.

— Je n'y ai jamais pensé.

— Tu devrais en avoir un. Une femelle, si tu en trouves une qui te parle. Ton oiseau pourrait se reproduire avec le mien.

L'idée, touchante, la fit sourire, bien que cela fût dans l'ordre des choses.

— Je n'ai jamais soigné un oiseau qui soit à moi.

— Je t'aiderai si tu veux, mais tu seras parfaite avec lui. Tu m'as souvent aidé avec Merlin quand Fin était occupé à parcourir le monde. Nous pourrions leur construire un endroit à eux, lorsque nous ferons bâtir notre maison. Si tu envisages toujours d'en faire construire une.

— Je n'ai pas trop pensé à ça non plus, étant donné que j'avance très lentement sur le projet de mariage. (Elle laissa Roibeard s'envoler.) Et nous sommes préoccupés par Cabhan.

— Ne pensons pas à lui aujourd'hui, dit Connor même si c'était le contraire de ce qu'ils avaient en tête. Aujourd'hui, nous suivons la danse de Roibeard. Chante pour nous, Meara, une chanson légère qui porterait les ailes de Roibeard.

— Une chanson légère, c'est ce que tu veux ?

Elle lui prit la main et fit balancer son bras d'un geste joueur tout en marchant. Dans le fond, elle avait besoin de ce contact physique rassurant puisque sa musique était destinée à attirer Cabhan.

C'était du moins ce qu'ils avaient prévu.

Elle choisit *The Wild Rover*, une chanson joyeuse et assez longue pour que Cabhan ait le temps d'être tenté.

Elle rit lorsque Connor s'associa à elle pour entonner le refrain. En une autre occasion, elle aurait grandement apprécié leur promenade, avec le rapace, la chanson qui résonnait dans le joli bois où la neige fondue ramollissait le sol et où des plaques de neige s'accrochaient dans l'ombre.

Au moment où il lui pressa la main, elle comprit qu'il avait mordu à l'hameçon et que le moment était venu de jouer son rôle.

Sa voix ne faiblit pas lorsqu'elle vit les premières bandes de brouillard ramper au ras du sol, ni quand Roibeard se posa sur une branche à proximité, tel un guerrier aux ailes dorées en faction.

— Une pensée me suffirait à figer ta voix.

Cabhan s'éleva du brouillard et arbora son sourire le plus mielleux quand Meara se tut pour dégainer son épée.

— D'ailleurs j'ai réussi. Tu mets ta dame en danger, sorcier, en te baladant dans les bois sans ta sœur pour te défendre.

— Je suis capable de protéger ma femme, si toutefois elle a besoin de moi. Mais je pense que tu sais qu'elle est tout à fait apte à se défendre. Pourtant... je vais quand même lui offrir ça en plus, dit Connor et, passant le doigt sur le bord tranchant de l'épée de Meara, il l'embrasa.

— Quel genre d'hommes es-tu pour laisser ta femme se placer en bouclier ?

— Elle est à côté de moi, pas devant, rectifia Connor avant de brandir son épée et de l'enflammer.

— Tu ne la protèges pas, dit Cabhan en lançant un éclair noir à Meara.

Connor l'envoya s'écraser sur le sol d'un vif coup de vent.

— Elle est toujours à l'abri.

Sur l'autre rive, les vibrations de la baguette de Branna gagnèrent en force.

— Nous sommes tout près.

— Là.

Fin pointa le doigt vers des fourrés denses ponctués d'épaisses épines noires, des branches de vigne serpentines supportant des baies pareilles à des gouttes de sang séché.

— C'est là-dedans que se trouve la grotte de Midor. Je sens qu'elle m'attire, aussi clairement que j'ai senti la brûlure lorsque Cabhan a franchi la rivière. La voie est dégagée.

— Ça ne m'a pas l'air si dégagé que ça, dit Iona. Plutôt fatal.

Elle tapota prudemment le plat de sa lame sur une épine, et écouta le cliquètement du métal contre le métal.

— Ça aussi, ça me semble mortel.

— Ce ne sont pas les buissons que je vais traverser, mais le temps. Mais quand nous aurons fini, nous reviendrons ici, tous ensemble, et nous brûlerons ces vignes épineuses, nous les salerons et nous sacrerons la terre.

— Attends, dit Branna en lui prenant le bras. Connor ne m'a pas encore annoncé que Cabhan était tombé dans leur filet.

— C'est fait. Il y est presque, et plus vite j'entrerai, moins Connor et Meara auront à se mesurer à lui. Il faut agir, Branna, vite.

Malgré son sentiment d'effroi, ils formèrent le cercle et elle lâcha la main de Fin, accédant à sa requête pour le bien de leur mission.

— En ce lieu, chanta-t-elle avec les autres, de mort et de maléfice, nous envoyons celui qui porte la marque dans l'espace et dans le temps. Que le pouvoir de la clarté l'accompagne, que notre volonté le porte. Envoyez-le à travers le temps et que la lumière des Trois le ramène à nous.

— Reviens-moi, ajouta Branna à l'envoûtement.

— Que notre volonté soit faite, qu'il en soit ainsi, dit Fin sans la quitter des yeux.

Happé dans un tourbillon de brouillard, il disparut.

— Ça ne sera pas long, la rassura Iona en la prenant par les épaules.

— Il fait si noir. Si froid. Et il est seul.

— Il n'est pas seul, contesta Boyle en lui prenant la main avec fermeté. Nous sommes tout près. Avec lui.

En vérité, il était seul dans le froid et dans l'obscurité. La force était si dense et si pesante qu'il ne sentait plus rien. Des taches de sang noircissaient le sol là où Cabhan avait ligoté et tué sa mère.

Il parcourut les horribles bocaux du regard, tous remplis des parties du corps de la femme qui l'avait mis au monde, et que Cabhan conservait pour les besoins de sa magie noire.

Le monde que Fin connaissait, son monde, ne semblait pas être distant de plusieurs siècles, mais bel et bien inexistant. En libérant le démon, en lui donnant forme et vie, la grotte était devenue un enfer à part entière où tout était voué à la damnation.

Ça sentait le soufre et le sang – du sang séché et frais. Il dut redoubler d'effort pour lutter contre le vif désir d'aller vers l'autel, de s'emparer de la coupe posée au pied d'une croix constituée d'os jaunis et d'en boire le contenu.

Boire.

La sueur recouvrait sa peau, bien que son souffle se changeât en buée dans l'air glacial qui semblait onduler comme une mer avec les gouttes fétides qui suintaient des murs et retombaient sur le sol à un rythme régulier.

Sans comprendre pourquoi, ce rythme le mettait en transe.

Ses mains tremblèrent lorsqu'il se força à en plonger une dans la sacoche, à ouvrir la pochette, et à en sortir le cristal.

Pendant un bref instant, Branna fut avec lui. Sa présence chaude et puissante, rayonnante, ralentit les battements de son cœur, calma ses tremblements. Il se leva dans le brouillard, se hissa le long du mur détrempé de la grotte. Parmi les symboles creusés dans la pierre, il reconnut celui des signes Ogham, sans pouvoir déchiffrer les autres.

Il plaça le cristal dans un interstice, sur un fin rebord, en se demandant si le charme de Branna serait assez puissant pour le cacher dans un lieu habité par autant de noirceur.

Une obscurité si profonde, si fascinante, dans laquelle des chants résonnaient, et où les sacrifiés hurlaient et sanglotaient pour demander une grâce que jamais ils n'obtiendraient.

À quoi bon faire preuve de compassion envers les plus faibles ? Leurs pleurs et leurs cris tourmentés composaient une musique vraie, un appel à la danse, une faim formulée.

Le mal avait besoin d'être nourri. Enlacé. Adoré.

Le mal était source de satisfaction. Une récompense éternelle.

Fin se tourna vers l'autel et s'avança lentement.

— Il met trop de temps.

Branna se frottait les bras pour se réchauffer, car le froid, né de l'angoisse, l'imprégnait jusqu'aux os.

— La nuit tombe, il est parti depuis plus d'une demi-heure, c'est beaucoup trop long.

— Et Connor ? s'inquiéta Iona. Il est…

— Je sais, je sais. Avec Meara, ils ne vont pas pouvoir retenir Cabhan plus longtemps. Allez retrouver Connor, toi et Boyle, allez retrouver Connor et Meara. Allez les aider. Je vais rejoindre Fin. C'est trop long, il s'est passé quelque chose. Je ne le sens plus du tout depuis qu'il a traversé le temps.

— Non, Branna, tu n'y vas pas, s'opposa Boyle en la prenant par les épaules pour la secouer doucement. Nous devons avoir confiance en Fin, il va revenir, et nous ne pouvons pas risquer de te perdre. Sans toi, tout s'arrêterait ici, et pas parce que ce serait la fin de Cabhan.

— Son sang pourrait le trahir, même s'il lutte de toutes ses forces. Je pourrais l'obliger à revenir. Je dois essayer. Oh, non, Cabhan, il revient. Fin…

— Tu crois qu'on peut le ramener, à nous deux ? proposa Iona en s'agrippant à la main de Branna. On doit essayer.

— À nous tous, on devrait y arriver… Oh, merci, mon Dieu.

Lorsque le brouillard se dispersa autour de Fin et qu'il tomba à genoux à ses pieds, Branna se jeta sur lui.

— Il arrive, parvint-il à dire. J'ai réussi mais il arrive. Nous devons partir, et vite. Je veux bien un coup de main.

— Nous allons t'aider, dit Branna en passant un bras autour de ses épaules tout en donnant le signal aux autres. Nous te tenons, dit-elle en s'accrochant à lui juste avant que le cercle s'envole.

Sa peau était glacée, et elle n'arrivait pas à la réchauffer pendant qu'elle le tirait au-dessus de la cime des arbres, du lac, puis du château éclairé.

Elle l'emmena directement chez elle et chargea le feu avant de s'agenouiller devant lui.

— Regarde-moi, Fin, j'ai besoin de voir tes yeux.

Ils brillaient sur sa peau blanchie par le givre, mais c'étaient bien ceux de Fin, et seulement les siens.

— Je n'ai rien ramené, lui dit-il. Je n'ai rien laissé de moi. Juste ton cristal.

— Whisky, réclama-t-elle juste au moment où Boyle plaça un verre entre les mains de Fin.

— J'ai l'impression d'avoir marché cent kilomètres dans l'Arctique sans faire de pause.

Il vida son verre et laissa sa tête retomber en arrière.

— Il est blessé ? s'enquit Connor dès qu'il arriva avec Meara.

— Non, juste à moitié gelé et épuisé. Et vous, ça va ?

— Quelques brûlures superficielles, je vais les soigner.

— Il a déjà traité les miennes, précisa Meara en allant droit vers Fin. Une vraie mère poule. Que pouvons-nous faire pour toi, Fin ?

— Je vais bien.

— On ne dirait pas. Je vais chercher une de tes potions, Branna ?

— Je n'ai pas besoin de potion. Le whisky, c'est parfait. Tu fais la mère poule, toi aussi.

Meara se laissa tomber sur une chaise.

— À côté de toi, un fantôme passerait pour un vacancier qui rentre d'un séjour sous les tropiques.

Tandis qu'il se réchauffait peu à peu, et malgré la douleur, Fin lui sourit.

— Tu es pâlotte, toi aussi.

— Il s'en est pris sans cesse à elle, dit Connor en soulevant Meara qui fut d'autant plus surprise qu'elle était robuste. (Il prit sa place et l'assit sur ses genoux.) Moi aussi, il m'a attaqué, mais c'était plus pour l'esbroufe. C'est notre Meara qui l'intéressait. Il voulait lui faire du mal, il frappait sans cesse. Il cherchait la faille dans ses défenses. Au début, nous avons brandi toutes nos protections, tout donné, mais ça a duré plus longtemps que prévu et le combat a mal tourné.

— Connor a provoqué une tornade, raconta Meara en faisant tournoyer son doigt dans le vide. Assez petite mais impressionnante. Puis il l'a embrasée. C'est ce qui a repoussé Cabhan.

— Nous ne pouvions pas résister plus longtemps, termina Connor.

— C'était assez long comme ça. Prenons tous un whisky, décréta Branna. Montre-moi ta brûlure, Connor, je vais la guérir.

— Laisse-moi faire, s'interposa Iona en obligeant Branna à se rasseoir. Reste avec Fin.

— Mais je vais bien, insista Fin. Il faisait très froid, c'est tout. Ce froid est tellement piquant qu'il vide de toute énergie. C'est éreintant. Pire qu'avant, dit-il à Branna. Plus violent que la première fois.

Elle s'assit par terre et prit un des verres que Connor distribuait.

— Explique-nous.

— Il faisait plus sombre. Les ténèbres étaient plus intenses que lorsque nous y sommes allés en rêve. C'était plus froid, plus humide. Tellement épais que c'était impossible de respirer à fond. Il y avait un chaudron sur le feu, ça empestait le souffre et les flammes de l'enfer. Des voix chantaient. Je ne comprenais pas ce qu'elles chantaient, mais c'était du latin, et un peu de vieil irlandais. Comme des hurlements, des voix implorantes qui résonnaient en même temps. Celles des sacrifiés. Ça sonnait comme un écho dans le lointain. Mais ça sentait le sang.

Il but une gorgée et se ressaisit.

— Je me sentais attiré, de l'intérieur. J'avais envie de me rapprocher, plus fortement qu'avant, j'étais tiraillé entre deux directions. J'ai déposé le cristal en hauteur, dans une petite niche entre les pierres, en haut du mur face à l'autel.

Il faisait tourner son verre dans ses mains, le regard fixé sur le liquide ambré comme s'il revoyait tout le déroulé de sa mission.

— L'attirance est devenue irrépressible. Un besoin, comme si j'avais été séduit. Il y avait une coupe sur l'autel, remplie de sang. J'en ai eu envie. Le sang des innocents, d'après moi. Il aurait suffi que je m'en saisisse, que je boive pour devenir celui que je suis destiné à être. Je me suis demandé pourquoi je résistais. Pourquoi je rejetais tout ça – mon destin, ma gloire personnelle. J'ai fait un pas vers l'autel, je me suis rapproché. Les chants emplissaient la grotte, et les cris étaient doux comme de la musique à mes oreilles. J'ai tendu la main vers la coupe. J'étais à deux doigts de la saisir, c'était tout ce que j'avais à faire.

Il se tut, vida son verre d'un trait.

— Et à travers ces hurlements, ces chants, les vibrations dans l'air dense, je t'ai entendue, dit-il en regardant Branna. « Reviens vers moi », tu disais, et au fond de moi, sur le moment, c'est ce qui l'a emporté. J'avais plus besoin de te retrouver que du sang dont j'avais déjà l'arrière-goût dans la bouche. Alors j'ai reculé. Il s'est mis à faire encore plus froid, et l'air était si humide que j'avais l'impression d'avoir les poumons remplis de chiffons mouillés. La tête me tournait, j'avais la nausée et je tremblais. J'ai cru que j'allais m'effondrer mais j'ai prononcé la formule et je me suis retrouvé dehors, avec vous.

Il posa son verre.

— C'est important que vous sachiez tout, en détail. J'ai failli flancher. J'étais à deux doigts de succomber au mal. Et si j'avais cédé, je m'en serais pris à vous.

— Mais tu n'as pas saisi la coupe, Fin, lui rappela Iona. Tu es revenu.

— J'en ai eu envie. Une partie de moi le souhaitait désespérément.

— Et malgré cela, tu n'y as pas touché, souligna Connor. Et tu es assis avec nous, et tu bois un whisky au chaud.

— J'aurais pu trahir votre confiance…

— Foutaises, l'interrompit Branna en se relevant d'un bond. Ce sont des absurdités, Fin. Et je n'aime pas t'entendre dire que tu es revenu pour moi, parce que je ne suis pas l'unique raison de ton retour. Ni moi ni aucun de nous. Si tu es revenu, c'est pour ce que tu es. Par respect envers toi-même, envers ton don, ta haine envers tout ce que Cabhan représente. Alors non. Au départ, je refusais de te faire confiance, et tu m'as plusieurs fois prouvé que j'avais tort. Après tout ça, je ne te laisserai pas douter de toi, tu m'entends ? Je vais faire réchauffer le ragoût. Nous avons tous besoin de manger après tout ça.

Quand elle s'éloigna, Meara se leva en hochant la tête.

— Tout est dit. Viens, Iona, on va donner un coup de main à Branna.

Une fois qu'elles furent parties, Boyle alla chercher la bouteille de whisky et resservit Fin.

— Si tu veux sombrer dans l'auto-apitoiement, autant que tu sois ivre.

— Ce n'est pas de l'auto-apitoiement, à la fin ! Tu n'as pas entendu ce que j'ai dit ?

Assis sur une chaise, Connor déplia ses jambes devant lui, son verre à la main.

— J'ai entendu, comme tout le monde. Nous avons compris que tu avais mené un combat, intérieur et extérieur, et que tu l'avais remporté. Alors je te félicite. Laisse-moi te dire autre chose. Il faudrait me trancher la gorge avant de pouvoir faire du mal à Branna, ou à n'importe lequel d'entre nous. Alors bois, mon frère, et arrête de faire l'imbécile.

— L'imbécile, marmonna Fin qui but le whisky simplement parce qu'il l'avait dans la main.

Il attendit qu'ils soient tous passés à table, tous assis sauf lui.

— Je vous suis reconnaissant, commença-t-il.

— Ferme-la et viens manger, suggéra Boyle.

— C'est toi qui vas la fermer. Je vous suis reconnaissant et j'ai le droit de le dire.

— Message reçu, dit Branna en remplissant son bol de ragoût à l'orge. Maintenant ferme-la et viens manger.

Il goûta un morceau de bœuf chaud, le sentit glisser dans sa gorge encore transie de froid et réchauffer son ventre.

— Tu as mis quoi dedans, à part le bœuf, l'orge et les pommes de terre ?

Branna haussa les épaules.

— Une pointe de tonique ne peut faire de mal à personne après une journée pareille.

— C'est bon, dit Connor en se resservant. Excellent, même. Je te ressers, Fin, pour te faire taire.

— Très bien, fit Fin en prenant du pain. Dans ce cas, je ne vous raconte pas la suite puisque ça ne vous intéresse pas.

— Il y a autre chose ? demanda Iona.

Fin haussa les épaules.

— Je la ferme, comme on me l'a conseillé.

— Moi, je ne t'ai rien dit de tel, dit Meara en souriant avec gentillesse. Ça m'intéresse, tu peux me parler.

— Bon, alors rien que pour toi, Meara, il y avait des inscriptions gravées dans les parois de la grotte. Anciennes. Des signes Ogham.

— Ogham ? Tu en es sûr ? demanda Connor, intrigué.

Comme le ragoût faisait du bien à Fin, il en reprit.

— C'est à Meara que je m'adresse.

— Passe-moi le pain, dit Boyle en riant. Bon, Ogham, c'est ça ? Ça disait quoi ?

Fin le regarda longuement avec dureté.

— J'ai de nombreux talents mais je ne lis pas l'Ogham. Par contre, ça nous indique que la grotte a été occupée, et comme les inscriptions étaient en hauteur, parmi quelques symboles magiques, probablement à des fins maléfiques bien avant l'arrivée de Cabhan.

— Certains lieux sont destinés au mal ou au bien, avança Branna.

— Je n'ai ressenti que le mal, un peu comme… la racine du mal. Les ombres bougeaient comme si elles étaient vivantes. Et sur l'autel, quand je me suis rapproché, j'ai vu des ossements dans un plat à côté de la coupe de sang. Trois bougies noires et un livre avec une couverture en peau. La marque gravée dessus. (Il se toucha l'épaule.) Cette marque.

— Alors elle est ancienne, cette marque. Elle date d'avant le moment où Teagan a jeté la pierre et blessé Cabhan. Avant la malédiction de Sorcha. (Iona pencha la tête sur le côté.) Un symbole du démon sur lui ? Ou de sa noirceur ? Excuse-moi, ajouta-t-elle rapidement.

— Pas de quoi, dit Fin en reprenant sa cuillère. Près du livre, il y avait une cloche en argent avec une poignée en forme de loup dressé sur ses pattes arrière.

— Une cloche, un livre, des bougies, des os et du sang. Le symbole de la marque de Cabhan, le symbole du loup, résuma Branna. Il disposait donc des symboles de son devenir. Des objets anciens ?

— Très anciens, à part les bougies. Et ils sont constitués de graisse humaine mélangée à du sang. Ils lui ont été transmis, puis ils ont été utilisés pour servir le mal. Même si nous ignorons si son créateur était versé dans le mal et pourquoi il a choisi cette grotte comme lieu de prédilection.

— Il en était peut-être le gardien, suggéra Meara. Un homme doué de pouvoir qui gardait le démon, ou qui le retenait prisonnier.

— C'est bien vu, admit Branna. Que Cabhan soit né des ténèbres ou de la lumière, ou de quelque chose entre les deux, il a fait son choix.

— Ce n'est pas tout, lui dit Fin. Une figure féminine en cire, pieds et poings liés, en habit noir, qui supplie à genoux.

— Sorcha. (Branna secoua la tête.) Son obsession pour elle remonte à loin. Mais il n'a jamais réussi à la ligoter ou à la forcer à s'agenouiller.

— Presque huit cents ans, c'est une longue obsession, ou une longue rancune, fit remarquer Iona. Je dirais que c'est sa folie qui est ancestrale.

— Je suis d'accord.

— Aussi, reprit Fin, la figurine était barbouillée de sang sur le ventre et entre les cuisses.

Branna posa délicatement sa cuillère.

— Elle a perdu un enfant, au début de son dernier hiver. Elle a fait une fausse couche et elle ne s'en est jamais remise. Elle était atteinte d'une maladie qu'elle n'a pas réussi à soigner. Des douleurs lui transperçaient le ventre.

Malgré l'ancienneté des faits, Iona eut les larmes aux yeux.

— Il a tué son enfant ? En elle ? C'est possible ?

— Je ne sais pas. (Bouleversée, Branna se leva, se servit du vin et apporta la bouteille à table.) Et si elle ne l'avait pas protégé contre lui, ou pas comme il faut ? S'il avait trouvé un moyen de… elle avait trois enfants à élever, et son mari était souvent parti avec les hommes de leur clan. Cabhan la poursuivait avec acharnement. Elle a pu exposer un point sensible, dans un moment de faiblesse ou par manque de vigilance.

— Nous resterons vigilants, affirma Fin en lui prenant la main. Nous ne lui donnerons rien, et nous prendrons tout. C'est une raison supplémentaire pour qu'il paie de sa vie.

— Elle était en deuil. On perçoit son chagrin dans son livre quand elle évoque cette perte. Oui, affirma durement Branna. Il doit répondre de ça, et de tout le reste.

17

Elle multipliait ses efforts, mais elle ne pouvait pas accélérer le processus. Élaborer une décoction mortelle exigeait de la patience. Ainsi, Branna passa chaque minute de son temps libre à la préparation du poison.

Quel que fût le membre du cercle qui lui tenait compagnie dans l'atelier, il se chargeait d'une tâche – magique ou autre. Elle sortait rarement, à part pour s'offrir une balade quotidienne dans son potager afin de se sortir la tête des formules, des enchantements et des potions.

Même lors de ces brèves promenades, Branna ne cessait de se demander si cinq gouttes de teinture de trompette d'ange étaient excessives, ou si quatre seulement étaient suffisantes. Devait-elle piler les baies juste avant de les utiliser, ou les laisser tremper dans leur jus ?

— C'est important, marmonna-t-elle comme à elle-même tout en alignant méticuleusement les bocaux en vue de ses essais du jour. À une goutte près, on doit tout recommencer.

— Hier, avec quatre gouttes, ça n'a pas marché, alors mets-en cinq, suggéra Connor.

— Et si c'était plutôt six ?

Frustrée, elle fixait les bocaux comme s'ils allaient lui livrer leur secret.

— À moins que ce ne soit l'autre recette, la bonne, celle qui comporte cinq amanites phalloïdes cueillies au pied d'un chêne ?

— Plus il y aura de poison et mieux ce sera, si tu veux mon avis.

— Mais je ne peux pas me tromper sur les mesures. Ce n'est pas comme cuisiner une soupe avec tous les restes, dit-elle d'un ton irrité qu'elle ne parvenait pas à maîtriser. Il est impératif que ça marche, Connor, d'autant que j'ai le sentiment que ce sera notre seule chance. Si nous échouons, au mieux, nous devrons attendre un an avant de réessayer. Au pire, le démon trouvera un moyen de se protéger quand il s'apercevra que nous avons une idée pour l'atteindre.

— Tu chipotes trop, Branna. Ça ne te ressemble pas de couper les cheveux en quatre et de douter.

Il avait raison, bien sûr, et en général, en ressassant, on se mettait des barrières plus qu'on ne trouvait de solution, admit-elle en se pressant les paupières.

— Je sens qu'il y a urgence, comme jamais. J'ai la certitude, Connor, qu'il faut que ça marche cette fois, sinon c'est fichu pour nous. Tu veux savoir ce que m'inspire l'idée de ne jamais faire mieux que gifler Cabhan, comme chaque fois ? De seulement le tenir à distance pour ensuite passer le flambeau aux trois prochains ? C'est insupportable. Tu vas avoir des enfants avec Meara. Tu veux que l'un d'eux ou même tous portent ce fardeau ?

— Non, évidemment. Mais nous n'échouerons pas.

Il posa les mains sur ses épaules pour la masser.

— Pense à autre chose un peu. Tu bloques ton instinct avec tous ces doutes. C'est une force en moins.

— C'est la troisième fois que j'essaie de préparer cette mixture. Mes doutes ne viennent pas de nulle part.

— Alors mets-les de côté. Cette recette plutôt qu'une autre, oublie ça aussi. Concentre-toi sur tes impressions. Ce n'est peut-être pas la même chose que de faire de la soupe mais tu concoctes des potions depuis l'âge de quatre ans.

Pour appuyer ses propos, il ferma les ouvrages même s'il savait qu'elle les connaissait par cœur.

— Et maintenant, quel est ton sentiment ? Dis-moi ce que te dit ton cœur, et non ta tête.

— Eh bien… commença-t-elle en chassant ses cheveux d'un geste impatient. Mais où diable est Fin ? J'ai besoin de son sang pour ça, bien frais.

— Il a dit qu'il serait là avant midi, il va arriver. Et si je t'aidais pour les commandes et les formules ? Comme ça, quand il se pointera, tu lui prendras du sang et tu pourras commencer.

— D'accord, très bien.

Il est temps d'arrêter de se perdre en futilités et d'agir, s'exhorta-t-elle.

— L'eau bénite doit être le premier ingrédient. Je lis : « D'abord nous versons l'eau bénite qui sera le bain de tout le reste. Les baies de belladone écrasées et pilées, les jus mélangés lentement. L'aile de chauve-souris se dissout dans le poil d'une femelle yack qui porte la vie mélangé à l'écorce de mancenillier. Ajoutons la trompette d'ange, les pétales d'aconit et laissons reposer. Ensuite… »

— Que penses-tu, Branna ? la pressa Connor.

— Eh bien, je pense que j'ai trop précipité les choses la dernière fois. Je pense que cette étape doit être exécutée lentement, que ça doit bouillir un moment.

— Donc… mélanger, porter à ébullition et mélanger…

— Jusqu'à ce que de la fumée s'échappe – oui, j'étais trop pressée. Ça doit bouillir et s'évaporer un peu. Très bien. (Hochant la tête, elle prit des notes.) Les champignons, nous allons essayer avec les champignons – tiens donc, ça m'a l'air bon.

— Eh bah voilà, dit Connor en lui donnant un coup de coude encourageant.

— « Des amanites phalloïdes blanches et belles confèrent la nuit éternelle. » Non, non, pas pour un démon. (Elle raya et recommença tout.) « Les amanites phalloïdes, trois plus deux, dispersent le poison par leur feu. »

— C'est mieux, confirma Connor.

— Et les pétales d'*Erodium cicutarium*. Ah, « parsemez de jolis pétales, et la magie sera fatale. »

— Plutôt des pétales dramatiques.

— Oui, dramatiques, corrigea-t-elle. Du sang pour lier, goutte à goutte, et le cœur du démon cesse de battre. Mon pouvoir, le pouvoir des Trois, unis pour accomplir notre destinée. Que notre vœu soit exaucé, qu'il en soit ainsi. (Elle posa son stylo.) Je ne sais pas…

— Ça me plaît, ça sonne juste. C'est assez fort, Branna, tout en restant simple. Avec la mort, inutile de faire des simagrées.

— Ce n'est pas faux. Zut alors, ça doit épaissir, virer au noir. Je dois ajouter ça. De plus en plus noir, de plus en plus épais sous mes mains…

— Pour que ce poison achève le maudit, termina Connor.

— J'aime bien, décida-t-elle, je vais tout récrire.

— Si tu ne peux pas commencer sans Fin, tu n'as qu'à… il s'interrompit alors que Fin entrait. Eh bien, le voilà. Elle a l'intention de te prendre du sang.

Fin se figea sur place.

— J'en ai assez perdu hier, et avant-hier.

— Il me faut du sang frais.

— Elle veut du sang frais, grommela Fin en enlevant son manteau. Que vas-tu faire de tout le sang que tu m'as pris hier, et le jour d'avant ?

— Je l'ai mis à l'abri – on ne sait jamais, je risque d'en avoir besoin un jour ou l'autre. Mais aujourd'hui, j'ai envie de tout reprendre de zéro. J'ai modifié l'envoûtement.

— Encore ?

— Oui, encore, dit-elle avec un réel agacement. Des changements s'imposaient. Connor était d'acc...

— Je n'y suis pour rien, se défendit Connor en levant les mains. Je vous laisse régler vos comptes entre vous. D'ailleurs, puisque Fin est là, je m'en vais. C'est Boyle qui va venir tout à l'heure, je crois. Il n'aura qu'à ramasser les morceaux après votre bagarre.

Il s'empara de son manteau, de son bonnet, de son écharpe, et sortit. Kathel lui emboîta le pas comme s'il préférait prendre ses distances, lui aussi.

— Pourquoi es-tu fâché ? demanda Branna.

— Moi ? Et toi alors ? Tu fronces les sourcils comme chaque fois que tout t'agace.

Doublement énervée, Branna frotta sa ride du lion.

— Je ne suis pas fâchée... Bon, je suis très énervée, d'accord, mais pas contre tout et rien, et sûrement pas contre toi. Je n'ai pas l'habitude d'être mise en échec comme avec ce fichu mélange.

— Ce n'est pas parce que tu n'as pas encore trouvé la bonne recette que c'est un échec.

— Je ne serais pas en situation d'échec si je trouvais la bonne recette. Donc le contraire, c'est échouer.

— Si on dit « pratiquer la magie », c'est bien que ça ne vient pas tout seul, Branna, et tu le sais très bien.

Elle faillit s'emporter, mais soupira.

— Ça, oui, je le sais bien. Seulement, les premières fois, je pensais me rapprocher un peu plus de la perfection. Si je ne tape pas dans le mille au prochain coup, je vais devoir me faire expédier plus d'ingrédients.

— Bon, reprenons depuis le début, dit-il en allant l'embrasser. Bonjour, Branna.

— Tiens, bonjour, Finbar, répondit-elle en riant. Bon alors ? fit-elle en prenant son couteau.

Elle s'attendait à ce qu'il relève sa manche, mais il ôta son pull.

— Prends le sang à la marque, dit-il. Comme pour le poison de Cabhan. Sur la marque, Branna, comme tu aurais dû le faire la première fois.

— J'aurais dû, c'est vrai. Mais ça te fait mal, ça te brûle quand j'entaille là.

— Parce que l'objectif est de détruire l'origine de l'empreinte. Prends-le d'ici, Branna. Ensuite, j'exige un fichu biscuit.

— Tu en auras six.

Elle s'avança vers lui avec le couteau rituel et une coupe.

— Ne la bloque pas, dit-il en la forçant à le regarder. La douleur va avec. Il faut l'accepter, ça passera.

— Très bien.

Agissant le plus rapidement possible, elle entailla le pentagramme de la pointe de sa lame. Elle récupéra le sang dans le calice – et sentit qu'il souffrait même s'il n'eut aucune réaction.

— C'est assez, murmura-t-elle avant de poser le couteau et de prendre un chiffon propre pour le presser sur la coupure.

Elle posa la coupe près des pots, et se tourna vers lui pour soigner l'entaille superficielle.

Le prenant de court, elle embrassa la marque sans avoir réfléchi à son geste.

— Non, dit-il en reculant d'un bond, stupéfait et consterné. J'ignore si ça peut te faire du mal ou je ne sais quoi.

— Ça ne me fera rien puisque tu ne l'as pas mérité. J'ai passé des années à essayer de t'en vouloir, et j'aurais pu le reprocher à Sorcha – ou pire, à son chagrin. Elle t'a causé du tort. Elle a rompu notre serment le plus sacré et t'a blessé, comme tous les autres avant toi. Des innocents. Si je le pouvais, je la porterais à ta place.

— Tu ne peux pas. Tu crois que je n'ai pas essayé de l'effacer ? fit-il en se rhabillant. Des magiciennes, des prêtres, des sages, des saints, des maîtres de la magie blanche et noire. Rien n'y fait. Je me suis rendu dans tous les coins du monde, partout où j'ai vaguement entendu parler d'un moyen de rompre la malédiction.

Tous ses voyages, comprit-elle. C'était leur but.

— Tu ne m'as jamais dit…

— Qu'y avait-il à dire ? se défendit-il. Ce symbole apparent de ce qui coule dans mes veines est inaltérable. J'ai tout essayé, mais c'est toujours là. Aucun sortilège, aucun rituel ne parvient à briser la malédiction qu'elle a jetée en poussant son dernier soupir. On ne peut pas l'annuler, ni l'extraire de moi. J'ai même pensé à me couper le bras, mais j'ai eu peur qu'elle réapparaisse sur une autre partie de mon corps.

— Tu… mon Dieu, Fin.

Il n'avait pas prévu de lui raconter tout ça, mais c'était trop tard.

— Bon, j'étais passablement éméché ce jour-là, heureusement. Que j'aie un ou deux bras, une malédiction reste une malédiction, même si ça semblait héroïque, à vingt-deux ans, après avoir descendu presque une bouteille de Jameson.

— Tu ne vas pas te faire du mal, dit-elle bouleversée. Oublie ça.

— Ça ne servirait à rien. C'est ce qu'on m'a répété à chaque tentative, à chaque échec. L'anathème d'une magicienne mourante – qui s'est sacrifiée pour ses enfants, pour les protéger contre les desseins les plus obscurs ? C'est trop puissant.

— Quand tout sera fini, je t'aiderai à trouver une solution. Nous t'aiderons tous…

— C'est à moi de la trouver, si toutefois il y en a une. Je n'arrêterai jamais de chercher puisque c'est à cause de ça qu'il n'y a pas d'avenir possible entre nous. Je ne peux pas te demander d'envisager un futur avec moi comme je ne peux pas te l'offrir. Nous ne pourrons jamais avoir d'enfant en sachant qu'il portera ce fardeau.

Cette prise de conscience brutale et le désespoir qui naquit de son acceptation lui brisèrent le cœur.

— Non. Quand tout sera fini, alors tu repartiras…

— Quand tout sera fini, tu crois que nous pourrons continuer à vivre ainsi, l'un à côté de l'autre, alors que la vie dont nous avons rêvé nous est interdite ? En sachant que ça (il se toucha l'épaule) continuera à se dresser entre nous même après la fin de Cabhan ? Aussi longtemps que je la porterai, il continuera à exister et la malédiction de Sorcha se poursuivra à travers moi. Alors non, je n'arrêterai jamais de chercher la solution.

— Sa malédiction est triple. Elle pèse sur toi, moi, et la vie que nous aurions pu partager.

— Nous avons le présent. Ça dépasse tous mes espoirs.

— J'ai cru que ce serait suffisant.

Elle plongea dans ses bras, et le serra contre elle.

— Il ne faut pas le gâcher.

— Non, nous ne gâcherons rien. (Levant son visage vers lui, elle l'embrassa.) Si je pouvais faire un vœu, je demanderais à ce que nous soyons des gens ordinaires.

Il parvint à sourire.

— Tu n'as rien d'ordinaire.

— Je ne suis qu'une femme qui fabrique des savons et des bougies, qu'elle vend dans une jolie petite boutique du village. Et toi, juste un homme à la tête d'un haras et d'une école de fauconnerie. Si je pouvais en faire le vœu. Mais…

Il suivit son regard vers le plan de travail, jonché de livres de sortilèges et de bocaux.

— Si nous étions comme tout le monde, nous ne pourrions pas mettre un terme au mal. Autant essayer l'envoûtement, sinon tu vas encore me prendre du sang sous prétexte qu'il n'est pas assez frais.

Le devoir, se rappela-t-elle, et le destin. Impossible de se dérober.

Elle mit le chaudron à chauffer à petit feu.

Le long processus exigeait de la précision et du pouvoir. Avancer progressivement. Branna s'ordonna d'oublier ses précédents échecs, et d'aborder cet essai-là comme une première fois. Alors que le mélange toxique bouillonnait et produisait de la fumée, ils placèrent leurs mains au-dessus du chaudron pour le remuer très lentement.

Elle prit une inspiration juste avant de passer à la dernière étape.

— Plus noir, plus épais sous mes mains, dit-elle.

Fin prit le relais :

— Produire ce poison pour le maudit.

— Par mon pouvoir, dirent-ils à l'unisson alors que le mélange bouillonnait de plus en plus fort. Par le pouvoir des trois, accomplis notre destin. Ceci est notre volonté, qu'il en soit ainsi.

Elle sentit un changement lorsque leurs pouvoirs magiques et leurs souhaits se propagèrent autour d'eux. Ils se prirent la main pour unir leurs forces et en multiplier les effets.

Bloquant tout le reste, elle se concentra uniquement sur cette fusion tandis que son cœur tambourinait dans sa poitrine, pendant que la chaleur et les odeurs de son atelier disparaissaient. Cette fusion physique, intime, psychique et vigoureuse qui l'emportait comme dans une tempête lui fit l'effet d'un orgasme.

Sa tête partit en arrière. Elle leva les bras, paumes tendues vers le ciel, doigts écartés.

— Vois l'arme forgée pour combattre le mal. Portée par la foi et la lumière. Sur la terre sacrificielle de la Ténébreuse, trois plus trois plus trois, nous nous opposons au diable né de l'obscurité. Que le sang coule jusqu'à ce que mort s'ensuive.

Ses yeux, devenus noirs, se révulsèrent, ne laissant plus voir que le blanc. Fin réussit à la rattraper juste avant qu'elle tombe, repliée sur elle-même comme une marionnette dont les ficelles auraient été coupées.

Pendant qu'il la soulevait, elle posa la main sur son épaule.

— Je vais bien. Juste un vertige.

— Tu vas t'asseoir, dit-il en la déposant sur le petit canapé devant la cheminée. Il fouilla dans sa réserve, et trouva ce qu'il voulait.

Sans se donner la peine de faire chauffer de l'eau, il fit apparaître du thé d'un claquement de doigts, versa six gouttes de tonique dans la tasse puis la lui apporta.

— Bois sans discuter, ordonna-t-il. C'est ta potion.

— J'étais là, avec la lumière et le pouvoir qui montaient en moi, devant la potion qui bouillonnait dans le chaudron en s'épaississant. Et puis je me suis vue, je t'ai vu aussi et je me suis entendue parler sans prononcer les mots. J'ai déjà eu des flashs – comme nous tous –, mais rien d'aussi fort et d'aussi bouleversant que ça. Mais ça va maintenant, juré.

Ou presque, pensa-t-elle en buvant son thé vivifiant.

— Mais quand ça m'a quittée, j'ai eu la sensation d'être brièvement vidée.

— Tes yeux sont devenus noirs comme la nuit, et ta voix résonnait comme si tu parlais depuis le sommet d'une montagne.

— Je n'étais pas dans mon état normal.

— En effet. Que t'est-il arrivé, Branna ?

— Je ne sais pas. Mais cette puissance et cette lumière me consumaient. Et Fin, c'était tellement beau que ça échappe à toute description. C'était tout ce que nous sommes mais magnifié, comme si j'étais entourée et habitée de mille soleils. Je ne peux pas l'expliquer autrement.

Elle but du thé et recouvra son calme.

— J'ai envie de tout écrire, tout ce que j'ai dit. Il ne faut pas l'oublier.

— Je ne l'oublierai pas, pas un mot.

Elle sourit.

— Mieux vaut l'écrire de toute façon. L'arme forgée… ça semble avoir fonctionné.

— Le poison noir et épais.

— Nous devons le sceller, le garder à l'abri, et envoûter la bouteille pour éviter que le liquide s'échappe.

— Je vais le faire.

— Mais non, nous l'avons conjuré ensemble, et je pense que ça change tout. Nous devrions faire tout le reste ensemble aussi. Je vais très bien en fin de compte, Fin.

Elle posa sa tasse, et se leva pour lui en donner la preuve.

— Ne perdons pas de temps. Ça m'ennuierait que le poison se gâte et qu'on doive tout recommencer.

Il garda un œil sur elle le temps de se rassurer sur son état.

Après avoir placé l'envoûtement en sécurité, elle prit deux petites fioles, opaques et noires, dans le placard sous son plan de travail.

— Deux ?

— Nous en avons fabriqué suffisamment pour en remplir deux, c'est plus sûr. Si jamais il arrive quelque chose à l'une – avant ou pendant l'attaque –, nous en aurons une autre.

— Futé, et comme toujours, efficace. (Quand elle voulut prendre l'entonnoir, il secoua la tête.) Je ne crois pas que nous devions nous y prendre de cette manière. Je comprends que c'est pratique mais à mon sens, pour ça, nous devons nous en tenir au pouvoir.

— Tu as sûrement raison. Un point chacun. Il faut faire vite et les fermer hermétiquement. (Elle posa la main sur une fiole.) La tienne. (Puis sur l'autre.) La mienne. (Ils retournèrent se poster devant le chaudron.) Remplis la bouteille, sans laisser de trace dans l'air, ni de goutte par terre.

Elle lui donna la main, et tendit l'autre en même temps que lui. Deux filets de liquide noir visqueux s'élevèrent du chaudron, s'arquèrent pour plonger dans les fioles, et se glissèrent à l'intérieur. Une fois les bouteilles remplies, ils firent voler les bouchons au-dessus du goulot, et les fichèrent à l'intérieur.

— Préservées de la lumière, bien scellées, à n'ouvrir qu'au nom du bien.

Soulagée, Branna alluma des étincelles blanches dans le chaudron pour brûler d'éventuels résidus.

— Mieux vaut prévenir que guérir, dit-elle en rangeant les fioles dans le placard où elle entreposait ses bocaux d'ingrédients et le poison qu'elle avait déjà préparé pour Cabhan. Je vais tout de même détruire le chaudron. Il ne faut pas qu'on s'en resserve. C'est dommage, il m'a souvent été utile.

Enfin, elle envoûta la porte du placard.

— Elle ne s'ouvrira que pour le cercle.

Dans un autre placard, elle prit une bouteille vert clair placée dans un panier en argent filigrané, puis choisit deux verres à vin.

— Et ça, c'est quoi ?

— Un vin de ma fabrication, que je gardais pour une grande occasion – sans savoir laquelle. Je pense que le moment est venu. Nous avons fait notre devoir, et pour tout te dire, Fin, je n'étais pas certaine d'y arriver. Chaque fois que j'ai eu une certitude, nous avons failli. Alors qu'aujourd'hui… ? (Elle versa le vin ambré dans les verres, et lui en tendit un.) Aujourd'hui, nous n'avons pas failli. Donc…

Comprenant où elle voulait en venir, il trinqua.

— Buvons à aujourd'hui. (Il but une gorgée et pencha la tête sur le côté.) Un talent de plus car c'était extraordinaire. La lumière unie à l'audace. Avec un goût d'étoiles.

— On peut dire que j'en ai ajouté quelques-unes. C'est bien, confirma-t-elle. Nous avons mérité une récompense. Et si je me souviens bien, tu as aussi gagné un biscuit.

— Six, c'était le marché mais, maintenant, je trouve que nous méritons plus que des biscuits. (Il la prit par la taille.) Tiens bien ton verre, l'avertit-il en s'envolant avec elle.

La surprise et la vitesse la grisaient. Quand il l'embrassa au moment de s'élever dans les airs, elle redoubla de passion. Elle éclata de rire lorsqu'elle se retrouva allongée sous lui, sur un lit immense drapé dans de fins rideaux blancs.

— C'est notre récompense ?

— Ce n'est pas tout.

— J'ai perdu mon verre de vin.

— Pas du tout.

Il indiqua une table sur laquelle étaient posés deux verres. Elle découvrit alors que le lit et la table flottaient sur une mer d'un bleu profond.

— Lequel de nous deux a l'esprit pratique ? Où sommes-nous ? Il fait si chaud… c'est merveilleux.

— Dans les mers du Sud, loin de tout, et à l'abri des regards. Même les poissons ne peuvent pas nous voir.

— Dans les mers du Sud, sur un lit flottant. Tu es un peu fou, dans le fond.

— Surtout quand il est question de toi. Une heure ou deux avec toi, Branna, dans notre nid à nous au paradis. Là où il faut chaud, où nous sommes en sécurité, et où tu es nue.

En un claquement de doigts, elle se retrouva effective-ment dans le plus simple appareil. Avant qu'elle n'éclate de rire, il fit remonter ses mains jusqu'à ses seins.

— Je n'aime rien plus que te sentir dévêtue sous moi. Nous avons accompli notre devoir, lui rappela-t-il. Main-tenant, nous sommes libres de savourer notre bonheur.

Quand il l'embrassa de sa bouche chaude et possessive, elle décolla comme une fusée. Elle répondit à son baiser, pas parce qu'elle succombait, mais avec une passion égale.

L'union de leurs pouvoirs magiques les habitait encore, si bien qu'ils s'y ouvrirent comme ils se donnèrent l'un à l'autre.

Ses lèvres avides sur sa peau déclenchèrent une tempête de désirs. Ses mains parcoururent son corps avec une telle impatience que la tempête devint tourbillon. Ils roulèrent sur le lit qui se berçait au-dessus de l'étendue marine tandis qu'en eux des vagues passionnées se dressaient et se brisaient comme une marée sans fin.

Si c'était de la folie, elle l'acceptait volontiers et inondait Fin en retour de sa propre aliénation. L'amour, au-delà du raisonnable, l'envahissait simplement. Et là, dans cette parenthèse à deux qu'il lui offrait, elle pouvait s'abandonner. Là, où il n'y avait plus de place que pour la magie la plus sincère, elle pouvait donner à la mesure de ce qu'il lui offrait.

Son corps tremblait, son cœur tressautait. Un afflux de sensations, d'envies. Quand un cri de plaisir s'échappa de ses lèvres, il traversa le bleu vers l'éternité.

La posséder, entièrement, là où ils étaient inaccessibles. Réaliser le fantasme qu'elle s'accordait rarement, en sachant qu'elle le souhaitait, le prenait, l'acceptait avec tous ses sentiments. Cela le comblait plus sûrement que tous les pouvoirs, la magie et les mystères du monde.

Il n'y avait plus de place pour les mots. Les yeux de Branna exprimaient ses émotions, et reflétaient celles de Fin.

L'instant où il la pénétra fut pareil à un torrent de plaisir, d'amour et de luxure mélangés. Quand elle se contracta autour de lui, si violemment, ils furent totalement unis.

Ils firent l'amour avec fougue dans un monde qui se résumait à la pleine mer qui allait et venait sous eux. Elle coucha avec lui, paisiblement bercée par le ressac, la chaleur du soleil, l'atmosphère iodée. Et sa peau contre la sienne, chaude, luisante.

— Pourquoi ici plutôt qu'ailleurs ? demanda-t-elle.

— Ça ne ressemble à rien de ce que nous avons vécu ensemble. Nous avons grandi dans un paysage verdoyant et humide, qui fait partie de nous. Mais ici ? La chaleur et le bleu ? Un peu de fantaisie pour quelqu'un qui cache trop souvent la sienne. Et puis, Branna, l'hiver a été froid et pénible.

— Exact. Mais au printemps, nous serons comblés. Nous aurons accompli notre mission, et cela nous apportera de la lumière ou un nouveau souffle. Quand ce sera fini…

Il leva la tête pour la regarder dans les yeux.

— Dis-moi.

— Ramène-moi ici, rien que nous deux, quand ce sera fini. Et avant que tu ne sois obligé de repartir. Ramène-moi ici.

— Je le ferai. Tu veux rentrer ?

— Non, restons encore un peu. (Elle se redressa pour attraper leurs verres.) Nous allons terminer notre vin en profitant du soleil et de l'eau. Faisons durer cette fantaisie, parce que la prochaine fois, nous manquerons de temps.

Elle posa la tête sur son épaule, but une gorgée de vin étoilé et admira la mer qui s'étendait à perte de vue.

18

Quand ils se réunirent enfin tous les six, Branna opta pour un dîner de fête simple composé de côtelettes d'agneau, de purée de courge butternut et de petits pois au beurre et à la menthe.

— Je ne m'attendais pas à tout ça, dit Connor en se chargeant de découper la viande. Mais je ne vais pas me plaindre.

— C'est la première fois que nous sommes tous ensemble à table depuis une petite semaine, souligna Branna. Nous avons discuté entre nous, par petits groupes, si bien que tout le monde sait ce qui s'est passé et à quel stade nous en sommes. La potion tient bien, je l'ai vérifiée cet après-midi. (Elle se servit de la purée et fit passer le plat.) Avec Connor, nous avons rempli une seconde fiole du poison destiné à Cabhan. Comme pour celui du démon, nous avons une fiole en réserve si quelque chose clochait.

— Je refuse de penser que ça risque de mal se passer, dit Meara en donnant le plat de petits pois à Boyle. Pendant près d'un an ce salopard nous a évités, et il n'avait jamais esquivé les Trois aussi longtemps ; mais cette année, il nous a constamment nargués et attaqués. On dit que la troisième fois, c'est la bonne, non ? J'y crois dur comme fer et ça me revient en tête chaque fois que je l'aperçois pendant une promenade guidée.

— Tu l'as vu aujourd'hui ? demanda Branna.

— Oui, comme tous les jours en ce moment. Il rôde dans les bois, il nous suit même par moments. Il se rapproche du sentier, on dirait. Il est venu assez près pour qu'à deux reprises Roibeard ait plongé en piqué vers lui. Mais qu'est-ce qu'il fiche ?

— C'est pour nous déstabiliser, expliqua Boyle. Il ne faut pas se laisser impressionner.

— C'est vrai. (Connor prit deux des côtelettes qu'il avait découpées.) Il devient de plus en plus fort, ou plus audacieux, ou les deux. Je l'ai souvent vu traîner dans les parages pendant une chasse au faucon. Mais aujourd'hui, Brian a évoqué un loup qui traversait le chemin.

— Mme Baker l'a vu aussi, ajouta Branna.

— Exact. Brian, qui est du genre à croire qu'un coup de vent annonce l'apocalypse, je n'ai pas eu de mal à le convaincre qu'il avait dû apercevoir un chien errant. Mais c'est inquiétant qu'il se montre aux autres.

— Tu crois qu'il pourrait blesser quelqu'un ? demanda Iona. Nous ne pouvons pas le laisser attaquer un innocent.

— Il en est capable, affirma calmement Fin. C'est plus vraisemblable qu'il garde ses forces pour nous, mais il n'hésiterait pas à s'en prendre à n'importe qui. Il serait peut-être plus tenté par quelqu'un qui détient un certain pouvoir, parce que ça le grandirait en quelque sorte.

— Ou par une femme. (Après un moment de silence, Boyle poursuivit en hochant la tête.) Nous savons tous qu'il a des besoins dans ce domaine. Et s'il capturait une femme, puisque nous l'en croyons capable, comment l'arrêterions-nous ?

— Nous pouvons étendre la protection sur une plus grande zone, proposa Branna. S'il décidait d'étancher ce genre de soif, il opterait pour une jeune fille séduisante. Vulnérable. Faisons de notre mieux.

— Je m'y prendrais autrement, intervint Fin en découpant méticuleusement sa viande au ras de l'os. Il peut voyager dans le temps, aller là où ça lui chante. Pourquoi attirer l'attention sur l'endroit où il se trouve, et sur ses projets ici et maintenant ? À sa place, je retournerais dans le passé, cent ans en arrière au moins, et j'emmènerais ce que je veux, je ferais comme bon me semble. De cette manière, je resterais discret dans l'époque qui m'intéresse.

— Donc, nous ne pouvons rien faire pour aider ses victimes éventuelles, dit Iona.

— Nous allons l'achever, lui rappela Branna. Et ça, ça réglera tous les problèmes.

— Mais il reste un mois avant la date anniversaire de la mort de Sorcha.

— Il a eu huit cents années pour s'adonner aux pires horreurs, dit Boyle en prenant la main d'Iona. Nous ne pouvons agir que sur le présent.

— Je le sais, et pourtant c'est tout ce que nous pouvons faire. Malgré tous nos pouvoirs, nous n'avons pas la possibilité de l'empêcher de nuire.

— Je consulte la boule de cristal tous les matins, lui dit Branna. Et tous les soirs. Parfois plus. Je l'ai vu travailler, et j'ai noté certains des envoûtements qu'il conjure. Il y a du sang, toujours, mais j'attends encore de le voir amener un mortel ou une sorcière dans sa grotte. Je n'ai toujours rien vu et rien entendu d'utile.

— Nous ne pouvons rien faire de plus pour l'instant, déclara Connor à l'assemblée. Jusqu'au grand jour. Un mois, on a l'impression que c'est long, mais nous avons encore du pain sur la planche. Il nous faut la potion et l'enchantement pour détruire la pierre. Par la lumière, comme l'a auguré Branna.

— J'en ai un très bon, affirma Branna. J'ai juste besoin de toi et d'Iona pour le terminer avec moi. Cette tâche revient aux trois, expliqua-t-elle à la tablée.

— Ce sera fait, répondit Connor. Mais il nous manque toujours le nom et sans ça, nous n'avancerons pas, malgré la force du poison et les bienfaits de la lumière.

— Attirer le loup au-dehors, réfléchit Branna. Assez longtemps pour que je fouille ses pensées et que je trouve son nom. Moi ou Fin.

— Nous nc savons pas si, sous cette forme, le nom sera dans ses pensées, fit remarquer Fin. Cabhan dort, non ? Il doit bien lui arriver de dormir.

— Tu envisages de pénétrer ses rêves ? s'étonna Connor. C'est trop risqué, Fin. Encore plus pour toi que pour nous.

— En le surveillant à travers le cristal, Branna peut nous indiquer quand il se repose. À ce moment-là, je pourrai m'infiltrer dans sa tête, si vous vous tenez tous prêts à m'en faire sortir en cas de pépin.

— Je refuse de participer à ça, décréta Branna quand Fin la consulta du regard. Je refuse, c'est trop dangereux pour toi, pour nous tous, et pour ce dernier élément, il nous reste plusieurs semaines pour trouver un meilleur moyen. La dernière fois, tu as failli rester coincé.

— C'est totalement différent.

— Je partage l'avis de Branna, intervint Boyle. Il jouerait avec toi plus qu'avec n'importe lequel d'entre nous. Si nous ne trouvons pas mieux, quelqu'un d'autre ira à ta place.

— Vous ne me faites pas confiance.

— Ne sois pas bête, rétorqua Boyle. Autour de cette table, nous serions tous prêts à te confier notre vie, et celle de ceux que nous aimons.

— Tu nous es précieux, le réprimanda Meara. C'est la seule raison. Et arrête d'être bête.

— Je suis désolé, mais c'est un fait : là où vous ne voyez que des risques, je vois un avantage. Je peux entrer et sortir de sa tête plus vite que personne.

— C'est hors de propos, dit Connor en continuant volontairement à manger. Et plus tu insistes, plus ce délicieux repas refroidit. Quoi qu'il en soit, j'ai une idée, si ça intéresse quelqu'un…

— Tiens donc, il a une idée, répéta Meara avec un sourire amusé. Dire que je suis témoin de cet événement !

— Mon idée est la suivante : pourquoi ne pas essayer avec Kathel ? Il peut nous accompagner, moi ou Meara ou Iona pendant une promenade. Il est possible que Kathel lise dans les pensées du loup. Ensuite, Branna n'aura plus qu'à consulter dans les pensées de son chien.

— Ce n'est pas si absurde que ça, jugea Branna.

— Merci, c'est gentil, dit Connor en reprenant de la viande.

— Je peux toujours donner le feu vert à Kathel, nous verrons bien. Je me suis posé des questions au sujet de cette vision et des mots que j'ai prononcés inconsciemment à la fin de la mixtion. « Trois plus trois plus trois. »

— Eh bien, les trois présents, les trois dans leur époque, dit Connor, et Fin avec Boyle et Meara. Ça me paraît clair.

— J'ai l'impression qu'il y a autre chose. C'est difficile à expliquer. Et même si c'est simplement ça, nous devons convoquer les trois de Sorcha, le moment venu. C'est notre époque, ça, c'est clair. Pas la leur, la nôtre. C'est dans ce temps que nous devons coincer Cabhan.

— Cloche, livre, bougie, reprit Iona en repoussant ses petits pois sur le bord de son assiette. Les instruments basiques. Et il faut que nos guides soient présents.

— Le sang coule jusqu'à ce que mort s'ensuive, dit Meara en remplissant son verre de vin puis celui d'Iona. Nous le savons depuis le début. Sorcier, démon, ou sang mortel et mort, ça ne change rien.

— Vous êtes précieux. (Le regard de Branna alla de Meara à Boyle.) Sœur et frère, pour avoir choisi l'amour et la loyauté, la justice et la lumière. Nous avons toujours été conscients de votre valeur, mais maintenant c'est tellement flagrant que la destinée le sait aussi.

Une pensée troublait Branna. Alors que Connor se penchait au-dessus de la table pour embrasser Meara qui riait, elle chassa cette idée. Elle la garda pour elle, la dévidant comme une bobine de fil pendant que son cercle terminait le repas.

Durant les quelques jours qui suivirent, elle étudia et retourna cette bobine de fil dans tous les sens. Elle voyait comment agir, mais elle devait s'assurer que c'était bien la marche à suivre. Au bout du compte, quelle que serait sa décision, son choix devait être valable pour tous.

Elle se glissa hors du lit, et prit son violon sous le coup d'une impulsion. Laissant Fin dormir, elle descendit dans son atelier où elle conservait la boule de cristal sur un socle. Après l'avoir posée sur la table, elle alluma un feu dans la

cheminée et trois bougies. Puis elle s'assit, et joua doucement tout en regardant Cabhan dormir dans un somptueux
lit en or, dans une chambre sombre de sa grotte.

Il sommeillait près d'un foyer qui brûlait faiblement,
et elle se demanda quelles images il voyait dans les
flammes. Des images de sang et de mort, comme le voulait la prédiction ? Ou ne voyait-il que ses propres
désirs ?

Elle pouvait lui envoyer sa musique pour troubler son
sommeil de la même manière qu'il perturbait souvent ses
nuits. Mais elle ne souhaitait laisser aucune trace qui
l'aiderait à remonter jusqu'à ce qu'elle aimait.

Alors elle joua pour se réconforter, pour se faire plaisir
tout en restant vigilante.

Elle sentit sa présence avant d'entendre sa voix, et tourna
la tête lorsque Fin s'assit à côté d'elle.

— Tu ne dors pas assez, ou trop mal.

— Quand tout sera terminé, je ferai de longues nuits pai-
sibles. Regarde comme il se repose tranquillement. Il dort
sur ses deux oreilles, comme on dit.

— Il rêve, je le sais.

— Oublie cette idée, Finbar. Nous sommes cinq contre
toi. La majorité l'emporte. Je sais ce que tu ressens. J'ai
envisagé de brouiller son sommeil par la musique. Mais à
quoi bon ? Tout ce que nous faisons, tout ce que nous
envoyons peut se retourner contre nous. Et nous savons
ce que nous aurons à faire, quand le mois de mars touchera
à sa fin.

— Que ferons-nous ? Tu as une idée en tête, tu nous
caches un truc. Je croyais que la majorité l'emportait,
Branna ?

— Non, ce n'est pas ça… seulement, ce n'est pas encore très clair. Je te promets de te le dire, sans rien te cacher, s'il s'avère que j'y tiens toujours. Mais je veux d'abord être sûre de moi.

— Alors reviens te coucher. Il ne te donnera aucun nom ce soir, et il ne fera aucun mal. Il dort, et c'est ce que tu devrais faire, toi aussi.

— Très bien, dit-elle en rangeant délicatement son violon dans son étui avant de prendre la main de Fin. Kathel sort encore demain. Il a déjà accompagné Connor, Meara, Iona, Boyle et toi. Vous avez tous vu le loup. Je le vois à travers Kathel. Mais tout ce que je trouve dans son esprit, c'est de la colère et… de la méfiance, ajouta-t-elle alors qu'ils traversaient la cuisine et empruntaient l'escalier. C'est différent d'une pensée active, cette méfiance, cette colère. Mais elle connaît son nom, comme toutes les créatures.

— J'accompagnerai Connor demain, avec les rapaces et Kathel. Peut-être qu'avec moi et Connor comme source supplémentaire de pouvoir nous obtiendrons quelque chose.

— Il faut que ce soit toi et moi, prit-elle conscience. Il lui arrive de me confondre avec Sorcha et il continue de la convoiter – et de te convoiter. Nous deux, avec Kathel. Nos deux pouvoirs unis au chien. J'aurais dû y penser plus tôt.

— Tu penses bien assez comme ça. Gardons cela pour demain, dit-il en l'entraînant dans le lit, les bras passés autour d'elle. Maintenant, dors.

Avant qu'elle ne comprenne ses intentions, il l'endormit d'un baiser sur le front.

Il resta un instant étendu à côté d'elle dans le rayonnement du clair de lune puis il céda au sommeil.

Il plongea dans le monde des rêves.

Les sabots de Baru frappaient la terre dure du chemin encore gelé. Fin ne reconnaissait pas ce paysage qui lui semblait pourtant familier. L'Irlande. C'était l'odeur de l'Irlande, mais pas de sa terre. Ce n'était pas chez lui.

La nuit noire l'enveloppait, seulement percée de quelques étoiles et de la lumière sélénienne intermittente qui jouait à cache-cache avec les nuages.

Le halo de la lune lui révéla une brume rouge sang. Une image de mort.

Le vent apportait l'odeur de la fumée, et il crut apercevoir des flammes vaciller dans le lointain. Un feu de camp.

Il portait une cape dont il entendait les pans fouetter dans le vent tandis qu'il galopait – à vive allure – à travers la terre. Un sentiment d'urgence le dévorait ; il ne savait pas où il allait mais il devait se hâter.

Le sang coule jusqu'à ce que mort s'ensuive. Alors que les mots résonnaient dans sa tête, il accéléra sa course et s'envola sur Baru sous la lune enveloppée d'un nuage rouge.

Le vent soulevait ses cheveux et faisait battre sa cape, les claquements emplissant ses oreilles. Pendant son vol, sous lui, il perçut l'écho des sabots d'une monture.

Baissant les yeux, il vit le cavalier – sa chevelure blonde dans le vent – qui allait à bride abattue pour échapper à ses poursuivants.

Les tourbillons de brouillard enveloppèrent le cavalier, et l'isolèrent du reste.

Sans hésiter, Fin plongea, dirigeant son cheval droit dans la couverture brumeuse. Il étouffait dans ce nuage épais qui continuait de s'étendre, repoussant le vent et l'air. La lumière des étoiles et de la lune ensanglantée s'éteignit comme la flamme d'une bougie pressée entre les doigts.

Il entendit le cri, le hurlement d'un cheval – sentit la peur de l'animal pris de panique, qui souffrait. Brandissant la main, Fin saisit l'épée qu'il fit apparaître et l'embrasa.

Il chargea, la lame en avant, tranchant le brouillard, sectionnant son froid piquant, pour dégager un chemin à la force de sa flamme et de sa volonté.

Il vit le cavalier, un bref instant : ses cheveux blonds, sa cape noire, l'éclat faible d'une broche de cuivre, celui de l'épée qu'il brandit à l'approche du loup qui l'attaquait.

Puis le brouillard se referma.

Poursuivant sa course à l'aveuglette, Fin assaillit le brouillard, appela le loup pour qu'il s'en prenne à lui plutôt qu'à l'homme sur sa monture. Il convoqua le vent, une bourrasque destinée à déchirer en lambeaux la couverture crasseuse qui l'enfermait. À travers ses morceaux déchiquetés, il vit le cheval trébucher, le loup se préparer à bondir. Il bloqua son attaque d'un tour de magie.

Le loup se retourna, sa pierre et ses yeux d'un rouge aussi brillant que le feu. Il attaqua Fin à la gorge avec une telle agilité qu'il eut à peine le temps de faire pivoter Baru. Ses griffes entaillèrent son bras gauche, de l'épaule au poignet. La force de son agression faillit le désarçonner. La douleur était aussi cuisante que les flammes de l'enfer. Tournant sur lui-même, il tendit son bras armé de sa lame enflammée, et entailla le flanc du loup. Son geste provoqua une douleur glacée dans la marque de son épaule.

Il pivota de nouveau, attaquant, tranchant la brume aveuglante qui se refermait autour de lui. Dans sa lutte, il nota que sa manœuvre les avait éloignés l'un de l'autre. Il repartit à la charge dans un regain de force, mais le loup était déjà en suspension dans l'air, et pendant que le guerrier blessé maniait son épée, le loup sauta au-dessus de la lame tournoyante et referma ses mâchoires sur la gorge du cavalier.

Dans un cri de rage, Fin poussa Baru dans les rideaux mouvants de brume.

Le cheval et le cavalier chutèrent, et dans un hurlement victorieux, le loup et le brouillard disparurent.

Baru avançait toujours au galop, mais Fin sauta à terre et retomba à genoux à côté de l'homme blond aux yeux bleus vitreux.

— Reste avec moi, lui dit Fin en posant la main sur la plaie béante à son cou. Regarde-moi. Regarde en moi. Je peux t'aider. Reste avec moi.

Il savait que ses paroles étaient vaines puisqu'il n'avait pas le pouvoir de déloger la mort, car c'était bien elle qui s'immisçait sous ses mains.

Il la sentit dans le dernier battement du cœur, dans le dernier souffle.

— Tu t'es battu pour lui.

Alors que la colère, la douleur et le chagrin éclataient en lui aussi violemment qu'une tempête, Fin leva les yeux et vit la femme. Il pensa d'abord à Branna, mais il sut presque aussitôt qu'il faisait erreur.

— Sorcha.

— Je suis Sorcha. Je suis la Ténébreuse de Mayo. C'est mon mari, inerte à terre. Daithi le Brave.

Sa robe, du même gris que le brouillard, balaya le sol lorsqu'elle se rapprocha, fixant Fin de ses yeux noirs.

— Je le regarde mourir, nuit après nuit, année après année, siècle après siècle. C'est ma punition pour avoir trahi mon don, mon serment. Mais ce soir, tu t'es battu pour lui.

— Je suis arrivé trop tard. Je n'ai pas pu l'arrêter. En le sauvant, j'aurais peut-être tout changé, mais je suis arrivé trop tard.

— Nous ne pouvons changer ce qui a été ; et ton sang, celui de mon amour et de Cabhan tache ce sol désormais. Pas pour changer ce qui a été mais pour te montrer ce qui peut arriver.

Elle s'agenouilla pour embrasser les lèvres de Daithi.

— Il est mort pour moi, pour ses enfants. Il est mort courageux et sincère, égal à lui-même. C'est moi qui ai échoué. C'est moi et ma rage qui l'avons fait du mal, qui avons jeté cette malédiction sur toi, un innocent comme tant d'autres avant toi.

— C'est ton chagrin, dit Fin. Ton chagrin et ton tourment qui t'ont guidée.

— Mon chagrin et mon tourment ? fit-elle en posant son regard noir sur lui. Ça ne justifie rien. Je t'ai maudit, toi et tous ceux qui sont nés entre toi et Cabhan, et comme c'est écrit, ce que j'ai donné me revient en triple. J'ai accablé mes enfants de ce fardeau, ainsi que tous leurs descendants.

— Tu les as sauvés. Tu as donné ta vie pour eux. Ta vie et ton pouvoir.

Elle sourit et, malgré sa tristesse, il vit Branna dans ses yeux.

— Je me suis accrochée à ce chagrin, comme à un amoureux ou à un enfant chéri. Je pense que c'est ce qui m'a nourrie depuis toujours. Je refusais de croire ce qui m'était donné de voir. Toi et en toi. Je savais que tu n'étais pas seulement du sang de Cabhan mais j'ai nié la vérité.

— Quelle vérité ?

Elle regarda Daithi.

— Tu viens aussi de lui. Plus de lui que de Cabhan, je le sais à présent.

De sa main rougie par son sang et celui de Daithi, Fin prit le bras de Sorcha. Le pouvoir afflua à son contact.

— Que veux-tu me dire ?

— Cabhan s'est rétabli – ce qui l'habite l'a aidé à renaître de ses cendres après qu'il a brûlé. Une fois guéri, il a voulu se venger. Il n'arrivait pas à atteindre mes enfants – ils étaient intouchables. Mais Daithi avait des sœurs, et l'une d'elles était si juste, si fraîche et si gentille. Il l'a choisie, l'a prise et a déposé sa semence en elle de force. Elle a poussé son dernier soupir au moment où l'enfant a poussé son premier cri. Tu viens de cet enfant. Tu descends d'elle. Tu es du sang de Daithi. Tu es né de lui, et donc, Finbar du clan des Burke, tu es ma famille. Je t'ai trompé.

Elle détacha soigneusement la broche de Daithi qu'elle avait fabriquée pour le protéger et qui était ornée d'un cheval, d'un chien et d'un épervier, le symbole de ses trois enfants.

— Elle te revient puisque tu es de son sang. Pardonne-moi. Elle a ton visage, et je l'entends à travers chacun de tes mots.

Il baissa les yeux vers la broche.

— J'ai tout de même le sang de Cabhan.

Secouant la tête, Sorcha referma les doigts de Fin autour du bijou.

— La lumière l'emporte sur la nuit. Je te promets sur tout ce que je suis que si je pouvais rompre la malédiction, je le ferais. Mais cela ne dépend pas de moi.

Elle se leva sans lâcher sa main, si bien qu'ils se retrouvèrent debout au-dessus du corps de Daithi.

— Le sang a coulé jusqu'à ce que mort s'ensuive aujourd'hui, et le sang coulera encore. Je n'ai pas le pouvoir de changer cela. Je t'accorde ma foi comme j'ai transmis mon pouvoir à mes enfants, aux trois qui sont nés d'eux, aux deux qui seront à leurs côtés et à toi, Finbar, enfant de Daithi, qui porte le bien et le mal. Le règne de Cabhan doit cesser, et pour cela la chose qui l'habite doit périr.

— Connais-tu son nom ?

— Cela aussi échappe à mon pouvoir. Achève-le, mais pas par vengeance car cela ne servirait qu'à faire couler plus de sang qu'à servir la mort, comme je l'ai appris à mes dépens. Achève-le au nom de la lumière, de l'amour, et pour tous ceux qui naîtront de toi.

Elle l'embrassa sur la joue et recula.

— N'oublie pas, les pouvoirs de l'amour sont plus forts que la magie. Retourne auprès d'elle.

Il se réveilla perturbé et désorienté tandis que Branna répétait son nom d'une voix pressante. Accroupie au-dessus de lui dans la faible lueur de l'aube, sa main était posée sur son bras blessé. Elle parlait en sanglotant, insufflant de la chaleur dans sa blessure. Il la considéra avec stupéfaction.

Branna ne pleurait jamais.

— Reviens, reviens. Je n'arrive pas à soigner ta blessure. Je ne peux pas arrêter les saignements. Reviens. (Elle expira entre deux sanglots et, les joues baignées de larmes, elle porta le regard sur son visage.) Reste avec moi. Je n'arrivais pas à communiquer avec toi, tu saignes toujours. Je ne peux pas… oh, merci, ça guérit… Reste là, reste… regarde-moi, Fin. Regarde-moi. Vois en moi.

— Je n'ai pas réussi à le sauver. Il est mort entre mes mains. C'est son sang sur mes mains. Son sang sur moi, dans mes veines.

— Chut, laisse-moi te soigner. Ces entailles profondes sont sérieuses. Tu as déjà perdu beaucoup de sang.

359

— Tu pleures.

— Mais non, dit-elle alors que ses larmes gouttaient sur la plaie, la renfermant proprement. Reste tranquille, et laisse-moi terminer. Ça cicatrise bien. Tu vas avoir besoin d'une potion, mais ça guérit vite.

— Je n'en ai pas besoin, dit-il comme il se sentait déjà plus fort, l'esprit plus clair. Je vais très bien. Tu trembles. (Quand il voulut s'asseoir, ses doigts frôlèrent les joues mouillées de Branna.) C'est plutôt toi qui aurais besoin d'une potion.

— Tu as mal ? Essaie de plier ton bras. Bouge-le pour voir si tout est en place.

Il obtempéra.

— Tout va bien et, non, je ne souffre plus. (Baissant les yeux, il vit les draps imbibés de sang.) Tout ça, c'est le mien ?

Encore tremblante, elle se leva pour changer les draps. Elle alla dans la salle de bains pour se laver les mains mais aussi pour calmer son anxiété dans la solitude.

Elle revint en enfilant un peignoir.

— Tiens, dit Fin en lui tendant un verre de whisky. Je crois que tu en as plus besoin que moi. Secouant la tête, elle s'assit précautionneusement au bord du lit.

— Que s'est-il passé ?

— Toi d'abord.

Elle ferma les yeux un instant.

— Bon, d'accord. Tu as commencé à t'agiter dans ton sommeil. Violemment. J'ai voulu te réveiller mais c'était impossible. J'ai essayé de me glisser dans ton rêve pour te ramener à la réalité mais je n'ai pas réussi non plus. C'était comme être au pied d'un mur impossible à escalader, malgré toutes mes tentatives. Les lacérations sont apparues sur ton bras, et le sang s'est mis à couler.

Elle dut se taire un instant et prendre son visage entre ses mains pour recouvrer son calme.

— Je savais que tu étais dans un endroit inaccessible. J'ai essayé de te ramener. De soigner tes plaies, mais rien n'empêchait le sang de couler. J'ai cru que tu allais mourir en dormant, piégé dans un rêve dans lequel il t'avait entraîné, et qui m'était interdit. J'ai cru que tu allais mourir parce que j'étais incapable de t'atteindre. Qu'il t'avait enlevé à moi alors que je viens de te retrouver. Que tu allais mourir parce que je n'étais pas assez forte pour te soigner.

— Mais tu as réussi, et je ne suis pas mort, dit-il en se rapprochant d'elle pour l'embrasser sur l'épaule. Tu as pleuré pour moi.

— Des larmes de panique et d'impuissance.

Mais quand il déposa un autre baiser sur son épaule, elle pivota brusquement vers lui pour le prendre dans ses bras et le bercer.

— Où étais-tu ? Où t'a-t-il emmené ?

— Ce n'est pas lui qui m'a attiré dans ce rêve, j'en suis sûr. J'ai remonté le temps jusqu'à la nuit où Cabhan a tué Daithi. J'ai vu Sorcha. J'ai parlé avec elle.

Branna fit un bond.

— Tu as parlé avec elle.

— Aussi clairement que je te parle en ce moment. Tu lui ressembles tellement, dit-il en ramenant ses cheveux en arrière. C'est frappant, bien que ses yeux soient plus foncés, ils sont comme les tiens. La même force. Le même pouvoir.

— Que t'a-t-elle dit ?

— Je vais tout te raconter mais je préfère attendre que nous soyons tous réunis. Et pour tout te dire, j'aimerais avoir un peu de temps pour faire le tri dans ce qui vient de m'arriver.

— Je vais leur demander de venir.

Elle s'habilla sans poser d'autres questions. En vérité, elle avait besoin d'un moment de solitude, elle aussi, le temps de rassembler ses esprits et de revêtir son armure. Elle n'avait pas éprouvé de peur aussi vive ni de chagrin aussi profond depuis le jour où elle avait découvert la marque de Fin. Elle se demanda si l'intensité de ses sentiments n'avait pas bloqué ses pouvoirs de guérison, comme sa capacité à l'extirper hors du rêve. Et elle se trouva en peine de répondre.

Quand elle descendit, elle remarqua qu'il avait mis de l'eau à chauffer et que son café était déjà servi.

— Ne pense pas à préparer le petit déjeuner pour tout le monde, dit-il. Nous pouvons nous débrouiller seuls.

— Ça m'occupe. Si tu veux te rendre utile, gratte et épluche des pommes de terre. C'est dans tes cordes.

Ils cuisinèrent en silence jusqu'à l'arrivée des autres.

— On dirait qu'un repas copieux se prépare, remarqua Connor. Si seulement il n'était pas un peu tôt pour ça… Tu as vécu une aventure, à ce qu'il paraît ? dit-il à Fin.

— On peut dire ça.

— Mais tu vas bien ? s'enquit Iona en touchant son bras comme pour vérifier par elle-même.

— Ça va. J'ai toute ma tête apparemment puisque j'ai l'intelligence de confier le couteau à Boyle, qui sait mieux préparer les pommes de terre que moi.

— Presque tout le monde sait éplucher des pommes de terre, répliqua Boyle en remontant ses manches pour prêter main-forte à Branna.

Avec une impatience croissante, ils mirent la table, firent infuser du thé, du café, et tranchèrent du pain.

Une fois qu'ils furent tous attablés, ils se concentrèrent sur Fin.

— C'est une étrange histoire, même si nous en connaissons certaines parties par les écrits. Je me suis retrouvé à galoper sur Baru, la nuit, sur un chemin de terre encore gelé.

Il partagea son récit en s'appliquant à n'omettre aucun détail.

— Attends une minute, l'interrompit Boyle. Comment peut-on être certains que ce n'est pas Cabhan qui t'a attiré dans ce rêve ? Le loup t'a attaqué à la gorge, et Branna ne pouvait pas te venir en aide. Ça m'a tout l'air d'être l'œuvre de Cabhan.

— Je l'ai pris par surprise, j'en suis convaincu. Le loup m'a agressé parce que j'étais là et que je risquais de l'empêcher d'assassiner Daithi. Si Cabhan avait voulu me faire du mal, il aurait aussi bien pu attendre un meilleur moment. Non, il visait Daithi et mon irruption était inattendue. Je n'ai pas pu le sauver, et avec le recul, je comprends que ce n'était pas le but de mon apparition.

— C'était un sacrifice, affirma calmement Iona. Sa mort, comme celle de Sorcha, a engendré les Trois.

— Il avait les mêmes yeux bleu clair que toi. J'ai vu comme il était brave et acharné au combat. Mais malgré ça, malgré mon aide, rien ne pouvait influencer le cours des choses. Le pouvoir de Cabhan était immense, plus que maintenant. Sorcha l'a affaibli. Je pense qu'une partie de sa soif de vengeance provient de son désir de le récupérer pleinement. Et pour ça, il doit le dérober aux trois.

— Il n'y arrivera jamais, déclara Branna. Mais continue. Je ne sais pas tout, moi non plus.

— Daithi est tombé. J'ai cru pouvoir le soigner mais c'était déjà trop tard. Il a poussé son dernier soupir au moment où j'ai posé les mains sur lui. C'est là que Sorcha est apparue.

— Sorcha ? s'étonna Meara en posant sa tasse de café. Elle était avec toi ?

— Nous nous sommes parlé. J'ai eu l'impression que ça durait longtemps, sur ce chemin baigné de sang mais, en réalité, c'était sûrement bref.

Il reprit tout, répéta chacun de ses mots, évoqua son chagrin, ses remords, sa force. Puis il parla de la révélation qui l'avait profondément changé.

— Daithi ? Tu descends de lui, tu es issu de lui et de Cabhan ? (Bouleversée, Branna se leva lentement.) Comment n'y ai-je pas pensé ? Pourquoi ça n'est venu à l'esprit d'aucun de nous ? C'est lui que tu portes en toi, c'est lui et son héritage qui repoussent chaque assaut de Cabhan. Mais je n'ai rien vu. Je n'ai pas pu parce que je ne voyais que la marque.

— Comment aurais-tu pu voir ce que moi-même je ne voyais pas en moi ? Depuis l'apparition de la marque, j'ai laissé ce poids peser sur moi, comme toi. Plus lourdement, même. Elle savait, c'est ce qu'elle a dit, mais elle refusait de croire ou de faire confiance. Alors je pense qu'elle m'a fait venir pour vérifier ma réaction. Le test ultime pour savoir quelle partie de moi l'emporte sur l'autre.

Il mit la main dans sa poche.

— Et à la fin, elle m'a donné ça. (Il ouvrit la main pour montrer la broche.) Elle l'a fabriquée pour lui et me l'a donnée.

— La broche de Daithi. Certains l'ont cherchée, dit Branna en se rasseyant pour examiner le bijou de cuivre. Nous la croyions perdue.

— Les trois guides réunis. (Connor tendit la main et Fin lui donna la broche.) Comme tu es le seul d'entre nous qui puisse parler avec les trois animaux. Elle t'appartient depuis toujours. Elle attendait que tu la reçoives.

— Elle revoit la mort de Daithi tous les soirs. Sa punition pour la malédiction. Je pense que les dieux sont trop cruels envers une femme en deuil. « Le sang coule jusqu'à ce que mort s'ensuive », elle a dit, comme toi, Branna. Jusqu'à ce que mort s'ensuive, et c'est pour cela qu'elle nous transmet sa foi – à nous tous, à ses enfants. Nous devons l'exterminer mais pas par vengeance. Je dois admettre que le désir de vengeance l'emportait avant cela. Mais si nous devons l'achever, c'est pour sauver la lumière, l'amour, et épargner nos descendants. Elle a dit que le pouvoir de l'amour dépasse celui de la magie, puis elle m'a renvoyé ici. Elle a déclaré : « Retourne auprès d'elle », et je me suis réveillé à côté de toi qui étais en larmes.

Sans rien dire, Branna tendit la main vers Connor puis étudia la broche.

— Elle l'a fabriquée par amour, comme les porte-bonheur des trois. Elle renferme énormément de magie. Et tout comme nous, tu ne dois jamais t'en séparer maintenant qu'elle te l'a remise.

— Nous pourrions lui confectionner une chaîne de cou, suggéra Iona, comme les nôtres.

— Bonne idée. Maintenant je comprends mieux pourquoi il me faut toujours autant de ton sang pour réaliser le poison. Il ne contient pas suffisamment de Cabhan.

Riant jaune, Fin préféra manger ses œufs qui refroidissaient dans son assiette.

— Toujours l'esprit aussi pratique.

— Tu es l'un des nôtres, conclut Iona. Je veux dire que tu es notre cousin. Très, très éloigné, mais un cousin tout de même.

— Dans ce cas, bienvenue dans la famille, entonna Connor en trinquant avec sa tasse de thé. Il est peut-être écrit qu'à un moment ou un autre, les cousins O'Dwyer, ainsi que leurs amis et leurs amours, renvoient Cabhan brûler en enfer.

— Je porte un toast à ce dessein.

Comme Fin, Boyle serra la main d'Iona.

— Je propose que nous portions tous un toast ce soir, au pub, et que notre nouveau cousin paie sa tournée.

— Rien à redire à ça, tant que la deuxième est pour toi, répondit Fin en levant sa tasse avant de boire son café qui était aussi froid que ses œufs.

Rien ne pouvait amoindrir la chaleur qu'il ressentait au fond de lui.

19

Fin sentait le poids de sa broche qu'il portait attachée à une chaîne de cou. Et pourtant, quand il se regardait dans le miroir, c'était le même homme qu'il contemplait. Il était comme avant.

Si sa broche reposait près de son cœur, sa marque poinçonnait toujours son épaule. Savoir que son sang était constitué de l'un et de l'autre n'y changeait rien. Il restait le même.

De la même manière, ça ne changerait pas ce qui se passerait dans quelques semaines.

Il continuait à diriger ses affaires, à travailler aux écuries, à l'école, à passer du temps dans son atelier dans le but de perfectionner des envoûtements utiles à son cercle.

Il se promenait avec Branna, à pied ou à cheval, avec les chiens, dans l'espoir d'attirer Cabhan et qu'ils parviendraient à lui arracher l'élément manquant.

Mais le nom du démon continuait de leur échapper alors que février touchait à sa fin et que mars s'annonçait.

— Il ne nous reste plus qu'à retourner dans la grotte, dit Fin avec détachement alors qu'il observait le vol de deux jeunes rapaces au-dessus d'un champ en compagnie de Connor.

— Il nous reste du temps.

— Mais le temps passe vite, et il attend, lui aussi.

— Et l'attente te rend impatient, ça ne fait pas un pli. Mais retourner dans la grotte, ce n'est pas la solution. Rien ne dit que tu y trouverais le nom qui nous fait défaut.

Connor sortit de sa poche la pierre blanche offerte par Eamon des trois premiers.

— Nous patientons tous, Fin. Trois plus trois plus trois, car je ne retrouve plus Eamon dans mes rêves maintenant. Je ne le vois plus, même si je sais qu'il est toujours là. Il attend, comme nous.

Fin admirait la sérénité de Connor – même si elle l'énervait aussi.

— Sans le nom, nous attendons quoi ?

— La suite, et ça a toujours été plus facile pour moi que pour toi. Dis-moi, quand ce sera fini, car nous l'aurons, que feras-tu ?

— Il me reste des contrées du monde à découvrir.

Connor fut pris de colère, bien que cela ne fût pas dans sa nature.

— Ta place est ici, auprès de Branna, avec nous.

— C'est ici chez moi, je ne peux pas le nier. Mais Branna et moi ne pouvons pas vivre comme nous l'espérions, alors en attendant, nous prenons les choses comme elles viennent. Nous ne pouvons pas partager notre vie comme toi et Meara, ou Boyle et Iona. C'est notre destin.

— Des sornettes, oui. Elle pense trop, et tu te reproches des actes qui ne dépendent pas de toi. Le passé est peut-être scellé, mais le futur reste à écrire, et deux êtres doués d'intelligence comme vous devraient trouver le moyen de vivre en couple.

— Le fait que je descende de Daithi ne change rien à mon lien de sang avec Cabhan, ni à ma marque. Si nous l'emportons, si nous le détruisons, lui, le démon, sa tanière, qui peut dire si je ne serai pas attiré comme il l'a été, dans un an ou dans dix ans ? Je sais à quel point cette attirance peut être obscure et tentante, et Branna sait que ça fait partie de moi. Nous ne pouvons pas mettre au monde des enfants en sachant qu'ils porteront ce fardeau.

— Des « si » et des « peut-être »… (Connor rejeta tout en bloc d'un geste de la main.) Encore des sornettes. Tous les deux, vous ne voyez que les mauvais côtés.

— La magicienne regrette peut-être la malédiction qu'elle a prononcée en mourant, mais ça n'atténue pas son pouvoir. Il se peut que la clé se trouve dans l'un des coins du monde que je n'ai pas encore visités. Je continuerai à chercher un moyen de briser cet anathème.

— Dans ce cas, quand tout sera fini, nous nous y mettrons tous. Une fois que nous serons débarrassés de Cabhan, imagine tout ce temps libre que nous aurons.

Fin sourit, mais il se dit qu'ils avaient chacun leur vie.

— Restons concentrés sur son anéantissement pour l'instant. Bon, raconte-moi quel genre de maison tu imagines faire construire pour toi et ta fiancée ? Quelque chose comme ça…

Faisant tournoyer son doigt, Fin fit apparaître l'image d'un palais scintillant flottant au-dessus d'un lac argenté.

Riant, Connor agita son doigt.

— Pour commencer, plutôt quelque chose dans ce goût-là.

Il transforma le palais en une maisonnette à toit de chaume entourée d'une pelouse.

— C'est plus ton genre. Et qu'en pense Meara ?

— Qu'elle y réfléchira après le mariage d'Iona et Boyle, une fois que leur maison sera terminée. À ce moment-là, vu qu'elle doit libérer son appartement le premier du mois, et que Boyle et Iona s'installeront chez eux, nous laisserons Branna tranquille. Nous avons pensé nous installer un moment dans l'appartement au-dessus de ton garage.

— Oui, pourquoi pas. Vous pouvez y rester aussi longtemps que vous le souhaitez mais à mon avis, vous allez rapidement avoir envie de votre propre maison.

— Eh bien, il se pourrait que j'aie quelques idées à ce sujet. Je pense…

Il fut interrompu par l'arrivée d'un texto.

— C'est Branna. Non, elle va bien, dit-il comme Fin se levait d'un bond. Elle aimerait nous voir, c'est tout. Elle veut nous parler de quelque chose, à nous et à Iona. Hmm, fit Connor en envoyant une réponse brève. Que des magiciens, on dirait. Je me demande ce qu'elle a en tête.

— Quelque chose la tracasse en ce moment, ajouta Fin. Elle a peut-être fini de ruminer.

Ils appelèrent les rapaces.

Branna attendit en travaillant. Elle avait effectivement fini de ruminer, et elle sentait qu'il était temps de demander l'avis des autres.

Elle avait étudié les moyens à mettre en œuvre, avait revu le rituel approprié un nombre incalculable de fois – mais le plus difficile, c'était de leur proposer.

Était-ce une solution viable ? Une étape nécessaire vers la fin qu'ils espéraient tous ? C'est tout sauf primesautier, se rassura-t-elle en remplissant les dernières bouteilles d'huiles parfumées pour sa boutique. Elle y avait beaucoup trop réfléchi, l'avait envisagé sous tous les angles possibles si bien qu'on ne pouvait pas la taxer d'impulsivité.

Non, c'était une décision, un choix qui devait être accepté de plein gré par tous.

Elle se lava les mains, essuya son plan de travail, puis elle consulta sa boule de cristal.

La grotte était vide, à l'exception de la lueur rouge du feu, et de la fumée noire qui s'échappait du chaudron. Ainsi, Cabhan allait là où bon lui semblait. Et s'il l'épiait, il ne verrait rien d'intéressant. Elle y avait veillé.

Elle se leva lorsque Iona entra, et comme d'habitude, elle mit de l'eau à chauffer pour le thé.

— Tu as dit qu'il n'y avait pas de raison de s'inquiéter mais...

— Il n'y en a pas, la rassura Branna. J'aimerais seulement vous parler d'une idée, à toi, à Connor et à Fin.

— Mais pas à Boyle ni Meara.

— Pas pour l'instant. Nous ne ferons rien sans eux, bien sûr, mais nous devons d'abord en discuter entre nous. Au fait, tu as arrêté ton choix pour les fleurs ?

— Oui, répondit Iona en accrochant sa veste et son écharpe, tout en s'obligeant à changer de sujet pour faire plaisir à Branna. Tu avais raison à propos de cette fleuriste, elle est formidable. Nous avons tout réglé, et j'ai presque terminé mes changements de menu pour la réception. Enfin, c'est ce que j'ai envie de croire. Je suis contente de vous avoir laissées vous charger de la musique, toi et Meara, sinon je serais devenue dingue.

— Nous sommes ravies de pouvoir t'aider, d'autant que Meara prend des notes pour organiser son mariage. Elle a beau affirmer qu'elle n'y pense pas encore, ça lui trotte dans la tête.

Branna mit le thé à infuser.

— Voilà Fin et Connor. Débarrassons la petite table pour nous installer ensemble.

— C'est sérieux, on dirait...

— C'est à chacun d'en décider. Tu veux bien sortir les tasses ?

Branna posa la théière sur la table, ainsi que le sucre, le lait et les biscuits que son frère allait réclamer.

De fait, Connor haussa les sourcils en entrant.

— On est venus prendre le thé ?

— Pas tout à fait, mais il est prêt. Si vous voulez bien vous asseoir, je suis prête à vous révéler mon idée.

— Une idée qui te trotte dans la tête depuis un moment, dit Fin en s'asseyant.

— Je préférais être sûre de moi avant de vous consulter.

— Le cercle n'est pas au complet, souligna Connor.

— Pas cette fois, mais tu vas comprendre.

— Bon, soupira Iona. Je suis impatiente. Raconte.

— J'ai réfléchi à ce qui m'était arrivé le jour où j'ai préparé le poison pour le démon avec Fin. Tous les mots que j'ai prononcés et tout notre travail ont porté leurs fruits. Nous avons défini les moyens de détruire Cabhan et ce qui l'habite. Enfin, nous serons prêts dès que nous obtiendrons le nom. Et nous avons trouvé comment détruire la pierre et fermer le portail.

— J'adore ce coup-là, commenta Iona. Toute la lumière et la chaleur qui vont avec.

— Il nous en faut autant pour éradiquer le mal. Mais ce sont d'autres choses que des poisons et des armes qui me sont venues à l'esprit. Tout est question de risques, de devoir, et le sang et la mort concernent chacun d'entre nous. Et pourtant, même avec le recul, un détail fait écho en moi. Trois plus trois plus trois.

— C'est ce que nous sommes, concéda Connor. Si tu as trouvé un moyen de nous relier aux trois enfants de Sorcha, j'aimerais l'entendre parce que je sens, au plus profond de moi, qu'ils doivent participer. Ils doivent être présents.

— Je crois fermement qu'ils seront là, puisque leurs ombres sont apparues à Samhain. Quant à savoir s'ils seront pleinement présents, c'est une autre question. Trois plus trois plus trois, répéta Branna. Deux ne sont armés que de courage, de leur épée ou de leurs poings. Ils n'ont pas de pouvoir magique. Les trois de Sorcha, nous trois, et Fin – à moitié nous, à moitié Cabhan. Et puis il y a Boyle et Meara. Ce n'est pas équilibré.

— Tu as dit que nous ne laisserions personne de côté, dit Iona.

— J'ai donné ma parole que je ne les mettrai pas à l'écart, malgré mon désir de les protéger.

Ignorant les biscuits, Connor considéra sa sœur, sourcils froncés.

— Si tu envisages de faire appel à d'autres de notre sang, à notre père ou…

— Non, nous formons un cercle, et ça ne changera pas. Nous agissons, trois plus trois plus trois, comme c'est écrit. Mais l'équilibre est possible, si nous le souhaitons. Et si Boyle et Meara donnent leur accord.

— Tu veux leur céder des pouvoirs. (Fin recula dans sa chaise alors qu'il commençait à comprendre.) Tu veux leur transmettre notre don, comme Sorcha avec ses enfants.

— Je suis prête à le faire – mais il n'y aurait rien de semblable à ce qu'elle a fait. Nous avons besoin de toute notre force, et pour rien je ne ferai porter ce fardeau à ceux qui nous sont chers. Mais on pourrait leur en donner une partie, un peu de chacun de nous. C'est faisable. J'ai étudié la manière dont Sorcha s'y est prise, et comment nous pouvons léguer, le plus délicatement possible, une partie de notre magie. C'est risqué, car j'ai pu me tromper quelque part et c'est pour cela que j'ai besoin de votre avis.

— Les enfants de Sorcha étaient déjà doués de pouvoir, puisqu'ils en avaient hérité d'elle par le sang, fit remarquer Iona. Je suis novice par rapport à vous, mais je n'ai jamais entendu parler de transmission de pouvoir magique, disons, d'humain à humain.

— Ils sont liés. Pas seulement à nous, mais à travers leurs liens de sang. Avec ou sans pouvoir, cette connexion est bien réelle. Et c'est ce lien qui rend la transmission possible, si ça doit marcher.

— Ils seraient mieux protégés, soupesa Connor.

— En effet, même si mon objectif premier est de trouver l'équilibre. C'est l'accomplissement de la prophétie qui m'est venue. Mais ça doit être le fruit de notre volonté. De la nôtre comme de la leur. Et puis nous n'avons aucun moyen de savoir, ou pas avec certitude, quels effets ces pouvoirs auront sur eux.

— Mais une fois dotés de ces pouvoirs, reprit Fin, ils formeront, avec moi, une nouvelle trinité. Comme c'était précisément ce qu'elle avait en tête, Branna libéra le soupir qu'elle contenait.

— Oui, une autre trinité. J'en suis de plus en plus convaincue. Maintenant, vous devez tous y réfléchir longuement, et décider si vous êtes disposés à leur céder ce qui est à la fois un don et un fardeau. Je peux vous montrer de quelles manières nous procéderions, sans nous épuiser, et sans leur insuffler plus qu'ils ne peuvent en supporter. Si l'un de nous a des doutes, ou s'y oppose ouvertement, nous mettrons cette idée de côté. Si nous sommes d'accord, mais pas eux, l'idée sera oubliée. Un don comme celui-ci doit être délibéré, fait de bon cœur et accepté à bras ouverts.

— Ce n'est pas dangereux que je donne de mon pouvoir, puisqu'il est infecté par mes origines communes avec Cabhan ? Dans le cas où tout le monde serait d'accord ? demanda Fin.

— Je n'aime pas quand tu dis ça, répliqua Iona.

— C'est un pas trop décisif pour qu'on enjolive les choses, *deirfiúr bheag*.

— Moi aussi, je vais parler vrai. J'avoue que je me suis posé la question. (Après avoir observé les réactions de chacun, Branna regarda Fin dans les yeux.) Avant même d'apprendre que tu étais du sang de Daithi, j'étais parvenue à la conclusion que, oui, toi aussi. Je le pense sincèrement. Ils sont ta famille, lui dit Branna, comme tu es la leur. Et tu descends des trois. Ton talent n'est pas pur, mais à mon sens, c'est ce qui rend la lumière plus forte.

— Je suis d'accord, s'ils acceptent de leur côté. Ils doivent être certains d'accepter ce qui vient de moi.

— Tu dois t'accorder un temps de réflexion, dit Branna, faisant ricaner Connor qui prit un biscuit.

— Je ne vous avais pas dit qu'elle réfléchissait trop ? Tu ne t'es pas suffisamment creusé les méninges pour nous ? demanda-t-il à Branna. Tu n'as pas ruminé les moindres détails, décortiqué les différents processus, les pour et les contre et Dieu seul sait quoi d'autre ? S'ils sont partants, moi aussi.

Il regarda Iona.

— Tout à fait. Je ne sais pas comment Boyle va réagir. Il accepte tout ça, comme nous le savons. Et il se battra à nos côtés jusqu'au bout. Mais au fond de lui…

— Il a les pieds sur terre, dit Fin. C'est très juste. Nous pouvons toujours proposer, et les laisser prendre leur décision.

— Bon, je vois que j'ai perdu mon temps en faisant la liste des détails pour vous trois.

Connor fit un grand sourire à sa sœur.

— Tu réfléchis trop, dit-il avant de manger son biscuit.

— Quand leur poserons-nous la question ? réfléchit Iona.

— Le plus tôt possible, décréta Fin. Après le boulot ?

— Alors je prépare un dîner pour six, dit Branna en chassant ses cheveux de son visage.

— Il se trouve que j'ai le gros poulet que tu as inscrit sur ma liste de courses, lui dit Fin. Et tout ce qu'il faut pour préparer un colcannon.

— Parfait. Nous dînerons chez Fin. Je vais aller chez lui me mettre aux fourneaux, mais je pense qu'il est préférable de leur en parler avant de manger. Il va leur falloir du temps pour… digérer.

— S'ils acceptent, quand comptes-tu essayer ? demanda Iona.

Branna hocha la tête et prit sa tasse de thé.

— Là aussi, le plus tôt serait le mieux. Tu sais mieux que quiconque que la magie nécessite de l'entraînement.

Elle parsema le poulet d'ail, de sauge et de citron, composa le colcannon, pela les carottes qu'elle ferait revenir dans du beurre pendant que le poulet rôtirait. Puisque c'était son idée, ils avaient décidé d'un commun accord que c'était à elle d'aborder le sujet avec Boyle et Meara.

Tout en cuisinant, elle avait comparé différentes approches et en était venue à la conclusion qu'une proposition directe et franche était la meilleure option. Cela l'apaisa, jusqu'à l'arrivée de Meara.

— Une fête se prépare ici ! On dirait que tu as déjà fini alors que je suis partie plus tôt du travail pour te donner un coup de main.

— Pas de soucis.

— Bon, je peux tout de même mettre la table.

— Ne t'embête pas pour l'instant.

Elle préférait éviter le bruit des couverts pendant leur conversation.

— Tiens-moi simplement compagnie. Et allons faire une descente dans la cave de Fin.

— Je te suis. Ça me met les nerfs en pelote de voir Cabhan rôder dans tous les coins où j'emmène des groupes. Ça doit être la même chose pour Iona, ajouta-t-elle en sortant une bouteille de vin de la réserve thermorégulée de Fin. Je l'ai trouvée un peu nerveuse aujourd'hui, surtout en fin de journée. Elle va bientôt arriver avec Boyle.

— Donc il se montre à toi, à Iona, et même à Connor de temps en temps, mais quand je sors avec Fin, il nous évite. Nous allons persévérer, décida Branna. Il ne résistera pas longtemps à l'envie de nous malmener ou de nous narguer.

— Il ne lui reste que peu de temps, c'est ce qui me rassure, dit Meara en débouchant la bouteille. C'est super qu'on se retrouve, nous tous, aussi régulièrement. On ne sait jamais, une idée lumineuse pourrait surgir.

D'ailleurs, j'en ai une à te soumettre, se dit Branna qui se contenta de sourire.

— Sûrement, mais laissons cela de côté pour l'instant. Dis-moi plutôt, comment va ta mère ?

— Plus heureuse que jamais. Imagine qu'elle prend des leçons de piano avec une femme de sa paroisse ! Elle me dit qu'avec tout ce temps libre qu'elle a maintenant elle peut enfin réaliser son rêve. Comme si elle n'avait pas tout son temps avant qu'elle aille vivre avec Maureen, et... (Meara leva les deux mains comme pour se forcer à s'arrêter.) Non, je ne dirai rien de négatif. Elle est là-bas, pas ici, heureuse et non plus malheureuse et irritable, et Maureen est ravie de l'avoir chez elle.

— Il n'y a que du bon, alors.

— Enfin, elle occupe une partie de tout ce temps libre dont elle ne sait que faire à m'envoyer des milliers de suggestions pour le mariage. Des photos de robes qui me feraient ressembler à une princesse géante habillée en pièce montée, et qui prendrait tout le stock de tulle et de dentelle du comté de Mayo. Regarde, dit Meara en sortant son téléphone de sa poche. Sa dernière inspiration.

Une fois qu'elle eut affiché l'image, Branna examina la robe à la jupe démodée exagérément bouffante, composée d'une superposition de tulle et bordée de dentelle, de perles et de rubans.

— Tu as de la chance de pouvoir choisir ta robe de mariage seule.

— C'est vrai, et elle sera déçue quand elle apprendra que j'ai plutôt ça en tête.

Elle afficha la photo d'un fourreau simple, souple et sans fioritures.

— Très joli, vraiment, et c'est tout à fait ton style. Avec une petite tiare, à mon avis, car je ne t'imagine pas porter des fleurs dans les cheveux comme Iona. Juste cette petite touche de fantaisie et de brillance. Mais ça m'étonnerait qu'elle soit déçue en te voyant dans cette robe.

— Une tiare… ça me plaît. Exactement la petite touche « princesse » que je recherche.

— Tu pourrais en sélectionner trois – trois à ton goût. Tu lui envoies les photos et tu lui demandes de choisir pour toi.

Meara prit son verre de vin.

— Tu es futée.

— Et comment !

Alors que Boyle et Iona apparurent, Branna espéra que Meara ne regretterait pas de s'être fiée à elle une fois que sa mère aurait fait son choix.

Elle attendit que Meara serve du vin à tout le monde, après l'arrivée de Fin et de Connor, puis elle demanda à tous de s'installer à table car une discussion s'imposait.

— Il est arrivé quelque chose aujourd'hui ? demanda Meara.

— Pas aujourd'hui. On peut dire que c'est arrivé il y a un petit moment, et que j'y travaille depuis ce jour.

Franc et direct, se sermonna Branna.

— Je vous ai tous parlé des mots que j'ai prononcés le jour où j'ai parachevé la deuxième potion avec Fin, commença-t-elle.

Et lorsqu'elle termina par : « C'est réalisable, et nous sommes tous les quatre d'accord. Mais c'est à vous que revient la décision finale », un long silence stupéfait s'ensuivit.

Boyle prit la parole.

— Tu nous fais une blague.

— Non, dit Iona en lui caressant la main. Nous sommes prêts à le faire mais c'est une grosse décision pour toi et Meara.

— Tu veux dire, faire de Boyle et de moi des magiciens, et qu'il nous suffit d'être d'accord ?

— Pas tout à fait. Je crois que nous portons tous la graine du pouvoir en nous, continua Branna. Pour certains, elle germe plus facilement que pour d'autres. L'instinct, les sentiments, l'impression d'avoir déjà fait quelque chose, ou d'être déjà allé quelque part. Ce que nous vous transmettrions cultiverait ces graines.

— Comme de l'engrais ? demanda Boyle. Ça fait penser à une charrette de fumier.

— Vous resteriez les mêmes personnes, expliqua Connor en écartant les mains. Les mêmes, mais avec des traces de pouvoir magique à nourrir et à entretenir.

— Si le but est de nous protéger… fit Boyle.

— C'est un des avantages, interrompit calmement Fin. Mais le but est, comme l'a dit Branna, l'équilibre, l'accomplissement de la prophétie.

— J'ai besoin de marcher pour réfléchir, dit Boyle en se levant pour faire les cent pas. Vous voulez nous donner ce qui nous manque.

— De mon point de vue, il ne vous manque rien. Rien du tout, insista Branna. Et dans mon esprit, c'était écrit depuis toujours. Seulement, nous ne le comprenons qu'aujourd'hui. Je me trompe peut-être mais même si je suis dans le vrai, si ça vous gêne, nous trouverons un autre moyen.

— Ça me dérange que vous nous cédiez une partie de votre don pour accroître le nôtre, dit-il. Sorcha s'est quasiment vidée de cette façon.

— C'est ce qui m'inquiète, moi aussi, dit Meara. Céder son pouvoir lui a coûté la vie.

— Elle était seule à donner aux trois. Nous sommes quatre, et nous ne donnerions qu'une petite partie de notre don à deux personnes, dit Connor en souriant. C'est mathématique.

— Si vous acceptez ce premier point, il y a un autre choix à faire. Ça peut faire trois pour deux, ajouta Fin. Ce que je transmettrais contiendrait un peu de Cabhan, il faut y penser.

— C'est tout ou rien, rétorqua sèchement Boyle. Ne nous insulte pas.

— Je suis d'accord, dit Meara en buvant une longue gorgée. Tout ou rien.

— Prenez tout le temps qu'il vous faut, dit Branna en se levant. Réfléchissez. Posez toutes les questions qui vous viennent à l'esprit et nous nous efforcerons d'y répondre. Et sachez que votre choix, quel qu'il soit, sera respecté. Nous allons manger, si cela convient à tout le monde, nous allons mettre cela de côté à moins que vous n'ayez des questions.

— Manger, marmonna Boyle sans cesser d'arpenter la pièce pendant qu'on servait le repas.

Iona finit par aller le prendre dans ses bras.

Il expira, croisa le regard de Meara au-dessus de la tête d'Iona. En réponse, Meara haussa simplement les épaules.

— Si nous donnions notre accord, comment procéderions-nous ? voulut-il savoir.

— À peu près de la même manière que Sorcha avec ses enfants, expliqua Branna. Pour l'essentiel, avec quelques ajustements, bien sûr, pour correspondre à nos besoins.

— Si nous étions d'accord, poursuivit Meara, quand ferions-nous ça ?

— Ce soir, dit Connor en rejetant les protestations de sa sœur. Ils nous font mariner avec leurs « si ». Ils ont déjà pris leur décision, parce qu'ils se rendent aussi bien compte que nous que c'est une solution plausible. Alors c'est pour ce soir. On agit vite, et on leur laisse le temps de s'adapter à leur changement intérieur. (Il se servit généreusement en colcannon, puis passa le plat à Meara.) Je me trompe ?

— Tu es un filou, Connor, mais tu n'as pas tort. Viens à table, Boyle, et mange de bon cœur puisque c'est notre dernier repas tel que nous sommes là.

— Ça ne changera rien à ce que vous êtes, dit Iona en frottant le bras de Boyle. C'est… comme apprendre une nouvelle compétence ou un nouveau talent.

— Comme prendre des leçons de piano, dit Meara.

Branna rit à gorge déployée.

Ils dînèrent, bavardèrent, puis débarrassèrent la table sans cesser de discuter.

Plus tard, ils se réunirent dans l'atelier de Fin.

— Cabhan ne doit pas voir ce que nous faisons ici, dit Branna à Fin.

— Il ne verra rien. J'ai masqué mes fenêtres et mes portes à sa vue depuis longtemps, mais renforcer la protection ne peut pas faire de mal. Après toi. J'ai tout ce qu'il nous faut. J'ai lu tes notes, précisa-t-il. Je vais réunir le nécessaire et nous te laisserons faire.

— Il va tout de même sentir quelque chose, non ? s'inquiéta Iona en jetant un œil vers les fenêtres. La force sent la force.

— Il sentira peut-être un truc, mais il ne saura pas quoi. (Connor prit la main de Meara.) Tu es l'amour de ma vie, avant et après.

— Sûrement, mais j'espère que nous allons recevoir suffisamment de force pour que ça te donne un coup de fouet par la même occasion.

— Tu es le meilleur stimulant qui soit.

Il la renversa en arrière pour lui donner un baiser théâtral.

— Vous prenez ça à la légère, commenta Boyle.

— Plus nerveuse que moi, tu meurs, dit Meara en posant la main sur son ventre. Mais soyons honnêtes, Boyle, depuis toujours nous le vivons au quotidien. Vous quatre, vous nous avez montré que c'était respectable et honorable, et c'est ce que nous allons faire. Plus j'y pense, plus j'aime l'idée d'être plus forte face à Cabhan et son maître.

— C'est un plus, c'est sûr, et j'avoue que ça me séduit. Même si j'aimerais autant me servir de mes poings pour l'abattre.

— Tu es ce que tu es. Tu ne vois pas que c'est toi, le plus généreux, ce soir. (Iona prit son visage entre ses mains.) C'est toi. (Puis elle recula.) On peut t'aider, Branna ?

— J'ai besoin de trois gouttes de sang de chacun de ceux qui transmettent leur force. Trois seulement. Mais d'abord, nous devons former le cercle, et allumer le feu pour le compléter. C'est chez toi ici, Fin. Commence.

— Ici et maintenant, le cercle protège tous ceux qu'il renferme, ainsi commence le rituel. Les flammes qui naissent ne brûlent pas, de la lumière jaillit notre pouvoir. Fermez la porte et tournez les verrous. Ignorez ceux qui frappent à la porte.

Les flammes les encerclèrent, froides et blanches.

— Nous sommes reliés, dit Branna. Maintenant, auparavant et à l'avenir. Par le sang et la chair ou par le cœur et l'esprit. Nous scellons ce lien par un don, accepté et accordé délibérément.

— Nous sommes tous d'accord ? demanda Branna.

— Nous sommes tous d'accord, répondirent-ils à l'unisson.

Sur ces mots, elle commença.

— Vin et miel, doux et fort. (Elle versa un peu des deux dans un calice.) Pour que la lumière qui luit en vous étincelle. Huiles végétales et larmes de joie mélangées pour apaiser vos peurs. De mon cœur, une goutte de sang fois trois. (Elle se trancha le poignet et versa trois gouttes dans la coupe.) Sœur, frère, les miens, je partage ma lumière avec vous deux.

Elle passa la coupe à Fin.

— Dans mon cœur, dans mon esprit, je puise pour eux une goutte de sang fois trois. Sœur, frère, les miens, je partage ma lumière avec vous deux.

Il passa ensuite la coupe à Connor.

— Ainsi vous embarquez pour un nouveau voyage, accompagnés par trois gouttes de mon cœur. Amoureuse, frère, les miens, je partage ma lumière avec vous deux.

Ce fut au tour d'Iona.

— Vous êtes mon cœur, vous êtes ma lumière, cela l'emporte sur les ténèbres. De mon cœur qui bat, pour ma sœur, pour mon amour, un, deux, et trois. Je partage ma lumière avec vous deux.

— Scellé par le feu, pur et blanc, le don que nous vous faisons cette nuit. (Branna prit le calice et le brandit vers le ciel tandis que le feu clignotait au centre du cercle.) Bénis ce don et ceux qui l'acceptent en toute conscience. Du calice à la coupe, pour deux, déverse cette potion consacrée. Dans le bol, le liquide s'éleva en filet, se scinda en deux, chaque arche allant remplir une coupe.

Branna fit signe à Connor, puis à Iona.

— Ceux qui sont plus proches doivent faire l'offrande finale.

— D'accord.

Iona prit une coupe et se tourna vers Boyle. Elle toucha sa joue puis la lui tendit.

— En ce lieu et en cet instant, nous t'offrons une part de notre pouvoir. Si tu choisis librement de l'accepter, répète ma phrase : « Je prends ceci dans mon corps, dans mon cœur, dans mon esprit volontairement. Que notre volonté soit faite. »

Il répéta les mots, n'hésita qu'un instant puis la regarda dans les yeux. Et il but.

Connor se tourna vers Meara, prononça la formule qu'elle répéta.

Souriant largement malgré elle, elle but.

— C'est tout ? demanda-t-elle. Ça a marché ? Je ne sens aucune différence.

Elle regarda Boyle.

— Tout comme avant.

— Comment savoir si ça a fonctionné ? demanda Meara.

L'anneau de flammes cracha des étincelles qui s'élevèrent jusqu'au plafond. L'air crépitait sous l'afflux de lumière et de chaleur. Un rayon étincelant aspergea Boyle et Meara en signe de bienvenue.

— Ça, c'est sûrement un signe, conclut Boyle.

— Que faisons-nous, maintenant ?

— Nous remercions, fermons le cercle. Nous allons bien voir, ajouta Branna en souriant à son amie d'enfance.

20

Meara et Boyle s'avérèrent être des élèves habiles, si bien qu'au bout d'une semaine ils savaient faire étinceler la mèche d'une bougie. Branna les fit passer de ce genre de tour basique à la manipulation d'autres éléments.

Sans surprise, Meara se montra plus à l'aise avec l'air et Boyle avec le feu. Encore ce lien, conclut Branna. Entre Meara et Connor, et Boyle et Iona.

Ils consacrèrent beaucoup de temps à s'entraîner, à découvrir, et leurs progrès étaient satisfaisants. Meara parvenait désormais à provoquer des petits cyclones ravageurs et son affinité avec les chevaux se renforçait. Quand on le poussait un peu, Boyle conjurait des boules de feu de la taille d'une balle de golf.

Irrité, il se laissa choir sur une chaise chez Fin.

— À quoi ça sert ? Quand il apparaîtra, il a été convenu que je ne lui montrerai pas mes tours, et que je ne pourrai rien faire de plus que le regarder de travers. Si je pouvais lui offrir un aperçu de ce que j'ai appris, il me renverrait mes boules de feu d'un lob de joueur de tennis professionnel.

— Le tennisman a des chances de se faire assommer, souligna Connor, si le lob vient d'une direction inattendue.

Vous avez fait d'énormes avancées, toi et Meara, avec le peu que vous avez reçu, surtout en si peu de temps.

— C'est le temps, le vrai problème, pas vrai ? fit Boyle.

— Oui, et il n'y a pas de solution, dit Fin en contemplant sa bière. Nous pensions trouver facilement le nom du démon d'autant qu'il ignore que nous le cherchons. Je finis par me demander si Cabhan l'a oublié tellement le démon fait partie de lui depuis longtemps.

— C'est ennuyeux, considéra Connor. Si c'est le cas, nous ne pouvons pas l'achever sans le nom du démon, et s'il n'y a plus de nom à dégoter, il faut peut-être utiliser le nom de Cabhan pendant l'empoisonnement.

— Tu as l'impression que la solution est toujours aussi simple avec ces questions-là ? demanda Fin.

— D'expérience, non, mais peut-être que cette fois, c'est le cas. Juste le nom. Le reste est suffisamment compliqué comme ça.

— Il ne nous reste plus que quelques jours, précisa Boyle. Quelques semaines avant notre mariage, et Iona ne se concentre pas comme une future mariée le devrait. Parce qu'il y a ça avant.

— C'est peut-être mieux, dit Connor. D'après ce que je constate autour de moi, et ce que m'ont raconté des copains, il y a des femmes qui deviennent dingues à l'approche de leurs noces.

— Il est dehors, dit Fin d'une voix posée, attirant l'attention de Connor.

— Je ne le sens pas.

— Il est tapi dans l'ombre mais je le sens dehors. Il essaie de voir ce qui se passe, de pénétrer mes pensées. Il attend son heure. Il nargue et il se cache, mais il patiente. Comme il l'a prouvé, il a tout son temps.

— Il ne recherche pas un autre conflit, dit Boyle en se penchant en avant. Non pas qu'il ne se battrait pas si on lui en donnait l'occasion, mais il attend qu'on le provoque. C'est logique. Il veut nous épuiser moralement, et il attend un moment d'inattention pour agir. Je pense que l'attirer vers la chaumière de Sorcha n'est pas la bonne stratégie car alors il comprendra que nous sommes parés à l'attaque.

— Nous devons le faire venir à la chaumière, fit remarquer Connor. Tout repose sur cet endroit.

— Mais il n'est pas utile qu'il sache qu'on veut l'emmener là-bas. Et s'il pense que nous cachons le fait que nous y allons pour lui, mais qu'avec sa malice et sa force, il parvient à déjouer les protections et qu'il nous voit ?

— Pour quelle raison irions-nous là-bas si ce n'est pas pour nous battre ? protesta Connor.

— Pour rendre hommage. (Comprenant où Boyle voulait en venir, Fin hocha la tête.) Pour honorer Sorcha le jour de sa mort, pour observer un rituel de célébration – et peut-être pour qu'elle nous apporte son aide. Nous irions cachés dans notre propre brouillard pour éviter qu'il nous empêche de lui rendre hommage ou de la faire venir à nous.

— Alors qu'en fait nous occuperons les lieux en vue d'un combat, termina Boyle, de plus en plus enthousiaste alors qu'il imaginait la bataille. Au lieu d'être pris par surprise, nous le surprenons.

— Cette idée me plaît bien, dit Connor en buvant une longue gorgée. Rien de tel que parler stratégie entre hommes. Et si l'un de vous le répète à l'une des femmes, je

ferai comme si j'étais choqué et stupéfait par vos mensonges.

— Comme je tiens à ce qu'elles restent en retrait,
aucune information ne sortira de ma bouche. Nous le
piégeons en lui laissant croire qu'il nous a piégés, dit Fin.

Chez Fin, Branna écoutait le nouveau plan d'action
devant une pizza. Ils avaient évoqué l'idée de sortir, mais
personne n'avait autant le sens des priorités que Branna
O'Dwyer.

— C'est intelligent, concéda-t-elle. Et ça m'ennuie de ne
pas y avoir pensé moi-même. Nous manquons de temps
pour revenir sur notre plan initial.

— Celui-là présente l'avantage d'être simple, ajouta
Meara. Nous nous transportons sur place – ou tu nous
transportes tous, avec les chevaux, les éperviers et le chien,
et nous l'appelons. Il viendra, ne serait-ce que par fierté.
Mais… c'est plus sournois, ça me plaît, c'est plus fort
que moi.

— Ça va lui plaire qu'on essaie de se cacher, admit Iona.
Ça flattera sa suffisance. Et s'il croit que nous essayons
d'appeler Sorcha, il viendra obligatoirement – même s'il y
a peu de chances pour que nous réussissions à l'atteindre et
qu'elle s'expose à lui.

— Du coup, tu laisserais tomber ton sortilège de l'ombre,
dit Branna à Fin. Il ignore que tu le maîtrises. Ça te sera
moins utile le moment où il viendra.

— Il aura été utile. Ça ne change pas grand-chose à
ce que nous ferons le moment venu. Seule l'approche
diffère.

— Nous apporterons des fleurs, du vin, du pain et du
miel. (Branna nota tout cela dans un coin de sa tête.) Tout

ce qu'on apporte habituellement pour rendre hommage aux défunts. Nous serons d'humeur sombre et émue, sur le point de réveiller l'esprit d'une magicienne qui a maudit l'un de nous. Il verra là une excellente occasion de nous défier.

— Nous ne pourrions pas commencer le rituel ? se demanda Iona. Et au dernier moment, appeler les trois ?

Boyle rit et l'embrassa bruyamment.

— Qui a dit que les femmes n'étaient pas faites pour la stratégie militaire ?

Meara pencha la tête sur le côté.

— Quelqu'un a dit ça ?

— Purement rhétorique, dit Connor avec insouciance. Bon, élaborons une stratégie.

Le jour venu, Branna rassembla le nécessaire. Des roses blanches, du vin, du miel, du pain qu'elle avait fait elle-même, des herbes aromatiques, toutes les offrandes. Dans une autre besace, elle rangea les poisons, chaque fiole étant soigneusement emballée.

Et, enveloppée à part pour parer aux risques de contamination, la bouteille de lumière créée par les Trois.

Elle se baigna et s'enduit d'huile, tressa des porte-bonheur dans sa chevelure, et en attacha au collier de Kathel. Elle en confectionna d'autres pour la crinière d'Aine.

Seule, elle alluma les bougies, conjura un cercle et s'y agenouilla au centre pour offrir son acceptation de ce que le destin leur réservait. Elle avait l'intime certitude que ce soir, ce serait la fin de Cabhan ou la fin des Trois. Quelle que soit leur destinée, elle était certaine que sa vie ne serait plus jamais comme avant.

Ce serait toujours sa vie, menée par ses propres choix. Elle était, et serait toujours, une servante et une enfant de la clarté. Mais elle était également une femme.

Elle se leva, motivée par son objectif. Avec ses affaires et son chien, elle alla rejoindre Fin en volant.

Elle surgit dans son atelier alors qu'il sélectionnait ses armes.

— Tu es en avance.

— J'avais envie de passer du temps avec toi avant l'arrivée des autres, avant de commencer. Je m'en suis remise au destin, j'ai accepté mon sort, quoi qu'il advienne. Accepter me poussera à me battre plus vigoureusement que jamais.

— Je n'accepterai rien d'autre que sa fin.

— J'espère que ce n'est pas vrai, dit-elle en se rapprochant de lui. M'accepteras-tu, Fin ?

— Bien sûr.

Ma vie, mes choix, se répéta-t-elle. Magicienne et femme.

— Je me donne à toi. Me prends-tu ? Acceptes-tu que je t'appartienne, et que tu m'appartiennes en retour ?

Il effleura sa joue et enroula une mèche de cheveux autour de son index.

— Je ne pourrais jamais appartenir à une autre femme.

— Moi non plus. Sois mon homme, et reste avec moi. C'est ici, chez nous. Je désire vivre avec toi ici, dans cette maison que tu as bâtie à l'image de nos rêves de jeunesse. Je veux devenir ta femme, comme nous nous le sommes promis. Je veux faire ma vie avec toi.

Le cœur serré, il posa son épée et fit quelques pas en arrière.

— Tu sais que c'est impossible. Pas avant que j'aie brisé la malédiction…

— Je ne sais rien de tel, s'empressa-t-elle de répondre sans réfléchir car seuls ses sentiments comptaient désormais. Je sais que nous avons laissé le bien et le mal qui sont en toi nous arrêter. C'est tout, Fin. Nous ne pourrons pas avoir d'enfants sans qu'ils ne portent ces traces, eux aussi, et c'est un grand chagrin pour nous deux. Mais nous serions ensemble. Nous n'aurons pas la vie dont nous rêvions plus jeunes, celle que nous avions prévue mais nous pouvons rêver d'une autre. Je m'en suis remise aux forces supérieures. Il est possible que je trouve la mort cette nuit, et je suis prête à l'accepter. Mais quand j'ai fait ce don de moi, les pouvoirs ne m'ont pas exhortée à renoncer à toi. Alors, non, je ne renonce pas.

Il prit son visage entre ses mains et embrassa ses joues.

— Branna. Je dois trouver le moyen de briser cette malédiction. J'ignore où ma quête va me conduire. Je ne peux pas le savoir, pas plus que je ne sais combien de temps cela me prendra et si un jour je trouverai la réponse.

— Alors je te suivrai, où que tu ailles. Je chercherai avec toi, partout où ta quête nous mènera. Tu ne peux pas me fuir. Je te suivrai, Finbar, je suivrai ta trace comme un chien de chasse, j'en fais le serment. Je refuse de recommencer à vivre sans celui que j'aime. Je t'aime.

Bouleversé, il appuya son front contre le sien.

— Tu me coupes le souffle. En douze ans, tu ne me l'as jamais dit. Ces trois petits mots qui contiennent tout le pouvoir du paradis et de la vie sur terre.

— Par ces mots, je t'attache à moi. Nous sommes faits l'un pour l'autre, je le sais du fond de mon cœur. Si tu ne peux pas rester à mes côtés, c'est moi qui t'accompagnerai. Que l'on reste ou que l'on parte, épouse-moi, Fin. Offre-moi ce vœu, et reçois le mien. Avant que nous n'affrontions ce qui nous attend, accepte mon amour et promets-moi de m'aimer.

— Tu pourras vivre avec ça, au quotidien ? (Il se frotta l'épaule.) Tu pourras vivre avec ça et tout ce que nous n'aurons jamais ?

Elle s'était donnée à la lumière, et la réponse s'imposait dans toute sa simplicité.

— Toi, tu vis avec tous les jours. Puisque je suis à toi, j'en ferai autant. Je te donnerai ma vie par devoir si c'est nécessaire, mais je ne bâillonnerai plus mes sentiments. Mon cœur ne sera plus fermé, ni pour toi ni pour moi-même. Et surtout pas à l'amour.

— Ton amour vaut tout l'or du monde à mes yeux. Nous pouvons vivre au jour le jour jusqu'à…

— Non, je ne peux pas continuer à me contenter du présent. (Elle posa les mains sur son torse, sur son cœur.) Je te le demande. Prends mon amour et ses promesses, et donne-moi ton amour. Quoi qu'il advienne.

— Tu es tout ce que j'attends de la vie. Le suc de l'existence, dit-il d'une voix tendre comme un baiser.

Il l'embrassa légèrement, puis se dirigea vers une étagère. Il ouvrit une boîte à secrets, en sortit une bague qui brilla à la lueur des flammes.

— Un cercle, dit-il. Un symbole, une pierre faite de chaleur et de lumière. Je l'ai trouvée dans la mer, dans une mer bleue et chaude dans laquelle j'ai pensé à toi en me baignant. Je suis parti pour t'oublier, le plus loin possible d'ici, de tout ça. Sur une île déserte. J'ai nagé loin de la côte, et j'ai vu ses reflets sous l'eau. J'ai su qu'elle était pour toi, même si je n'ai jamais eu l'idée de te la donner car je pensais que tu la refuserais.

Elle tendit la main.

— Donne-moi ta promesse, et reçois la mienne. Si nous survivons à cette nuit, Fin, nous nous tournerons vers l'avenir.

— Je te le jure, je trouverai le moyen de t'offrir tout ce que ton cœur désire.

— Tu ne vois donc pas que je suis comblée ? Je te parle d'amour, et l'amour peut tout accepter.

Quand il lui passa la bague au doigt, les flammes se ravivèrent dans la cheminée. Dans la nuit, au-dehors, un éclair zébra le ciel.

— L'avenir nous attend, dit-elle en s'accrochant à lui, à leur baiser.

Quoi qu'il arrive, se dit-elle. Même si le sang et la mort les attendaient au tournant, ils avaient leur amour.

Unis par le cœur et l'esprit, la loyauté et le sens du devoir, ils se réunirent en un cercle scellé par la magie. Au cœur de la nuit, ils brandirent leurs armes.

— Nous n'avons pas le nom du démon, commença Branna. Tant que nous ne le trouvons pas, nous devons empêcher Cabhan de s'échapper. Il doit rester dans notre périmètre, sans changer d'époque.

— Nous élevons des murs solides, fermons le portail, confirma Connor. Et nous faisons tout notre possible pour faire sortir le démon et obtenir son nom.

— On peut aussi l'obliger à sortir par la force, argua Boyle.

— Chacun sait ce qu'il a à faire ce soir, et comment s'y prendre, poursuivit Fin. Nous sommes plus forts désormais, et si le bien doit l'emporter, Cabhan sera anéanti. J'ai de la chance de combattre à vos côtés. Il n'y a pas meilleurs amis que vous.

— Tout ce que je dis, c'est qu'on va griller ce salopard, revenir, et partager un bon festin. Connor serra Meara contre lui.

— Je te suis, dit Meara en posant la main sur la garde de son épée. Et je suis prête comme jamais à passer à l'attaque.

— Vous m'avez donné une famille, un foyer. Je viens de passer la meilleure année de ma vie, continua Iona. Et cette année, je vais épouser l'amour de ma vie, et ce n'est pas un démon de l'enfer qui va m'en empêcher. Alors, oui, allons calciner cette ordure.

Riant, Boyle la souleva et l'embrassa.

— Comment perdre avec une équipe pareille ?

— Nous ne perdrons pas, dit Iona en observant chacun tour à tour. Impossible.

— Nous devons nous préparer à…

— Attends, dit Iona en se tortillant pour échapper aux bras de Boyle, le doigt pointé sur Branna. C'est quoi, ça ? (Elle saisit la main de Branna, et rit avec émotion.) Mon Dieu ! (Elle la serra avec une effusion de joie.) J'ai tellement attendu ça. Exactement ce que j'espérais.

— Vous croyez qu'elle nous en aurait parlé ? fit Meara en prenant la main de Branna à son tour tandis qu'Iona alla enlacer Fin. C'est la preuve que le bien l'emportera. C'est évident.

Joue contre joue, les deux femmes se bercèrent un moment.

— Il était temps, dit Boyle en donnant un petit coup de poing dans le torse de Fin. Bravo, mon pote.

Connor attendit de croiser le regard de Fin.

— Tu as fini par m'écouter et par t'en remettre à ma grande sagesse.

— J'ai surtout écouté ta sœur.

— Ce sera comme ça jusqu'à la fin de tes jours. Tu me dois cent livres.

— Quoi ? Ah oui… dit Fin en se souvenant de leur pari. Exact.

Connor félicita chaleureusement Fin puis prit le visage de Branna entre ses mains pour l'embrasser.

— L'équilibre est solidement établi à présent. L'amour nourrit la clarté.

Branna prit Connor par les poignets et l'embrassa sur la joue.

— Bon, allons griller ce salopard.

— Nous sommes tous prêts ?

Fin attendit leur feu vert, et patienta le temps que le cercle se forme.

— Notre lieu, notre temps, quand trois heures sonneront, dit Branna en prenant une inspiration. L'aube scellera notre destin.

— Par les poings et la lumière, nous allons combattre, poursuivit Boyle.

— La fin du démon-sorcier est pour cette nuit, termina Meara.

— Trois plus trois plus trois, nous chevaucherons.

Connor prit la main de Meara et regarda Iona.

— Guidés par le cheval, l'épervier et le chien, dit Iona.

— Derrière nos brumes, Cabhan ne verra que ce que nous souhaitons lui montrer.

Fin écarta les bras, les replia en formant un cercle, et les écarta encore. Branna sentit les volutes de brouillard s'enrouler autour d'elle – chaudes et douces. Non, ce n'est pas le manteau froid et mordant de Cabhan, se rassura-t-elle.

Ils descendirent aux écuries. Pendant que Branna tressait des porte-bonheur dans la crinière d'Aine, Iona s'approcha.

— Elle va bientôt avoir ses chaleurs.

— Aine ?

— Dans un jour ou deux. Elle sera prête pour Alastar, si c'est ce que tu veux.

— Très bien.

— Elle n'a pas peur. Aucun des chevaux n'a peur mais ils savent qu'ils vont voler, et pourquoi.

— Le chien aussi. Ils sont prêts.

Branna se tourna vers Connor.

— Les rapaces aussi.

— Contrôlez vos pensées et vos paroles à partir de maintenant, leur conseilla Fin. Je vais devoir le laisser s'immiscer afin qu'il en voie assez pour croire que nous allons rendre hommage à Sorcha et tenter de communiquer avec elle.

Hochant la tête, Branna s'accroupit pour poser sa tête sur celle de Kathel, puis elle monta en selle. Tous ensemble, ils s'envolèrent dans la nuit noire.

— Comment pouvons-nous être sûrs d'être invisibles ? cria-t-elle à Fin.

— C'est la première fois que je commande un brouillard aussi vaste, mais il englobe tout, non ? Et pourquoi Cabhan nous observerait-il à cette heure ?

Toutefois, Fin ouvrit son esprit et appela celui de son sang. Tandis qu'ils volaient au-dessus des arbres, les bourrasques de vent perçant de petits trous dans le manteau de brume, il sentit le vilain s'agiter.

Il suffit d'un regard pour en informer Branna.

— La brume doit tenir, le temps que je lui interdise l'accès à la clairière, que nous rendions nos hommages à

Sorcha et procédions à l'enchantement pour éveiller son esprit à notre présence.

— Je préfère combattre que discuter avec les fantômes, marmonna Boyle.

— Elle a bien failli le vaincre, souligna Iona. Elle doit détenir des informations utiles. Nous avons tout tenté. Il nous reste ça, et si ça marche…

— Il faut que ça marche, intervint Meara. Ça me rend folle de savoir qu'il nous épie tous les jours.

— Elle fait partie des nôtres, lui dit Connor. Nous allons communiquer avec elle, cette nuit, car c'est l'anniversaire de sa mort, de son sacrifice, de sa malédiction, et c'est notre meilleur espoir de réussite.

— Nous ne pouvons pas attendre l'année prochaine.

Branna fit ralentir Aine lorsqu'ils traversaient le mur de vignes pour pénétrer dans la clairière. Comme convenu, Fin et les trois se postèrent en bordure de la clairière, chacun à un point cardinal. Elle allait bientôt commencer, en espérant qu'au lieu de maintenir Cabhan à distance le rituel lui laisserait le temps de se faufiler à l'intérieur – et d'être pris au piège.

Elle leva les bras, appela le nord et versa le sel. Iona se chargea de l'ouest. Ce fut Connor, à l'est, qui murmura dans la tête de Branna : *Il arrive. Il n'est pas loin.*

Au moment où son frère en appelait à l'est, le cœur de Branna se mit à battre la chamade.

La première étape – l'attirer dans leurs filets – était accomplie.

Fin appela le sud, puis tous les quatre, ils marchèrent autour du cercle, salant la terre tandis que Boyle et Meara installaient les instruments pour l'étape suivante.

Elle sentit le changement – un léger refroidissement – lorsque la brume de Cabhan se fondit dans celle de Fin.

Quand ils fermèrent la barrière qui les isolerait de tout, les cloîtrerait tous ensemble, elle pria pour qu'il ne lance pas une attaque de tornades avant qu'ils ne fussent prêts.

Contrôlant son impatience, elle s'empara lentement du bouquet qu'elle leur présenta tour à tour. Chacun prit une fleur.

— Ça m'étonnerait que mes hommages la touchent. Elle va sûrement refuser, dit Fin en hésitant.

— Tu vas lui témoigner ton respect et lui rendre hommage. C'est important qu'elle comprenne que tu as combattu à nos côtés et que sans toi nous ne vaincrons jamais Cabhan. Nous devons essayer, Fin. Tu peux leur accorder ton pardon pour la marque que tu portes, en même temps que tu lui rends hommage ?

— Je vais essayer, répondit-il simplement.

Ils se rapprochèrent tous les six de la sépulture de Sorcha.

— Nous déposons sur ta tombe ces roses d'un blanc pur pour marquer la date anniversaire de ton malheur. Nous t'apportons du vin, du miel et du pain, un hommage des vivants à leur défunte.

Le froid s'abattit sur eux. Branna sentait quasiment l'excitation croître en Cabhan, son avidité s'affûter. Mais elle ne devina aucun nom entre les bancs de brume.

— Nous dispersons ces herbes aromatiques sur le sol pour libérer ton esprit. Avec respect, nous nous agenouillons et attendons ta venue. Unis par le sang, trois plus trois, le feu brûle dans la nuit et accompagne notre vœu le plus cher.

L'un après l'autre, ils s'entaillèrent la paume de la main, et déposèrent quelques gouttes de sang sur la terre, près de sa stèle.

— En ce lieu, en cette heure, par la force de ton amour et de ton pouvoir, envoie-nous tes enfants, rassemble les trois sur le chemin de leur destinée.

Une chouette surgit dans le brouillard, hululant furieusement. Fin laissa tomber sa cape en tirant son épée du fourreau, et bondit auprès de Branna et des autres.

— Envoie-les ici et maintenant, cria Branna tandis que Fin et Connor se postèrent en bouclier autour d'elle. Iona, Boyle et Meara se hâtèrent de fermer le cercle pendant qu'elle terminait le rituel.

— Ceux à qui tu as transmis ton pouvoir. Trois plus trois plus trois, nous combattons.

Elle lança des flammes pour repousser Cabhan pendant que ses amis se dépêchaient de clore le cercle et d'ouvrir un portail à la première trinité.

— Trois plus trois plus trois, nous prenons la nuit. Mère, accorde-nous ta bénédiction, laisse-les voler au-delà de la lune et libérer ton esprit. Que notre volonté soit faite, qu'il en soit ainsi.

La terre se mit à trembler. Elle faillit perdre l'équilibre lorsqu'elle tourna les talons pour s'élancer vers son cercle. Derrière elle, Cabhan projetait un mur de flammes noires en direction de Fin et de Connor. Au moment où elle s'apprêtait à prendre la main d'Iona pour unir leurs forces, le vent glacé la souleva et la propulsa dans la clairière.

Tandis qu'elle retombait lourdement sur le sol, elle vit Fin repousser les flammes de son épée et gagner du terrain, pendant que Connor fouettait l'air. La clarté et l'obscurité se percutèrent dans un bruit détonnant, comme si les deux mondes se renversaient l'un l'autre.

Meara partit à la charge, agitant son épée, et Boyle libéra une salve de petites boules de feu qui brûlèrent les serpentins de brouillard. Iona restait seule dans le cercle, n'ayant pas d'autre choix que de se défendre.

Il a gagné en force depuis Samhain, constata Branna. Ce qui l'habitait s'était nourri d'une manière ou d'une autre. La dernière bataille, se dit-elle ; ils le savaient aussi bien que Cabhan.

Il convoqua les rats qui jaillirent par flots du sol. Il appela les chauves-souris, qui tombèrent du ciel comme autant d'oiseaux vengeurs. Et Iona, isolée, luttait pour les repousser tandis que l'épervier, le chien et le cheval les piétinaient.

Devoir, loyauté. Amour. Branna bondit sur ses pieds et se précipita vers Aine, écrasant la marée de rats sur son passage. En selle, une boule de feu dans une main, une baguette magique scintillante dans l'autre, elle vola vers sa cousine et le cercle incomplet.

Elle lança des flammes et se fraya un chemin à la force de la lumière. Elle fit appel à son art pour déverser une pluie chaude destinée à noyer les armes sauvages de Cabhan. Une fois près d'Iona, elle déclencha un torrent pour laver les abords de la chaumière de Sorcha.

— Termine-le ! cria-t-elle. Tu peux en venir à bout.

Les serpents entrèrent en scène, envahissant le sol par dizaines. Elle entendit – sentit – la douleur de Kathel lorsqu'il se fit mordre. La fureur qui monta en elle suffit à réduire les reptiles en cendres. Branna ordonna à son cheval de veiller sur Iona, mais sa cousine lui cria :

— C'est bon ! Je contrôle la situation ! Va aider les autres.

Craignant le pire, Branna fonça dans le mur de flammes noires.

L'odeur de soufre la saisit à la gorge. Elle fit tomber la pluie, chaude et pure, pour dissoudre ce mur. Le feu crépitait sur son chemin.

Sa famille souffrait dans la bataille.

Elle poussa sa monture plus avant en faisant appel à toute la force de son pouvoir.

La pluie, le vent, le sol tremblant et le feu. Les éléments s'unirent dans un maelström pour repousser le courroux de Cabhan. Des tourbillons de fumée s'élevèrent et, bien que ses yeux piquaient et que sa gorge la brûlait, elle vit de la peur, un bref instant, dans les yeux du sorcier avant qu'il ne s'arc-boute et se change en loup.

— Ça fonctionne ! cria Iona. C'est bon. La lumière gagne du terrain.

— Je les vois, cria Meara, le visage trempé de sueur et de sang. Je les vois, leurs ombres sont là. Va, dit-elle à Connor. Va.

— Nous le retenons, décréta Boyle en donnant des coups de poing.

— Par tous les dieux, nous l'aurons. Va. (Fin croisa le regard de Branna.) Sinon, ça n'aura servi à rien.

Pas le choix, se dit-elle en saisissant la main de Connor pour qu'il se hisse sur Aine.

— Elle est blessée. Meara est blessée.

— Nous devons les faire entrer, Connor. Ce sont les trois qui ont engendré les trois. Sans eux, nous ne pourrons peut-être pas la guérir.

Elle pensa à Kathel, dont le museau et le flanc saignaient. À Alastar qui donnait des ruades, aux rapaces qui poussaient des cris en plongeant en piqué, leurs serres tendues vers l'avant.

Tout ça pour rien s'ils n'arrivaient pas à amener pleinement les trois enfants de Sorcha dans ce lieu et en cet instant.

À cheval, elle se dirigea droit vers le centre du cercle, et mit pied à terre avec son frère. Elle prit la main d'Iona et de Connor et sentit le pouvoir monter autour d'eux, sentit la chaleur de sa lumière.

— Trois plus trois plus trois, cria-t-elle. Ceci est la prophétie de la magie. Joignez-vous à nous à tout prix, venez à nous immédiatement ou nous perdrons tout. Luttez avec nous cette nuit, et notre sang sera victorieux.

Les trois enfants de Sorcha apparurent. Brannaugh avec son arc, Eamon avec son épée, Teagan avec sa baguette magique et son ventre arrondi. Sans un mot, ils se donnèrent la main, si bien que les Trois devinrent six.

Il y eut une explosion de lumière, blanche et aveuglante. La chaleur du pouvoir la pénétra, la laissant titubante et essoufflée. Elle n'avait jamais connu d'expérience aussi puissante.

— Éloignez-le d'eux ! cria une voix dans l'air tremblant. Nous avons tout ce qu'il faut pour l'achever mais ils sont trop près.

— Pour moi.

La Brannaugh de Sorcha tendit la main, lâchant celle de son frère. Les flèches jaillirent de son carquois, lançant des flammes blanches qui zébrèrent le sol entre le loup et les trois autres.

Comme fou, l'animal se retourna et chargea.

Branna rompit la chaîne ; Connor la referma.

— Vite, lui dit-il.

— Encore un peu plus près, juste un peu.

Elle plongea la main dans sa besace et en sortit le poison. La bouteille pulsait comme une créature vivante dans sa main. Au moment où le loup bondit vers le cercle, elle lança la bouteille dans les airs.

Ses hurlements emplirent la clairière si violemment qu'elle tomba en arrière. Tous ses alliés jaillis des entrailles de l'enfer s'embrasèrent, poussant des cris qui firent écho à ceux du loup.

— Ce n'est pas terminé, dit Iona en saisissant la main de Teagan. Tant que nous n'aurons pas tué ce qui l'habite, il n'y aura pas de fin.

— Le nom, articula Branna en se relevant péniblement, également rattrapée par Eamon avant qu'elle ne s'écroule. Le nom du démon, vous le connaissez ? les pressa-t-elle.

— Non, nous allons roussir ce qu'il reste de lui puis nous salerons la terre.

— Ce n'est pas suffisant. Il nous faut son nom. Fin !

Alors qu'elle s'apprêtait à courir vers lui, il l'arrêta d'un geste et tomba à genoux devant le corps ensanglanté du loup.

— Commence le rituel.

— Tu saignes. Meara et Boyle sont blessés aussi. Vous serez plus forts si on vous soigne avant.

— Débute le rituel, dit-il entre ses dents tout en serrant le cou du loup. Ça, c'est pour toi. Et pour moi.

— Vas-y, la pressa Meara, étendue sur le sol avec Boyle. Et termine-le.

Alors ils firent sonner la cloche, ouvrirent les livres, allumèrent les bougies.

Et commencèrent à répéter l'envoûtement.

Chaudron de sang, issu de la lumière et du mal. Dans des ombres mouvantes.

Fin enfonçait les doigts dans le collier de fourrure déchiqueté du loup.

— Je te connais, murmura-t-il en fixant ses yeux rouges. Tu es des miens, mais je ne suis pas comme toi.

(Il arracha la pierre et la brandit vers le ciel.) Je ne serai jamais comme toi. Je suis le fils de Daithi. (Lorsque la broche sortit de l'encolure de Fin, le loup, horrifié, écarquilla les yeux.) Je suis ta mort. Je te connais. Je me suis tenu devant ton autel, j'ai entendu le damné crier ton nom. Je te connais.

Le démon qui habitait le loup se gonfla pour repousser les mains de Fin si bien qu'elles devinrent brûlantes et qu'elles saignèrent.

— Au nom de Sorcha, je te désapprouve. Au nom de Daithi, je te désapprouve. En mon propre nom, je te désapprouve, car je suis Finbar Burke et je te connais.

Quand il pénétra son esprit, il faillit faire exploser son âme. L'attrait du mal, si fort, le déchirait intérieurement. Mais il tint bon, le regard rivé sur Branna. Il se raccrocha à sa lumière.

— Il s'appelle Cernunnos. (Il tendit la pierre à Connor.) Cernunnos. Détruis-le. Vite. Je ne vais pas résister longtemps. Dépêche-toi. Éloigne-la. Éloigne Meara d'ici ! cria-t-il à Boyle, la respiration lourde.

— Tu dois le lâcher ! cria Branna en larmes. Fin, lâche-le et viens nous rejoindre.

— Je ne peux pas. Si je le lâche, il se faufilera sous la terre, jusqu'à ses entrailles et nous le perdrons une fois de plus. Je peux encore le retenir un peu, mais fais vite. Accomplis ton devoir, pour nous tous, pour moi. Branna, si tu m'aimes, libère-moi. Au nom de ce que nous sommes, libère-moi.

Comme pour s'en assurer, il utilisa ses dernières forces pour arracher la pierre des mains de Connor et la lancer dans le chaudron et, alors que la lumière, d'une blancheur aveuglante, se diffusait, il cria lui-même le nom.

— Achève-le !

— Il souffre, murmura Teagan. Assez. Donne-lui la paix.

En sanglots, Branna cria le nom du démon, et brandit le poison.

Il était d'un noir d'encre, visqueux comme du goudron. Son jet souleva des braillements déchaînés, des cris étouffés. Des milliers de voix poussèrent des cris stridents dans des langues inconnues.

Elle sentit l'instant où la lumière reprenait le dessus, avant que le chaudron ne se consume spontanément. La clairière, le ciel, le monde entier s'embrasaient de flammes blanches.

Elle sentit la pierre se craqueler, entendit sa destruction aussi distinctement que si des mains de géants écrasaient des arbres géants. Le sol vibra comme une mer en pleine tempête.

Elle sentit la mort du démon et aurait parié que sa propre fin n'était pas moins proche.

Vidée de son pouvoir, de son souffle, de sa lumière, elle tomba à genoux.

Que le sang coule jusqu'à ce que mort s'ensuive, pensa-t-elle. Le sang et la mort.

Soudain, elle se releva et courut vers Fin qui était immobile, blême et ensanglanté. Couché sur le ventre, le nez dans les cendres noires, dans les restes de Cabhan, son procréateur.

— Hecate, Brighid, Morrigan, toutes les déesses, je fais appel à votre miséricorde. Ne le prenez pas. (Elle posa la tête de Fin sur ses genoux.) Prenez ce que je suis, tout ce que j'ai, mais ne lui prenez pas la vie. Je vous en supplie, ne l'emmenez pas.

Elle tourna son visage vers le ciel toujours éclairé d'un feu blanc, projetant sa force vers qui voudrait bien l'entendre.

— Prenez tout ce que vous voulez, ce que vous devez prendre, mais laissez-le vivre.

Des larmes chaudes inondaient ses joues et tombaient sur la peau brûlée de Fin.

— Sorcha, supplia-t-elle. Que ce soit bien ou mal, épargne-le.

Les doigts de Fin se contractèrent dans sa main.

— Chut, je ne suis pas mort. Je suis là, marmonna Fin.

— Tu as survécu.

Le monde s'apaisa, le sol cessa de trembler et les flammes s'estompèrent au-dessus d'eux.

Elle embrassa délicatement son visage puis ses cheveux.

— Comment as-tu... peu importe. Tu es vivant. Mon Dieu, tu saignes, de partout. Ne bouge pas, reste tranquille, mon amour. Aide-moi, dit-elle en regardant la Brannaugh de Sorcha. Je t'en conjure.

— Bien sûr, je vais t'aider. Tu es exactement ce qu'elle m'a décrit.

Elle s'agenouilla, posa les mains sur le torse de Fin, à l'endroit où sa chair était écorchée et roussie.

— C'est mon Eoghan en chair et en os.

— Comment ?

Elle serra la main de Branna.

— Il a le visage de mon amour, son cœur, le cœur de mon amour. Il n'a jamais été comme Cabhan, au fond de lui. (Elle regarda Fin et embrassa son front.) Tu es autant à moi qu'à elle. Je vais te guérir mais tu risques d'avoir un peu mal.

— Un peu, articula Fin les dents serrées, malgré la douleur.

— Regarde-moi. Vois en moi, susurra Branna d'une voix apaisante.

— Non, je ne te prendrai rien. C'est ma souffrance. Et les autres ?

— On les soigne. Va au diable, Finbar, pour m'avoir laissée croire que je t'avais tué ! Avec tout ce sang, et ta chemise qui ne s'éteint pas… (elle l'arracha d'un geste rapide.) Oh, ces plaies sont profondes. Connor !

Boitillant, Connor essuya son visage en sueur.

— J'arrive. Meara et Boyle se rétablissent lentement, mais elle a reçu quelques mauvais coups. Mais… Fin ! Regarde dans quel état tu t'es mis.

Pour résoudre le problème, il empoigna la tête de Fin et força un passage dans ses pensées pour entrer en contact avec sa douleur.

— Oh, merde, siffla Connor.

Les minutes s'écoulèrent comme des siècles, malgré la présence du cercle qui s'était réuni autour d'eux. Rapidement, les deux hommes furent en nage, essoufflés et tremblants.

— Ça va aller, dit Teagan en caressant le bras de Branna. Toi et ma sœur, vous êtes d'excellentes guérisseuses. Un peu de repos, un peu de tonique et il sera remis sur pieds.

— Oui, merci. Merci, dit Branna en posant la tête sur l'épaule de Connor. Merci.

— Il fait partie de ma famille, à moi aussi.

— De notre famille, corrigea Eamon. Nous sommes rentrés chez nous, et nous avons participé à la destruction de Cabhan. Mais c'est lui qui a joué le rôle majeur. Alors tu es des nôtres, Finbar Burke, même si tu portes la marque de Cabhan.

— Plus maintenant, murmura Teagan. C'est moi qui ai marqué Cabhan de ce symbole, et notre mère l'a mis dans son sang. C'est pour cela que tous ceux qui sont de son sang la portent. Je pense que maintenant elle et la lumière l'ont reprise, car ce n'est pas la marque de Cabhan.

— Que veux-tu dire ? C'est...

Fin se tordit le cou et constata qu'à son épaule, à l'endroit où il était marqué du signe de Cabhan depuis ses dix-huit ans, il portait désormais le symbole celte de la trinité, le triquetra.

La marque des Trois.

Cela l'époustoufla, plus que le feu du poison, plus que les flammes blanches aveuglantes.

— Elle a disparu, dit-il en la touchant, stupéfait de n'éprouver aucune douleur, aucune énergie négative, aucune tentation. Je suis libre. Libre !

— Tu étais prêt à donner ta vie. Ton sang, prit conscience Branna, tandis que des larmes de joie lui montaient aux yeux. Prêt à te sacrifier pour qu'il périsse. Tu as brisé la malédiction, Fin.

Elle posa la main sur la sienne puis sur le symbole des Trois.

— Tu t'es sauvé toi-même en sauvant l'esprit de Sorcha, je pense. Tu nous as tous sauvés.

— Il y en a d'autres qui ont participé, lui rappela Connor en souriant largement à Fin. C'est un beau symbole. Nous devrions tous nous faire tatouer le même dessin.

— Ça me plaît bien, affirma Meara en essuyant ses larmes.

— Nous avons d'autres soucis que les tatouages pour l'instant, dit Boyle en lui tendant la main. Allez, debout. Bon retour parmi nous, ajouta-t-il en enlaçant fermement Fin.

— C'est bon d'être avec vous, dit-il alors qu'Iona le serrait à son tour dans ses bras avec quelques sanglots. Mais qu'est-ce que j'aimerais être chez moi ! Il faut qu'on termine, tout de même. (Il embrassa Iona sur le dessus de la tête.) Nous devons tourner la page et vivre notre vie.

— Nous allons poursuivre notre route.

Eamon serra la main de Fin d'une poigne d'acier.

— Quand j'aurai un fils, je lui donnerai ton nom, cousin.

Ils mirent le feu aux cendres, dispersèrent des flammes blanches, retournèrent la terre de manière à les éparpiller et salèrent les environs.

Enfin apaisés, ils se regroupèrent dans la clairière.

— Voilà qui est fait. Nous avons terminé. (La Brannaugh de Sorcha marcha vers la tombe de sa mère.) Elle est libre maintenant. J'en suis certaine.

— Nous avons rendu hommage à son sacrifice et accompli notre destinée. Je sens l'appel de notre foyer. (Eamon prit la main de Teagan.) Mais je pense que nous nous reverrons, mes cousins. Connor prit la pierre blanche dans sa poche et la regarda briller.

— Je le crois, oui.

— Nous sommes les Trois, dit Branna, tout comme vous, tout comme eux, ajouta-t-elle en montrant Fin, Boyle et Meara. Nous nous reverrons. Prenez soin de vous.

— Vous aussi. (Alors qu'elle commençait à disparaître, Teagan accorda un dernier regard à la tombe de sa mère.) Les jacinthes sauvages étaient ses fleurs préférées. Merci.

— C'est fini, déclara Meara en considérant la clairière. J'ai envie de danser mais je suis encore trop chamboulée pour ça. Que faisons-nous, maintenant que c'est bel et bien fini ?

— Nous allons prendre un copieux petit déjeuner. L'aube point à l'horizon, nota Connor en attirant leur attention sur une fine bande de lumière rosée à l'est.

— Rentrons, accepta Iona qui rit lorsque Boyle la fit tournoyer. Mais restons ensemble un moment. Tous ensemble.

— Nous vous suivons, mais j'aimerais rester un instant ici. Juste un peu, dit Fin à Branna.

— Si vous tardez trop, c'est moi qui préparerai les œufs et elle va se plaindre.

Sur ces mots, Connor déposa un baiser sur la main de Meara, puis ils montèrent à cheval.

Iona jeta un regard en arrière, posa la main sur son cœur, puis la fit virevolter vers Fin et Branna, son geste formant un joli petit arc-en-ciel.

— Elle est d'une tendresse infinie, dit Fin. Et maintenant… (Il fit tourner Branna vers lui.) Nous sommes à l'endroit où tu t'es donnée à moi pour la première fois. C'est ici que tout a commencé, et où tout se termine enfin. Alors c'est ici que je vais te poser ma question.

— Je n'ai pas déjà répondu à toutes tes questions ?

— Pas à celle-là. Branna, veux-tu partager avec moi la vie dont nous avons un jour rêvé ? La vie, la famille, tout ce que nous avons imaginé il y a longtemps ?

— Oh, je le veux, Fin. Je veux tout ça, et plus encore. Je prends aussi tous nos rêves à venir. Et les futures promesses.

Elle plongea entre ses bras.

— Je t'aime. Je t'aime depuis toujours et pour toujours. Je vais vivre avec toi dans ta belle maison, et nous aurons autant d'enfants que nous le souhaiterons, et aucun d'eux ne portera la marque. Je veux voyager avec toi, et que tu me fasses découvrir le monde.

— Ce sera magique.

411

— Aujourd'hui et à jamais.

Elle l'embrassa près de la chaumière de Sorcha, près des murs de vigne vierge effondrés, là où les jacinthes sauvages avaient éclos sous un petit arc-en-ciel suspendu dans le vide.

Puis en compagnie du cheval, du chien et de l'épervier, ils s'envolèrent vers demain.

Glossaire de mots gaéliques

a ghrá, mon amour
céili, bal de danses traditionnelles celtiques, célébration.
deirfiúr bheag, petite sœur
fine, clan, tribu
mo chroi, mon cœur
mo deartháir, mon frère
mo deirfiúr, ma sœur
Oiche na Coda Moire, bonne année
Samhain, fête de transition propice aux événements magiques, célébrée le 1er novembre
Yule, fête païenne qui célèbre le solstice d'hiver (le 21 décembre)